JANETTE PAUL

MANN
oder
Mantra?

Buch

Yoga-Lehrerin Dee Nichols ist chaotisch und chronisch pleite. Ihr Lebensmotto: Plane nicht voraus, sondern lebe im Moment! Als ihr Mitbewohner jedoch ankündigt, dass er ausziehen will, und auch noch ihr klappriges Auto endgültig seinen Geist aufgibt, muss Dee sich etwas einfallen lassen. Da bekommt sie ein verlockendes Angebot: Sie soll das neue Gesicht einer Werbekampagne für eine Lebensversicherung werden. Für solch ein großes Projekt verpflichtet zu werden lässt sich eigentlich ganz und gar nicht mit ihrem Mantra vereinbaren. Doch als ihre resolute Mutter droht, sich in ihre Finanzen einzumischen, nimmt Dee den Modeljob zähneknirschend an. Und muss sich von nun an in der neuen Welt der Geschäftsgespräche und Partys beweisen, wo sie kaum ein Fettnäpfchen auslässt. Als wäre das nicht schlimm genug, ist ihr Auftraggeber Ethan, seines Zeichens smarter Geschäftsmann und berüchtigter Junggeselle, dabei immer an ihrer Seite. Und bringt Dee gehörig aus dem Takt …

Autorin

Janette Paul ist das Pseudonym der australischen Bestsellerautorin Jaye Ford, die sich mit ihren Thrillern *Die Beute* und *Ich kann dich sehen* weltweit einen Namen gemacht hat. Mit der romantischen Komödie *Mann oder Mantra* ist ihr sehnlichster Wunsch in Erfüllung gegangen: endlich über die große Liebe zu schreiben. Janette Paul lebt mit ihrem Mann am australischen Lake Macquarie.

JANETTE PAUL

MANN oder Mantra?

ROMAN

Aus dem Englischen
von Barbara Ostrop

blanvalet

Die englische Originalausgabe erschien 2013 unter dem Titel »Just Breathe« bei Random House Australia Pty Ltd, Sydney.

Verlagsgruppe Random House FSC® N001967
Das FSC®-zertifizierte Papier *Holmen Book Cream* für dieses Buch liefert Holmen Paper, Hallstavik, Schweden.

Besuchen Sie uns auch auf www.facebook.com/blanvalet und www.twitter.com/BlanvaletVerlag.

1. Auflage
Deutsche Erstveröffentlichung Februar 2016
bei Blanvalet, einem Unternehmen der Verlagsgruppe
Random House GmbH, München.

Published by arrangement with Random House Australia Pty Ltd
via Michael Meller Literary Agency GmbH.
Umschlaggestaltung: © punchdesign
Umschlagmotiv: © Johannes Wiebel | punchdesign,
unter Verwendung von Motiven von Shutterstock.com
Redaktion: Ingola Lammers
BS · Herstellung: sam
Satz: Uhl + Massopust, Aalen
Druck und Einband: GGP Media GmbH, Pößneck
Printed in Germany
ISBN: 978-3-7341-0226-4

www.blanvalet.de

Für Nikki

KAPITEL 1

Ein Streicherquartett spielte eine aufgepeppte Version von »Stille Nacht«, und Dee flüchtete vor dem Small Talk in eine dunkle Ecke des einsamen Balkons. Erleichtert sog sie die milde Nachtluft ein und genoss den fantastischen und bestimmt unerschwinglichen Ausblick auf Sydney Harbour. Dann schlüpfte sie aus ihren Stilettos, hob beide Schuhe hoch und schleuderte sie in die Luft.

Während sie im hohen Bogen nach unten in den Garten flogen, legte sie die Hände trichterförmig an den Mund und rief: »Folterwerkzeug!«

Hinter ihr ertönte ein leises Lachen.

Okay, vielleicht war der Balkon doch nicht so einsam. Sie drehte sich um und erblickte Ethan Roxburgh, der in das Licht trat, das der Weihnachtsbaum im Fenster hinter ihm verströmte.

Hoppla, er sah genauso aus wie auf den Zeitungsfotos, nur dass er jetzt gerade nicht irgendeinem Vertreter der Machtelite die Hand schüttelte und auch nicht Arm in Arm mit einer bezaubernden Frau unterwegs war. Er hatte seine Krawatte gelockert, und sein kurz geschnittenes Haar war ein bisschen verstrubbelt, als wäre er mit den Fingern hindurchgefahren.

Er prostete mit seinem halb gefüllten Weinglas in Richtung Balkongeländer. »Guter Wurf.« Er zog eine Augenbraue hoch. »Interessante Aktion.«

»Offensichtlich haben Sie noch nie Stilettos getragen.«

»Nur, wenn ich ganz allein in meinem Schlafzimmer bin.«

»Ach, dann verstehen Sie es ja *doch.* Mir ist nur nicht klar, wieso das Gesundheitsamt da nicht einschreitet.«

»Ganz eindeutig eine Verschwörung der Chiropraktiker.« Er lächelte verschmitzt, und Dee spürte ein Lachen in sich aufsteigen.

Es überraschte sie, dass er allein war, und sie beobachtete, wie er zum Balkongeländer schlenderte. Glaubte man den Klatschkolumnen, tauchte Ethan Roxburgh niemals ohne ein »Roxburgh-Girl« auf – so nannte man die unfehlbar schönen, gut gekleideten, kultivierten Damen, die an seinem Arm erschienen. Er lehnte sich mit einem Ellbogen aufs Geländer, trank einen Schluck Wein und betrachtete sie über den Rand seines Glases hinweg.

Dee stand ihm barfuß gegenüber und musterte ihn ihrerseits: Braun gebrannt, wie er war, wirkte er fit, wenn auch vielleicht ein bisschen ernst. Wahrscheinlich fühlte er sich im Anzug am wohlsten. Ein Mann zum Schwärmen, wenn man auf Anzugtypen stand. Nicht ihr Fall. Aber die gelockerte Krawatte wirkte angenehm lässig, und seine Augen zeugten von Persönlichkeit – erste Fältchen und eine glänzende, tief schokoladenbraune Iris. Seinen verspannten Schultern könnten allerdings ein paar Lockerungsübungen nicht schaden.

»M, nicht wahr?«, fragte er.

»Entschuldigung?«

»Dann also L?«

»Pardon?«

»Nein, tut mir leid. Ich habe vorhin gehört, wie Lucy

Sie vorgestellt hat. Aber ich habe Ihren Namen vergessen.«

Oh, er meinte Em und Elle. »Nein, D. Ich bin Dee.«

»Sorry, Dee. Freut mich, Sie kennenzulernen.« Er streckte die Hand aus, und sie ergriff sie fest.

»Macht nichts, *Nathan*. Das kann schnell passieren.«

Seine Augenbrauen zuckten, und dann lächelte er amüsiert. Vermutlich war Ethan Roxburgh nicht an Respektlosigkeit gewöhnt. Er betrachtete sie mit erneutem Interesse, und um seinen Mund, der nun schon weniger ernst wirkte, spielte ein Lächeln.

»Wofür steht Dee denn? Für Deanne?«

»Oh, nein.«

»Deirdre?«

Sie sah ihn entsetzt an.

»Desdemona?«

Dee lachte. »Himmel hilf, nein. Es kommt von Trudy, aber jetzt, nachdem Sie das wissen, muss ich Sie vom Balkon schmeißen, hinter meinen Schuhen her.«

Sein Blick zuckte zu ihren muskulösen Oberarmen, »Ich habe keinen Zweifel, dass Sie das schaffen würden.«

Sie lehnte sich ans Geländer und warf ihr langes Haar über die Schultern nach vorn. Sie hatte Amanda doch *gesagt*, dass das Kleid ihren Bizeps zu sehr betonen würde.

Den glitzernden, trägerlosen Fummel und die Stilettos hatte sie sich von ihrer modenärrischen Schwester geliehen, die ihr versichert hatte, so werde sie in der hochkarätigen Gästeschar des heutigen Abends nicht auffallen. »Wenn du dich unter Vollblutpferde mischst, zieh dich nicht an wie ein Esel«, hatte Amanda gesagt. Das war nicht gerade ein Kompliment für Dees Vorliebe für

Flohmarktkleider, aber sie verstand, was ihre Schwester meinte.

Und nun hatten zwei Stunden Balanceakt auf zehn Zentimeter hohen Absätzen so ziemlich alles kaputt gemacht, was sie in einem Jahrzehnt Yoga für ihren lädierten Rücken getan hatte.

»Woher kennen Sie Lucy denn?«, fragte Ethan.

Dee dachte über ihre Antwort nach. Sie könnte ihm erzählen, dass seine Schwester dreimal wöchentlich eine Yogastunde bei ihr nahm – letzten Monat, als Lucy es endlich in die Lotusposition geschafft hatte, war Dee enorm stolz auf sie gewesen –, aber dann hätte sie sich ganz umsonst in das Kleid und die Schuhe gezwängt. Nicht nur wegen ihrer Kleidung fühlte sie sich auf den Weihnachtspartys, zu denen ihre Schülerinnen sie jedes Jahr einluden, immer hoffnungslos fehl am Platz. Ihr Beruf schien auch unweigerlich unangenehme Fragen zu provozieren. Was sie bereits alles geantwortet hatte: Ja, sie könne den Fuß hinters Ohr legen; nein, Yoga sei mehr als nur herumzuliegen und zu meditieren; und nein, ausgeschlossen, sie sei keinesfalls bereit, irgendeine Männerfantasie über Sex mit einer extrem gelenkigen Frau auszuleben.

Sie entschied sich für ein Ablenkungsmanöver. »Wir haben uns beruflich kennengelernt. Aber heute ist doch Heiligabend. Wer will da über die Arbeit reden?« Scheinbar gleichgültig warf sie ihre Haare über die Schulter.

Ethan musterte sie kurz, als wäre er innerlich einen Schritt zurückgetreten, um eine bessere Perspektive zu haben. »Ja, da haben Sie recht. Lassen wir das mit der Arbeit. Ich bin hier rausgekommen, um dem Gefasel über Geldanlagen zu entgehen.«

»Dasselbe gilt für mich. Sollte mein Erspartes einmal

für mehr als einen Becher Kaffee reichen, würde ich den Aktienmarkt wahrscheinlich einfach auslassen und noch ein Muffin dazu bestellen.«

Er lachte leise, als hätte sie einen Scherz gemacht. Sie wünschte, es wäre so. Er nahm seine Krawatte ab, legte sie ordentlich zusammen und steckte sie in die Hosentasche. Ohne sah er besser aus. »Nun, Dee, wie steht es mit Weihnachten? Haben Sie schon etwas zum Feiertagsfonds der Einzelhändler beigesteuert?«

Ein lautes Poltern, gefolgt von Applaus, veranlasste beide, sich zur Tür umzudrehen. Ethan hielt Dee mit erhobener Hand zurück, durchmaß den Balkon mit ein paar langen Schritten und streckte verstohlen den Kopf durch die Tür.

Als er zurückkam, fragte Dee: »Was war los?«

»Eigentlich gar nichts. Nur versuche ich gerade, mich vor Lucy zu verstecken. Sie möchte mich ihrer Yogalehrerin vorstellen.«

»Oh.« Au Backe. Dee krümmte sich innerlich und begriff, dass sie die Antwort auf die Frage, die ihr fast wider Willen herausrutschte, wahrscheinlich gar nicht hören wollte. »Und warum wollen Sie Lucys Yogalehrerin nicht kennenlernen?«

»Weil Lucy immer wieder mit einem neuen Fimmel ankommt und dann will, dass jeder mit ihr auf ihre jüngste Marotte abfährt.« Er verdrehte die Augen. »Die Lehrerin ist bestimmt sehr nett, wenn man auf so was steht, aber mich interessiert das einfach nicht.«

Dee bewahrte ihr aufgesetztes Lächeln, während ihr Gesicht tiefrot anlief. Was genau meinte er mit *so was*? »Vielleicht ist sie ein ganz normaler Typ und unterrichtet eben einfach nur zufällig Yoga.«

»Meinen Sie?« Er schnaubte lachend. »Wenn sie in Lucys Midlifecrisis mitmischt, ist sie wahrscheinlich so eine Art Hippie, die einen endlos über Selbstfindung und die Vorzüge veganer Ernährung volllabert.«

»Oh«, wiederholte Dee. Was sollte sie auch sonst sagen? Sie lächelte verlegen, unsicher, wie sie das Gespräch fortsetzen sollte. Vielleicht könnte sie ja ihren Schuhen in den Garten hinterherhechten.

»Da bist du ja!«, ertönte plötzlich Lucys Stimme von der Balkontür her.

Dee zuckte zusammen. Lucy war hochgewachsen, bezaubernd, selbstbewusst und ehrgeizig – so ziemlich das Gegenteil von Dee. Sie war die dynamische Chefin und Besitzerin einer Werbeagentur, und im Moment war ihr Timing wirklich schlecht.

Sie trat mit einem Gast im Schlepptau auf den Balkon. »Ich hatte das Gefühl, dass du mir aus dem Weg gehst, Ethan. Aber wie ich sehe, hast du meine Yogalehrerin schon selbst gefunden.«

Ethans Kopf fuhr zu Dee herum. »*Sie* sind die Yogalehrerin.«

»Tja, sieht so aus.«

Er riss erstaunt die Augen auf und nahm sich gut eine halbe Minute Zeit, sie noch einmal gründlich zu mustern: ihre bloßen Füße, ihr Glitzerkleid und das lange, ungebändigte Haar. Dann huschte nach einem kurzen, verwirrten Stirnrunzeln ein verwundertes Lächeln über sein Gesicht. »Dee, die Yogalehrerin.«

Sie biss die Zähne zusammen.

»Meinen Bruder kennst du ja nun offensichtlich schon.« Lucy lenkte Dees Aufmerksamkeit auf den Mann an ihrer Seite. Er war hager und hielt sich ein wenig krumm.

»Das hier ist Adam Velor, Creative Director von Roxburgh Advertising. Adam, darf ich dir meine Yogalehrerin vorstellen?«

Adam reichte Dee die Hand, und sie schüttelte sie, bemüht, Ethans prüfenden Blick, der noch immer auf ihr lag, zu übersehen.

»Ja, du hast recht«, sagte Adam zu Lucy, die Augen auf Dee gerichtet. »Sie hat einen alternativen Schick.«

Lucy nickte lächelnd.

»Einen was?«, fragte Dee.

Lucy richtete den Blick auf ihren Bruder. »Ethan.« Er war noch immer auf Dee konzentriert, und so schnippte sie mit den Fingern. »Ethan!«

Er blinzelte. »Was denn?«

»Ich denke an Leonard Frost. Ich denke an Gesundheit und Leben. Ich denke an«, sie malte mit den Fingern Gänsefüßchen in die Luft, *»selbst wenn Sie gesund sind.«* Sie schaute fragend, ob er sie verstand, und sein Blick heftete sich erneut für eine weitere lange Musterung auf Dee.

»Was denn?« Dee blickte wieder zu Lucy. »Was ist denn?«

»Es geht um meine brillante Idee«, verkündete Lucy. »Als du hier hereinkamst, wusste ich sofort, dass du genau die Richtige bist. Du strahlst wirklich natürliche, alternative Eleganz aus. Du solltest dich immer so anziehen. Es ist perfekt.«

»Perfekt wofür?«

»Für unsere neueste Werbekampagne im Auftrag der Versicherung Gesundheit und Leben. Du wirst ihr Star sein.«

Die drei sahen sie erwartungsvoll an.

Dee spürte mit einem vertrauten Rumoren im Bauch, wie sie nervös wurde. Das Kleid sollte doch gerade dafür sorgen, dass sie nicht auffiel. Jetzt aber passierte genau das Gegenteil. »Du willst, dass *ich* auf einem Werbefoto erscheine?«

»Nicht einfach nur ein Werbefoto, eine ganze Kampagne«, berichtigte Lucy. »Du wärest das Gesicht des neuen Werbefeldzugs der Versicherung Gesundheit und Leben. Du würdest ein paar Yogaübungen vorführen und meditativ, schick und gesund aussehen. Es geht um Fernsehen und Presse, eben alles. Du wirst toll sein.«

Dee zwang sich, nicht das Gesicht zu verziehen. Das war keine brillante Idee. Sondern einfach nur blöd. »Ich glaube, dafür braucht man ein Minimum an Talent, sich selbst in Szene zu setzen. Und das schließt mich aus.«

Adam Velor schaute vollkommen verdattert drein.

Ethan schob mit neugierigem Blick die Hände in die Hosentaschen.

Lucy grinste, als hätte ihr jemand einen Fehdehandschuh hingeworfen. »Das ist nicht die Antwort, die wir hören wollen. Mir scheint, darüber solltest du noch einmal nachdenken.«

Dee überlegte kurz. Sie hatte ein sicheres Plätzchen gefunden. Ihr Rücken tat kaum noch weh, sie hatte genug Geld, um über die Runden zu kommen, wenn auch nur so eben, und sie war glücklich – oder jedenfalls zufrieden. Und es war für ihre Psyche wirklich verdammt harte Arbeit gewesen, um zumindest diesen fragilen Zustand zu erreichen. Wollte sie ihr Gleichgewicht etwa durch unbekannte und bestimmt unangenehme Erfahrungen gefährden? »Nein, darüber muss ich gar nicht erst nachdenken. Ich bin wirklich nicht der Typ dafür.«

Lucy zog eine Augenbraue hoch. »Das werden wir noch sehen.« Sie richtete ihren Blick wieder auf die anderen. »Überlasst das mal mir, Jungs.«

»Hier.« Adam Velor streckte Dee eine Visitenkarte hin. »Hoffentlich ändern Sie Ihre Meinung noch. Sie könnten eine tolle Zukunft in der Werbebranche haben.«

Na, damit war die Sache entschieden. Sie hatte schon einmal eine Zukunft gehabt. Es hatte schrecklich wehgetan, sie zu verlieren. So etwas brauchte sie nicht noch einmal.

Dee steckte seine Karte in das Abendtäschchen ihrer Schwester. Sie müsste schon verdammt verzweifelt sein, um ihre Meinung noch einmal zu ändern. Im Moment war sie nur verzweifelt darauf aus, von hier wegzukommen. Sie wollte nicht in einem Werbespot auftreten oder sich von Lucy dazu beschwatzen lassen. Und dass sie hier so auffiel, machte sie nervös.

Sie verabschiedete sich hastig und schob sich zwischen den Gästen hindurch, die in Lucys feudalem Haus herumschlenderten. Sie suchte den Weg in den Garten – Amanda würde einen Anfall bekommen, wenn Dee die Schuhe zurückließ. Das Handy in ihrem Abendtäschchen vibrierte und meldete eine SMS. Sie schlüpfte in ein Gästezimmer und lehnte sich gegen die Tür.

Hi, Esel. Wie geht's?

Es war Leon, ihr bester Freund, WG-Partner und das Überdruckventil für ihre ewigen Sorgen und Ängste. Er hatte sich vor Lachen gekringelt, als sie ihm von Amandas Bonmot über die Vollblutpferde und den Esel erzählt hatte.

Gekleidet wie ein Vollblutpferd. Fühle mich wie ein Zebra!, simste sie zurück.

Gerade hatte ihr Handy gemeldet, dass die Nachricht verschickt war, da klingelte es auch schon.

»Streifen sind dieses Jahr total cool.« Leons Stimme klang quietschig und erregt.

Sie war sich ziemlich sicher, dass ihre Bemerkung über sich selbst als Zebra nicht dermaßen witzig gewesen sein konnte. »Was ist denn los?«

»Ich bin so aufgeregt. Robert hat mich gebeten, bei ihm einzuziehen.«

Dee bekam weiche Knie. Sie trat tiefer ins Zimmer und setzte sich auf den Rand eines edlen Doppelbetts. »Was hast du ihm geantwortet?«

»Ich sagte, ich brauche ein halbes Jahr Bedenkzeit und eine Vorbehaltsklausel, falls ich im letzten Augenblick die Panik kriege.«

»Gute Idee.«

»Ach was, ich habe Ja gesagt, du Dummkopf! Du bist die Einzige, die Zeit für Angstanfälle einfordern würde.«

Während Leon weiterredete, zog sich Dees Magen vor Schreck zusammen.

»Es kommt ein bisschen früher als erwartet, aber er passt einfach perfekt zu mir. Findest du nicht?«

Doch, verdammt noch mal, das stimmte. »Ja. Ich glaube, dass ihr sehr glücklich miteinander werdet. Ich gratuliere.« Sie lächelte und hoffte, dass Leon übers Handy nur dieses Gefühl mitbekam und nicht merkte, dass ihr vor Entsetzen fast schlecht wurde.

»Er hat ein Bändchen um den Schlüssel zu seiner Wohnung gebunden, wie ein verfrühtes Weihnachtsgeschenk. Das war total süß.« Er senkte die Stimme. »Aber es wird ein superkomisches Gefühl sein, aus unserer gemeinsamen Wohnung auszuziehen. Ich habe es mal durchgerechnet. Ist dir klar, dass wir fast schon fünf Jahre darin leben?«

Dee hatte die Zeit mit Leon in ihrer verwinkelten, alten Wohnung sehr genossen. »Ja.«

»Und wenn wir unsere Zeit in Indien mit einrechnen, sind wir jetzt fast seit sieben Jahren zusammen.«

Dee hatte einen Kloß im Hals. Sie stützte den Ellbogen aufs Knie und legte das Kinn in die Hand. »Stimmt.«

Beide schwiegen eine ganze Weile. Sie wusste nicht, was Leon dachte, aber sie war jetzt wieder im Aschram in Indien, spürte die Hitze und den Regen und sah sein lächelndes Gesicht vor sich. Er war als Rucksackreisender unterwegs gewesen. Sie hatte damals gelernt, im Augenblick zu leben, und versucht, die Vergangenheit zu vergessen und mit den Schmerzen im Rücken klarzukommen. Sie wollte nicht, dass Leon auszog.

»Alles in Ordnung mit dir?«, fragte er.

Sie bemühte sich, so zu klingen, als ob sie lächelte. »Ja, alles bestens. Ich bin einfach nur verblüfft. Aber ich freu mich total für dich.«

»Danke, du bist ein Schatz. Das musste ich hören. Und mach dir keine Sorgen wegen der Miete. Ich habe schon beschlossen, die nächsten Monate noch zu zahlen. Dann hast du ein bisschen Zeit, dir einen neuen WG-Partner zu suchen.«

Wieder schwappte eine Woge der Sorge über Dee zusammen. Sie wollte keinen neuen WG-Partner.

»Mir sind schon ein paar Leute eingefallen, die vielleicht Interesse haben könnten«, sagte er.

»Vielleicht könnte ich die Miete ja allein zusammenbekommen.«

»Vielleicht könntest du ja auch im Lotto gewinnen.«

Sie lachte ein bisschen. Das half doch, wenn einem zum Heulen zumute war, nicht wahr? »Oder vielleicht hörst du auch mal mit Frotzeln auf und legst auf. Dann kann ich meine Zebrastreifen noch ein bisschen herumzeigen.«

Dee steckte das Handy ein und blieb eine Weile auf dem Bett sitzen. Vermutlich würde es Lucy nichts ausmachen, wenn ihre Yogalehrerin sich ein bisschen im Gästezimmer aufhielt. Insbesondere, wenn das verhinderte, dass sie wie betäubt zwischen den Gästen herumtappte. Ihr war schwindelig, und ihr Rücken war völlig verkrampft und tat weh. Mühsam stand sie auf, zupfte ihr Kleid höher und ging in eine Vorwärtsbeuge. Ihre Hände hingen locker auf den Boden hinunter, ihr Haar fiel über ihre bloßen Füße, und so atmete sie tief und erfrischend durch. Als sie sich ein bisschen besser fühlte, richtete sie sich auf, schüttelte ihr Haar zurecht und machte sich auf die Suche nach ihren Schuhen.

Im Garten war es nahezu vollkommen dunkel, nur etwas Licht drang vom Balkon herunter. Dee blickte dort hinauf und überlegte, welche Flugbahn die Stilettos wohl eingeschlagen hatten.

»Ich glaube, einer ist gegen die Umzäunung des Pools geflogen.« Es war Ethan Roxburghs Stimme.

Sie brauchte einen Augenblick, um ihn im Dunkeln auszumachen, wo er vor ein paar Stufen stand, die zum Rand eines Schwimmbeckens führten. »Da unten«, sagte er und ging voran.

Als sie beim Pool ankam, hatte er den Schuh schon gefunden und hielt ihn ihr auf der flachen Hand entgegen.

»Danke.«

»Entschuldigen Sie meine Bemerkung von vorhin,

Sie wissen schon, über die Yogalehrerin.« Seine Stimme klang in dem stillen Garten übermäßig laut. »Für die Werbung ist dieser alternative Stil genau richtig, aber ich steh halt nicht so drauf.«

Sie zuckte zusammen und hoffte, dass er das in der Dunkelheit nicht bemerkte. »Hey, das ist doch kein Problem. Die Leitung Millionen Dollar schwerer Unternehmen ist auch nicht gerade mein Ding.« Er wirkte ein bisschen verblüfft, und sie drehte sich um und ging wieder die Stufen hinauf.

»Den anderen habe ich im Rosenbeet gefunden«, sagte er hinter ihr. Der Pumps lag jetzt auf dem Grill, als würde Aschenputtels Schuh dort zur Schau gestellt.

Sie sah Ethan mit schiefgelegtem Kopf an. »Sie sind extra nach draußen gekommen, um sie zu suchen?«

»Eigentlich bin ich hinausgegangen, um die Aussicht zu genießen, und habe mich dann gefragt, wohin sie wohl gefallen sind.«

»Oh.« Das hatte sie nicht erwartet.

Sie standen einfach so da. Es war ein etwas peinlicher Moment, sie wusste nicht, worüber sie sich unterhalten oder wohin das Ganze führen sollte. Er schien netter zu sein als der etwas übertrieben professionelle Typ in der Zeitung. Aber andererseits hatte er diese Bemerkung über *so was* gemacht. Und sie hatte sich geschworen, sich nie wieder in einen Anzugträger zu vergucken. Ganz zu schweigen davon, dass Leons Anruf sie vollkommen aus dem Gleichgewicht gebracht hatte. Weiteres Geplauder kam ihr in etwa so attraktiv vor, wie mit einem Mund voll Murmeln Chinesisch zu lernen. Sie sagte sich, dass sie nach Hause fahren, alles für den Weihnachtskampftag ihrer Mutter vorbereiten und die letzten beiden Geschenke einpacken sollte. Und dabei versuchen musste, nicht daran zu denken, wie leer die Wohnung ohne Leon sein würde.

Außerdem konnte Ethan Roxburgh es wahrscheinlich kaum abwarten, wieder im Haus zu verschwinden, wo ja vielleicht ein annehmbares Roxburgh-Girl aufzutreiben war. Hier draußen gab es nur Zebras und Esel.

»Also, ich bin jetzt weg«, sagte Dee. »Hat mich gefreut, Sie kennenzulernen.«

»Wie kommen Sie nach Hause?«

»Ich bin mit dem Auto hier. Na ja, eigentlich mit dem Auto meines WG-Partners.« Inzwischen Ex-WG-Partner. »Mein eigener Wagen mag keine Berge. Oder Regen. Oder auch Kälte. Er ist ziemlich launisch.«

»Dann begleite ich Sie die Zufahrt hinunter. Hier hinter dem Haus ist das Gelände ziemlich holperig. In der Dunkelheit kann das gefährlich sein.«

»Oh.« Auch das kam unerwartet.

Eigentlich wäre sie lieber allein gegangen und hätte noch ein bisschen kühle Nachtluft ein- und ein bisschen Anspannung ausgeatmet, aber Ethan marschierte schon auf dem unbeleuchteten Weg neben ihr her. Am Ende der Zufahrt brachte er sie noch ganz bis zu Leons Wagen. Zum Glück überließ er jedwede weitere Diskussion über den Werbefeldzug Lucy. Dee hoffte nur, dass er nicht stehen blieb, um ihr beim Losfahren zuzusehen. Leons Auto war ein Monstrum, und hier am Hang würde sie den Motor beim Berganfahren wahnsinnig hochjagen müssen.

Sie warf Amandas Schuhe auf den Rücksitz. »Gute Nacht«, rief sie und setzte sich hinters Steuer. Als sie die Scheinwerfer einschaltete, bemerkte sie ein verdutztes

Lächeln in Ethans Gesicht, der am Straßenrand wartete. In diesem riesigen Geländewagen musste sie winzig aussehen. In der stillen Straße dröhnte der Motor grauenhaft laut. Sie hantierte mit dem Schaltknüppel und zuckte zusammen, als das Getriebe knirschte. Da stimmte wohl was nicht. Der erste Gang und der Rückwärtsgang lagen bei dieser verdammten Karre so schrecklich dicht beieinander. Sie versuchte es noch einmal. Das hier musste der erste sein. Sie trat kräftig aufs Gas, ließ die Kupplung kommen und schoss rückwärts los. Den Straßenrand entlang und direkt gegen einen Telefonmasten.

Gleich darauf riss Ethan die Fahrertür auf. »Alles in Ordnung?«

Sie umklammerte das Lenkrad, als wären ihre Hände Schraubstöcke. Atmen, Dee, tief durchatmen. Sie tastete ihren Körper in Gedanken ab. Beine, Rücken, Rippen und Hals. Kein Schmerz. Gut. Das war gut. Durchatmen. Sie nahm eine Hand vom Lenkrad, suchte die schmale Narbe in ihrem Haaransatz und fuhr den Konturen ihres Gesichts nach. Kein Blut. Das war ebenfalls gut.

»Dee?«

»Alles in Ordnung, glaube ich.« Sie ließ den Kopf kreisen, öffnete die Augen und schlug die Hände vors Gesicht. »Leon bringt mich um.«

Ethan griff in den Wagen und stellte den Motor aus. »Was ist denn passiert?«

»Ich hab die Gänge verwechselt.«

»Oka-ay.«

»So was kann vorkommen.« Dee stieg vorsichtig aus und drehte den Rücken nach links und rechts, um sicherzugehen, dass auch wirklich alles in Ordnung war. »Ich fürchte mich davor nachzuschauen.«

»Vielleicht ist es ja gar nicht so schlimm.«
»Soll das ein Scherz sein? Haben Sie den Rums gehört?«
»Ja, ich weiß. Ich wollte nur optimistisch klingen.«
Sie gingen Seite an Seite zum Heck des Wagens.
»Oh, Shit«, sagte Dee. »Das wird ein Vermögen kosten.«
Und jetzt hatte sie ihr eigenes verfrühtes Weihnachtsgeschenk.
Schulden.

KAPITEL 2

Dee tauchte ihre Hände ins schaumige Spülwasser, schloss die Augen und wiederholte stumm ihr Weihnachtstagmantra. »Ich bin den ganzen Tag ruhig und gelassen.« Sie hob den Kopf und sah aus dem Fenster auf die Steinplatten, wo die Luft vor Hitze flimmerte. »Der ganze Tag« zog sich allmählich ziemlich in die Länge.

Amanda stellte den nächsten Stapel Servierplatten auf die Spüle. »Ich glaube, das war's.«

»Gott sei Dank.« Dee stellte eine Auflaufform ins Abtropfgitter. »Mehr Geschirr mit Weihnachtsdesign als Mum hat wahrscheinlich niemand auf der ganzen Welt.«

Amanda holte ein Geschirrtuch aus einer Schublade und trocknete eine tannenbaumförmige Servierplatte ab. »Meinst du, sie hat deine Unzulänglichkeiten allmählich mal durch?«

»Mal sehen. Bisher bin ich zu mager, zu muskulös und schrecklicherweise Vegetarierin. Sie findet meine Kleider und meine Frisur fürchterlich, und ich habe den falschen Beruf und nutze mein Universitätsdiplom nicht.«

Am Weihnachtstag war Dees Mutter immer wie eine Perfektionistin auf Crack. Val wollte, dass alles vollkommen war: die Geschenke, das Essen, die Konversation – und ihre Töchter. An Amanda hatte sie nichts auszusetzen. Sie war bereits die Verkörperung aller mütterlichen Träume – ein Master in Betriebswirtschaft, eine bestens bezahlte Stelle, zwei Autos, ein gut aussehender Mann und zwei niedliche kleine Töchter.

Dee dagegen hatte ihrer Mutter zehn Jahre lang eine Enttäuschung nach der anderen bereitet. Dee fragte sich, ob es wohl anders wäre, wenn ihr Vater noch lebte. Vielleicht würde Val Dees Entscheidungen dann nicht als eine Art Zeugnisnote begreifen, die festhielt, wie gut sie ihre Sache als alleinerziehende Mutter gemacht hatte. Eigentlich war es ein Glück, dass Dees Stiefvater Ken sein Leben gerne von Val organisieren ließ, sonst hätte die Mutter vielleicht noch mehr Zeit gehabt, ihrer Jüngsten gute Ratschläge zu erteilen.

»Du hast keinen Freund, und du hast ihr noch kein Enkelkind geschenkt, du Böse.« Amanda schlug lachend mit dem Geschirrtuch nach ihr.

Dee bewarf sie mit einer Handvoll Schaum und lachte, aber da, wo die Erinnerung an den schrecklichen Unfall saß, war es überhaupt nicht komisch. Es tat ihr weh, dass ihre Mutter noch immer auf das Leben schimpfte, für das sie sich entschieden hatte, und einfach nicht akzeptieren wollte, dass Dee nur eines brauchte: Sicherheit und ein Leben ohne Schmerzen.

»Und über Leons Auszug hat sie bisher noch gar nicht gemeckert«, sagte Amanda.

»Ja, das ist eigenartig. Vielleicht sollte ich mich schon einmal auf etwas gefasst machen.«

Dee war noch immer bestürzt über Leons Neuigkeit. Sie hatte gehofft, einem Gespräch mit ihrer Mutter so lange ausweichen zu können, bis sie mehr sagen könnte als: »Ich habe keine Ahnung, was zum Teufel ich tun werde.« Aber ihre Mutter hatte nachgehakt, und Dee hatte klein beigegeben. Sie hatte sich aber mit einer raffinierten Bemerkung aus der Affäre gezogen: »Es ist ein aufregender Neubeginn für uns beide.« Das ganz untypische Ausbleiben einer mütterlichen Meinung hatte sie dann sehr erstaunt.

Dee wusste, dass der Vorfall mit Leons Wagen ebenso keinesfalls unkommentiert bleiben würde, und so hatte sie es geschafft, den Mund darüber zu halten. Dazu kam noch, dass sie in der Nacht ihren Unfall immer wieder neu durchlebt hatte. Irgendwann hatte sich der Telefonmast in den Lastwagen verwandelt, dessen Fahrer damals vor zehn Jahren einfach Fahrerflucht begangen hatte. Und Ethan Roxburgh, der die Tür aufmachte, war zu der Rettungsschere geworden, mit der man sie aus ihrem Auto herausgeschnitten hatte. Sie wollte sich nicht ständig daran erinnern.

Amanda stellte die Auflaufform zu dem anderen sauberen Geschirr auf die Arbeitsplatte. »Kennst du jemanden, der vielleicht gerne in Leons Zimmer einziehen würde?«

»Ich weiß nicht recht, ob ich wirklich einen neuen WG-Partner haben möchte«, antwortete Dee. »Vielleicht schaue ich mich auch nach einer kleineren Wohnung um, die ich allein finanzieren kann.«

»Willst du umziehen, Trudy?« Dee und Amanda drehten sich gleichzeitig nach ihrer Mutter um, die mit einem Stapel schmutzigem Geschirr hereinkam. »Das finde ich eine tolle Idee.«

Was war denn das? War die Mutter tatsächlich einmal mit etwas einverstanden?

»Das Timing könnte nicht besser sein.« Val sah sie vielsagend an. »Das Geld aus dem Nachlass von Großtante May wird in ein paar Monaten ausgezahlt, und ihr

Mädels bekommt jede ein Viertel davon. Ich kann euch sagen, das liebe Tantchen hat richtig was zusammengespart. Es reicht für eine schöne Geldanlage für jede von euch, und ihr wisst ja, wie viel Wert Tante May darauf gelegt hat, dass Frauen investieren.« Sie betrachtete ihre Töchter mit hochgezogenen Augenbrauen und nickte weise. »Als Testamentsvollstreckerin beabsichtige ich, Trudys Anteil als Anzahlung auf eine Wohnung zu verwenden.« Sie sah Dee begeistert an. »Ich mache das in deinem Namen, und du kannst dann die Hypothek abbezahlen. Ist das nicht großartig?«

Dee war ganz benommen. »Meine Güte, eine Wohnung? Ich wusste gar nicht, dass Tante May so reich war.« Dee hatte noch nie geerbt und hatte keine Ahnung, wie so was ablief. Aber eine Hypothek – das wäre eine ernsthafte Verbindlichkeit, eine Investition in die Zukunft. Sie wollte aber nie wieder eine Zukunft haben. Im Augenblick zu leben und keine Pläne zu schmieden war sicherer. »Ist das mit dem Wohnungskauf ausdrücklich im Testament so festgelegt?«

Vals Lächeln verlor ein wenig an Strahlkraft. »Also, nein, das ist nicht so festgelegt. Aber Tante May hat immer gesagt, sie möchte, dass ihr in euren eigenen vier Wänden wohnt.«

Dee runzelte die Stirn. Tante May hatte vor zwölf Jahren einen Schlaganfall erlitten und danach bis zu ihrem Tod kein Wort mehr gesprochen. »Ach ja?«

»Oh ja, andauernd.«

Amanda schaute nun genauso skeptisch wie Dee.

»Auf ihre eigene Weise natürlich«, setzte Val rasch hinzu. »Jedenfalls bietet sich dir da eine großartige Gelegenheit. Ich habe mir die Pläne dieser tollen Wohnanlage angeschaut, die gerade hier in der Straße gebaut wird. Die Wohnungen liegen preislich im Rahmen, es wäre nicht weit zu deiner Arbeit, und du wärest ganz in der Nähe von uns hier. Dann könnte ich dir helfen, wenn du viel zu tun hast. Wirklich perfekt.«

Allerdings nicht, wenn Dee nicht praktisch Tür an Tür mit Val leben wollte. Und auch nicht, wenn sie keine Hypothek aufnehmen wollte. »Wo suchst du denn eine Wohnung für Amanda?« Vielleicht könnte sie ja mit ihrer Schwester tauschen.

Val warf Amanda einen kurzen Blick zu, nahm dann einen Stapel sauberen Geschirrs hoch und drehte Dee den Rücken zu, während sie es einräumte. »Ich habe beschlossen, dass Amanda in der Lage ist, in dieser Frage ihre eigene Entscheidung zu treffen.«

Dee schaute ihre Schwester an. Amanda zuckte mit den Schultern. Sie hatte keine Ahnung.

»Ich denke, ich bin ebenfalls fähig, selbst eine Wohnung für mich auszuwählen«, sagte Dee.

»Nun«, erklärte Val fest, »ich habe beschlossen, Amanda ihren Anteil des Geldes zu geben, aber deinen werde ich für dich investieren.«

In der Küche wurde es still. Von Dees Händen tropfte Schaum auf den Boden. Val sah sie streng an. Amandas Blick schoss zwischen den beiden hin und her.

Ruhig und gelassen war einmal. »Du meinst, Amanda kriegt Geld, und ich kriege eine Hypothek?«

Val verschränkte die Arme. »Genau. Es ist eine ausgezeichnete Investition, Trudy. Du solltest mir dankbar sein.«

»Mum!« Amanda war an Dees Stelle empört. »Du kannst ihr doch kein Geld schenken und es dann für sie ausgeben. Und außerdem, wenn Tante May ihr das Geld hinterlassen hat, kann Dee damit sowieso tun, was sie will.«

Val hob das Kinn kampflustig. »Tante May hat das Geld tatsächlich mir hinterlassen und angeordnet, dass ich entscheide, wie es euch zugutekommen soll. Offensichtlich wollte sie, dass jemand mit Verantwortungsbewusstsein die schwierigen Entscheidungen trifft. Gott sei Dank, kann ich da nur sagen, denn es wird Zeit, dass mal jemand dein Leben auf Vordermann bringt, Trudy.«

Ach, jetzt ging das also schon wieder los. Dee knirschte mit den Zähnen. »Mit meinem Leben ist alles in Ordnung.«

»Jetzt wach doch mal auf, Trudy«, fuhr Val sie an. »Es ist einfach grotesk, dass eine Einunddreißigjährige noch immer so lebt wie du. Du wohnst in einer heruntergekommenen Bude, dein Auto ist eine Schrottlaube, und du ziehst dich an, als könntest du dir keine Kleider leisten. Wann hast du dir zum letzten Mal die Haare vom Friseur schneiden lassen? Du hast keine Ersparnisse und keine Pläne. Du bist vollkommen *orientierungslos*.«

Dee stemmte die Hände in die Hüften und sah ihrer Mutter in die Augen. »Ich muss mich nicht orientieren. Ich bin genau da, wo ich sein will.«

»Jetzt mach dich nicht lächerlich. Du brauchst eine bessere Arbeit und eine bessere Wohnung. Ja, du hattest einen schlimmen Verkehrsunfall, und dein Verlobter wollte keine Behinderte heiraten. Aber du bist kein Krüppel mehr, und allmählich musst du einmal damit aufhören, das als Entschuldigung zu benutzen, um alles einfach laufen zu lassen.«

Die Worte trafen sie wie ein Hieb. »Himmel, Mum.«

Sie drehte sich zur Spüle um und ließ eine Servierplatte so heftig ins Wasser platschen, dass Schaum überschwappte und ihre Füße nass machte.

»Nichts da, Himmel, Mum. Du lässt mir keine Wahl. Man darf dir keinen größeren Betrag in die Hände geben. Das Geld sollte angelegt werden und nicht für Urlaub in Übersee verschleudert wie die Versicherungssumme, die du damals erhalten hast. Und da du dich nicht selbst darum kümmern wirst, muss ich es eben tun.«

Dee spürte, wie ihr vor Wut Tränen in die Augen schossen, und sah das Küchenfenster nur noch verschwommen. Seit zehn Jahren kämpfte sie darum, die Scherben ihres Lebens zu kitten und ihre Schmerzen zu überwinden. Für Val bedeutete das aber alles nichts, solange sie keine Kreditkarte und keine hübsche Frisur hatte. Es war vor allem grotesk, dass Dee sich mit einunddreißig noch von ihrer Mutter gängeln lassen sollte.

Sie riss die Gummihandschuhe von ihren Händen und drehte sich erneut zu ihrer Mutter um.

Val hatte die Arme vor der Brust verschränkt und schürzte die Lippen – sie würde offensichtlich auf nichts hören, was ihre Tochter zu sagen hatte. Dee überlegte, ob sie noch einmal erklären sollte, warum sie nach dem Unfall die Reise gemacht hatte und warum sie so lebte, wie sie lebte. Aber sie versuchte ja schon seit zehn Jahren vergebens, ihre Mutter dazu zu bringen, sie zu verstehen. Warum sollte ihr das gerade jetzt gelingen?

»Über wie viel Geld reden wir eigentlich?«, fragte Amanda.

Val flüsterte den Betrag, halb ehrfürchtig und halb, als müsste sie ein Geheimnis wahren.

»Hübsch«, sagte Amanda und sah Dee mit hochgezogenen Augenbrauen an.

Dee klappte der Mund auf. Es war mehr, als sie jemals selbst zusammensparen könnte. Mit einer solchen Summe könnte sie sich aus dem finanziellen Sumpf befreien, in den sie geraten war – sie könnte die Reparatur von Leons Wagen begleichen, ihm seine Hälfte der Kaution auszahlen und den Umzug in eine neue Mietwohnung finanzieren, für die sie keinen WG-Partner brauchte – und dann wäre immer noch eine Menge übrig. Aber eine Wohnung *kaufen* – oder genauer gesagt, eine Hypothek für sie aufnehmen – das kam nicht in Frage. »Und was, wenn ich der Anlage nicht zustimme?«

»Dann bekommst du vielleicht gar nichts von Tante Mays Geld. Mir ist es lieber, es liegt auf der Bank, als dass du es verschleuderst. Wenn du also nur ein bisschen Vernunft hast, Trudy, rate ich dir, die Gelegenheit beim Schopf zu packen.« Sie sah Dee einen Augenblick lang finster in die Augen und verließ dann die Küche.

Dee kannte diesen Blick von früher – es war der pure Eigensinn. Dafür war sie berühmt. Dickköpfigkeit war ein Charakterzug der ganzen Familie, genau wie die geringe Größe und die grünen Augen. Dee, die selbst klein war, legte sich halb auf die Arbeitsplatte und spürte die Vibration der Spülmaschine unter dem Bauch. »Verdammt. Jetzt werde ich also von meiner Mutter erpresst.«

»Es ist nicht fair. Da stimme ich dir zu. Aber ganz verkehrt liegt sie nicht.« Amanda zog den Stöpsel aus dem Spülbecken.

»Du gibst ihr recht?«

»Na ja, du bist ja tatsächlich ewig knapp bei Kasse.

Und ehrlich gesagt, eine Wohnung ist eine Wohnung. Du wirst dir niemals selbst eine leisten können.«

»Dann denkst du also, ich soll künftig nach ihrer Pfeife tanzen?«

»Nein. Ich denke, wenn du willst, dass Mum dich in Ruhe lässt, musst du dein Leben und deine verdammten Finanzen endlich mal in den Griff kriegen.«

Ihr Leben in den Griff kriegen? Aber das hatte sie doch schon. Ihrem Rücken ging es besser, als die Ärzte es jemals erwartet hatten, ihre Angstanfälle hatte sie mehr oder weniger unter Kontrolle, und sie lebte ihr Leben weiter. »Ich werde mir nicht die Haare kurz schneiden oder meinen Job schmeißen, nur weil er Mum nicht passt.«

Amanda schüttelte den Kopf. »Ich meinte doch, spar ein bisschen Geld, lass dein Auto reparieren, und kauf dir ein paar hübsche Sachen. Zeig ihr, dass dein Viertel des Erbes bei dir gut aufgehoben wäre.«

Dee dachte an ihre Schulden, den Zustand, in dem ihre verbeulte, alte Karre sich befand, und ihre leere Wohnung; entsetzt verzog sie das Gesicht. »Und sonst *nichts*?«

Schweißperlen liefen Dee die Stirn hinunter, als sie eine Sackkarre mit Leons Umzugskartons zur Straße schob.

»Gib mir mal etwas Zeitung. In dieser Kiste hier rappelt es«, rief Leon aus dem Umzugswagen heraus.

Sie warf ihm einen alten *Telegraph* zu und ließ sich auf die Ladekante sacken. »Mann, ist das heiß. Ich schwitze wie ein Schwein. Was meinst du, wie viele Fuhren sind es noch?«

Seit anderthalb Stunden schafften sie Leons Sachen

aus der Wohnung – Robert schleppte die Umzugskartons die drei Treppen hinunter, Dee schob sie auf einer Sackkarre zur Straße, und Leon hob sie hoch und stapelte sie im gemieteten Umzugswagen.

»Ich glaube, wir sind jetzt beinahe fertig. He, schau dir das einmal an.« Er hielt eine Zeitungsseite hoch. »Das ist doch Ethan Roxburgh.« Er grinste. »Wer auf so was steht.«

Dee nahm die Seite von ihm entgegen.

Ethan Roxburgh mit Roxburgh-Girl, dem Model Emma Savine, lautete die Schlagzeile. »In echt sieht er anders aus. Seine Augen sind sympathischer.«

Robert wuchtete einen Riesenkarton zu Leon hoch. »Das ist der Letzte.« Er beugte sich über Dees Schulter und betrachtete das Foto. »Hier sind seine Augen aber auch nicht schlecht.«

Ja, seine Augen waren tatsächlich attraktiv – tief und dunkel, als ginge im Kopf dahinter etwas Interessantes vor sich. Er hatte einen Arm um das Model gelegt und sah schick, sportlich und extrem selbstbewusst aus. »Wenn man auf so was steht«, erwiderte Dee. Ihr war es lieber, wenn der Ritter schon ein paar Dellen in seiner Rüstung hatte. Sie gab Robert die Zeitung zurück, beugte sich vor, legte die Hände auf den Asphalt und dehnte ihren Rücken.

»Hier steht, dass er im Vorstand von Gesundheit und Leben ist«, bemerkte Robert. »Ist das nicht die Versicherungsgesellschaft, für die sie einen Werbespot mit dir drehen wollten?«

Dee richtete sich auf, stemmte die Hände in die Hüften und drehte sich nach hinten. »Ja. Lucy hat gestern noch mal versucht, mich dazu zu überreden. Sie hat ein

Model, das Yoga praktiziert, aber gerade hat sie entdeckt, dass das Mädel kokst. Mit einem Model, das eigentlich einen Entzug in einer Gummizelle bräuchte, schafft man sich natürlich kein Image von Vitalität und Gesundheit.«

Dee sandte Lucy noch einmal einen stummen Dank, dass sie ein solcher Workaholic war. Eigentlich sollte sie sich nicht über das zwanghafte Verhalten einer Schülerin freuen, aber gäbe es Lucy und den von Verletzungen geplagten Patrick nicht, ihr anderer extrem treuer Privatkunde, hätte sie seit Heiligabend keine Arbeit mehr gehabt – ihre anderen Schüler und die Yogaschule mit ihren Kursen machten bis Neujahr Ferien. Nur zwei Unterrichtsstunden in einer ganzen Woche, das war bislang der Tiefpunkt. Leons Autoreparatur und seinen Anteil an der Kaution konnte sie vergessen. Bei so wenig Betrieb musste sie schon froh sein, wenn sie genug Geld zusammenkratzen konnte, um sich Essen zu kaufen. *Ihre verdammten Finanzen in den Griff kriegen*, das war nicht einmal eine Option.

Leon sprang aus dem LKW. »Für solche Jobs wird eine Menge bezahlt, weißt du.« Wenn er nicht gerade in Teilzeit Yoga unterrichtete, war er Make-up Artist und wusste über so etwas Bescheid.

»Tja, wirklich schade.« Sie fühlte sich schon jetzt wie eine Dartscheibe für angstauslösende Herausforderungen und wollte nicht, dass noch ein Pfeil auf sie zuflog. Wenn sie von den Resten des Weihnachtsessens lebte, bis die Yogaschule im neuen Jahr wieder anfing, und wenn sie jeden Schüler annahm, der ihr über den Weg lief, würde schon alles glattlaufen. Und wenn Jo, ihre Freundin mit dem Cateringservice, sie ein paar Mal zur Aushilfe einstellte. *Und* wenn sie keine Grippe bekam und ihr Rücken durchhielt. Dann könnte sie ihre Mutter davon überzeugen, dass sie ihre Finanzen in den Griff bekam, Val würde die Idee mit der Hypothek verwerfen, und Dee könnte ihre Schulden bei Leon begleichen und ihr angstfreies Leben zurückbekommen. Alles kein Problem.

»Einen Mann, der Yoga kann, suchen sie nicht, oder?«, fragte Leon. »Ich könnte alternativen Schick ausstrahlen *und dazu* noch mein Make-up selbst machen.«

»Ich denke, sie wollen Titten sehen. Titten kannst du nicht.«

Sein Lachen wurde vom Quietschen der LKW-Klappe übertönt, die er schloss. Er wischte sich die Hände an der Jeans ab und wandte sich Dee mit ausgebreiteten Armen zu. »Also, alles klar, Babe.«

Sie schlang die Arme um ihn. »Es fühlt sich an wie eine Scheidung, nur ohne die Wut.«

»Und du kriegst das Sorgerecht für den Fernseher. In Roberts Wohnung steht einer mit riesigem Flachbildschirm, darum habe ich dir meinen dagelassen.«

»Danke.« Sie schauten sich lange an. »Lass dich mal sehen«, sagte sie.

»Unsichtbar war ich noch nie.«

Dee blickte dem Umzugswagen nach, bis er um die Ecke verschwunden war. Es war ja kein Abschied für immer, tröstete sie sich. Schon morgen Abend würde sie bei Leon und Robert Silvester feiern. Sie betrachtete ihren Wohnblock – weißer Verputz und ein schwarzes Geländer, das wie eine Spirale nach oben führte. Ohne Leon würde sie sich hier komisch fühlen. Wie in einem anderen Leben. Sie hatte Zweifel, ob sie für einen Neuanfang bereit war.

Sie stieg langsam die Treppe hinauf und sah nach der Post. Kraftfahrzeugsteuer, Versicherung, Strom – machten diese Leute denn Weihnachten keinen Urlaub? Sie verharrte vor der Tür, den Schlüssel im Schloss. Komm schon, Dee, wie schlimm kann es schon sein? Er ist ja erst seit fünf Minuten weg.

Sie stieß die Tür auf, trat ins Wohnzimmer und blieb stehen.

Schock.

KAPITEL 3

Was einmal Dees gemütliche Wohnung gewesen war, hallte nun wie eine leere Höhle.

Bis auf den Fernseher und ein paar Riesenkissen war das Wohnzimmer leergeräumt. Am Fernseher klebte ein Zettel:

Tut mir leid, dass es hier jetzt so kahl ist. Ruf mich an, wenn du irgendwas brauchst. Alles Liebe. Leon.

»Wo sind denn meine ganzen Sachen?« Sie schaute sich um und versuchte, sich in Erinnerung zu rufen, was vorher alles da gewesen war. Die Couch und der Couchtisch, die Leon beide mitgebracht hatte, die Stereoanlage, die er gekauft hatte, der Computer, den ihm sein Arbeitgeber mitgegeben hatte, und der kleine Schreibtisch samt Schreibtischstuhl, den ihm sein Bruder geschenkt hatte …

»Das hier soll alles sein, was ich besitze?«, dachte sie. »Das kann doch nicht sein.«

Sie ging in ihr Schlafzimmer und erwartete hinter der Tür einen ganzen Stapel von allen möglichen Dingen vorzufinden. Vielleicht hatte Leon die Sachen einfach nur aus dem Weg geräumt. Sie stieß die Tür auf. Da standen nur das Bett, der alte Schrank und die abgenutzten Bücherregale. Auf dem obersten Fach spiegelten die schönen Zierkästchen, die sie auf ihren Reisen gesammelt hatte, das Licht wider und warfen hübsche Muster an die Wand. Sie mochte diese Kästchen sehr, aber im Moment wünschte sie, sie hätte stattdessen ein paar Stühle gekauft.

Sie kehrte ins Wohnzimmer zurück und setzte sich zwischen den Druckstellen, die Leons Sofa auf dem Teppich hinterlassen hatte, auf den Boden. In ihrem Bauch rumorte ein Anflug von Angst. Sie hatte nie das Bedürfnis empfunden, viele Dinge zu besitzen. Sie freute sich einfach des Lebens. Sie und Leon hatten alles in der Wohnung gehabt, was sie brauchten – ihr war nie der Gedanke gekommen, noch mehr anzuschaffen.

Und ihr war auch nie der Gedanke gekommen, dass ja tatsächlich keines der Möbelstücke ihr gehörte.

Sie streckte die Beine in die Richtung aus, wo einmal der Couchtisch gestanden hatte, und rutschte auf dem unbequemen Boden an die Wand zurück. Selbst jemand, der sich der Aufgabe verschrieben hatte, vor allem innerlich zu wachsen, brauchte etwas, worauf er sitzen konnte.

Val würde einen Herzanfall kriegen, wenn sie sie jetzt so sähe. Und sie würde Dee nicht einmal in die Nähe von Tante Mays Geld lassen.

Hmm, Tante Mays Geld.

Bis jetzt hatte Dee nicht ernsthaft darüber nachgedacht, wie sehr ihr die Erbschaft helfen könnte. Sie hatte sich eher Sorgen wegen der drohenden Hypothek gemacht und sich den Kopf zerbrochen, wie sie Leon ausbezahlen sollte. Aber hier so in einem leergeräumten Zimmer zu sitzen, mit Ebbe in der Kasse und einem Haufen Schulden, das half einem, sich auf das Wesentliche zu konzentrieren.

Mit Tante Mays Geld könnte sie Leon zufriedenstellen

und dafür sorgen, dass man ihr den Strom nicht abstellte. Sie könnte ihr Auto fahrtüchtig halten *und* ein paar Möbel kaufen – eine große Couch, auf der sie sich ausstrecken konnte, einen Tisch und einen eigenen Fernseher. Und vielleicht sogar einen Teppichläufer.

Du musst deine verdammten Finanzen in den Griff kriegen, hatte Amanda gesagt.

Na toll. Sie musste ihre verdammten Finanzen in den Griff kriegen, um das Geld zu bekommen, das sie brauchte, um ihre verdammten Finanzen in den Griff zu kriegen.

Sie fuhr sich mit der Hand durchs Haar. Was *genau* besaß sie eigentlich? Sie ging in die Küche. Na also! Die Kaffeekanne gehörte ihr. Sie schaute die Schränke und Schubladen durch. Nicht gerade viel, aber sie musste jedenfalls nicht vom Boden essen. Badezimmer: Alles Wesentliche war eingebaut. Wohnzimmer: Gähnende Leere. Schlafzimmer: Hübsche Kästchen, Bücherregal, Bücher, ein paar Yogamatten, Secondhandkleidung, Bett und ein Schrank, der den Raum, den er einnahm, nicht wert war.

Sie setzte sich aufs Bett und spürte, wie ihr Magen sich vor Angst zusammenzog. Wie kriegte man seine verdammten Finanzen in den Griff?

Mit Geld natürlich.

Shit!

Sie überlegte, was sie brauchte, um den Januar zu überstehen – mehr Schüler, mehr Kurse und noch öfter beim Cateringservice aushelfen. Und dann? Leon ein paar Raten zahlen, die Miete überweisen, Benzin kaufen, essen. Sie war sich ziemlich sicher, dass diese Leistungen auf der Sein-Leben-verdammt-noch-mal-in-den-Griff-kriegen-Skala nicht zählen würden.

Sie ließ sich auf ihr Bett zurückplumpsen und den Kopf von der Matratze baumeln. Aus den Staubflusen am Boden des Kleiderschranks funkelte ihr Amandas perlenbesticktes Abendtäschchen entgegen. Wahrscheinlich war es mehr wert als alle ihre schönen Kästchen zusammen. Sie sollte es besser nicht einfach zwischen ihren Schuhen liegen lassen. Sie streckte den Arm aus, hob es auf und spielte niedergeschlagen damit herum.

Wie sollte sie ihre Finanzen in den Griff kriegen, ohne ihre goldene Regel zu brechen? Keine Pläne, keine Zukunft und einfach nur für den Augenblick leben. Nur so konnte man sichergehen, dass nichts und niemand einen verletzte.

Und wie bekam man seine Sachen eigentlich in diesem unglaublich winzigen Täschchen unter? Wozu war es gut, wenn keine Yogamatte hineinpasste? Sie öffnete den Verschluss. Oh, schau mal, fünf Dollar. Und eine Visitenkarte.

Adam Velor. Creative Director. Roxburgh Advertising.

Mit der glänzenden blauen Karte zwischen den Fingern setzte Dee sich auf. Die Werbekampagne.

Sie schluckte kräftig.

Vielleicht war sie *tatsächlich* so verzweifelt.

Sie saß auf dem einen Riesenkissen, drückte das andere an die Brust und starrte auf die Telefonnummer im Display ihres Handys. Los jetzt, Dee.

»Lucy Roxburgh.«

»Hi, hier ist Dee. Entschuldige bitte die Störung. Bist du schon am See?« Die Roxburghs besaßen mehrere Ferienhäuser. Eines von ihnen lag ein paar Fahrstunden nördlich von Sydney am Ufer des Lake Macquarie. Lucy und ihr Mann John hatten vorgehabt, über Weihnachten und Neujahr dort eine Woche Urlaub zu machen. Bei Dees letzter Begegnung mit Lucy war sie aber bisher nur anderthalb Tage am See gewesen.

Lucy seufzte gereizt. »Nein, ich bin noch immer im Büro und raufe mir die Haare.«

Dee zuckte zusammen. Vielleicht war die Zeit schlecht gewählt. Vielleicht sollte sie einfach auflegen. »Ich, äh, habe über diesen Werbespot nachgedacht.«

Lucys Stimme klang gleich ein paar Dezibel lauter. »Gott sei Dank. Gerade hat mich die Modelagentur angerufen. Unsere Hübsche ist aus einem Hubschrauber gefallen und hat sich das Bein gebrochen.«

»Oh Gott. Was für ein Glück, dass sie noch lebt.«

»Der Hubschrauber stand auf dem Boden. Sie war dermaßen stoned, dass sie einfach vom Sitz gekippt ist. Der Termin für die Dreharbeiten ist bereits gebucht, und es wird ein Vermögen kosten, davon zurückzutreten. Du bist meine letzte Chance. Du machst es also?«

Kein Druck. »Eigentlich wollte ich fragen, wie hoch die Gage ist.« Wozu sollte sie diese bittere Pille schlucken, wenn sie davon nicht gesund würde?

Als Lucy den Tagessatz nannte, schaute Dee den Hörer beeindruckt an. Wahnsinn – Leons Geld, die Stromrechnung, die Kraftfahrzeugsteuer, der Ölwechsel und eine halbe Couch.

»Bist du dabei?«, fragte Lucy.

Einmal tief durchatmen. »Ja.«

»Hast du irgendwelche Bewerbungsfotos?«

Noch etwas, was sie nicht besaß. »Nein.«

»Kein Problem. Ein paar Tage nach Neujahr kommst du ja sowieso her, um mir eine Stunde zu geben. Ich buche im Anschluss daran einen Termin in unserem Fotostudio für dich und lasse dem Klienten dann gleich am Nachmittag die Aufnahmen bringen.«

Dee stellte sich vor, wie ein paar Manager ihre natürliche Ausstrahlung analysieren würden, was auch immer das sein sollte. Alles war plötzlich grauenhaft real. »Was muss ich dort denn machen?«

»Nur ein bisschen Yoga. Keine Sorge. Wir müssen uns einfach nur darauf konzentrieren, dass der Vorstand von Gesundheit und Leben dich akzeptiert.«

Eben in diesem Vorstand von Gesundheit und Leben saß doch auch Ethan Roxburgh. Dee dachte an seinen verwunderten Blick, als er auf Lucys Party entdeckt hatte, dass Dee die Yogalehrerin war. Und ebenso, nachdem sie die Beule in Leons Wagen gefahren hatte. Vielleicht brauchte sie einen Plan B für ihre Finanzen.

Der Wecker klingelte. Dees Augenlider schossen hoch. Sie keuchte auf, von Panik erfasst.

So wachte sie nun schon seit zehn Jahren jeden Morgen auf – eine der Folgen des Autounfalls. Was immer ihr Sorgen bereitete, nahm über Nacht ungeheure Ausmaße an und erschreckte sie am Morgen. Heute jagte ihr das Fotoshooting eine Heidenangst ein.

Sie legte sich zurück aufs Kopfkissen und atmete tief durch. In den ersten Jahren hatte der Schrecken des Erwachens sie den ganzen Tag über begleitet – sie war angespannt und nervös gewesen, und der Rücken hatte ihr wehgetan. Die Angst war wie ein wildes Tier – inzwischen konnte Dee sie einfangen und in einen Käfig sperren, aber dort wartete sie nur auf die Gelegenheit, auszubrechen und sie vollkommen aus der Fassung zu bringen.

Es war noch vor Sonnenaufgang, und draußen war es dunkel. Sie schloss die Augen, wälzte sich auf den Rücken und konzentrierte sich. Große Kreise mit dem rechten Bein, große Kreise mit dem linken, einatmen, ausatmen, die Angst ausschalten und ihren Rücken entspannen. Dann legte sie sich auf die Yogamatte neben ihrem Bett und begann mit ihren täglichen Übungen.

Anderthalb Stunden später hielt sie vor Patricks Haus. Das wilde Tier steckte in seinem Käfig, aber es rüttelte an den Gitterstäben. Verdammtes Fotoshooting.

Patrick öffnete die Haustür, bevor Dee überhaupt geklopft hatte. Er war unglaublich steif in den Schultern, den Beinen, dem Lendenwirbelbereich und, tja, eigentlich auch überall sonst. Er kam beim Vorbeugen mit den Händen nicht tiefer als bis zum Knie, aber er stand jeden Montag, Mittwoch und Freitag an seiner Tür. Und dafür war sie dankbar.

Sie lauschte geduldig seiner Litanei, was ihm alles wehtat – Nacken, Knie, Schulter, Handgelenk, Zähne (Yoga half nicht gegen seinen entzündeten Wurzelkanal, aber er erzählte trotzdem gerne davon) –, und achtete in der Stunde gut darauf, dass er sich nicht noch neue Verletzungen zuzog.

Jetzt, kurz nach Neujahr, herrschte auf den Straßen nur wenig Verkehr, als sie auf dem Weg zu ihrem Kurs für fortgeschrittene Anfänger in die Yogaschule fuhr. Die Teilnehmerinnen hatten überwiegend Familie, und die meisten Frauen waren mit ihren Kindern im Urlaub. Auch abgesehen von Dees Angstgefühlen war es einfach schlichtweg deprimierend, neunzig Minuten Yoga für nur drei Leute zu unterrichten. Das reichte noch nicht einmal fürs Benzin.

Eine Stunde vor dem Shooting befanden sich Dee und Lucy gerade in der Stellung »Hund«, als hinter ihnen die Tür von Lucys Büro aufging. Sie hatten Hände und Füße auf dem Boden, und mit den durchgedrückten Beinen und dem in die Luft gereckten Po bildete ihr Körper ein umgedrehtes V.

»Was machst du hier?«, fragte Lucy, den Kopf noch immer nach unten gerichtet.

Dee zog das Kinn an die Brust, um zu sehen, wer da war. Ethan Roxburgh sah, eine Hand auf dem Türgriff und die andere in die Hüfte gestemmt, zwischen ihren hochgereckten Hinterteilen hin und her. Aus diesem Blickwinkel fand sie es nachvollziehbar, dass man so viel Theater um ihn machte. Mit seinem gebräunten Gesicht und den dunklen, geheimnisvollen Augen war er tatsächlich ziemlich umwerfend, auch wenn Anzug und Krawatte sie irritierten. Er beugte sich ein wenig vor und legte den Kopf schief, um zwischen ihren Beinen hindurch auf ihr Gesicht zu schauen.

»Ah, die Yogalehrerin.«

Dann fiel es ihr plötzlich wieder ein – er war ja Mitglied des Vorstands. Sie stand rasch auf und bemühte sich, als der gelassene Profi rüberzukommen, der sie war. »Wie schön. Überraschungsbesuch von einem Gastschüler.«

Lächelnd musterte er ihre Leggings und ihr Trägertop. »Ich glaube nicht, dass mir das Outfit passt.«

»Sie geben auf, bevor Sie überhaupt angefangen haben? Wie schade.«

Er zog eine Augenbraue hoch und lehnte sich mit den Händen in den Hosentaschen gegen den Türrahmen.

»Ethan!« Lucy hatte sich ungeduldig aufgerichtet.

Er betrachtete Dee noch einen Augenblick und wandte sich dann seiner Schwester zu. »Ich wusste nicht, dass du, äh, beschäftigt warst. Ich wollte dich fragen, wann das neue Model für Gesundheit und Leben ins Studio kommt.«

»Du dachtest wohl, du kannst schnell mal vor den anderen Vorständen einen Blick auf die Hübsche werfen.«

»Die Zeit wird allmählich knapp. Wenn sie nicht dem entspricht, was die Kollegen suchen, bringt es nichts, mehr Zeit als nötig mit ihr zu verschwenden.«

»Tja, du stehst gerade vor ihr.« Lucy deutete mit einer weitausholenden Geste auf Dee.

Die lächelte und wünschte, sie hätte sich den Scherz über das Aufgeben vor dem Anfangen verkniffen. Sie hoffte, dass sie nicht nervös wirkte, was aber unwahrscheinlich war, denn seit ihrer Zustimmung, bei dem Werbespot mitzuwirken, war sie unglaublich zappelig.

Ethan ließ seinen Blick über sie wandern, als wäre sie bereits ein Foto. »Dann hat Lucy Sie also schließlich doch überredet.«

Dee trat von einem Bein aufs andere und spürte deutlich, dass ihr natürlicher Schick zusammen mit Amandas glitzerndem Fummel auf dem Boden ihres Kleiderschranks lag. »Ich, äh, es schien mir eine Chance zu sein.«

Er nickte langsam. »Ich glaube, Gesundheit und Leben könnte an dem interessiert sein, was Sie zu bieten haben.«

Ihr Kopf lief rot an. »Also, ich möchte nicht, dass jemand meinetwegen seine Zeit verschwendet.«

Ein Zucken seiner Augenbrauen und leicht verzogene Lippen verrieten einen Anflug von Überraschung. »Und wer gibt jetzt auf, bevor er angefangen hat?« Er wandte sich an Lucy. »Gib mir Bescheid, wenn die Fotos fertig sind. Ich möchte sie gerne ansehen, bevor Gesundheit und Leben sie bekommt.« Er wandte sich zum Gehen. »Ich möchte doch sehen, wie gut die Kunst das Leben imitiert.«

»Ach, zieh Leine, Ethan.« Lucy machte die Tür hinter ihm zu.

Dee wollte nicht, dass die Kunst das Leben imitierte, wenn dabei ihr glühend rotes Gesicht ins Bild käme. Noch hatte niemand auch nur ein einziges Foto von ihr geschossen, und schon jetzt war diese ganze Modelgeschichte einfach nur grauenhaft, dachte sie, während sie ihre Yogamatte vom Eingang wegschob. Zum Glück wurde sie nicht bei jedem Job so unter die Lupe genommen. Allerdings war es irgendwie ein schönes Gefühl gewesen, als Ethan sie akzeptiert hatte. Nicht, dass sie seine Meinung über sie interessierte, außer natürlich in Bezug auf das Engagement.

Sie dirigierte Lucy durch die Übungen und bat sie dann, sich zum Dehnen auf den Boden zu setzen.

»Du kannst dir gar nicht vorstellen, wie erleichtert ich bin, dass du mitmachst.« Lucys Stimme klang gedämpft, da sie gerade versuchte, ihr Gesicht auf das ausgestreckte Bein zu drücken. »John war richtig sauer, als ich hierher zurückgefahren bin, um mich um das Chaos mit dem Auftrag von Gesundheit und Leben zu kümmern. Ich sollte jetzt eigentlich am See sein, mich entspannen und Nachwuchs zeugen. Wenn das so weitergeht, werde ich niemals schwanger.«

Vor einem halben Jahr hatte Lucy Dee in das große Geheimnis eingeweiht, dass eine Erweiterung des Roxburgh-Clans geplant war. Da Lucys Privatleben oft öffentlich durchgehechelt wurde, gab es nur wenige Menschen, mit denen sie über persönliche Angelegenheiten reden konnte. Dee wusste nicht das Geringste über Babys und hatte diese Option für sich selbst noch nie erwogen, freute sich aber, dass Lucy ihr genug vertraute, um ihr davon zu erzählen. Bisher hatte allerdings noch niemand gesagt, dass es Zeit zum Feiern wäre.

»Dann kannst du jetzt also zum See zurückfahren?« Dee reckte die Arme in die Breite und animierte Lucy, es ihr gleichzutun. Sie war froh, dass ihre Bemühungen, ihre verdammten Finanzen in den Griff zu kriegen, nun vielleicht auch ihrer Schülerin halfen.

»Ich fahre heute Abend zurück, aber richtig gelöst ist das Problem erst, wenn der Vorstand den Vorschlag angenommen hat«, erklärte Lucy, während sie Dees Bewegungen folgte. »Ethans Reaktion ist aber ermutigend.«

»Arbeitet Ethan auch für Roxburgh Advertising?«

Lucy machte ein gekränktes Gesicht. »Nein. RA ist *meine* Firma. Er leitet Roxburgh Holdings, das Mutterunternehmen, und hat auch noch verschiedene andere Aufgaben. Unter anderem sitzt er im Vorstand von Gesundheit und Leben. Er musste einen Interessenkonflikt einräumen, als Gesundheit und Leben letztes Jahr entschieden hat, uns den Werbevertrag zu geben.« Sie griff mit dem Arm über ihre Schulter, um die Hände schräg hinter dem Rücken zusammenzuführen. »Er redet aber bei der Entscheidung über dich trotzdem mit, und er wirkte ganz schön beeindruckt.«

»Das nennst du beeindruckt?«

Lucy zuckte mit den Schultern. »Ehrlich gesagt hatte ich nicht erwartet, dass du Ethan gefallen würdest. Er steht eher auf den Typ Frau, die so aussieht, als käme sie direkt aus einer Modezeitschrift spaziert. Aber wenn du Ethan von dir überzeugen kannst, wird das die anderen vielleicht für dich einnehmen.«

Dee schluckte. Sie sah niemals so aus, als käme sie direkt aus einer Modezeitschrift spaziert, und sie konnte noch nicht einmal ihre Mutter von sich überzeugen. Vielleicht blieb Verhungern ja doch noch eine Option.

KAPITEL 4

Dee schnappte sich ihre große Tragetasche, rannte bergab die Straße hinunter, schob die Tür zur Yogaschule mit der Schulter auf und jagte die Treppe hinauf. Dabei rief sie laut: »Arianne, ich bin da!« Sie stürmte ins Studio, warf die Tasche hinter die Empfangstheke und zog sich um. »Tut mir schrecklich leid, dass ich so spät komme. Alles in Ordnung?«

»Alles bestens. Es ist noch keiner da, und ich hatte einen guten Tag. Musste bisher erst fünf Mal kotzen.« Arianne und ihr Lebenspartner Howard führten die Yogaschule und lebten in der Wohnung darüber. Sie litt seit Wochen unter morgendlicher Übelkeit, und es war Dee sehr unangenehm gewesen, sie um Vertretung zu bitten, als das Fotoshooting länger als geplant gedauert hatte.

»Also, ich merk mir, dass ich nie ein Kind kriegen will.« Dee sah ihre Freundin quer durch den großen, leeren Raum besorgt an. Normalerweise war Arianne der Inbegriff einer Amazone – hochgewachsen, sportlich und mit unglaublich starkem Oberkörper –, und es war schrecklich, sie so erschöpft und kränklich zu sehen.

»Was ist denn mit deinem Gesicht los?«, fragte Arianne, während sie vor einem der Fenster ein Rollo herunterließ, damit die Nachmittagshitze draußen blieb.

»Das ist Make-up. Ich hatte keine Zeit, mich abzuschminken. Es fühlt sich wie eine Maske an.«

»Warum ist es so dick aufgetragen?«

»Anscheinend braucht man so viel, um natürlich zu wirken«, antwortete Dee und zog eine schwarze Leggings an.

»Wie ist es gelaufen?«

»Sie hatten nicht die geringste Ahnung von Yoga. Ich sollte ständig in die Kamera gucken und lächeln. Und das mit um den Kopf verschränkten Beinen. Lucy war nicht da. Sie hat mich einfach Sam dem Fotografen und Sam dem Assistenten überlassen. Der Assistent Sam hat mich geschminkt und wollte, dass ich das Haar offen trage, damit es auf den Fotos als dynamische Mähne rüberkommt. Ich musste ihm hundert Mal erklären, wie schwierig es ist, komplizierte Positionen einzunehmen, wenn man die Haare im Gesicht hat und sie sich um Arme und Beine wickeln.« Sie kramte in ihrer Tasche und holte das Polaroidfoto heraus, das man ihr mitgegeben hatte. »Was hältst du davon?«

Arianne stellte sich neben sie und betrachtete das Bild. »Also, es ist … nett. So, wie du zur Kamera hochschaust, ist die Position natürlich nicht gerade korrekt, und mit diesem ganzen Make-up siehst du auch nicht wirklich wie du selbst aus. Komisch, dass sie deine Sommersprossen nicht zeigen wollen. Aber es ist nett. Was ist eigentlich mit deinem Rücken los? Er wirkt ganz krumm.«

Dee stöhnte. »Ich war so nervös, dass ich mich total verkrampft habe. Ich finde, mit dem Make-up sehe ich komisch aus. Bestimmt wollen sie ein echtes Model.«

»Wann bekommst du Bescheid?«

»In ein paar Tagen, hat Lucy gesagt.« Sie löste ihren Pferdeschwanz und schüttelte das klebrige Haarspray aus ihrer Mähne. »Halb hoffe ich, dass sie mich nicht wollen. Ständig musste ich posieren und lächeln und einen Schmollmund machen, damit sie neues Lipgloss auflegen konnten. Ich habe mich total bescheuert gefühlt. Vielleicht wäre Verhungern gar nicht so schlimm.«

Unten schlug eine Tür, und Stimmen drangen ins Studio herauf. Dee band ihr Haar wieder zusammen, schloss einen Augenblick die Augen, um ihren Adrenalinspiegel zu senken und ihre Angstgefühle in den Griff zu bekommen, die sie schon den ganzen Tag quälten, und legte die Kladde mit der Anwesenheitsliste zurecht. Sie winkte, um sich von Arianne zu verabschieden, und hieß die ersten zwei Kursteilnehmerinnen willkommen. Sie fand es schlimm, dass sie ihre Schülerinnen abgehetzt, gestresst und mit verklebtem Haar empfing. Wie sollte sie eine Entspannungsübung leiten, wenn sie selber vollkommen verkrampft war? »Hi, Vicki. Wie war es in Rom?«

Vicki besuchte jede Woche drei von Dees Kursen. »Kalt, aber der Kaffee war super.« Sie nahm eine Papiertüte von ihrer Yogamatte. »Ich hab dir echten italienischen mitgebracht.«

»Das ist aber nett. Vielen Dank.«

»Wieso trägst du denn Make-up?«

»Das ist nur ein Experiment.«

Während die Kursteilnehmerinnen allmählich eintrafen, bemühte Dee sich, ihre Anspannung möglichst gut zu kaschieren.

»Hi, Gill, wie war Silvester?«

»Ich heiße Dee. Gib mir Bescheid, wenn du während des Unterrichts Fragen hast.«

»Penny, schön, dich zu sehen.«

Pennys Gesicht leuchtete vor Eifer. Wie anfangs viele Schüler hatte sie sich ein bisschen in ihre Lehrerin verliebt. Das ging den Neulingen oft so. Sie sahen Dee mit großen Augen an und hingen an ihren Lippen, als würde sie gleich den Sinn des Lebens verkünden. Doch das ging vorbei. Schon bald würde Penny herausfinden, dass Dee keine Weise war. Sie gab einfach nur ihr Bestes, genau wie alle anderen auch. Sie war ängstlicher als die meisten, aber das war den Psychologen zufolge normal, wenn man erlebt hatte, dass einem ein Lastwagen in die Windschutzscheibe donnerte. Sie arbeitete hart, bezahlte ihre Rechnungen, aß zu viel Schokolade, sehnte sich nach Liebe und machte sich Sorgen um ihr Gewicht (sie wollte allerdings ihre Pfunde behalten, nicht sie verlieren – sie sah aus wie eine Bohnenstange, wenn sie zu dünn wurde). Mit dem Sinn des Lebens konnte sie nicht dienen. Sie wusste nur, dass man mit Yoga seine eigene Interpretation davon finden konnte.

»Penny, meinst du, du könntest einmal jemand anderen in die erste Reihe lassen?«

Dee wandte sich wieder der Schlange anstehender Schüler zu und lächelte den Mann vor ihr herzlich an. »Schön, dich wiederzusehen, Tom.«

Er war nett, nahm Yoga ernst und war unkompliziert. Genau die Art Mann, in die sie sich gerne verliebt hätte. Er sah aus wie ein Hollywoodstar, der Jesus darstellt – weiches, mädchenhaftes Haar, durchdringende blaue Augen und ein sanftes Gesicht –, und er war ein echter Nachfahre der Hippies, mit Ökogesinnung, Jutetasche und allem Drum und Dran. Vor Weihnachten hatten sie ein paarmal miteinander Kaffee getrunken, und näher war sie einem Date schon ein Jahr lang nicht mehr gekommen. Sie hatte keine Schmetterlinge im Bauch, aber wer sagte denn, dass die Dinge sich nicht entwickeln konnten?

»Vielleicht können wir nachher noch ein bisschen plaudern?«, fragte sie.

»Sehr gerne«, antwortete er mit strahlendem Hollywoodlächeln.

Immer noch keine Schmetterlinge, aber nett war es trotzdem.

Sie wandte sich wieder ihren anderen Schülern zu. »Hallo, Ros.« Dee nahm das Geld entgegen und hakte den Namen ab. »Und wie geht es Emily?«

»Nicht gut. Weihnachten war sie wirklich in Form und hatte viel Spaß mit den Mädels, aber seitdem geht es mit ihr bergab.«

Emily und Ros waren vor fünf Jahren gemeinsam in den Kurs gekommen. Damals erholte Emily sich gerade von ihrer ersten Brustkrebsoperation. Seit damals war der Krebs zweimal wiedergekehrt, und nun hatte sie Metastasen in der Lunge und im Gehirn.

Dee reichte Ros das Wechselgeld. »Mike hat mich gestern angerufen, um ein paar Privatstunden für sie zu buchen. Er hat nicht viel erzählt, nur, dass sie nicht in den Kurs kommt.«

»Sie hat schlimme Schmerzen. Ich glaube, das Meditieren hilft ihr sehr.«

Dee sah die Trauer in Ros' Gesicht und spürte selbst Tränen in den Augen. »Grüß sie von mir, wenn du sie das nächste Mal besuchst. Und die Mädchen auch. Ich freue mich, sie bald wieder einmal zu sehen.«

Dee hakte die Namen der letzten beiden Schülerinnen ab und nahm sich dann kurz Zeit, um sich zu sammeln. Sie zählte die Schüler, die still auf ihren Matten saßen und warteten. Es waren mehr, als sie erwartet hatte, aber es würde trotzdem nicht reichen, um die Stromrechnung zu bezahlen. Sie schüttelte den Kopf. Jetzt war nicht die richtige Zeit, um über Geld nachzudenken.

Sie hörte Lärm und drehte sich um. Eine Schülerin mit Verspätung. Eine neue Schülerin mit Verspätung. Die junge Frau wehte herein, blondgelockte Mähne und eine Parfümwolke, die Dee quer durch den ganzen Raum erschnuppern konnte.

»Hi, ich bin zu spät? Oh.« Ihre Hand flog zum Mund, da ihr bewusst wurde, dass sie in ihrer Begeisterung bei der Stille, die hier herrschte, viel zu laut sprach.

»Schon gut. Wir haben noch nicht angefangen«, antwortete Dee leise und hoffte, dass ihr gedämpfter Tonfall die junge Frau dazu bewegen würde, nicht so viel Lärm mit ihren Einkaufstüten zu machen, die sie laut raschelnd gegen die Wand lehnte.

»Ah, prima«, sagte sie, ohne den Wink zu verstehen. »Das ist für mich das erste Mal. Nicht das erste Mal in einem Yogakurs, aber das erste Mal hier. Vor meinem Umzug aus Melbourne bin ich Yogalehrerin gewesen. Sie sind Dee, nicht wahr?«

Dee zog die Augenbrauen hoch. »Ja.«

»Wusste ich's doch. Leon hat mir alles über Sie erzählt. Sie geben anscheinend das beste Yoga in ganz Sydney, und da *musste* ich einfach kommen.« Sie bezahlte die Stunde und plapperte dabei unausgesetzt weiter wie aufgezogen. »Ich bin gerade erst hergezogen und bin noch vollkommen neu hier. Ich arbeite mit Leon bei dieser kleinen Serie mit, und Sie sind genau so, wie er Sie beschrieben hat, nur schicker. Ihr Lippenstift ist toll. Wir Yogamädels mit Schick müssen zusammenhalten, nicht wahr?«

Dee zwang sich, keine genervte Miene zu machen, als

sie der Neuen ihren Platz zeigte. »Roll deine Matte hier aus, dann können wir anfangen.«

Das Mädel ergriff Dee beim Handgelenk. »Und Leon sagte, du suchst eine WG-Partnerin. Derzeit hüte ich bei jemandem das Haus, aber in einer Woche oder so brauche ich eine Wohnung.«

Dee sah sie entsetzt an. Sie wollte keine aufgebretzelte Yogaschülerin, die wie aufgezogen plapperte, als Wohnungspartnerin. Sie wollte, dass wieder alles so wurde, wie es früher war – vor dem Stress mit dem Werbespot und ihrer finanziellen Verelendung. Damals war alles prima gelaufen. Sie holte tief Luft und flehte eventuelle himmlische Mächte an, dass sie den Job für den Werbespot bekam, damit sie ihr altes Leben wieder aufnehmen konnte.

Als Dees einziger Wochenend-Privatschüler, der nicht sowieso schon in Urlaub war, telefonisch absagte, wusste sie, dass ihr, selbst wenn der Vorstand sich für sie entschied, noch vor der Aufzeichnung des Werbespots das Geld ausgehen würde. Daher rief sie Jo an, die Freundin mit dem Cateringservice, insgeheim dankbar, dass der reguläre Mitarbeiter sich eine Magen-Darm-Grippe zugezogen hatte und Donnerstagabend ausfiel.

Inzwischen lagen die Aufnahmen für die Bewerbungsfotos vier Tage zurück. Sie hatte noch immer nichts von Lucy gehört und arbeitete an diesem Abend für Jo. Gerade kam sie mit den Getränken für eine Bestellung zurück – Sekt für die Dame in Rot und Mineralwasser für den Herrn mit dem steifen Nacken – und hatte sich auf die Zehenspitzen gestellt, um die betreffenden Gäste zu finden, als sie jemand anstieß. Sie machte einen Satz nach vorn und konnte gerade noch verhindern, dass die Getränke über den nackten Rücken einer Dame verschüttet wurden.

»Gute Reaktion.«

Dee drehte sich um und sah vollkommen verblüfft Ethan Roxburgh, der genauso erstaunt war wie sie.

»Dee, die Yogalehrerin.«

Sie lächelte und stellte fest, wie viel netter er in lässigerer Kleidung aussah und wie seine dunklen Augen beim Lachen aufleuchteten. Außerdem sah sie die hochgewachsene, elegante Blondine an seiner Seite, die besitzergreifend den Arm um seine Schulter gelegt hatte.

»Sie sind mit Lucy hier, oder?«, fragte er. »Gute Idee. Hat sie Sie schon Leonard vorgestellt?«

»Also, äh …«

»Er findet es absolut interessant, mit einem echten Yogaprofi statt mit einem Model zu drehen. Ich glaube, die Vorstellung, für die Wohlfühlkampagne eine Könnerin zu nehmen, die ihr eigenes, erfolgreiches Yogaunternehmen betreibt, spricht ihn an. Das macht das Ganze glaubwürdiger.«

»Oh.« Sie warf einen Blick auf die Gläser in ihrer Hand und lächelte nervös. Au weia!

»Hat Lucy mit Ihnen über die Möglichkeit von etwas zusätzlicher PR gesprochen?«

Zusätzliche PR. Was bedeutete denn das? Und wer zum Teufel war Leonard? Nach allem, was sie wusste, konnte es sich da durchaus auch um den Herrn mit dem steifen Nacken handeln, der auf seinen Drink wartete. Sie blickte sich besorgt im Raum um. Sie musste verhindern, dass Lucy sie beim Servieren von Essen und Getränken ertappte. Wie dämlich würde Lucy wohl dastehen, wenn ihr Yogaprofi sich als Kellnerin entpuppte? Dee wandte sich wieder Ethan zu. Er schien sie ebenfalls zu unterstützen, und so durfte auch er nichts von ihrem Nebenjob erfahren. Beide Roxburghs würden sich sonst blamieren. Und auch Dee wäre bloßgestellt. Alle drei würden sie blöd dastehen – und das wäre nicht gut. Vielleicht wäre es sogar so sehr *nicht gut,* dass man Dee schließlich für die definitiv falsche Besetzung halten würde.

»Äh, ich bin nicht mit Lucy hier«, sagte sie.

»Dann würde ich Sie jetzt gerne Leonard vorstellen.« Ethan blickte sich im Raum um.

Dee begann sich zurückzuziehen. »Vielleicht später. Ich muss noch, Sie wissen schon …« Sie hielt die Gläser hoch, als wäre sie auf dem Rückweg zu einer Freundin.

»Ja, natürlich. Ach, und Prost. Ich habe mich gefreut, Sie wiederzusehen.« Er hob sein Rotweinglas und stieß mit der Sektflöte in ihrer Hand an.

Sie warf einen nachdenklichen Blick auf das teure Getränk. Als Gast auf einer Party sollte man nicht unhöflich sein, wenn einem zugeprostet wurde. »Ja, Prost.« Mit schlechtem Gewissen trank sie einen Schluck und schlüpfte dann zwischen den anderen Gästen davon.

Sie kehrte zur Theke zurück, sorgfältig darauf bedacht, nicht in Ethans Blickwinkel zu geraten, und holte ein neues Glas Sekt. Sie würde so tun müssen, als wäre sie hier als Yogasuperprofi zu Gast, während sie sich gleichzeitig als Servierkraft verdingte. Alles kein Problem. Während sie auf der Suche nach der Dame in Rot und Herrn Steifnacken am Rand des Raums entlangging, überlegte sie, dass sie unter anderen Umständen sehr gerne mit Ethan Roxburgh geplaudert hätte. Nun aber musste sie ihm nicht nur aus dem Weg gehen, sondern sich auch noch jedes Mal nach ihm umschauen, wenn sie die Küche verließ, und Deckung suchen, wann immer er sie mit einer verdächtigen Servierplatte zu entdecken drohte. Alles natürlich überhaupt kein Problem.

»Wo bleibst du denn, verdammt noch mal?« Jo war abgehetzt und sah Dee aufgebracht an, als diese in die Küche zurückkam. »Du sollst hier arbeiten und nicht mit den Gästen trinken.« Sie zog die Ofentür mit einem wütenden Ruck auf, holte Bleche heraus, schob neue hinein und sprach gleichzeitig mit Dee. »Verdammt noch mal, Dee, ich kann es nicht fassen, dass du Sekt getrunken hast. Ich habe dir diesen Job gegeben, um dir einen Gefallen zu tun. Meine Kundin würde einen Anfall kriegen, wenn sie wüsste, dass meine Leute ihre Drinks schlürfen.«

»Tut mir leid. So ist es doch gar nicht. Es geht um diesen Job, von dem ich dir erzählt …«

»Ist mir vollkommen egal. Schaff jetzt dieses Tablett raus, und trödel nicht rum.«

Dee fühlte sich wie eine dieser Wackelpuppen, so wie sie ständig zwischen den Gästen, denen sie Essen brachte, und den Gästen, denen sie auswich, hin und her schaute. Sie hatte Lucy noch nicht entdeckt und wusste nicht, wie Leonard aussah, aber es war ihr gelungen, Ethan im Auge zu behalten. Er war schwer zu übersehen – hochgewachsen, selbstbewusst und lässig. Er schlenderte mit der eleganten Blondine zwischen den Gästen herum, plauderte, schüttelte Hände und stellte Leute einander vor. Dann war er auf den Balkon getreten, wo ein kühles Lüftchen die Sommernacht mild und angenehm machte.

Solange sie ihn draußen sehen konnte, wagte Dee sich

mit ihrem Tablett auch weiter in den Raum hinein. Sie musste nun nicht mehr in der Nähe der Ausgänge bleiben wie in der Stunde davor. Mit der Servierplatte ging sie von Gruppe zu Gruppe und bot Sushi an. Als sie sich gerade mitten in dem großen Wohnbereich befand, sah sie, dass Ethan sich von der Blondine freimachte und hereinkam.

Verdammt. Er schlug ihre Richtung ein. Als er sie erblickte, lächelte er und steuerte direkt auf sie zu. Dee drückte jemandem das Tablett in die Hände und schnappte sich stattdessen ein Sektglas. Mit ein bisschen Glück würde Jo glauben, dass sie gebrauchtes Geschirr einsammelte, und Ethan, dass sie einen Drink nahm. Als er näher kam, lächelte sie ihn wie ein erfreuter Partygast an. Das hoffte sie zumindest. Ihr freundliches, beflissenes Kellnerinnenlächeln wäre jetzt fehl am Platz.

»Hi, Dee. Amüsieren Sie sich gut?«

»Oh, ja, und äh … es ist ja auch so eine schöne Nacht.«

Er nickte, wirkte aber ein bisschen belustigt. »Mit wem sind Sie denn hier?«

»Oh, tja …« Mit einer unverbindlichen Geste wies sie in den Raum, dorthin, wo eine Gruppe Gäste Sushi aß. »Mit, äh, ein paar Freunden.«

»Kennen Sie Jonathon Beasley?«

Verdammt. »Oh, ja. Der mag Sushi. Haben Sie Lucy gefunden?« Sie zwang sich angestrengt zu einem Lächeln und achtete nicht auf seinen befremdeten Blick.

»Sie ist nicht hier, aber ich habe Leonard Frost und seine Frau getroffen.«

»Wen?«

»Den Kunden. Leonard ist Vorstandsvorsitzender von Gesundheit und Leben.«

»Ah ja, richtig.«

»Ich habe ihm erzählt, dass Sie da sind, und er würde Sie sehr gerne kennenlernen.«

»Oh ja, sicher.«

»Er steht auf dem Balkon.« Ethan nickte dort hinüber und bat sie, ihm zu folgen.

Dee packte das Sektglas fester. »Ich wollte mir eigentlich gerade einen neuen Drink holen.«

»Oka-ay.« Er zog die Stirn kraus. »Aber gehen Sie nicht, ohne mir vorher Bescheid zu sagen. Ich fände es gut, wenn Sie Leonard kennenlernten.«

»Ja, natürlich. Also, bis später dann.« Sie zog sich an die Getränkebar zurück und vergewisserte sich, dass Ethan weg war, bevor sie in die Küche verschwand.«

»Dee, fang mit dem Abwasch an«, sagte Jo, als sie hereinkam.

»Ja, gerne.« Sie hatte sich noch nie so gefreut, abwaschen zu dürfen. Das war doch einfach lächerlich, überlegte sie, während sie Gläser ins Abtropfgitter stellte. Die ersten Gäste gingen schon, und wenn bald nicht mehr so viel Gedränge herrschte, konnte sie sich als Kellnerin nicht länger verstecken.

Also gut, sie hatte drei Optionen.

Nummer eins: Sie könnte in der Küche bleiben und schließlich aufbrechen, ohne Leonard dem Kunden vorgestellt worden zu sein. Dabei liefe sie Gefahr, einen oder beide Roxburghs zu verärgern.

Nummer zwei: Sie könnte weiter bedienen und dabei Ethan aus dem Weg gehen (was allerdings immer schwieriger wurde). Schließlich könnte sie aufbrechen, ohne vorgestellt worden zu sein, und dabei wiederum die Verärgerung der Roxburghs riskieren.

Nummer drei: Das Aus-dem-Weg-Gehen würde scheitern, man würde sie Leonard vorstellen, sie wäre gezwungen, den Sekt von Jos Kundin zu trinken, und man würde dahinterkommen, dass sie zum Personal gehörte und als Yogalehrerin nicht über die Runden kam.

Was war das kleinere Übel?

»Dee, nimm mal das hier«, sagte Jo hinter ihr.

Dee drehte sich um und riss kulinarisch beeindruckt die Augen auf. »Mjam, lecker!« Jo hatte drei riesige Tabletts mit kleinen Dessertkreationen beladen – winzige Limonenbaisers, Käsekuchen, Tiramisuhäppchen und Zitronentörtchen mit Schlagsahne.

»Aber hier steht noch ein riesiger Abwasch.« Dee zeigte auf die Spüle.

Jo war nicht mehr ganz so ärgerlich wie zuvor, machte aber noch immer ihr gestresstes Caterergesicht. »Der Abwasch kann warten.«

Option Nummer eins ist keine mehr, dachte Dee.

»Bring sie auf den Balkon hinaus.«

Beim letzten Mal Nachschauen hatte Ethan auf dem Balkon gestanden.

»*Sofort,* Dee«, forderte Jo sie ungeduldig auf.

Dee zuckte zusammen. Mit Option Nummer zwei stand es auch nicht zum Besten.

Dee schob sich durch die schwere Glastür, die auf den Balkon hinausführte, und blockierte sie, damit sie offen stehen blieb. So war sie gerüstet, falls sie einen Notausgang brauchte. Ethan befand sich auf der anderen Seite des Balkons, und es herrschte immer noch ein ziemliches Gedränge. Wenn sie also auf dieser Seite blieb, würde er sie vielleicht übersehen.

Doch das war Wunschdenken. Sie drehte mit der

Servierplatte gerade ihre zweite Runde auf der sicheren Seite, als Ethan sie erblickte. Er sagte etwas zu dem Mann neben ihm, und jetzt kamen beide auf Dee zu. Mit der halb gefüllten Servierplatte mitten auf dem Balkon saß sie ganz schön in der Patsche. Da war Rückzug die beste Option. Sie machte kehrt, wandte sich zur Tür und sah, dass sie inzwischen wieder geschlossen war.

Sie versuchte, die Platte auf der Hüfte abzustützen, aber sie war groß, schwer und unhandlich. Sie konnte sie nicht mit der einen Hand festhalten, um die schwere Tür mit der anderen zu öffnen. Daher packte sie das Tablett wieder richtig, zog den Türgriff mit dem Ellbogen auf, schob den Fuß in den Türspalt und versuchte, sich durch die Öffnung zu quetschen, ohne dass die Desserts hinunterplumpsten. Während sie sich noch abmühte, flog die Tür plötzlich auf, und sie taumelte rückwärts.

Die Törtchen und Küchlein rutschten gefährlich auf der Platte herum. Elegant schwenkte sie das Tablett und schaffte es so, sie vor dem Herunterrutschen zu bewahren. Dann blickte sie auf und sah Ethan vor sich. Nun sah sie also der dritten Option ins Auge.

»Was machen Sie denn?«, fragte er, gleichzeitig verwirrt und belustigt.

»Na ja, ich, äh, dachte gerade, dass, äh …«

»Dafür gibt es hier Servicepersonal, wissen Sie.«

»Ach ja? Sie sehen eben einfach so hübsch aus …« Sie stand gegen das Glas gedrückt und fragte sich, wie es weitergehen sollte – rein oder raus, Wahrheit oder Lüge, Idiot oder Vollidiot?

Die elegante Blondine trat zu ihnen, zusammen mit einer älteren Dame, die sich ein Zitronentörtchen von der Servierplatte nahm.

»Mhm. Köstlich. Hast du die schon probiert?«, fragte sie Ethans Begleiter, der wohl Leonard der Kunde war.

Der nahm ein winziges Limonenbaiser. »Sie machen das wirklich sehr schön. Das Essen schmeckt großartig. Sie müssen mir Ihre Visitenkarte geben, bevor wir gehen.«

Meint er jetzt meine Kellnerinnenkarte oder meine Yogalehrerinnenkarte oder meine Volltrottel-und-Loser-Karte, überlegte Dee mit einem matten Lächeln.

Ethan zog weniger amüsiert die Augen zusammen. »Leonard, das hier ist Dee, die Yogalehrerin. Nicht die Servierkraft. Sie ist die Frau, die ich dir schon den ganzen Abend vorstellen wollte.« Er blickte auf das Tablett. »Sie ist wohl ebenfalls ein Fan dieser Desserts.«

Die elegante Blondine legte ihm wieder den Arm um die Schulter. »Sie mag vielleicht Yoga unterrichten, Ethan, aber sie ist einfach nur eine Kellnerin. Sie hat den ganzen Abend Essen serviert. Ich nehme noch ein Glas Sekt, vielen Dank.« Mit einem herablassenden Blick auf Dee stellte sie eine leere Flöte zwischen die Desserts aufs Tablett.

Ethan runzelte die Stirn, jetzt nicht mehr amüsiert oder verwirrt – eher verärgert. »Dee?«

»Tja, tatsächlich, tut mir leid, jawohl, ich arbeite heute Abend als Kellnerin. Sorry. Ich bin wirklich Yogalehrerin, aber heute Abend trage ich Essen herum.« Oh Mann. »So, und wenn hier jetzt niemand mehr eine Leckerei will, bringe ich das hier in die Küche zurück.«

Sie trat vor und merkte dabei nicht, dass die Klinke der großen Glastür sich in ihrer Gürtelschlaufe verhakt hatte. Angetrieben von ihrem brennenden Wunsch, hier so schnell wie möglich Fersengeld zu geben, wurde sie von der entgegengesetzten Kraft genauso kräftig zurückgezerrt. In einer einzigen geschmeidigen Bewegung flog sie nach hinten, warf die Arme hoch – und schleuderte sich das Tablett und alles, was darauf lag, ins Gesicht.

KAPITEL 5

Dee stand einen Augenblick mit der Servierplatte im Gesicht da. Sahnematsch überzog ihre Wange, und irgendetwas rann an ihrem Kinn herunter, aber die Platte schien ihr ideal, um sich in ihrer Demütigung dahinter zu verstecken. An diese Option hatte sie gar nicht gedacht – dass ihr Spiel auffliegen und sie sich auch gleich noch ein Tablett an den Kopf werfen und sich mit Schlagsahne beschmieren würde.

Langsam ließ sie die Platte herunterrutschen und beugte sich dabei ein wenig vor, damit die Pampe aus Limonenbaisers und Käsekuchen nicht neben den Scherben des Sektglases der eleganten Dame, das auf den Fliesen zerbrochen war, auf den Boden tropfte.

»Dee.« Ethan versuchte, ihr das Tablett aus den Händen zu nehmen.

Sie hielt die Hand wie ein Stoppschild hoch. »Nein, ich hab es«, sagte sie. Die Peinlichkeit konnte ihr keiner abnehmen. Sie zupfte ein Minizitronentörtchen von ihrer Wange. »Könnten Sie mich bitte von der Tür freimachen?«

Bemüht, nicht an seine Hände zu denken, die mit ihrer Hose hantierten, blickte sie sich um. Leonard und seine Frau standen wie erstarrt da, während die elegante Dame sich mit vor den Mund gehaltener Hand vergebens bemühte, zu verbergen, dass sie vor Lachen wieherte. Verdammt. Es ging doch nichts darüber, im Rampenlicht zu stehen – als echte Rampensau! Dee lächelte dämlich und spürte einen Klumpen Dessertmatsch an ihrer Oberlippe.

»So«, sagte Ethan, der sie befreit hatte, und öffnete die Tür.

Dee leckte die mit Weinbrand abgeschmeckte, süße Masse ab. »Mhm, das Tiramisu ist wirklich lecker. Sie sollten unbedingt etwas davon kosten. Wenn Sie mich jetzt bitte entschuldigen würden? Ich geh nur eben in die Küche und bring mich um.«

Danach ging es an diesem Abend überraschenderweise aufwärts. Wenn sie sich mit dem Gesicht voll Dessertcreme auf der Skala peinlicher Momente so ungefähr auf dem Nullpunkt befunden hatte, entwickelte sich die Stimmung von da an zu einem erträglichen Stand von drei oder vier. Allerdings war sie erst noch in Tränen ausgebrochen, hatte Jo um Vergebung angefleht und sich mit einem Messer Dessertcreme von der Bluse gekratzt. Jo, die jetzt, gegen Ende des Abends, allmählich entspannter wurde, lachte tatsächlich, bis sie Tränen in den Augen hatte, und schickte Dee ans Spülbecken zurück. Die nächsten anderthalb Stunden wusch Dee Geschirr ab und trocknete es ab, stapelte Teller und Servierplatten auf und ließ sich die Spitznamen, die das restliche Personal für sie erfand, gutmütig gefallen. Am liebsten mochte sie Leckermaul, aber Tortenfrätzchen und Sahneträne waren auch nicht schlecht. Das Allerbeste aber war, dass sie hier Ruhe vor Ethan, Leonard dem Kunden samt Frau und der grauenhaften eleganten Dame hatte, während sie darüber nachdachte, wie sie nur ihre verdammten Finanzen in den Griff kriegen sollte, wenn jetzt alle davon überzeugt waren, dass sie einfach zu dämlich war, um einen Werbespot zu drehen.

»Mrs. Weston möchte noch kurz mit mir reden, bevor ich gehe«, sagte Jo. »Mach mal Pause, und dann helfe ich dir mit dem Rest, wenn ich zurückkomme.«

Dee trocknete sich die Hände ab und schlenderte auf den Balkon hinaus. Es waren nur noch eine Handvoll Gäste geblieben, und die waren alle drinnen. Daher schlüpfte sie aus ihren Clogs und stützte sich erschöpft aufs Geländer. Der Blick vom Penthouse war umwerfend, und die Stadt funkelte von Millionen Lichtern. Sie schloss die Augen, spürte, wie die milde Nacht sie tröstend umschloss, und hörte die Geräusche der Stadt, die von der Straße unten heraufstiegen.

»Dee?«

Beim Klang von Ethans Stimme fuhr sie zusammen. Verdammt, sie hatte geglaubt, dass er schon weg wäre.

Er schlenderte über den Balkon zu ihr und legte einen Arm aufs Geländer. Im Halbdunkeln wirkte seine Iris schwarz. »Alles in Ordnung?« Er klang besorgt. Das erschien ihr nur natürlich, nachdem er gesehen hatte, wie sie sich ein voll beladenes Tablett ins Gesicht geklatscht hatte.

»Ja, alles okay. Nur mein Ego hat gelitten.«

Es zuckte um seine Mundwinkel. »Haben Sie Ihren Job noch?«

»Na ja, Jo hat mich nicht nach Hause geschickt, also denke ich schon. Aber das hier ist nicht mein *richtiger* Beruf – sondern einfach nur ein Job.«

»Warum haben Sie es mir nicht erzählt?«

Dee seufzte tief. Gute Frage. Sie hatte sich schon tausend Mal gesagt, dass sie genau das gleich zu Anfang hätte tun sollen. »Na ja …« Sie fuhr sich mit den Fingern durchs Haar und bemerkte, wie er mit den Augen ihrer Hand folgte, bis sie wieder unten war. »Sie haben mir gesagt, dass der Vorstand sich einen richtigen Yogaprofi für den Werbespot wünscht. Das bin ich auch, aber ich dachte, wenn Sie wüssten, dass ich hier zum Servierpersonal gehöre, könnten Sie glauben, dass ich das Geld brauche, was ja tatsächlich stimmt. Aber ich fürchtete, dass Sie dann auch glauben würden, dass ich keine gute Yogalehrerin bin, was nicht stimmt, und dass ich nicht besonders gut Yoga kann, was ebenfalls nicht stimmt. Und dann würden Sie mich nicht für den Werbespot haben wollen.«

Sie holte tief Luft. Er erwiderte nichts, und so fuhr sie fort: »Also habe ich so getan, als wäre ich ein Partygast. Und das schien ja auch recht gut zu funktionieren. Bis zu dem Augenblick, als ich Ihrem Kunden Törtchen serviert und mich dann selbst damit beworfen habe. Tut mir leid.«

Ethan schwieg eine ganze Weile.

Warum hatte sie nicht einfach Entschuldigung gesagt und dann verdammt noch mal die Klappe gehalten?

»Oka-ay«, sagte er langsam. Er holte tief Luft, als wollte er noch etwas hinzufügen, stockte dann aber.

Dee krümmte sich innerlich und wartete auf den Schlag.

»Sie haben da noch Sahne«, sagte er. Er deutete mit dem Finger auf ihr Gesicht. »Am Ohrläppchen.«

Oh. Sie wischte sich den Sahnekleks vom Ohr und säuberte den Finger an ihrer Bluse. »Was stört ein bisschen Sahne, wenn man sich schon darin gewälzt hat?«

Er lachte leise, was Dee wirklich nett fand – und viel besser, als wenn er sie zur Schnecke gemacht hätte. »Na, dann bis später mal, Frau Yogalehrerin. Und viel Glück mit dem Werbespot.«

Sie sah ihm nach, wie er wieder hineinging, und war jetzt selbst ein bisschen verwundert.

Dee nahm ihr Handy, schloss die Tür des Yogastudios hinter sich und ging dran. »Hallo, Mum.«

»Ich habe heute Morgen Claudia Warburton getroffen, Trudy.«

Es wäre schön, wenn Val Dees Gruß hin und wieder einfach erst mal erwidern würde. »Wen?«

»Aus dem Tennisklub. Sie hat mich gefragt, wie lange du schon als Küchenmädchen arbeitest.« Es war gleichzeitig eine Frage und ein Vorwurf. Als wollte sie, dass Dee es abstritt, bevor sie ihr auf die Finger haute.

Dee ging die Treppe zur Straße hinunter und überlegte, wie sie sich am besten aus der Affäre ziehen könnte. Das war der Gipfel der Enttäuschung für ihre Mutter. Ihre Tochter, die einen Universitätsabschluss und ein riesiges Potenzial besaß, schlug sich als Hilfskraft durch. Also hatte sie bestimmt Geldprobleme. Sie war bestimmt verzweifelt. Und das bot der Mutter die perfekte Gelegenheit, die Tochter zu retten und auf den rechten Weg zu führen. Sie dazu zu bewegen, die Wohnung zu kaufen und sich eine ordentliche Stelle zu suchen.

»Also, weißt du, ich habe einer Freundin einen Gefallen getan, die …«

»Claudia hat gesagt, jemand hat dich mit Essen beworfen.«

»So war es nicht …«

»Ich verstehe das einfach nicht, Trudy. Du musst doch nicht jobben. Wenn du Geld brauchst, kann ich dir helfen. Aber du musst dir etwas Besseres suchen. Eine richtige Stelle. Mit der du deine Wohnung abbezahlst.«

Dee schlug die Haustür hinter sich zu und knirschte fast mit den Zähnen. War es ein Wunder, dass sie lieber jeden Cent umdrehte, als Val um Hilfe zu bitten? »Mum, so ist es doch gar nicht. Es war ein bisschen zusätzliches Geld, du weißt schon, nach Weihnachten, und ich habe eigentlich nur Jo aus der Patsche geholfen, ihr einen Gefallen getan.« Sie zuckte bei der Lüge zusammen und warf ihre Yogamatte hinten ins Auto. »Und eigentlich habe ich jetzt gerade auch einen wirklich gut bezahlten Job. Ich fahre gleich los, um zwei Tage zu arbeiten.«

Dee hatte laut herausgelacht, als Lucy sie am Morgen nach dem Catering-Desaster angerufen und ihr mitgeteilt hatte, der Kunde Leonard habe sie als Darstellerin für den Werbespot akzeptiert. Wenn sie gewusst hätte, dass eine Torte im Gesicht ihr den Auftrag einbringen würde, hätte sie damit nicht bis zum Ende des Abends gewartet. Das Beste war aber, dass sie zwei Nächte lang in einem Nobelhotel absteigen durfte, damit sie gleich morgens früh loslegen konnten. Sie bekam also noch einen Gratisurlaub dazu.

»Du arbeitest zwei Tage lang in einer Küche?« Vals Stimme war schrill.

»Nein, ich mache in einem Werbespot Yoga.« Sie verkündete es, als wäre es etwas Großartiges, und wartete nun auf den Beifall.

»Das hat keine Zukunft. Da kannst du genauso gut in irgend so einer Küche jobben.«

Dee saß jetzt auf dem Fahrersitz, beugte sich vor und schlug ihren Kopf mehrmals langsam gegen das Lenkrad. Geduld, Dee. Ruhige Mitte. Tief durchatmen. »Der Werbespot ist für die Versicherung Gesundheit und Leben. Du hast dort doch auch Policen, oder?«

Eine kurze Pause. »Ja.«

»Für nur zwei Tage Arbeit bekomme ich massenhaft Geld, und Lucy Roxburgh hat gesagt, dadurch würden sich mir völlig neue Möglichkeiten eröffnen. Eine ganze Lawine von Chancen.« Nicht dass sie die Absicht hatte, in diese Lawine zu geraten. Ein einziger Werbespot würde reichen, um ihre verdammten Finanzen in den Griff zu kriegen, und dann könnte sie wieder zur Normalität zurückkehren.

»*Die* Lucy Roxburgh? Meinst du etwa Ethan Roxburghs Schwester?«

»Ja. Sie ist eine Schülerin von mir.«

»Oh.« Die Mutter wirkte fast ein bisschen beeindruckt.

Ermutigt fuhr Dee fort: »Sie hat mich für den Werbespot ausgesucht und mich praktisch bekniet, es zu machen. Ich werde das Gesicht von Gesundheit und Leben sein.«

Am anderen Ende der Leitung entstand ein längeres Schweigen.

Komm schon, Mum. Das muss dich doch beeindrucken. Dee wäre ja selbst davon beeindruckt gewesen, wenn sie nicht so verdammt nervös wäre.

»Nun, das wird sich vermutlich gut in deinem Lebenslauf machen«, sagte Val.

KAPITEL 6

»Verdammt noch mal, was ist denn jetzt schon wieder mit Ihrem Arsch los?«, schrie Regisseur Damon über den Strand.

Dee fühlte sich, als wäre sie in ihrem eigenen Angsttraum aufgewacht. An einem unendlich langen Strandstreifen drei Fahrstunden nördlich von Sydney stand sie im Mittelpunkt der Aufmerksamkeit, und ihr Hintern spielte einfach nicht mit. Erst saß die Hose zu tief. Offensichtlich hatte man erwartet, dass ein muskulöses, brötchenförmiges Hinterteil das Kleidungsstück ausfüllen würde, aber ihr Po war nun einmal von Natur aus birnenförmig. Also musste die Regieassistentin eine Schönheitsoperation an der Hose durchführen, um die sportliche Note zu erreichen, die erwünscht war.

Als Dee dann wenige Meter vor der Brandung im weichen Sand ihre erste Vorwärtsbeuge machte, hatte Damon gebrüllt: »Was zum Teufel tragen Sie da eigentlich? Die Liebestöter Ihrer Oma?«

Auf Lucys Anweisung hin hatte Dee einen fleischfarbenen Stringtanga gekauft, aber der winzige Fummel sah eher wie die Ausrüstung einer fallschirmspringenden Barbie als wie etwas aus, in das sie bei einer Yogaübung gezwängt sein wollte. Und so hatte sie einen unauffälligen Slip angezogen, der laut Leon und Robert unter der weiten, weißen Hose nicht zu sehen war. Aber Damon hatte da offensichtlich bessere Augen.

Zum Glück hatte sie für alle Fälle auch den Stringtanga dabei, aber als sie jetzt mit ihrem Minifallschirm bekleidet wieder am Strand war – bemüht, sowohl im Sand das Gleichgewicht zu wahren, als auch nicht das Gesicht gegen die Sonne zu verziehen, denn dann gäbe es Risse im Make-up –, war Damon noch immer mit ihrem Po unzufrieden.

»Sie haben einen großen Fleck auf dem Hintern.«

Dee schaute an sich hinunter. »Wo denn?«

Er kam zu ihr und stupste sie in eine Pobacke. »Da.«

»Au!«

»Was ist das? Lassen Sie mal sehen.«

Dee schob ihren Hosenbund herunter und enthüllte den dicken blauen Fleck, den sie sich zugezogen hatte, als sie versucht hatte, Leons Fernseher an eine andere Stelle zu schieben, damit ihre Wohnung nicht mehr so leer aussah.

»Da ist ja alles grün und blau«, sagte Damon und rief dann über die Schulter: »Make-up!«

Sekunden später schlabberte Dees Hose um ihre Knöchel und gab den Stringtanga zur öffentlichen Besichtigung frei, während das Make-up-Team sowie Damon, seine Assistentin, ein Kameramann, ein Tontechniker, ein Fotograf und ein halbes Dutzend Mitarbeiter, deren Funktion sie nicht kannte, sich um ihren Po scharten, als wäre er eine vom Aussterben bedrohte Tierart.

Sie schloss die Augen, und ihr Magen krampfte sich zusammen. Ihre Angstgefühle hatten ihr heute Morgen zu schaffen gemacht, und jetzt spürte sie, wie sie in ihr rumorten und an die Oberfläche wollten. Sie atmete tief durch und versuchte, nicht zusammenzuzucken, als die Make-up-Tante sich an ihrer Pobacke zu schaffen machte.

Als mit ihrem Hintern endlich alles in Ordnung war, forderte Damon sie auf, mit ein paar Sonnengrüßen zu beginnen. Der Anblick einer gewandten jungen Frau, die vor schöner Naturkulisse Yoga praktizierte, sollte die Leute motivieren, eine bestimmte Versicherung bei Gesundheit und Leben abzuschließen: die Gesund-Leben-Versicherung – wir helfen Ihnen selbst dann, wenn Sie gesund sind, oder so ähnlich. Dee war gehemmt. Inzwischen hatte sich ein größeres Publikum versammelt, und die riesige Kamera war genau auf ihren nahezu nackten Rumpf gerichtet – warum saß ihr Outfit auch so knapp? Sie streckte die Arme nach oben, beugte sich vor, setzte die Hände neben den Füßen auf, stellte einen Fuß wie zu einem Ausfallschritt weit zurück und geriet auf dem Sand ins Wackeln.

»Cut!«, rief Damon. Er schaute ungeduldig auf die Uhr. Es war jetzt eine Stunde her, seit Dee, mit Sonnencreme und Make-up überkleistert, zum Strand gekommen war, und es wurde allmählich immer heißer. »Versuchen Sie das doch noch mal, Darling.«

Sie warf einen befangenen Blick auf den Halbkreis von Schaulustigen, die mit in die Hüften gestemmten oder vor der Brust verschränkten Armen dastanden, die Gesichter im angenehmen Schatten ihrer Hüte, und darauf warteten, dass etwas Interessantes passierte. Sie schluckte und zupfte verlegen an ihrer Hose. Für einen Moment meinte sie Ethan Roxburgh vor sich zu sehen. *Na, dann bis später mal, Frau Yogalehrerin.* Plötzlich war sie unglaublich froh, dass er sie nicht mit seinen dunklen Augen beobachtete und sah, wie sie sich zum Affen machte. Mit vor der Brust gefalteten Händen begann sie von Neuem – nach oben recken, nach unten beugen, Ausfallschritt nach hinten, Stellung »Hund«, beim Vorwärtsgleiten sich selbst keinen Sand ins Gesicht schmeißen, wieder ein Ausfallschritt… Verdammt, welches Bein war dran? Und Damon schaute auf die Uhr.

Er gebot ihr mit erhobener Hand Einhalt. Dann nahm er seine Kappe ab und fuhr sich durchs schüttere Haar. »Wie wär es, wenn Sie mal versuchten, na ja, ich weiß nicht, mehr nach Zen auszusehen.«

Dee sah ihn von der Seite an. Was zum Teufel meinte er denn damit? Sie öffnete die Lippen ein bisschen und versuchte ein möglichst zufriedenes, an Zen gemahnendes Lächeln. Hoffentlich sah sie nicht so blöd aus, wie sie sich fühlte. Noch einmal: Strecken, tief vorbeugen, Ausfallschritt nach hinten. Ihr Blick zuckte dabei zu den Schaulustigen. Sie sahen ungeduldig, enttäuscht und sogar desillusioniert drein. Was wollten sie denn? Sie machte einfach nur Yoga, sie verwandelte sich nicht in Gold.

Als sie fertig war, herrschte ein langes, ungemütliches Schweigen. Damon schaute auf die Uhr und kam dann über den Sand auf sie zu. »Sind Sie nervös, Darling?«

Mal sehen – ihr Mund war trocken, ihr Rücken verspannt, die Tasse Kaffee, die sie vor dem Drehbeginn getrunken hatte, schwappte gegen ihre verkrampften Magenwände, und hätte sie die Zähne nicht fest zusammengebissen, würde sie sich jetzt übergeben. »Ein bisschen.«

»Es ist halt so, Sie müssten ein bisschen ätherischer rüberkommen. Meinen Sie, Sie können ätherisch?«

Lucy hatte nie etwas von wegen ätherisch gesagt. Dee hatte keine Ahnung, wie man auf ätherisch machte.

»Also, ich, äh …«

»Okay, tja, wie wäre es, wenn wir mal eine kurze Pause einlegen? Ich muss ein bisschen telefonieren, und Sie können inzwischen etwas Kaltes trinken und über eine ätherische Ausstrahlung nachdenken.«

Dee ging zum Getränkezelt. Sie war zu klein und muskulös, um ätherisch zu wirken. Und jetzt, da ihr der Sand in alle Öffnungen drang, sie unter den Achseln schwitzte, ihr Po mit Make-up bekleistert war und der Stringtanga sie zwickte, fühlte sie sich in etwa so ätherisch wie eine alte Hure unter einer Straßenlaterne.

Sie nahm sich eine Flasche Wasser aus einer Kühlbox und zog sich mit ihrem Handy in den Schatten eines Baumes zurück. Ein paar SMS waren eingegangen.

Heute guter Tag. Musste nur einmal kotzen! A xx

Dee lächelte und öffnete die nächste.

Zu früh gefreut. Bis jetzt dreimal. A x

Die letzte Nachricht kam von Leon.

Wie läuft's? Bist du schon ein Star?

Wohl kaum.

So nervös, dass ich gleich Herzkasper krieg, schrieb sie und hielt kurz inne, bevor sie die Nachricht abschickte. Damon lief hinter ihr den Weg entlang und sprach dabei in sein Handy.

»Lucy sagte, sie sei so eine Art Yogagenie. … Ja … Ja … schon versucht … wir haben nur sie … Ja … Ja … Tja, so ist das wohl, wenn man Amateure nimmt … Ja, okay, ich halt dich auf dem Laufenden. Ich melde mich in der Mittagspause wieder … Ja, tschüss.«

Er lief redend an Dee vorbei, drehte sich um und sah

sie. Er stockte einen Augenblick und ging dann weiter, als wäre sie ein Schild, das den Weg zum Zelt weist.

Sie finden mich grässlich. Bin den Job bald los. Nie wieder. D xx

Sekunden nach dem Versenden der SMS rief Leon an. »Was is denn los?«

Dee war so erleichtert, seine Stimme zu hören, dass sie fast geheult hätte. »Ich bin nicht ätherisch. Es ist schrecklich. All diese Leute stehen um mich rum und erwarten, dass ich irgendwas Umwerfendes mache. Und ich habe keine Ahnung, was. Ich möchte Lucy nicht enttäuschen, mein Po ist verkehrt, sie haben mich zentimeterdick mit Make-up eingeschmiert, sie hassen meine Sommersprossen, ich habe Grundierung im Bauchnabel, und mein Haar ...«

»Hoppla, Dee, jetzt mal langsam.«

Tränen traten ihr in die Augen. »Verdammt. Jetzt ruiniere ich auch noch mein Make-up.«

»Alles okay, Dee. Leg den Kopf in den Nacken, damit die Mascara nicht verläuft.«

Sie lehnte ihren Kopf gegen den Baum. Zum Glück gab es Leon. Er hatte schon Hunderte von Schauspielerinnen geschminkt und kannte massenhaft Geschichten, wie sie ganz kurz, bevor die Kamera loslegte, fast ausgeflippt waren – als Schauspielerin würde Dee sicherlich nicht durchgehen, aber das mit dem Ausflippen traf auf sie zu.

»Wie konnte ich mir nur einbilden, ich würde das schaffen? Ich hätte mir etwas Geld von Amanda leihen sollen, um meine Schulden zu bezahlen, hätte meine Wohnung dieser plappernden Freundin von dir geben und zulassen sollen, dass Val mir eine Immobilie mit

Hypothek kauft. Vielleicht ist es ja noch nicht zu spät. Vielleicht sollte ich Damon einfach sagen, dass ich das nicht schaffe. Aber dann wäre Lucy …«

»Dee. Dee! Jetzt halt mal einen Moment lang den Schnabel, und hör mir zu. Du bist an einem einsamen Strand am Meer und machst Yoga. Genieße es. Vergiss die anderen. Sie sind nur ein Hintergrundrauschen, so wie der Verkehr vor der Yogaschule, wenn du meditierst. Sie sind dir egal. Konzentriere dich auf den Strand. Konzentriere dich auf dein Yoga. Und wenn sie dich nicht mögen, na und? Wenigstens kannst du an einem tollen Ort Yoga machen und wirst sogar noch dafür bezahlt. Genieße das alles!«

»Das genießen!« Sie hörte, dass sie gerufen wurde. »Mist, ich muss jetzt los. Danke.«

Sie ging an den Schaulustigen, den Kameras und dem Regisseur vorbei zu ihrem Platz auf dem Strand.

Damon deutete auf sie. »Okay, Darling, dann geht's jetzt los.«

KAPITEL 7

Genießen, ach ja? Dee schloss die Augen und holte langsam tief Luft. Die Luft war warm, und es roch nach Salz, rundum rauschte und zischte die Brandung, oben stießen Möwen ihre schnarrenden Rufe aus, und die Sonne fühlte sich an wie eine ungezähmte Energiequelle. Sie schlug die Augen auf und lenkte den Blick dahin, wo das Meer mit dem Horizont verschmolz. Langsam legte sie die Hände vor die Brust und begann von Neuem. Einatmen und ausatmen, gespeicherte Bewegungsabläufe abrufen, dehnen und anspannen, festhalten und lösen. Dee entspannte sich bei dem vertrauten Ablauf. Vergiss alles andere, hör nicht nach dem ersten Sonnengruß auf, warte nicht auf Anweisungen, vergiss den Verkehr, vergiss, dass du nervös bist.

Als sie den letzten Sonnengruß mit vor der Brust gefalteten Händen beendete, blickte sie auf, und Publikum und Regisseur traten wieder in ihr Bewusstsein. Sie lächelte zufrieden. Yoga am Strand, das konnte ganz schön cool sein.

Anscheinend fand auch Damon es prima. Er bat sie weiterzumachen, immer weiter. Mittags telefonierte er dann wieder. Dee hörte nicht, was er sagte, aber diesmal lächelte er, statt sich die Haare zu raufen.

Nach dem Essen zeigte sie ihm weitere Stellungen,

und er wollte, dass sie sie immer wieder einnahm und manchmal minutenlang hielt, während die Kamera sie aus jedem Blickwinkel aufnahm. Als sie in den Minibus stiegen, der sie ins Hotel zurückbrachte, war die Sonne schon untergegangen, und ihr tat jeder Muskel weh.

Ganz früh am nächsten Morgen verbrachte Dee viel Zeit mit Dehnübungen, während das Team alles vorbereitete. Damon hoffte, die Schönheit des Sonnenaufgangs an einem Sommermorgen am Strand einfangen zu können – und Dee hoffte, dass sie nach einem weiteren Tag, an dem sie ihre Yogastellungen endlos halten musste, noch laufen könnte.

Ein paar Stunden später hatte sie zum fünften Mal die Kriegerstellung eingenommen. Das eine Bein zu einem weiten Ausfallschritt vorgeschoben, ein Arm nach vorn und der andere nach hinten ausgestreckt, die Augen an den Händen vorbei in die Ferne gerichtet. Eine Haltung, die Kraft ausstrahlte, aber einfach war im Vergleich zu all den Verdrehungen und Verrenkungen, die für manche Stellungen erforderlich waren. Ihren Namen verdankte die Position einer uralten indischen Kriegerlegende, und sie stärkte Konzentration, Ausdauer und Gleichgewicht – Dee fühlte sich in dieser Stellung immer selbstbewusst und zupackend, als stählte sie sich gegen alle Zumutungen, die das Leben für sie bereithalten mochte.

Nachdem sie ihr Lampenfieber besiegt hatte, kam Dee sich ohnehin ziemlich selbstbewusst vor. Seit gestern Mittag hatte niemand mehr etwas von Zen oder ätherischer Ausstrahlung gesagt, und heute hatte Damon sie den ganzen Tag lang bezüglich der Stellungen um Rat gefragt. Er hatte sogar mit dem »Darling« aufgehört und nannte sie Dee. Als sie an ihren Fingern vorbei auf die

Schaumkronen der Wellen schaute, die gegen den endlosen Sandstrand anliefen, fiel ihr auf, dass sie sich seit zehn Jahren wahrscheinlich nicht mehr so selbstbewusst und zielstrebig gefühlt hatte wie jetzt.

Sie hatte nicht geplant, Yogalehrerin zu werden. Es war ihr einfach passiert. Nach dem Unfall hatte sie genug mit den Rückenschmerzen, den Angstanfällen und der Trauer darüber zu tun, dass Anthony sie verlassen hatte. Sie konnte nicht über die Zukunft nachdenken; jeder einzelne Tag für sich war schon schwer genug. Sobald sie wieder allein zurechtkam, reiste sie nach Übersee und wanderte fünf Jahre durch die Welt. So bekam sie allmählich einen klaren Kopf und lernte wieder zu leben. Danach kehrte sie nach Hause zurück, um vollkommen neu anzufangen. Der Schmerz war immer noch da, aber erträglich, und die Angstanfälle hatte sie meistens im Griff. Anthony und ihr altes Leben hatte sie in ein Kästchen ganz weit hinten in ihrem Hinterkopf gepackt, und dort konnten sie verstauben.

In den fünf Jahren des Umherziehens hatte sie gelernt, dass die Zukunft sich schon von selbst entfaltete, wenn man sie in Ruhe ließ. Daher hatte sie nie irgendwelche Pläne geschmiedet. Sie war davon ausgegangen, dass sie sich in ihrem Beruf als Röntgenassistentin irgendwo eine Stelle suchen würde. Und vielleicht würde sie ja auch eines Tages so weit sein, dass sie wieder einem Mann vertrauen konnte. Aber dazu war es nicht gekommen – weder beruflich noch was den Mann betraf. Inzwischen interessierte die Radiologie sie nur noch insoweit, als sie ihre eigenen Röntgenbilder interpretieren konnte, und was das Vertrauen anging: Sie hatte nie jemanden kennengelernt, bei dem es der Mühe wert gewesen wäre.

Sie hatte einfach weiter Yoga praktiziert und auch Unterricht erteilt, und fünf Jahre später hatte sie tatsächlich einen Beruf gehabt.

Selbstbewusst und zielstrebig konnte man das nicht gerade nennen, oder?

Nein, im Gegenteil, gab sie, an ihrem Arm entlangspähend, sich selbst zur Antwort. Tatsächlich ließ sie sich immer noch treiben, genau wie zur Zeit ihrer großen Wanderung. Sie übernahm einen Kurs, wenn jemand sie darum bat, machte Urlaub, wenn sie keine Schüler hatte, und suchte sich ein paar neue, wenn das Geld knapp wurde. Sie macht keine Pläne für die Zukunft. Denn wozu sollte das gut sein, wenn man von einem Tag auf den anderen vom Schicksal geschlagen und zerbrochen werden konnte? Gerade noch glücklich, und kurz darauf traurig und einsam?

»Dee?« Regisseur Damon wedelte ihr mit der Hand vor dem Gesicht herum. »Sind Sie noch hier?«

»Hä?«

»Ich sagte, machen Sie mal eine Pause. Wir bauen um, um ein paar Standfotos zu machen.«

»Ah, okay.« Sie rieb sich geistesabwesend die Arme. In ihrem Kopf summte es. Sie trank Wasser aus einer Flasche, während ihr Make-up nachgebessert wurde, dehnte ihre Beine und versuchte, sich zu entspannen.

»Wir könnten loslegen, Dee«, rief Damon.

Mit ausgestreckten Armen und angewinkeltem Knie nahm sie wieder die Kriegerpose ein und lenkte ihre Aufmerksamkeit zurück auf den Strand.

Das hier war selbstbewusst und zielstrebig.

Die Kriegerstellung am Strand für einen Werbespot, das war selbstbewusst.

Na gut, eine finanzielle Notlage hatte sie dazu gezwungen – aber hier war sie jetzt also. Sie packte die Sache selbstbewusst an. Verdiente Geld. Bekam ihre verdammten Finanzen in den Griff.

Sie stieß langsam einen tiefen Atemzug aus. Ging noch ein Stück tiefer. Wartete darauf, dass ihre Muskeln sich an die stärkere Belastung gewöhnten.

Vielleicht sollte sie allmählich aufhören, sich treiben zu lassen. Schließlich hatte das sie genau dahin gebracht, wo sie nicht sein wollte – in die Schuldenfalle, mit einer Zukunft vor Augen, die jemand anders für sie plante, und verzweifelt auf der Suche nach einem Ausweg.

Vielleicht wurde es Zeit, dass sie sich für einen bestimmten Weg entschied. Sie musste nicht wissen, was an dessen Ende lag, und noch nicht einmal, was sie hinter der nächsten Biegung erwartete. Es war schließlich der Weg, der zählte, nicht das Ziel, oder?

Aber in welche Richtung sollte sie gehen? Dem Geld nach?

Nein, sie wollte kein Bankschließfach, sondern einfach nur genug Geld, um sich ein bisschen sicherer zu fühlen. Genug, um sich ein paar Möbel zu kaufen. Genug, um Val zu beweisen, dass sie keine Hypothek brauchte. Genug, um dauerhaft zurechtzukommen. Okay, es ging also um den Weg zu mehr Sicherheit.

Sie würde selbstbewusst sein müssen. Aber das konnte sie jetzt.

Das war allerdings auch nötig … Eigentlich hatte sie keine Ahnung, was sie sonst noch tun musste. Sie verstand nichts vom Geschäft, wusste nicht, wie man Geld verdient oder sich Chancen verschafft. Sie konnte nur eines, Yoga unterrichten.

Und eines hatte sie ebenfalls begriffen: Dass das Tragen eines schicken Fummels bei einer Weihnachtsparty ihr den bestbezahlten Job verschafft hatte, den sie je gehabt hatte.

»Trudy, ich hab dich gerade eben im Fernsehen gesehen. Das ist wirklich ein toller Spot, und dein Outfit ist umwerfend.«

Dee starrte den Hörer an und fragte sich, was plötzlich in ihre Mutter gefahren war. Seit wann unterstützte die sie denn? »Danke, Mum.«

Drei Minuten zuvor war ihre neue WG-Partnerin Pam, das lärmende Mädchen, das mit Leon zusammenarbeitete und nach Dees Anfall von zielstrebiger Neuorientierung bei ihr eingezogen war, laut rufend durch die Wohnung gerannt. Im Fernsehen laufe der Werbespot. Dee hatte vollkommen geschockt verfolgt, wie sie auf dem Sandboden äußerst gewandt von einer komplizierten Stellung in die andere wechselte. Der Film hatte abwechselnd spektakuläre Weitwinkelaufnahmen vom Strand und sinnliche Bilder ihres herangezoomten Körpers gezeigt.

Leon rief sie auf dem Handy an, bevor der Spot noch zu Ende war. »Wenn ich nicht schwul wäre, würde ich diese Versicherung sofort abschließen. Du Sexgöttin, du.«

Die Aufzeichnung des Werbespots lag inzwischen zwei Wochen zurück, und Dee hatte ihn nun zum ersten Mal gesehen. Als Vals Stimme aus dem Hörer kam, war Dee immer noch irritert von der offensichtlichen Sinnlichkeit der Bilder. Es ging doch darum, eine Krankenversicherung zu verkaufen, und nicht, die Sehnsüchte von Spannern zu befriedigen.

Dieser Blickwinkel war ihrer Mutter offensichtlich entgangen. »Kannst du mir ein paar Kopien besorgen, Trudy? Ich würde sie gerne meinen Freundinnen schenken. Vielleicht könntest du sie ja mit deinem Autogramm versehen. Das wäre doch nett, findest du nicht?«

Hatte Val den Verstand verloren? »Ich frage Lucy und gebe dir Bescheid.«

Dee verbrachte die nächsten Tage wie auf Wolken. Zuerst war da die riesige Werbetafel an der Kreuzung, auf der sie so groß wie King Kong in der Baumstellung zu sehen war – bei diesem Anblick wäre sie fast auf einen Bus aufgefahren. Dann kam der Strom von Yogaschülerinnen, die den Werbespot mehrmals im Frühstücksfernsehen gesehen hatten. Als dann das Pärchen im Café auf sie zeigte, fühlte Dee sich ziemlich merkwürdig, aber als schließlich drei Schulkinder sie im Einkaufszentrum um ein Autogramm baten, war sie vollkommen verdattert. Für jemanden, der es normalerweise vermied, im Mittelpunkt zu stehen, war es eine tolle Sache, auch einmal aufzufallen.

Sie ging mit Hollywood-Jesus Tom einen Kaffee trinken, und er sagte, sie sehe ätherisch aus – schau mal einer an –, aber er mache sich Sorgen, dass diese kommerzielle Sichtweise die tiefen, spirituellen Ursprünge des Yoga verschütten würde, von denen die westliche Welt wirklich profitieren könnte. Noch immer keine Schmetterlinge im Bauch.

»Ich wusste, dass du toll sein würdest.« Lucy, die drei Tage nach der Erstausstrahlung des Werbespots in ihrem Büro auf der Yogamatte saß, sah Dee begeistert an. »Der Kunde ist hin und weg, und so viel Interesse hat es noch nie gegeben. Seit Montagmorgen ruft dauernd jemand an und erkundigt sich nach dem ›Yogamädel‹.

»Wer denn?«

»Zeitungen, Zeitschriften, Radio, Fernsehen, einfach alle.«

Dees Magen krampfte sich ängstlich zusammen. »Was wollen die denn?«

»Sie wollen wissen, wer du bist, woher du kommst, also eben alles über dich«, erzählte Lucy strahlend. »Ich habe sie mit ein paar Infohäppchen gefüttert, damit sie am Ball bleiben, aber sie wollen mehr. Es ist fantastisch!«

Dee war sich da nicht so sicher. Wieder würde sie im Mittelpunkt stehen, diesmal aber auf eine viel erschreckendere Weise. Und es kam mit Lichtgeschwindigkeit auf sie zu. »Aber sollen die Leute sich denn nicht eigentlich für die Krankenversicherung interessieren?«

»Sicher, aber solange sie über dich reden, reden sie auch über die Anzeige und unseren Kunden. Das ist großartig. Und nun ...« Sie kam auf die Knie, tastete auf ihrem Schreibtisch herum und wedelte mit einer Visitenkarte vor Dees Nase, »... findet morgen Abend dieses von der Werbebranche veranstaltete Dinner statt, und wir haben Leonard und seine Frau als unsere wichtigsten Kunden dorthin eingeladen. Ich dachte, das wäre eine großartige Gelegenheit, dich ebenfalls noch mal in den Vordergrund zu stellen.«

Jetzt also war er da? Der richtige Augenblick, um sich aufzubretzeln? Hier war die Chance, selbstbewusst und zielstrebig zu sein. Ein Schritt auf dem Weg zu Sicherheit und neuen Möbeln. Sie konnte sich nicht leisten, das sausen zu lassen. Mit der Gage für den Werbespot hatte sie Leon ausbezahlt – die Autoreparatur und seine Hälfte der Kaution –, aber sie hatte noch immer kein Sofa (auch wenn Pams schreiend pinke Sitzsäcke besser waren als nichts), und sie musste noch die Kraftfahrzeugsteuer und die Telefonrechnung bezahlen, und ... Mein Gott, eine endlose Liste. Allerdings war ihr nicht klar, wie ein Glamourdinner ihre Zukunft sichern sollte.

»Was müsste ich denn tun?«

»Es ist immer ein Schwarm von Medienleuten da, die Fotos von den neuesten Werbestars schießen wollen. Da bringen wir dich mit drauf, damit dein Gesicht auf den Promiseiten erscheint. Du wirst ein paar hohen Tieren die Hand schütteln, und danach kannst du Sekt schlürfen und mit Promis plaudern, ein bisschen tanzen, so was eben.«

Dee zuckte zusammen. Eine Schickimickiparty. Wie die jährlichen Weihnachtsfeiern ihrer Schülerinnen, nur dass man sich nicht einmal über typische Weihnachtsthemen unterhalten konnte. Small Talk lag ihr gar nicht. Sie wusste nie, was sie sagen sollte, wenn das Gespräch sich unvermeidlich irgendwelchen hochgestochenen Themen zuwandte. Niemand redete jemals über etwas, das sie interessierte oder womit sie sich auskannte. Ganz zu schweigen von den unangenehmen Kommentaren, die ihr das Gefühl gaben, Yogalehrerin zu sein sei die reinste Zirkusnummer – hier kommt die Schlangenfrau. Aber vielleicht lohnte sich das ja, wenn das Outfit, mit dem sie diesen »natürlichen Schick« ausstrahlte, ihr einen neuen Auftrag einbrachte. »Dann könnte ich doch bestimmt denselben schicken Fummel anziehen wie auf deiner Weihnachtsparty?«

»Ausgeschlossen. Die Hälfte der eingeladenen Gäste war ebenfalls schon auf meiner Party. Wir wollen doch, dass du Aufsehen erregst, und das geht nicht im Kleid vom letzten Mal. Ah ja, natürlich.« Sie nahm ihr Handy und drückte eine Schnellwahltaste. »Gina. Hier ist Lucy. Ich brauche deine Hilfe.«

Gina war Lucys Freundin, Schülerin in der Yogaschule und Moderedakteurin einer Zeitschrift. Sie hatte Zugang zu zahlreichen Designern und Kleidern, die schon einmal auf dem Laufsteg getragen worden waren.

Lucy sah zu Dee. »Sie ist schon unterwegs.«

Am Ende der Meditationsphase kam Gina mit einem Arm voll Kleider zur Tür herein. Als Lucy die Seide rascheln hörte, war es mit ihrer Meditationsstimmung aus und vorbei. Sie drapierte die Kleider über die Möbel. »Die sind fantastisch!«

»Das da ist Jennifer, das da Lilly, hier ist Brians Jüngstes und dann natürlich Zack«, sagte Gina, auf ein Kleidungsstück nach dem anderen deutend, als stellte sie ihre liebsten Freundinnen vor.

Dee musste zugeben, dass die Kleider toll waren – aber auch freizügig. Ihr war nicht klar gewesen, dass »förmliche Kleidung« für Männer Fliege bedeutete und für Frauen kaum verhüllte Brüste. Lucy und Gina ließen sie jedes einzelne Kleid anprobieren und im Büro vorführen, und sie schrien sie an, nicht ständig an den Trägern zu zupfen. Dee versuchte, die beiden davon zu überzeugen, dass ein grünes, rückenfreies und ziemlich hochgeschlossenes Kleid das Beste sei, doch sie wurde überstimmt. Man entschied sich für einen schwarzen, mit Ziermünzen besetzten Fummel, der vorne ungefähr bis zum Bauchnabel ausgeschnitten war.

»Da fallen doch meine Brüste raus«, beschwerte sich Dee.

»Ach, das lässt sich mit ein bisschen Klebeband beheben«, erwiderte Gina. »Ich hoffe, du hast ein paar hübsche Skyscrapers für die Füße, sonst stolperst du den ganzen Abend über den Saum.«

Gingen Amandas ausrangierte Stilettos als Skyscrapers durch? Die Absätze waren Dee so hoch wie der Eiffelturm vorgekommen, aber nach der heutigen Modeshow war klar, dass sie nicht die geringste Ahnung hatte.

Während Dee wieder in ihren Flohmarktlook schlüpfte, fragte Gina: »Und, hat Lucy dich schon für das Wochenende am See gebucht?«

»Was für ein Wochenende denn?«

Lucy erklärte, dass es sich um einen Ausflug zu ihrem Ferienhaus am Lake Macquarie handelte, den sie für eine Gruppe von Freunden organisiert hatte. »Und dann hatten wir die tolle Idee, ein Yogawochenende daraus zu machen. Und diese spektakuläre Frau aus der Fernsehwerbung dazu zu bringen, ein paar Tage lang unser Yogi zu sein. Was hältst du davon?«

»Oh, wow, eine mehrtägige Party«, sagte Dee. Einerseits wäre sie am liebsten vor Freude herumgesprungen – ein gut bezahltes Engagement, und sie hatte sich noch nicht einmal darum bemüht. Andererseits hätte sie sich am liebsten in einer dunklen Ecke verkrochen.

Mehrtägige Partys waren stets ein bisschen abenteuerlich – eine tolle Idee, aber nicht ungefährlich. Als sie letztes Mal für so etwas engagiert worden war, hatte sie das ganze Wochenende mit vier Paaren in einem kleinen Häuschen festgesessen, während vom Himmel das schlimmste Unwetter seit Jahrzehnten herabgeprasselt war. Als das Wetter immer schlechter wurde, betranken ihre Schüler sich zusehends, entzweiten sich schließlich, besoffen, wie sie waren, bei einer Runde Trivial Pursuit, schlossen sich in ihren Schlafzimmern ein, um wieder nüchtern zu werden, und brachen auf, sobald man den ersten Sonnenstrahl aufblitzen sah. Dee hatte sich geschworen, sich nie wieder auf so etwas einzulassen, doch das war vor ihrem Entschluss gewesen, den Weg zu mehr Sicherheit einzuschlagen.

Wenn sie mit ihrem eigenen Auto hinführe, könnte sie vielleicht abhauen, wenn Feindseligkeiten ausbrächen. Und wenn alles glattlief, bekam sie einen Miniurlaub, während sie ein paar Schulden abbezahlte.

»Ja, gerne. Klingt interessant. Steht der Termin schon fest?«

»Warum musste der Weg zu mehr Sicherheit ein solcher Hindernisparcours sein?«, dachte Dee, während sie auf den Lift wartete. Ein Wochenende am See war durchaus zu bewältigen, wenn das Wetter mitspielte, aber ein Schickimickidinner war ein Minenfeld aus Small Talk und gesellschaftlicher Etikette. Wie sollte sie sich unter solchen Umständen behaupten?

Bei der Fahrt nach unten fiel ihr auf, dass ihr indischer Wickelrock im Vergleich zu den Anzügen und Kostümen, die sie im Lift sah, fast wie ein Tischtuch wirkte. Zwei Etagen tiefer tauchte die weltmännische Gestalt von Ethan Roxburgh vor dem Lift auf. Er grüßte jemanden weiter hinten im Aufzug und trat dann so dicht neben Dee, dass ihre Ellbogen sich berührten. Er roch nach frischem Kaffee und moschusduftendem Aftershave.

Er sprach sie mit leiser Stimme an. »Sie segeln also?«

Sie blickte ihn an, nicht sicher, ob er sie meinte. »Pardon?«

»Ich habe heute Morgen in der Zeitung gelesen, dass Sie rasend gerne segeln. Und anscheinend fahren Sie auch auf Surfen ab, aber im Winter reicht Ihnen auch ein Strandspaziergang.«

»So etwas habe ich nie gesagt.«

»Dachte ich mir doch gleich, dass das nach Lucy klingt.« Ein leises Lächeln umspielte seine Lippen. Er strich seine Krawatte glatt.

Interessant, wie sein espressobrauner Anzug das milchkaffeebraune Wirbelmuster ihres Rocks erst richtig zur Geltung brachte. »Ich kann weder segeln noch surfen.«

Er nickte knapp, als hätte sie sich damit abfällig über diesen Sport geäußert. »Kommen Sie morgen Abend zum Dinner?«

»Ja.«

»Als Gast?«

»Ja.«

»Das ist wahrscheinlich auch sicherer.«

Sie hätte am liebsten laut gelacht, folgte aber seinem Beispiel und blieb beim vernünftigen, gedämpften Lift-Tonfall. »Vom Nachtisch werde ich mich fernhalten.«

»Und von großen Servierplatten.«

Die Türen gingen weit auf. Er trat hinaus und betrachtete sie eine halben Sekunde lang mit ernster Miene, aber funkelnden Augen. »Dann also bis morgen Abend, Frau Fernsehstar.«

KAPITEL 8

Dee nahm ein Glas Sekt von einem Tablett und trank einen ordentlichen Schluck. Sie stand allein am Rand der größten, protzigsten Party, auf der sie je gewesen war, so nervös, dass sie ihr Glas ständig an den Mund führen musste, damit der Inhalt nicht überschwappte. Dabei war ihr bewusst, dass jede abrupte Bewegung ihre Brust in dem tiefen V-Ausschnitt ihres Dekolletés entblößen konnte.

Wo zum Teufel blieb nur Lucy? Dee war zweimal um den Block gegangen, um ein bisschen zu spät zu kommen, was ja schick war, und damit dann hoffentlich Lucy auf sie wartete. Aber da hatte sie kein Glück gehabt.

»Schnapp dir ein Glas Sekt«, hatte Leon ihr geraten. »Dann hast du etwas zu tun, falls du auf Lucy warten musst.«

Und jetzt? Wenn Dee beim Essen einmal zwei Gläser Wein trank, kicherte sie schon leicht angeschickert herum. Wenn Lucy noch lange auf sich warten ließ, würde Dee betrunken in irgendeiner Ecke liegen, bevor der Abend auch nur angefangen hatte. Sie führte das Glas wieder an die Lippen und ermahnte sich, nur ein Schlückchen zu nehmen.

»Fernsehstars sollten nicht allein herumstehen und trinken.«

Dee drehte sich um und blickte in die dunklen Augen von Ethan Roxburgh. Sie war noch nie so erleichtert gewesen, einen Anzugträger zu sehen. Mit seinem strahlend weißen Hemd, der schwarzen Fliege und dem Smoking machte er seinem Ruf als hochgewachsener, gebräunter, gut aussehender Mann tatsächlich alle Ehre. In ihrem Bauch kribbelte es plötzlich vor Aufregung – eigenartig, wenn man bedachte, wie wenig Wert sie solchen Eigenschaften normalerweise beimaß.

»Ich genieße nur noch kurz das Alleinsein, bevor der Ansturm der Fans losgeht«, sagte sie lächelnd. Sie spürte, wie sie rot wurde, als sein Blick sich kurz auf ihr tiefes Dekolleté heftete.

»Lucy wickelt gerade einen Kunden ein, deshalb hat sie mich gebeten, Sie zu suchen«, sagte er. »Kommen Sie, dann stelle ich Sie den anderen Gästen vor. Aber erst brauchen Sie einen neuen Drink.« Er winkte einen Kellner heran, und während er ihr leeres Glas mit einem vollen vertauschte, zupfte Dee an ihrem Kleid, damit es sie ein bisschen besser bedeckte. Sie ermahnte sich, maßvoll zu trinken.

»Sie sehen übrigens reizend aus«, sagte Ethan, während er sie durchs Gedränge lenkte.

»Danke«, erwiderte sie lächelnd und wäre dann beinahe hingefallen, als ihr Absatz sich in ihrem Kleidersaum verfing. Oh nein, Möpse im Vormarsch. Sie hielt sich an Ethans Arm fest und verschüttete dabei Sekt auf seinen Ärmel. »Oh, tut mir leid, Entschuldigung.« Sie wusste nicht, was sie zuerst tun sollte – seinen Smoking abwischen, ihre Brüste versorgen oder ihre Verlegenheit mit einem lässigen Schlückchen Sekt kaschieren.

Ethan wischte den Champagner weg wie ein paar Staubflusen, ergriff sie dann beim Unterarm und hielt ihren Blick fest. »Entspannen Sie sich, Dee, das hier ist eine Party.«

Ja, das war es ja gerade.

Er blieb bei einer Runde von Gästen stehen, die ihren Kreis für ihn öffneten. »Leonard, ich habe Ihren Yogastar gefunden.« Er wandte sich Dee zu. »Dee, Sie erinnern sich doch bestimmt an Leonard Frost, den Vorstandsvorsitzenden von Gesundheit und Leben, und seine Frau Rosemary?«

Es war derselbe Leonard, der verfolgt hatte, wie sie sich Zitronentörtchen aus dem Gesicht wischte. Sie erwartete eine herablassende Bemerkung, aber er drückte ihr freundlich die Hand. »Herzlichen Glückwunsch zu dem Werbespot, Dee. Ich hoffe, Sie sind damit genauso zufrieden wie ich.«

Sie lächelte vorsichtig. »Ja, doch, sicher.«

»Nach allem, was Sie da vormachen, bin ich geradezu in Versuchung, selbst mit Yoga anzufangen.« In einer schlechten Imitation einer ihrer Stellungen schob er die Hüfte vor und hob eine Hand über den Kopf. Er erntete Gelächter von den anderen. Dee kicherte ebenfalls und entspannte sich ein klein wenig.

Ethan stellte sie dem Rest der Gruppe vor, lauter Manager von Gesundheit und Leben. Sie schüttelte Hände, nahm Glückwünsche entgegen, stieß fröhlich auf den neuen Werbespot an und trank.

»Tut mir leid, Leute, sie ist heute Abend heiß begehrt. Wir sehen uns nachher bei Tisch.« Er führte sie zu einer neuen Gästegruppe.

»Es wundert mich, dass Sie uns nicht schon früher aufgefallen sind«, bemerkte ein Mann. »Wie lange arbeiten Sie denn schon als Model?«

»Ich bin kein Model. Ich bin Yogalehrerin.«

Er zog eine Augenbraue hoch. »Kein Wunder, dass Sie so gut sind. Und was machen Sie hauptberuflich?«

Das war eine der ärgerlicheren Fragen, die man ihr oft auf Partys stellte. Als würde es nicht reichen, Yoga zu unterrichten. »Das ist mein Hauptberuf, ich bin einfach Yogalehrerin.«

»Das ist bestimmt schön«, sagte er. »Rufen Sie mich doch mal an. Ich würde gerne einmal hören, wie Sie den Markt in dieser Branche einschätzen.«

Dee sperrte erstaunt den Mund auf und machte ihn dann wieder zu. Jetzt war sie plötzlich keine Zirkusnummer mehr, sondern eine Expertin, die Auskunft über ihre Branche geben konnte. Sie lächelte beschwingt und trank noch einen Schluck Sekt, während Ethan sie weiterführte.

»Und wie sieht Ihr Schlachtplan aus?« Die Frage kam von einer äußerst eleganten Mittdreißigerin, deren Händedruck an einen Schraubstock erinnerte.

»Was meinen Sie damit?«

»Das mit dem Yogaunterrichten ist eine tolle Idee, so haben Sie eine nette Hintergrundstory und stehen bestimmt viel besser da als die üblichen Modelstarletts, die sich gleichzeitig noch als Sängerin und Schauspielerin präsentieren. Aber jetzt haben Sie ja unsere Aufmerksamkeit, und mit welcher Strategie machen Sie nun weiter?«

»Äh, hm, mit gar keiner. Ich werde einfach weiter Yoga unterrichten.«

Die Dame lächelte verschwörerisch. »Ja sicher, man sollte nicht als zu erfolgsgeil rüberkommen. Na, ich weiß ja nicht, was Sie vorhaben, aber eines kann ich Ihnen sagen: Sie könnten eine großartige Zukunft haben, wenn Sie es richtig anpacken.« Sie öffnete ihr Handtäschchen und zückte eine Visitenkarte. »Rufen Sie mich an, wenn Sie meinen Rat brauchen.«

In der nächsten Gruppe stellte Ethan sie einem Haufen Leuten vor, deren Namen sie sich vor lauter Verblüffung überhaupt nicht merken konnte.

»Sie haben eine tolle Figur. Kommt das vom Yoga?«

»Geben Sie auch Privatstunden?«

»Wie schaffen Sie es, so heiter und gelassen auszusehen?«

Dee kam sich vor wie in einem Paralleluniversum, wo Yogafreaks Götter sind und jeder gerne klein und muskulös wäre. Noch nie hatte sie in so kurzer Zeit so viele Komplimente gehört. Nein, so viele Komplimente hatte sie überhaupt in ihrem ganzen Leben noch nicht bekommen. Wenn das so weiterging, würde sie sich an diesem Abend vor lauter Schmeichelei tatsächlich noch amüsieren.

»Noch Sekt?« Ethan nahm ihr das leere Glas ab und ersetzte es durch ein neues.

Oh, sie hatte schon ausgetrunken? Sie sonnte sich in seinem Lächeln, trank einen Schluck und sah ihn über ihr Glas hinweg bewundernd an. Sie war sich bewusst, dass er sie beobachtet hatte, während sie Hände schüttelte und sich im Small Talk versuchte. Anfangs hatte sie das nervös gemacht, da sie erwartet hatte, dass er sie beiseitenehmen und ihr erklären würde, wie sie ihr Auftreten verbessern könne. Dann aber begriff sie, dass er sie einfach nur beobachtete – und zwar keineswegs kritisch. Danach verschaffte ihr seine verwunderte Miene ein ziemliches Hochgefühl.

»Amüsieren Sie sich gut?«, fragte er, während er sie weiter durch den Raum führte.

»Ich glaube schon.«

Er lachte, und die Wirkung auf sie war äußerst wohltuend; als hätte er irgendein Wohlfühlkraut verstreut. Es kribbelte im Bauch, und ihre Mundwinkel wanderten nach oben. Sollte er je seine Anzüge, sein millionenschweres Unternehmen und sein Glamourleben an den Nagel hängen, würde sie ihn nicht mehr aus den Augen lassen. Ha ha, als ob es jemals dazu kommen würde.

Ein Fotograf baute sich vor ihnen auf. »Mr. Roxburgh, darf ich ein Bild von Ihnen und Ms. Nichols schießen?«

»Aber gerne.« Er trat neben sie.

»Vielleicht noch ein bisschen näher«, schlug der Fotograf vor.

Ethan legte ihr den Arm um die Taille und zog sie sanft zu sich heran. »So gut?«

Gut. Sehr, sehr gut, dachte Dee. Wo sein Arm sie berührte, kribbelte alles, und seine warmen Hände auf ihrer Hüfte verursachten ihr weiche Knie. Zum Glück war sie so klein, dass sie bequem unter seinen Arm passte, und sie lehnte sich an ihn, um nicht zu schwanken. Zumindest würde sie das behaupten, falls jemand sie danach fragte. Sie blickte zu ihm auf, atmete einen exotischen Duft von Aftershave, Smoking und männlichem Moschusaroma ein und verstand plötzlich, warum man auf Fotos immer sah, wie die Roxburgh-Girls sich an ihn drückten.

»Noch ein Foto, wenn Sie nichts dagegen haben, Mr. Roxburgh.«

In der Hoffnung, dass sie nicht genauso benommen aussah, wie sie sich fühlte, lächelte Dee erneut. Sie lachte heimlich in sich hinein. Sollte es dieses Foto in die Zeitung schaffen, würde ihre Mutter sich nicht mehr einkriegen. Dee, das neueste Roxburgh-Girl. Sie würde glauben, dass ihre widerspenstige Tochter endlich Fortschritte machte. Zählte das als »sein Leben und seine verdammten Finanzen in den Griff kriegen«?

Nachdem der Fotograf weitergezogen war, legte Ethan ihre Hand in seine Armbeuge und führte sie erneut durch das Gedränge gut gekleideter Gäste.

So war es also, wenn man ein Roxburgh-Girl war. Die Leute lächelten einen an, machten Ethan und seiner Begleiterin Platz und staunten. Die Zeitungen hatten das Etikett vor vier Jahren kreiert, als Ethan nach seiner Scheidung der neue, begehrte Junggeselle geworden war. In Anbetracht der zu erfüllenden Mindestanforderungen – schön, gut gekleidet, kultiviert und Hand in Hand mit ihm (sie selbst hatte sich ja nur einhängen dürfen) – rechnete Dee nicht mit einer Mitgliedschaft im Klub. Aber es machte Spaß, ein paar Minuten lang so zu tun, insbesondere, wenn sie sich im Gedränge an seinen aufregend trainierten Körper kuscheln konnte.

Als sie es schließlich geschafft hatten, saß Lucy schon zusammen mit ihrem Mann John, Leonard und seiner Frau, ihrem Creative Director Adam Velor und mehreren anderen Menschen am Tisch.

»Dee, du siehst fantastisch aus.« Lucy streifte ihre Wange mit einem Luftkuss. »Sind alle schon ganz bezaubert von dir?«

»Wir haben viele Leute kennengelernt.«

»Und nach dem Essen wird es so weitergehen. Trink also ein Glas Sekt, und genieße den Abend.«

Noch ein Glas? Sie hatte doch schon zwei intus. Oder

sogar drei? Sie wusste es nicht mehr, aber ihre Benommenheit sagte ihr, dass es genug war. Lucy reichte ihr eine Flöte und stieß mit ihr an. »Trink aus. Es wird eine lange Nacht.«

Dee trank ein Schlückchen und wartete, bis sie wieder alles deutlich sah, bevor sie sich zwischen Leonard und einen Gast setzte, dessen Bräune einen merkwürdigen Orangeton aufwies. Sie sah, wie Ethan gegenüber am Tisch die eleganteste Dame im Raum auf die Wange küsste. Sie hatte extrem kurzes Haar und Rehaugen und war so hochgewachsen und schlank, als wäre sie gerade der *Vogue* entsprungen. Das genaue Gegenteil von mir, dachte Dee und vergaß, dass sie den Sekt eigentlich nur schlückchenweise trinken wollte.

Sie beobachtete, wie Ethan seine Tischnachbarin bewundernd ansah. Ohne jedes Erstaunen – einfach nur voll Anerkennung. So war es nun mal mit Männern wie Ethan Roxburgh. Sie hatten es nicht nötig, sich mit jemandem nicht ganz so Vollkommenen zufriedenzugeben, da Vollkommenheit für sie auf Abruf bereitstand.

»Haben Sie viel von Asien gesehen?«, fragte Leonard sie.

Sie löste ihren Blick von Ethan. Das war ein Thema, zu dem sie sich äußern konnte. »Ich habe die meisten Länder bereist, in den letzten paar Jahren allerdings vorwiegend Indien.«

»Wir erwägen, unsere Geschäftstätigkeit dorthin auszudehnen. Ich breche nächste Woche zu einer Erkundungsmission nach Bangkok, Peking und Kuala Lumpur auf.«

Vielleicht hatte sie dazu doch nicht so viel zu sagen. »Das klingt interessant.«

»Was halten Sie vom dortigen Sheraton? Angeblich soll es ausgezeichnet sein.«

Als Rucksackreisende – und entsprechend gekleidet – hätte man sie dort nicht einmal zur Tür hereingelassen. »Ich bin dort nie abgestiegen.«

»Erstklassig«, warf der gebräunte Mann an ihrer anderen Seite ein. »Ich war vor drei Wochen in KL und war sehr beeindruckt.«

»Geschäftlich oder im Urlaub?«, fragte Leonard.

Dee blickte zwischen den beiden Männern hin und her und bemühte sich, interessiert zu wirken, was aber gar nicht so einfach war, weil sie so viel Sekt getrunken hatte. Am liebsten hätte sie jetzt ein Nickerchen gemacht. Vielleicht würde es ja keinem auffallen, wenn sie mal kurz eindöste.

»Was meinen Sie, Dee?«

»Hm?«

»Interessieren Sie sich für Cricket?«, fragte Leonard.

»Oh nein, tut mir leid.«

»Egal wer gewinnt, das eine oder andere Geschäft in unserer Privatloge kommt immer dabei rum.« Beide Männer lachten herzlich über diesen umwerfend komischen Scherz.

Vorspeise, Hauptgericht und Dessert, die ganze Zeit gab es nur Themen, von denen Dee nicht die geringste Ahnung hatte. Wenn sich einmal nicht Leonard und der Braungebrannte unterhielten und das Gespräch den ganzen Tisch umspannte, fühlte sie sich ebenfalls wie ein Dummkopf. Mehr als einmal lachte sie lauthals mit, ohne die geringste Ahnung zu haben, was da eigentlich so komisch sein sollte. Selbst nach einem ganzen Eiskübel voll Sekt, einem Glas Chardonnay über den Durst und einem Glas Pinot, den sie »einfach unbedingt mal kosten musste«, fand sie die Pointen überhaupt nicht komisch. Das Schwindelgefühl, das sie plagte, war auch nicht gerade witzig. Und schon gar nicht die lüsternen Blicke des Braungebrannten. Huch, das Glas Wasser, das sich über den Tisch ergoss, war gleichfalls nicht besonders lustig, aber sie kicherte trotzdem wie blöd. Sie brauchte mehr Wasser, dachte sie, und trank noch einen Schluck Pinot.

Die Band spielte nun wieder. Diesmal Musik zum Tanzen. Laut, fetzig, viel Schlagzeug. Wenigstens setzte das dieser pseudokomischen Unterhaltung ein Ende. Oh, yeah. Sie spielten Madonna! Dee hatte diesen Song schon jahrelang nicht mehr gehört. Sie hatte dazu früher mit Amanda im Wohnzimmer getanzt. Damals hatte sie massenhaft Schritte und Bewegungen gekannt. He, sieh mal einer an! Sie kannte das alles immer noch.

»Haben Sie Lust zu tanzen?«, fragte der Braungebrannte.

»Zu Madonna muss man einfach tanzen, nicht wahr?« Dee sprang auf und folgte Mr. Braungebrannt auf die Tanzfläche.

Sie hatte vergessen, wie gut es sich anfühlte, einmal richtig abzuhotten. Das hatte sie schon seit Jahren nicht mehr getan. Für so was hatte man als vielbeschäftigte Yogalehrerin keine Zeit. Nicht, wenn man um fünf Uhr morgens aufsteht und bis acht Uhr abends arbeitet. Da bleibt einem keine Energie. Aber heute Abend war sie nur so von Energie durchströmt. Wirklich erstaunlich.

Zurück an ihrem Tisch leerte sie das Glas Pinot und trank dann ein großes Glas Wasser, während Mr. Braungebrannt ihr Wein nachschenkte. Ethan schob sich auf den Stuhl neben ihr.

»Wie geht's?« Er lächelte sie an, aber in seine Stirn war eine kleine Falte gegraben. War er etwa um sie besorgt?

»Toll. Ist die Musik nicht super?«

Er lachte, legte dann aber mit ernster Miene die Hand auf ihre. »Nur damit Sie Bescheid wissen, unser lieber Brad hier ist ein ziemlicher Casanova.« Er deutete mit dem Kopf auf Mr. Braungebrannt. »Am besten nehmen Sie sich ein bisschen in Acht. Es sei denn, Sie möchten, dass er Sie nach Hause fährt.«

Mit dem Rücken zu Brad gekehrt, wies sie mit dem Daumen hinter sich und schnitt eine Grimasse. Ethan nickte, und Dees Lippen rundeten sich zu einem beeindruckten »Oh«. Sieh mal einer an. Ein Managertyp baggerte sie an und verlor dabei kein Wort über Gelenkigkeit. Das war die Parallelwelt. Dann aber verzog sie das Gesicht. Selbst in einer anderen Dimension würde sie nicht mit ihm nach Hause gehen.

»Noch mal tanzen?« Brad beugte sich von hinten über sie und legte ihr die schweißfeuchte Hand auf die nackte Schulter.

Oh Mann! War das ein ABBA-Song? Sie *liebte* ABBA. »Ja, gerne!«

Beim Tanzen vergaß sie Brad vollkommen. Die Musik war so laut, dass es ihr so vorkam, als wäre ihr eigener Körper der Verstärker. Sie ließ sich von den Klangwellen über die Tanzfläche tragen, trieb dahin, schwofte, wiegte sich im Rhythmus. Noch ein Song. Wieder ABBA. Dann ein Song, dessen Text sie vergessen hatte.

Sie spürte, wie starke Arme sich um ihre Taille legten. Ihre Augen flogen auf, als Ethan sich behutsam an sie schmiegte.

Er lächelte verwundert. Sie lächelte verwirrt. Ihm so

nah zu sein war, na ja, wunderbar, aber trotz des Alkohols kam ihr die Tuchfühlung ein bisschen unangemessen vor, umso mehr, als das großartige Roxburgh-Girl bestimmt nicht weit war.

»Ihr Kleid ist umwerfend. Hat Lucy es Ihnen geliehen?« Er sprach ihr direkt ins Ohr, damit sie ihn trotz der Musik hören konnte.

Sie versuchte, ein bisschen auf Abstand zu gehen, aber er packte sie fester. War Ethan Roxburgh etwa ebenfalls ein Lüstling? »Also, eigentlich Gina.«

»Wahrscheinlich hat sie nicht daran gedacht, Ihnen auch etwas Klebeband zu geben.«

»Hä?«

»Soviel ich weiß, benutzt man Doppelklebeband, damit ein Kleid nicht verrutscht.«

Ethan blickte ihr ins Gesicht und lenkte ihren Blick dann nach unten, wo ihre Körper sich auf Brusthöhe berührten. Dee schnappte nach Luft und presste sich gegen ihn. Beim begeisterten Tanzen hatte ihr großzügiges Dekolleté sich mehr Raum erobert und ihre vollen, runden Brüste fast enthüllt. Zum Glück waren ihre Brustwarzen noch bedeckt – na ja, zumindest eine –, aber zwei Handvoll weicher, rosiger Busen lagen für alle Blicke frei.

Er sprach ihr ins Ohr. »Es kam mir nicht so vor, als ob es Absicht wäre. Dafür sind Sie nicht der Typ. Aber so, wie Brad aussah, hat er es sicherlich gehofft.«

Sie stöhnte. »Ist er noch da?«

»Ich habe ihm gesagt, dass er Leine ziehen soll.«

Dee legte voll Scham die Hände vor die Augen. »Vielleicht könnte ich mich ein bisschen in Ordnung bringen, während … oh.« Sie wurde vom Blitzen einer Kamera unterbrochen. Ethan Roxburgh im Nahkampf auf einer Tanzfläche war wahrscheinlich eine Schlagzeile wert.

»Auf einem Foto dürfte das ein bisschen zweideutig aussehen«, bemerkte Ethan. »Wir könnten zur Bühne hinübertanzen. Da gibt es eine Trennwand, hinter der Sie sich verstecken und herrichten können. Was meinen Sie?«

»Gute Idee.« Dee hätte es allerdings besser gefunden, wenn sie sich spontan in Rauch hätte auflösen können. »Ich bin froh, dass Sie heute Ihre schimmernde Ritterrüstung unter dem Anzug tragen.«

»Sie ist manchmal ein bisschen warm, aber man weiß nie, wann man sie braucht.«

Dee hielt die Arme um Ethans Hals gelegt, während er sie über die Tanzfläche lenkte. Ihre frechen Brüste waren durch seine breite Brust und sein geöffnetes Jackett verdeckt. Sie spürte, wie ein kleiner, runder Hemdknopf beharrlich gegen den empfindlichen Hof ihrer Brustwarze drückte. Es war lange her, seit jemand sie so gehalten hatte, und sie stieß langsam den Atem aus, schloss die Augen und genoss das Gefühl, in seinen Armen zu sein. Dabei stolperte sie wieder über ihren Kleidersaum.

»Sieht allerdings so aus, als hätten Sie alles vergessen, was Sie im Tanzkurs gelernt haben.«

Er legte ihr die Hand ins Kreuz, zog sie näher und steuerte sie, sich mit ihr drehend, zwischen den anderen Tänzern hindurch. Es war ein unglaubliches Gefühl. Kein Wunder, dass die Roxburgh-Girls so um ihn kämpften. Aber wen scherte schon ein Foto? Hier, unter der Discokugel, hatte sie ihn in diesem Augenblick ganz für sich. Wenn das glänzende Karree der Tanzfläche doch nur um ein paar Fußballfelder länger wäre, dachte sie, als sie bei der Trennwand zu stehen kamen, die das technische Equipment der Band verbarg. Während Ethan Wache schob, schlüpfte Dee dahinter, zog ihr Kleid zurecht, blieb von Scham überwältigt noch kurz zwischen den Kabeln stehen und trat dann wieder hervor.

Ethan hielt ihr seinen Smoking hin. »Vielleicht hätten Sie gerne den hier.« Er legte ihn ihr über die Schultern und hüllte sie mit seinem Duft ein. »Am besten verschwinden wir von hier.« Er ergriff ihren Ellbogen und führte sie durch einen Seiteneingang aus dem Tanzsaal.

Draußen im Korridor drehte Dee sich in die Richtung, in die er zeigte, verfing sich mit dem Saum ihres zu langen Kleides im eiffelturmhohen Absatz ihres Schuhs und landete bäuchlings auf dem Teppich.

KAPITEL 9

Dee lag der Länge nach ausgestreckt da und fühlte sich wie eine mit Ziermünzen besetzte Yogamatte. Warum hatte sie sich nicht den Kopf angeschlagen und das Bewusstsein verloren? Alles hier wäre weit weniger peinlich, wenn sie jetzt ohnmächtig wäre.

Ethan kniete neben sie. »Dee, alles okay?«

Der Teppich roch nach schmutzigen Schuhen und verschüttetem Bier, und ob ihre Brüste noch im Kleid steckten, war auch nicht klar. Sie setzte sich langsam auf, zog Ethans Smoking um sich zusammen und rieb sich die Stellen, wo der Teppich ihre Hände aufgescheuert hatte. »Ja, alles okay«, log sie. Sie fühlte sich gedemütigt. Und zu allem Überfluss zitterte nun auch noch ihr Kinn, und sie begann zu weinen. Na toll, sie war nicht nur so besoffen, dass sie hinfiel, sondern kriegte jetzt auch noch das heulende Elend. Sie zwinkerte die Tränen weg, als er ihr auf die Beine half.

Sie zog sein Jackett aus. »Für eine Nacht habe ich mich genug zum Narren gemacht. Wahrscheinlich gehe ich jetzt am besten nach Hause.«

Er legte ihr die Jacke wieder um. »Warten Sie doch noch ein Weilchen, Dee. Trinken Sie einen Kaffee. Hier, ein Taschentuch.« Er zog es aus seiner Hosentasche. Sie nahm es entgegen und wischte sich die Augen trocken. »Kommen Sie«, sagte er.

Zu betrunken, um Widerstand zu leisten, ließ sie sich an der Hand zu einer gemütlichen Sitzgruppe führen, die um die Ecke in einer Nische des Korridors stand. Ein Kellner erschien mit einem Kaffeetablett.

»Milch und Zucker?«, fragte Ethan. Sie nickte und fragte sich, wann er das Ausnüchterungsgetränk organisiert hatte. Er schenkte ein, rührte um und reichte ihr die Tasse mit der Untertasse. »Trinken Sie.«

Der Kaffee war heiß und stark genug, um den Alkoholnebel in ihrem Kopf zu lichten. Nicht vollständig, aber doch so weit, dass ihre Scham nicht länger gedämpft wurde. Jetzt glühte sie wie ein Neonlicht in ihrem Kopf auf. Sie stellte das feine Porzellan klappernd auf den Tisch.

»Wie konnte ich Trottel nur annehmen, ich könnte mich einfach so unter diese schicken Werbemenschen, Promis und Managertypen mischen? Ich bin doch auf Partys ein hoffnungsloser Fall. Ich hätte wissen sollen, dass ein schickes Kleid und ein paar Knöchelbrechschuhe daran nicht das Geringste ändern.«

Er winkte ab. »Da machen Sie sich mal keine Sorgen. Zu viel zu trinken gehört bei solchen Events dazu, und ich versichere Ihnen, dass mindestens fünfzig Prozent der Leute hier Mimikry betreiben. Das ist das Paradies der Möchtegerns.«

»Wenigstens *möchten* sie gern. Ich hab aber gar keine Lust, zu solchen Anlässen zu gehen. Und in diesem Kleid fühle ich mich wie eine Verräterin an meiner eigenen Sozialmoral.«

Er lachte leise. »Verräterin oder nicht, Sie sehen reizend aus.« Er schenkte ihr nach. »Trinken Sie noch etwas Kaffee. Dann fühlen Sie sich besser.«

Sie tat wie geheißen, schämte sich aber trotzdem.

»Und warum *versuchen* Sie dann, sich unter die Gesellschaft hier zu mischen?«

Dee sackte auf ihrem Stuhl nach hinten, als wäre die Wahrheit eine unerträglich schwere Last. »Weil ich pleite bin. Weil ich zu Lucys Weihnachtsparty einen schicken Fummel getragen habe, der mir das Engagement für Gesundheit und Leben verschafft hat. Und damit konnte ich dann ein paar sehr beängstigende Schulden begleichen. Aber jetzt habe ich immer noch ein schrottreifes Auto, keine Möbel, eine nervige WG-Partnerin und eine Mutter, die mich tyrannisieren will. Da dachte ich blöderweise, ich könnte mal selbstbewusst und zielstrebig sein, hierherkommen und meinen ›alternativen Schick‹ herumzeigen. Und dann würde gleich jemand sagen: ›Mach noch einen Werbespot, Dee, dann kriegst du massenhaft Knete von mir.‹ Verrückt, nicht?«

»Eigentlich nicht. Bei solchen Events kommt es tatsächlich zu vielen Geschäften.«

»Nicht, wenn man zu viel trinkt, einem die Titten aus dem Kleid flutschen und man aufs Gesicht fällt.« Sie schlug die Hände vor die Augen.

Ethan schwieg eine ganze Weile, und darüber war sie sehr erleichtert. In der Dunkelheit hinter ihren Händen konnte sie fast so tun, als wäre er nicht da.

»Sind Sie gut in Ihrem Beruf, Dee?«

Sie spreizte die Finger und bemerkte, dass er sie plötzlich mit dem nüchternen Blick des Geschäftsmanns betrachtete. Sie ließ die Arme sinken und legte den Kopf schief. »Na ja, ich habe in Indien gelernt, bei …«

»Ich habe Sie nicht um Ihren Lebenslauf gebeten. Sind Sie eine gute Yogalehrerin?«

»Meine Schüler scheinen der Meinung, dass ...«

»Ich wollte auch nicht die Meinung Ihrer Schüler hören. Was denken *Sie*?«

Dee machte den Mund auf und schloss ihn wieder. Ja, was dachte sie eigentlich darüber? Sie setzte sich aufrecht hin und zwang sich, sich zu konzentrieren. Beim Unterrichten ging es nicht nur darum, dass man die Stellungen beherrschte. Man musste auch ein Gefühl dafür haben, was der Schüler brauchte und wie man jeden Einzelnen individuell forderte. Sie dachte daran, wie aufgeregt Lucy gewesen war, als sie es in den Lotussitz geschafft hatte. Und an Emily, die inzwischen wieder im Krankenhaus lag, aber die Atemübungen machte, die Dee sie gelehrt hatte. Und an Patrick und seine Verletzungen.

Sie sah Ethan in die Augen. »Ja, ich bin eine gute Lehrerin.«

»Dann spielt der heutige Abend keine Rolle.« Das sagte er ganz nüchtern, mit einer Überzeugungskraft, die stärker war als ihre Scham. »Fehler macht jeder. Zum Scheitern führt das nur, wenn man nicht aus ihnen lernt.« Dann zog er spöttisch eine Augenbraue hoch. »Außerdem wird es bis zum Ende dieser Nacht noch massenhaft Busenblitzer geben, da wird sich keiner nun speziell an den Ihren erinnern. Nehmen Sie's nicht übel.«

Sie lächelte. Er lächelte zurück. Damit waren sie immer noch beschäftigt, als Lucy auftauchte und sich, Arme in die Hüften gestemmt, vor sie stellte.

»Ach, hier seid ihr! Ich habe euch schon überall gesucht.« Sie registrierte ihre Zweisamkeit, blickte kurz vom einen zum anderen und wandte sich dann an Dee. »Ich hoffe, mein Bruder hat dich nicht belästigt.«

Dee zog ihr Kleid vorne enger zusammen. »Nein, ich hatte ein kleines, ähm, äh …«

»Ich habe sie vor Brad gerettet«, fiel Ethan ihr ins Wort.

»Gut gemacht. Wenn der sich erst mal an jemanden rangeschmissen hat, kriegt man ihn nur mit einer Brechstange wieder los.«

Lucys Blick wanderte wieder zwischen ihnen hin und her, und dann schüttelte sie ganz leicht den Kopf. »Dann also mal los.« Sie machte eine auffordernde Geste. »Genug entspannt. Es gibt Arbeit. Ethan, du musst einmal ein gutes Wort bei Trent einlegen. Und Dee, ich habe da noch jemanden gefunden, der dich unbedingt kennenlernen möchte.« Wie ein Offizier, der seine Truppen anführt, marschierte sie in den Ballsaal voran. Bevor sie durch die Tür ging, rief sie über die Schulter zurück: »Und übrigens, Ethan, dein Date hält ebenfalls nach dir Ausschau.«

Natürlich, und sie musste auch nur *Ausschau* halten, dachte Dee. Sie musste sich nicht Ethan zu Füßen werfen, um seine Aufmerksamkeit zu erlangen.

Kapitel 10

Dee bog in die Zufahrt des Ferienhauses der Roxburghs ein und versuchte herauszufinden, ob sie zu müde war, um zu essen, oder doch zu hungrig, um zu schlafen. Selbstbewusst und zielstrebig den Weg zu Sicherheit und Möbeln zu finden war anstrengend. Mit der Gage des Werbespots, einer Menge harter Arbeit und eisernem Sparen hatte sie es inzwischen geschafft, ihre Schulden bei Leon zu begleichen, Miete und Stromrechnung zu bezahlen, ein paar Dollar für ein Sofa beiseitezulegen und vier neue Reifen zu kaufen. Das war ein großer Schritt in Richtung finanzielle Unabhängigkeit, aber sie hatte noch einen weiten Weg vor sich.

Leider waren bei dem Dinner keine weiteren Engagements herausgesprungen, und so hatte sie in der vergangenen Woche so viel Yoga wie nur möglich unterrichtet. Die gute Nachricht war, dass die Kursteilnehmer nach der Weihnachtspause wieder zurück waren, und sie hatte sogar zwei neue Privatschüler (juhu!). Zusätzliche Kurse hatte sie auch noch übernommen, um Arianne zu helfen, deren morgendliche Übelkeit sich inzwischen über den ganzen Tag erstreckte (die Ärmste, aber das Geld kam Dee zupass). Die schlechte Nachricht war, dass Dee durch die vielen Zusatzstunden nun an allen möglichen und unmöglichen Stellen Muskelkater hatte und ständig ausgehungert war.

Besonders schlecht war das, weil Lucys Gäste die inspirierende Yogaexpertin erwarteten und keine hungrige, erschöpfte, gereizte Dee. Sie versuchte sich im Rückspiegel an einem inspirierenden Lächeln und überlegte, ob sie den Wagen überhaupt abschließen musste. Rundum standen schließlich lauter teure SUVs und noch ein kleiner, sportlicher Flitzer.

»Komm rein«, rief Lucy, als sie klopfte.

Dee schob mit hochgezogenen Augenbrauen die Tür auf, beeindruckt von Lucys »altem Wochenendhäuschen«. Es handelte sich eher um einen kleinen, mehrstöckigen Palast am Ufer des Lake Macquarie, und durch ein zweigeschossiges Panoramafenster konnte sie das dunkle Wasser sehen, das fast gegen die Hintertür schwappte. Die Lichter des gegenüberliegenden Ufers funkelten freundlich in der Ferne.

»Die Treppe hinunter«, rief Lucy ihr zu.

Dee blickte über das Geländer und sah einen Tisch voller Dinnergäste, die zu ihr hochschauten.

Sie registrierte das halbe Dutzend geleerter Weinflaschen und die mit einem bernsteingelben Getränk gefüllten Gläser und dachte: Hungrig, müde, gereizt – und nüchtern.

»Hallo, Dee!«, ertönte es ziemlich angeheitert im Chor, als sie die Wendeltreppe hinunterstieg.

Nun stand sie unten, Yogamatte, Korb und Yogakissen in der Hand: eine Yogalehrerin mit Gepäck.

»Stell dein Zeug einfach erst mal in einer Ecke ab«, sagte Lucy mit einer ausladenden Handbewegung. »Trink ein Glas, und sag uns deine Meinung. Bart glaubt, Shakespeare wäre voll auf Eminem abgefahren.«

»M&M? Mit Schoko oder mit Erdnuss?«, fragte Dee

und löste damit eine Lachsalve aus. Sie war wirklich viel zu nüchtern.

Jemand schob einen Stuhl an den Tisch und stellte ein Glas vor sie.

»Ich stelle dir einmal alle vor.« Lucy spulte Namen herunter, als läse sie sie von einer Liste ab. Da waren Rob und Len – oder vielleicht auch Glen – und eine Frau mit perfekt knackigen, runden Brüsten (könnte ein Problem werden, wenn sie flach auf dem Bauch liegen sollte). Dee war erleichtert, ein paar bekannte Gesichter zu sehen – Lucys Mann John, Gina (die Frau mit den Laufstegoutfits) und Trish, die ebenfalls einen von Dees Kursen besuchte. Und dann noch Bart, der Shakespeare- und Eminemkenner, sowie eine weitere Frau, deren Namen Dee nicht hörte, weil Bart begonnen hatte, Shakespeare zu zitieren – oder vielleicht auch Eminem.

Dee prostete allen zu und trank einen Schluck, um sich der weinseligen Stimmung anzunähern.

Der Mann ihr gegenüber – Len, bzw. Glen oder vielleicht auch Rob – beugte sich schwerfällig vor. »Sie sind also die Yogaexpertin aus dem Fernsehen?« Er lächelte mit vom Wein rotgefärbten Zähnen. »Tragen Sie beim Unterricht eigentlich denselben heißen Fummel wie im Werbespot?«

Sie zwang sich, nicht die Augen zu verdrehen. Inspirierend sein, Dee, damit verdient man seine Kröten. »Nein, ich möchte Sie nicht vom Yoga ablenken.«

»Die Art Ablenkung würde mich erst richtig wach machen, wenn Sie verstehen, was ich meine.« Er schaffte es, gleichzeitig zu zwinkern und lüstern zu grinsen.

Dee verzog das Gesicht. »Lucy, gibt es noch etwas zu essen?«

»Du bist so spät gekommen, da dachte ich, du hättest schon gegessen. In der Küche ist noch was. Komm, ich zeige es dir.«

»Nein, nein. Bleib doch sitzen. Ich hole mir selbst was.« Dee folgte dem Geruch von Essen, schlug die Zähne in eine dicke Scheibe Knoblauchbrot, gab sich einen Teller Gnocchi auf und unterdrückte ein Stöhnen, während sie ihn hinunterschlang. Mit einem Stück Schokokuchen kehrte sie dann an den Tisch zurück.

»Der Porsche ist vielleicht nicht so bequem wie der Benz, aber er ist viel spritziger.« Wieder Bart, der diesmal eindeutig nicht den Shakespeare gab, aber vielleicht den Eminem.

Dee lächelte höflich. Zum Thema Autos hatte sie nichts zu sagen, außer es hing mit irgendeiner Reparatur zusammen.

»Geben Sie dieses Wochenende vielleicht auch Einzelunterricht?«, fragte Len/Glen oder vielleicht auch Rob mit einem anzüglichen Zucken der Augenbrauen.

Ha! Dir bestimmt nicht, Freundchen. »Nein, tut mir leid.« Egal wie viel sie heute Abend trank, sie würde immer anderthalb Flaschen im Rückstand bleiben. Sie gähnte ausgiebig, damit Lucy es sah. »Ich möchte keine Langweilerin sein, aber morgen früh wäre ich beim Unterricht gern ausgeruht. Macht es dir etwas aus, wenn ich schon schlafen gehe?«

»Aber nein.« Lucys Augen waren trüb vom Alkohol. »Fang nicht zu früh an.«

»Ist sieben in Ordnung?«

Am Tisch ertönte allgemeines Stöhnen.

»Wie wäre es dann mit acht?«

»Dann also acht Uhr.«

Len/Glen oder vielleicht auch Rob streifte ihre Hand mit der seinen. Sein Ehering scheuerte über ihre Fingerknöchel. »Soll ich Ihnen helfen, Ihre Yogamatte auszupacken?«

Der Wein aller Weinberge Australiens würde nicht reichen …

Sie hatte keine Ahnung, wie lange sie geschlafen hatte, aber im Haus war es still. Die Dunkelheit im Schlafzimmer war mit geöffneten und geschlossenen Augen gleich schwarz, und Dee merkte, dass sie nicht allein war. Sie hörte ein Schlurfen auf dem Teppich und roch unverkennbar den Wein im Atem von jemandem, der bald einen Kater haben würde.

»Wer ist da?«, flüsterte sie.

Eine Seite des Doppelbetts sank unter einem Gewicht ein, und Dee schoss hoch, rutschte mit pochendem Herzen im Sitzen gegen die Wand und bewaffnete sich mit einem Kopfkissen. Wahrscheinlich würde der Eindringling sie nicht gerade zu einer Kissenschlacht herausfordern, aber gerüstet war sie jedenfalls.

Die Stimme war ein erschöpftes Nuscheln. »Wo is' meine Yogi?«

Verdammt. Es war Len/Glen oder vielleicht auch Rob. Was für ein Dreckschwein. Er war von seiner schlafenden Frau weggeschlüpft, um sich auf die Jagd nach einem Liebesabenteuer zu begeben.

Und seine Frau schlief irgendwo in der Nähe. Und diese Frau würde morgen Unterricht bei Dee nehmen. Sie würde dafür viel Geld bezahlen. Und sie war mit all den anderen befreundet, die ebenfalls viel Geld bezahlen würden. Verdammt noch mal!

Len/Glen oder vielleicht auch Rob schlug die Bettdecke zurück und schlüpfte darunter. »Lass uns spielen, kleine Yogi.« Seine Stimme klang ziemlich schläfrig, nicht nur betrunken. Er wälzte sich auf Dees Seite herüber und tastete auf der Suche nach ihr das Bett ab.

Dee drückte sich gegen die Wand. Mehrtägige Partys waren zum Kotzen.

Der Mann im Bett wurde ruhig. Und jetzt? Dee tastete im Dunkeln herum, beklopfte ihn mit dem Fingerknöchel, schüttelte ihn kräftig und versuchte, ihn herumzuwälzen. Verdammt, war der schwer.

Sie glitt von der Matratze herunter und ging ums Fußende des Bettes herum. Inzwischen lag er flach auf dem Bauch und schnarchte regelmäßig. Na super. Wenn sie ihn nicht aus dem Bett herausbekam, was dann? Sie würde ihn niemals über den Boden schleifen können, und außerdem, wo sollte sie ihn hinschaffen? Einfach vor die Tür? Sie tapste in der Dunkelheit herum, bis sie ein Kopfkissen fand, und ging dann auf Zehenspitzen aus dem Zimmer.

Im Haus war es still, und am Himmel leuchtete ein riesiger Mond wie eine Straßenlaterne. In der Küche zeigte die Uhr der Mikrowelle 01.45 Uhr an. War das nun zu früh oder zu spät? Sie machte den Kühlschrank auf, holte sich noch eine Portion Gnocchi heraus und nahm ihren Mitternachtssnack mit ins Wohnzimmer. Dort kauerte sie sich in einem Sessel zusammen.

Irgendwann viel später hörte sie, wie jemand ihren Namen rief. Sie wollte die Augen aufschlagen, aber die waren wie zugeklebt. In ihrer Brust regte sich das Angstgefühl.

Jetzt war die Stimme ganz nahe. Plötzlich kam ihr

Ethan Roxburgh in den Sinn. Sie tanzte in seinen Armen, spürte, wie sein Hemdknopf gegen ihre Brustwarze drückte und seine Hand sie im Rücken hielt.

Fingerspitzen strichen über ihr Gesicht.

»Dee.«

Das Wort wurde nur geflüstert, doch in ihrem Kopf schlug es ein wie eine Bombe.

Sie riss die Augen auf. Schoss im Sitzen hoch. Schnappte nach Luft.

Sie spürte eine Bewegung, verdrehte den Kopf, schnappte wieder nach Luft und sprang aus dem Sessel auf. Neben ihr stand Ethan Roxburgh. In einem zerknautschten Hemd und ohne Krawatte. Was zum…? Sie rieb sich die Augen und versuchte, richtig zu atmen. »Ich… äh… was denn…?«

»Entschuldigung. Ich wollte Sie nicht erschrecken. Ich bin gerade eben erst angekommen. Ich dachte, Sie würden vielleicht gern ins Bett gehen.«

»Ja. Nein. Ich meine, nein.« Sie erinnerte sich an die Liebkosung ihres Gesichts. Hatte sie gestöhnt? Hatte er etwas erraten? Nicht, dass sie im Sinn hatte, mit ihm ins Bett zu gehen. Sie hatte nur ans Tanzen gedacht. Und an seine Fingerspitzen. Durchatmen, Dee.

»Ich meine, das sah so unbequem aus, wie Sie da im Sessel hockten. Total zusammengekauert.«

»Oh. Oh ja. Sicher.« Ihr Gesicht brannte. Sie wandte sich zum Gehen, blickte dann aber wieder zu ihm. »Das geht nicht. In meinem Bett liegt ein Mann.«

»Ist das schlimm?«

»Na ja, ich weiß nicht, wer es ist. Es ist Len oder Glen oder vielleicht auch Rob. Er ist einfach unter meine Decke geschlüpft und eingeschlafen. Er schläft wie ein

Stein. Ich hab ihn nicht mehr aus meinem Bett rausgekriegt, und daher …« Sie hob die Schultern.

Um seine Mundwinkel zuckte es ganz leicht. »In welchem Zimmer schlafen Sie denn?«

Er folgte ihrem Fingerzeig durch den Gang, verschwand durch ihre Tür und tauchte gleich darauf mit einem Schlafenden beladen wieder auf. »Dee, darf ich Ihnen Glen vorstellen.« Er legte das Bündel auf der Chaiselongue ab. »Jetzt sollten Sie Ruhe haben.«

Wie zur Bestätigung stieß Glen ein begeistertes Schnarchen aus. Dees Blick begegnete Ethans Blick, und sie lachten lautlos.

»Ich wusste gar nicht, dass Sie dieses Wochenende kommen«, flüsterte Dee.

»Dann ist es ja nur gut, dass Sie sich nicht ein neues Bett gesucht haben. Dann hätte ich mich nämlich zu Ihnen legen müssen.«

Bei diesem Gedanken war ihr Mund plötzlich trocken. »Ich hätte Ihnen einen Platz auf meinem äußerst bequemen Stuhl angeboten.«

»Ich wäre viel bessere Gesellschaft als Glen.«

Ohne jeden Zweifel. Neben ihnen stieß Glen ein Kissen zu Boden und grunzte laut. »Hm, ich weiß nicht recht. Er ist so unglaublich charmant.«

Ethans Schultern zuckten vor unterdrücktem Gelächter. »Nacht, Dee«, sagte er.

»Nacht«, erwiderte sie. »Und danke.«

Bei ihrer Tür angekommen, blickte sie sich noch einmal um. Ethan stand noch immer beim Sessel und beobachtete sie mit diesem verwunderten Ausdruck, den sie schon so oft bei ihm gesehen hatte.

KAPITEL 11

»Stellen Sie sich vor Ihre Matte, und führen Sie die Hände vor der Brust zusammen. Gut. Holen Sie tief Luft, strecken Sie die Arme über dem Kopf aus, und spüren Sie die Sonne auf Ihrem Gesicht.« Dee beobachtete ihre fünf Schüler, die scharf umrissene, schwarze Schatten auf die Holzdielen warfen, während sie sie durch den Sonnengruß führte.

Sie befanden sich auf der hinteren Veranda des »bescheidenen Ferienhäuschens« der Roxburghs. Neben ihnen plätscherte friedlich der See, und die frühe Morgensonne lag sanft auf ihren Gesichtern und wärmte die Yogamatten unter ihren Füßen. Sollte es jemals einen geeigneten Augenblick gegeben haben, um die Sonne zu begrüßen, dann diesen.

Bart war der einzige männliche Gast, der seinem Kater die Stirn geboten hatte und zum Unterricht gekommen war. Die Frau mit den knackigen runden Brüsten war nicht aufgetaucht, aber die anderen Frauen waren mehr oder weniger verkatert erschienen, in der Hoffnung, ihren Zustand durch Yoga zu verbessern. Dee hatte Mitgefühl mit ihnen und dirigierte sie ganz behutsam durch die ersten Aufwärmstellungen. Das Gestöhne, das von den Matten hochdrang, entging ihr nicht.

»Atmen Sie langsam aus, und stellen Sie Ihr linkes Bein nach hinten. Wir nehmen die Bergstellung ein.« In diesem Tempo kommen wir niemals übers Aufwärmen hinaus, dachte Dee.

Sie legte einen Finger auf Ginas Schulter, um ihre Haltung zu korrigieren, trat dann zurück und beobachtete sie. Im Haus nahm sie eine Bewegung wahr und hob die Augen. Ethan beobachtete den Kurs durch das Panoramafenster. Ein ganz anderer Ethan – weder Anzug noch Krawatte noch der ernste Blick des Geschäftsmanns. Sein Haar war zerzaust, als wäre er gerade in seinem zerknitterten grünen T-Shirt und der weiten Hose aus dem Bett aufgestanden.

Etwas in Dees Bauch begann zu flattern. Er prostete ihr mit erhobener Kaffeetasse zu. Sie winkte mit den Fingern. Die Schmetterlinge im Bauch waren immer noch da.

Von den Matten her hörte sie ein Stöhnen, und plötzlich merkte sie, dass ihre Schüler schon die ganze Zeit in einem anstrengenden Ausfallschritt dastanden und allmählich wacklig wurden. »Einatmen und den …« – oh, war es der rechte oder der linke Fuß? – »anderen Fuß heranziehen.«

Sie sah zum Fenster zurück. Ethan war verschwunden. Und mit ihm die Schmetterlinge. Das war nur gut so – es lenkte sie doch sehr ab.

Die Stunde endete mit einer langen Meditationsphase, in der wohl mindestens eine Frau einschlief. Ihre Schüler verschwanden zum Duschen und Frühstücken, Dee suchte sich eine Zeitung und einen bequemen Stuhl in der Sonne, und eine Stunde später hatte sie das Haus für sich. Bisher erwies sich das Engagement zu ihrer Erleichterung eher als bezahlter Urlaub denn als Katastrophe. Sie führte ihren Becher zum Mund. Mhmm, im Ferienhaus der Roxburghs gab es wirklich großartigen Kaffee.

»Haben Sie schon gegessen?«

Ethans Stimme in der Stille schreckte sie auf. Unwillkürlich fuhr sie heftig zusammen, die Hand mit der Tasse tat einen Satz, und plötzlich schoss ein brauner Strom von Kaffee im hohen Bogen durch die Luft und landete auf ihrem T-Shirt.

Das heiße Getränk brannte wie Feuer auf ihrer Brust. Sie sprang auf und zerrte an ihrem Shirt. »Au, au!« Aber das Kleidungsstück saß eng, der Stoff klebte an ihrer Haut, und der Kaffee rann heiß und brennend bis zu ihren Oberschenkeln hinunter. Schließlich schaffte sie es, das Shirt über den Kopf zu reißen, und schleuderte es zu Boden.

Ethan nahm ein Geschirrhandtuch von seiner Schulter, tauchte einen Zipfel in das Glas Mineralwasser in seiner Hand und reichte ihr beides. »Hier. Nehmen Sie das.«

Dee schnappte sich das Glas, kippte sich das Wasser über die Brust und japste auf, während die Eiswürfel wie Hagelkörner zu Boden fielen. Sie blickte zu Ethan auf, sah, dass er zwischen Schreck und Gelächter schwankte, und lachte lauthals. »Hoppla, das war aber kalt.«

»Ich hatte nicht erwartet, dass Sie sich gleich darin ertränken. Alles in Ordnung mit Ihnen?«

Sie blickte an sich hinunter. Die vom Kaffee fleckigen Körbchen ihres hässlichen, alten Sport-BHs standen wie Wächter zu beiden Seiten eines breiten, roten Streifens verbrühter Haut, der sich von ihrem Hals bis zu ihren Oberschenkeln zog. Weiter unten tropften kleine Rinnsale von Espresso an ihren nackten Waden hinunter und bildeten auf den Verandadielen eine Pfütze um ihre Füße.

»Alles in Ordnung, vermute ich. Es ist wohl nichts Ernsthaftes passiert.«

Er trat näher und hielt das Tuch gegen ihren Bauch. Dee schloss die Lippen, um nicht vor Wonne aufzustöhnen. Sie roch den frischen Kiefernduft seines Shampoos, spürte seinen Atem auf ihrer nackten Schulter und seinen Oberschenkel, der gegen ihre Hüfte drückte. Sie beobachtete fasziniert, wie sie unter dem Druck seiner Hand eine Gänsehaut bekam, die sich lustvoll kribbelnd bis zu den Beinen hinunterzog. Während er noch immer das Tuch auf ihre Verbrennung drückte, nahm er ihre Hand und legte sie auf seine. Dann glitten seine Finger unter ihren weg, sodass sie das Tuch nun selbst hielt. »Tut mir leid. Ich dachte, Sie wüssten, dass ich da bin.«

Sie räusperte sich. »Nein, ich dachte, alle wären zur Weinprobe gegangen.« Sie war erleichtert gewesen, als Lucy nicht darauf bestanden hatte, dass sie sich dem Ausflug anschloss – Dee wollte schließlich Geld verdienen und es nicht für teures Essen und Wein ausgeben.

»Ich bereite Ihnen einen Brunch, während Sie sich in Ordnung bringen, was halten Sie davon? Brauchen Sie noch Eis?«

Tja, wenn er sie noch einmal so verarzten würde wie eben, das wäre toll. »Nein, ich stelle mich einfach unter die kalte Dusche. Und etwas zu essen klingt prima, danke.«

Als sie sich umgezogen und ihre Kleider ausgewaschen und zum Trocknen aufgehängt hatte, hatte Ethan schon die Kaffeepfütze aufgewischt, den Tisch gedeckt und noch eine zweite Zeitung gefunden. Sie plauderten eine Weile bei Rührei und Toast und vertieften sich dann schweigend in die Wochenendnachrichten.

Wahrscheinlich war er erleichtert, dass er nicht mehr mit ihr reden musste, dachte Dee. Er musste sie für eine Vollidiotin halten. Er war so vernünftig und tüchtig, sie aber war eine wandelnde Katastrophe, wann immer er in der Nähe war. Ihre Pannenliste wurde immer länger – Kuchen im Gesicht, rausflutschende Brüste, ein Sturz auf den Boden und ein Schwall Kaffee auf den Bauch. Und warum hatte sie eigentlich immer noch Hunger?

»Ist es Ihnen recht, wenn ich mir den letzten Toast nehme?«, fragte sie.

»Aber sicher.« Er beobachtete mit einem belustigten Zucken der Augenbrauen, wie sie sich Marmelade aufs Brot strich. »Sie können wirklich ganz schön zulangen. Ich hätte gedacht, jemand wie Sie isst wie ein Vögelchen.«

Sie war irritiert. »Was meinen Sie denn damit? Jemand wie ich?«

»Sie sind so schlank. Die meisten Frauen, die ich kenne, hungern sich halb zu Tode, um so auszusehen.«

»Ehrlich gesagt ist es für mich schon eher eine Herausforderung, nicht vom Fleisch zu fallen. Ich muss genug essen, um ausreichend Energie zu haben, darf aber nicht so zulangen, dass ich bei einer Schülerin den Teppich vollkotze. Das läuft darauf hinaus, dass ich vor einer Yogastunde praktisch nichts essen kann, und das wird dann ein Problem, wenn ich den ganzen Tag unterrichte.«

»Sie müssen ja halb verhungert sein, wenn Sie abends nach Hause kommen.«

»Da liegen Sie goldrichtig. Meistens mogle ich mich mit Snacks und Kaffee durch und versuche dann, die Reserven an den Wochenenden aufzufüllen.«

»Wenn ich das gewusst hätte, hätte ich mehr Rührei gemacht.« Ethan faltete seinen Teil der Zeitung auseinander. »Hätten Sie gerne die Gesellschaftsseiten?«

»Nein, danke. Da steh ich eigentlich nicht so drauf. Ich habe den Sportteil. Wollen Sie den?«

»Vielleicht nachher. Ich bin immer noch bei der Reisebeilage.«

Ach ja? Das war Dees Lieblingsteil. Sie tauschten einen seltsamen Blick und kehrten dann wieder zu ihrer jeweiligen Lektüre zurück. Zehn Minuten später faltete Ethan seine Zeitung zusammen und schlug damit auf den Tisch. »Und, Dee, *können* Sie jetzt eigentlich segeln?«

Sie blickte zu ihm auf, ein mattes, verlegenes Lächeln im Gesicht. »Nein.«

»Dann wird es Zeit, dass Sie es lernen.«

Dee beobachtete Ethan entsetzt. »Das ist doch kein Boot. Das ist eine Badewanne.«

Sie stand in einem geliehenen Neoprenanzug auf einem kleinen Steg unterhalb des Ferienhauses der Roxburghs. Sie hatte eine neongelbe Schwimmweste an, und in ihrem Bauch ballte sich die Angst wie ein großer Klumpen. Sie war sich ziemlich sicher, dass dies kein Schritt auf dem Weg zu mehr Sicherheit war, und es half ihr absolut nicht dabei, selbstbewusster und zielstrebiger durchs Leben zu gehen. Ethan hatte sie erpresst. Er hatte gesagt, nachdem er sie vor Glen gerettet, ihr einen Brunch zubereitet und den verschütteten Kaffee aufgewischt habe, müsse sie nun auch einmal etwas für ihn tun.

»Sie müssen gar nichts machen. Ich brauche Sie nur als Ballast.«

Das klang eigentlich nicht so schlimm. Das Problem

war ja nicht, dass sie Angst davor hatte, in einer winzigen Fieberglaswanne auf einem großen, tiefen See zu treiben – es war der Gedanke, dass sie aus dem Boot fallen könnte. Im Wasser gab es Fische – riesige Fische, wahrscheinlich Haie. Oder vielleicht würde diese Nussschale von einem Boot auch umschlagen und sie nach unten drücken, sodass sie ertrank. Es war nun mal einfach gefährlich.

Ethan streckte die Hand nach ihr aus. Er stand mit den Füßen in einem Gewirr von Wasserpflanzen und hielt das Boot am Steg fest. »Kommen Sie nur. Das wird prima laufen.«

Dee stieg ins Boot, spürte, wie es schwankte, und blickte Ethan zweifelnd an. Aus der Nähe hatten seine Augen die tiefbraune Farbe von starkem Espresso, und darauf tanzten kleine, honiggelbe Flecken. Im ärmellosen Neoprenanzug wirkten seine gebräunten Schultern sehr breit. Jetzt trug er weder Smoking noch Krawatte, aber das tat seiner Coolness und seiner Selbstsicherheit keinen Abbruch. Er schwang sich an Bord und steuerte die Jolle in die grüne Weite des Sees.

»Was ist das Schlimmste, das jetzt passieren könnte?«, fragte er.

»Wir könnten *kentern.*« War das nicht offensichtlich?

»Wenn Ihnen das Sorgen bereitet, dann wollen wir das jetzt mal tun.«

»Was?«

»Nur um Ihnen zu zeigen, dass das nicht so schrecklich ist, wie Sie meinen.« Er stand auf. Das Boot legte sich furchterregend schief.

»Nein! Moment mal!«, schrie Dee. »Ist das denn nicht gefährlich? Was ist denn, wenn das Segel auf uns fällt?«

»Falls Sie unter das Segel geraten, holen Sie einfach tief Luft und tauchen darunter hinweg. Bleiben Sie cool. Das Gute am See ist, dass das Ufer nie weit weg ist. Falls irgendwas passiert, können Sie jederzeit an Land schwimmen.« Während er das sagte, ließ er das Boot immer weiter zur Seite krängen. »Los jetzt, Dee, springen Sie.«

»Nein!« Halb fallend, halb freiwillig platschte sie ins Wasser und zappelte heftig mit Armen und Beinen, um Haie abzuwehren. Sie kam unter dem Segel hoch, holte tief Luft und tauchte darunter durch. Als sie den Kopf das nächste Mal aus dem Wasser streckte, war sie ganz allein. Da waren nur sie, das gekenterte Boot und eine riesige Wasserfläche. »Ethan?«, rief sie. »Ethan!«

Seine Stimme ertönte von der anderen Seite, sie klang schwach und dünn. »Schwimmen Sie ums Boot herum.«

Mit hastigen Schwimmzügen umrundete sie das Fahrzeug und sah zu ihrer Erleichterung, dass er im Schatten des Rumpfs im Wasser paddelte. Am liebsten wäre sie ganz dicht an ihn herangeschwommen und hätte ihn umarmt, um nicht zu ertrinken.

»Wir müssen das Boot wieder aufrichten«, sagte er. »Packen Sie die Bordkante, dann ziehen wir es mit unserem Gewicht herum.«

Als sie sich im Sinne seiner Aufforderung nach oben reckte, glitt etwas an ihrem Bein vorbei – etwas Glitschiges und Langsames. Sie schrie auf, warf sich zurück und starrte in die Tiefen des Sees. Da unten war es trübe; sie konnte noch nicht einmal die Gummischuhe an ihren Füßen sehen, die Ethan ihr gegeben hatte. Da war es wieder – glitschig, langsam und sehr fischartig. Sie riss die Beine zurück und nahm sie so weit nach oben wie möglich. Hoffentlich war das Biest, das hier herumstrich, zu blöd, um hochzuschauen.

»Das ist nett.« Ethans Stimme war so nah, dass sie seinen Atem im Ohr fühlte. »Aber vielleicht geht es leichter, wenn wir gemeinsam versuchen, das Boot hochzuziehen.«

»Hm?« Dee wandte den Kopf und sah, dass sein Gesicht nur Zentimeter von ihrem entfernt war. Der Rest ihres Körpers war ihm noch viel näher. Aus Angst vor dem glitschigen Monster hatte sie sich wie ein Koalababy an ihm festgeklammert – die Beine um seine Taille geschlungen, die Arme um seinen Hals gelegt und den ganzen Leib fest an ihn geschmiegt. Sein Körper war ganz schön eindrucksvoll. Selbst unter den Lagen des Neoprenanzugs und der Schwimmweste fühlte sie noch seine mächtige Brust, seinen flachen Bauch und den muskulösen Po, an dem ihre Füße ruhten. Eine Hitzewelle erfasste sie – peinliche Verlegenheit mit einem Hauch von Lust –, und als der Gedanke in ihr aufschoss, dass ihr Körper so wirklich sehr gut zu dem seinen passte, stieß sie sich von ihm weg, überrascht, dass das Wasser um sie herum von ihrem rot glühenden Gesicht nicht ins Brodeln geriet. »Irgendwas ist um meine Beine herumgeschwommen, und da, ähm, bin ich nervös geworden, und, äh, wo soll ich jetzt anpacken?«

Gemeinsam schafften sie es, das Boot wieder aufzurichten, und Ethan schwang sich mit einer flinken, geschickten Bewegung hinein. Das sah ja einfach aus. Dee legte ein Bein über die Bordkante und blieb so hängen. Ein Arm und ein Bein waren im Boot, aber sie schaffte es nicht, sich mit dem übrigen Körper und der lästigen Rettungsweste an Bord zu hieven. Okay, einfach war das also nicht. Sie ließ sich ins Wasser zurückgleiten, packte die Sitzbank und versuchte, sich Kopf voran ins Boot zu ziehen.

»Was machen Sie denn da?«, fragte er.

»Na ja, ich spiele nicht Hüpfen mit den Haien, die hier herumwimmeln. Ich schaffe es einfach nicht reinzukommen.«

Gerunzelte Stirn und leises Lächeln. »Legen Sie ein Bein über den Rand.«

Sie gehorchte, und er packte sie hinten bei ihrer Schwimmweste, hob sie an und wälzte sie herein – eigentlich nicht viel anders, als wäre sie ein riesiger Fisch. Sie lag auf der Sitzbank, sah zum tiefblauen Himmel hinauf und spürte, wie das Salz auf ihrer Haut trocknete. »Ich dachte, bei Ihnen liefe Segeln auf Champagner und Stöckelschuhe hinaus. Die habe ich zwar nicht, aber ein kräftiger Drink wäre jetzt toll.«

Er lachte. »So eine Yacht habe ich in Sydney Harbour liegen, aber manchmal möchte ich den Wind richtig spüren. Das hier habe ich schon eine Ewigkeit nicht mehr gemacht. Mir war gar nicht klar, wie sehr es mir gefehlt hat. Es ist super, oder? Schauen Sie, da kommt Wind auf. Jetzt müssen Sie hier rüberkommen und Ihren Job erledigen.«

»Kann ich denn nicht auch da, wo ich jetzt bin, Ballast sein?«

»Nur, wenn Sie wieder im Wasser landen wollen.« Noch während er das sagte, fuhr der Wind in die Segel, und das Boot krängte.

Dee krabbelte zur anderen Seite. Er zeigte ihr, wie sie sich auf die Bordkante setzen musste, und gab ihr ein Tau, an dem sie sich festhalten konnte. So schossen sie übers Wasser.

»Raushängen!«, schrie er, die Stimme dünn vom Wind.

Sie drehte den Kopf und sah, dass er weit zurückgelehnt saß, beinahe parallel zum Wasser. »Auf keinen Fall!«

»Kommen Sie schon, Dee. Wir kommen hier nicht vom Fleck, wenn Sie sich nicht ein bisschen ins Zeug legen. Sie dürfen einfach nur die Leine nicht loslassen.«

»Es hieß doch, ich ›müsste überhaupt nichts machen‹?«

»Das war nur Spaß.«

Sie schob sich weiter hinaus, prüfte, wie ihr Rücken diese Haltung vertrug, und legte sich mit ihrem ganzen Gewicht hinein. So schnitten sie durch die Wellen. Der Wind wehte ihr ins Gesicht wie ein auf kalt gestellter Fön, zerrte an ihrem Pferdeschwanz und machte ihre Augen trocken. Unter ihnen klatschte das Wasser gegen den Rumpf und sprühte über den Bug. Nicht loslassen, Dee. Nicht ins Wasser fallen. Und hör auf, wie blöd zu grinsen – sonst kriegst du noch Wasser in den Mund.

KAPITEL 12

Der Wind legte sich so schnell, wie er aufgekommen war, und während sie auf dem Wasser dahindümpelten, umschloss die Hitze sie wie eine Haut.

Dee streckte sich auf dem Rücken aus. Der Himmel wölbte sich vollkommen wolkenlos wie eine blaue Kuppel, und der Feuerball der Sonne stand noch nicht direkt über ihnen. Sie tauchte die Hand ins Wasser, spritzte sich das Gesicht nass und wünschte, sie wäre gescheit genug, einen Neoprenanzug zu entwerfen, der einen nicht nur warm hielt, sondern gegebenenfalls auch kühl. »Können wir denn gar nichts machen?«

»Den Motor anwerfen und zurücktuckern.«

»Na toll.« Dee setzte sich auf, und dabei stießen ihre Knie an seine. »Und wie machen wir das?«

Er rückte zur Seite, sodass sie mehr Platz hatte. »Sie springen raus und schieben uns an, während ich hier sitzen bleibe und steuere.«

»Ja sicher, im Segelboot gibt es keinen Motor. Sehr komisch.«

»Eigentlich nutzen wir Kapitäne solche Flauten immer, um die Seemannschaft unserer Besatzung zu prüfen. Wir lassen sie Knoten üben, in die Takelage klettern, das Deck schrubben und so.«

»Ich bin mir aber ziemlich sicher, dass freiwillige Besatzungen da ausgenommen sind.«

»Ja, wirklich? Klingt so, als wäre meine freiwillige Besatzung ein bisschen apathisch. Vielleicht hätte ich den Leuten vor dem Anheuern doch etwas gründlicher auf den Zahn fühlen sollen.«

»Vielleicht hätten Sie den Job einfach etwas besser beschreiben sollen.«

Er befeuchtete seinen Finger und hielt ihn in die Luft. »Okay, eins zu null für Dee.« Das Boot schwankte, als Ethan ein Bein über ihre Knie schwang und es auf der Sitzbank ausstreckte. Dee hielt sich am Mast fest, um nicht noch einmal über Bord zu gehen. Er sah sich das an, und als sie losließ und es sich erneut auf ihrem Platz bequem machte, wich auch das Grinsen allmählich wieder aus seinem Gesicht.

»Okay, Matrose«, sagte er. »Was machen Sie also so, wenn Sie nicht auf See sind?«

Sie machte es ihm nach und legte ihre Füße auf die Sitzbank gegenüber. Beider Beine lagen nun parallel nebeneinander. »Sie wissen schon, das Übliche: Ich trinke, krakeele, prügle mich in den Kneipen und lass mir Tätowierungen stechen.«

»Tätowierungen, ja? Was haben Sie denn für eine? Haben Sie ›Mom‹ auf der Brust stehen?«

»Das wäre den Spaß wert, allein schon, um Sie mal Bauklötze staunen zu sehen. Nein, in Wirklichkeit habe ich kein einziges Tattoo. Ich dachte, dass die alle dann doch nur verlaufen, wenn meine Haut mal alt und schlaff wird. Und Sie?«

»Nein, wozu auch? Lieber wollte ich eine unauslöschliche Spur in der Geschäftswelt hinterlassen.« Er zog eine Augenbraue hoch. »Apropos. Was machen eigentlich Ihre Yogakurse? Verdienen Sie was damit?«

»Sagen wir einfach, dass ich einen Beruf habe, der mich innerlich reich macht.«

Er sah sie an, und seine Schultern bebten ganz kurz von einem leisen Lachen.

»Was ist denn?«

»Was meinen Sie?«

»Sie gucken mich immer so an. So wie gerade eben, so als wäre ich total komisch, wie ein Außerirdischer oder so, der gerade etwas Unpassendes, aber irgendwie auch Drolliges gemacht hat. Der zum Beispiel sabbert. Als wäre ich ein sabbernder Außerirdischer. Was soll das denn?«

Seine Schultern bebten wieder ein bisschen. Dann stießen seine Beine gegen ihre, als er endlich laut herauslachte. »Ich kann aufrichtig beteuern, dass ich Sie nie als sabbernde Außerirdische betrachtet habe.«

»Das freut mich. Und was ist es dann?«

»Sie sind eine Wundertüte. Irgendwie anders. Voller Überraschungen. Das Gegenteil von allen anderen.«

»Was meinen Sie damit?«

»Na wie Sie zum Beispiel eben gesagt haben, Sie hätten einen Beruf gewählt, der Sie innerlich reich macht. So ziemlich jeder andere hätte sein Geschäft verzweifelt verteidigt und erklärt, es werde bald so richtig in Gang kommen, oder er suche noch den besten Marktzugang.«

»Ich weiß noch nicht einmal, was ein Marktzugang ist.«

»Sehen Sie?«

»Ist das jetzt gut oder schlecht?«

Er musterte sie kurz. »Weder noch. Einfach anders.« Und dann, als hätte er genug davon, spritzte er sie grinsend nass.

»He!«

Sie wischte sich das Gesicht ab, und er verschränkte die Hände hinter dem Kopf. Die helleren Flecken in seinen Augen wirkten im grellen Sonnenlicht beinahe golden. Als sie wieder still dasaß, tippte er ihr Bein an, als wollte er »Hi, Dee« sagen. »Und wie sind Sie zu Yoga gekommen?«

Sie sah dorthin, wo sein Schenkel jetzt ihren berührte und sie die Wärme seines von der Sonne aufgeheizten Neoprenanzugs spürte. Sie fragte sich, ob es Zufall oder Absicht war. In Rufweite gab es kein einziges Boot, und so, wie sie da saßen, fühlte sie sich ihm nah und geborgen. Das Plätschern der Wellen gegen den Rumpf des Bootes untermalte ihr Gespräch mit seinem friedlichen Rhythmus, und sie beschloss, dass es ihr nichts ausmachte, ihm die Geschichte zu erzählen. Aus dem Schlimmen war auch etwas Gutes erwachsen. So etwas war das Zuhören wert. Aber sie würde nur Allgemeines berichten – die Einzelheiten taten immer noch zu weh.

»Vor ungefähr zehn Jahren hatte ich einen Autounfall.« Sie fand es immer eigenartig, dass sie sich nicht an den Tag erinnern konnte, der ihr Leben verändert hatte. Nicht, dass er eine vollkommene Leerstelle gewesen wäre. Sie erinnerte sich, dass sie mit Anthony über etwas gelacht hatte, sie erinnerte sich an die scharfen Scherben unter ihren Händen, an das Jaulen der Motorsäge, mit der die Tür aufgeschnitten worden war, und an den Geruch von Blut. Und an den Schmerz – wie ein elektrischer Bullentreiber, den jemand in ihr Steißbein gepflanzt und auf höchste Stufe gestellt hatte.

»Ich bin ziemlich schlimm verletzt worden, Bandscheibenquetschungen, ein gebrochener Wirbel, ein Beinbruch und noch ein paar andere üble Sachen.« Und sie hatte ihren Verlobten verloren – tatsächlich nicht *beim* Autounfall, aber doch als Folge. Er hatte sie im Stich gelassen, weil er sich nicht damit abfinden konnte, was aus ihr geworden war. Und so war bei ihr das Gefühl zurückgeblieben, dass sie ihn eben doch durch den Unfall verloren hatte. »Eigentlich habe ich Glück gehabt. Es hätte auch schlimmer kommen können. Ich habe ein paar Monate im Krankenhaus verbracht und ein Jahr lang ein Rückenkorsett getragen.« Damals war der Bullentreiber schon einem Presslufthammer gewichen – einem mit einer Ramme statt einem Meißel, die ständig dumpf niederdonnerte.

»Ich habe fast ununterbrochen Krankengymnastik gemacht, und so bin ich wieder auf die Beine gekommen, aber ich hatte immer noch schreckliche Schmerzen. Ich habe alles versucht: Pilates, Chiropraktiker, Osteopathie, Akkupunktur, Magnettherapie, Besprechen, die ganze Palette. Und dann habe ich Yoga ausprobiert.« Damals war es einfach nur ein Versuch unter vielen gewesen, ein wenig Erleichterung zu finden.

Sie fasste ihr vom Salzwasser verklebtes Haar, das sich um ihren Hals geschlungen hatte, drehte es zusammen und legte es über die Schulter. Ethan beobachtete sie unbewegt. Er war ihr so nahe, dass er nur die Hand ausstrecken musste, um die Tropfen aufzufangen, die sich unten aus ihrem Schopf lösten, aber die Art, wie er langsam wieder auseinanderfiel, schien ihn mehr zu interessieren.

»Von Anfang an hat mir die Meditation gegen den Schmerz, die Albträume und die Angstanfälle geholfen.« Und auch ihr gebrochenes Herz hatte nicht mehr so wehgetan. »Und dann hat mein Körper allmählich auf die Yogaübungen reagiert. Ich habe Muskeln trainiert, die meinen Rücken stützen, und je gelenkiger ich wurde, desto schmerzfreier konnte ich mich bewegen. Es hat lange gedauert, aber schließlich war mein Leben wieder ziemlich normal. Allerdings war es ein anderes Leben als vorher.« Es gab keinen Anthony mehr, keine Hochzeit und keine Zukunft. Nur ein schreckliches Gefühl der Einsamkeit.

»Ich wollte nicht mehr als Röntgenassistentin arbeiten. Ich wusste eigentlich gar nicht, was ich wollte. Wenn man einmal dem Tod in die Augen geblickt hat, verändert das die Art, die Dinge zu sehen. Jedenfalls bekam ich etwas Geld von einer Versicherung und reiste eine Weile durch Asien. Ziemlich lange sogar. Schließlich landete ich in Indien und lernte bei den echten Gurus Yoga. Als ich zurückkam, wurde ich Mitglied in einer Yogaschule, und nach ein paar Wochen hat man mich gefragt, ob ich vielleicht selbst ein paar Kurse geben wollte. Danach habe ich auch noch einige Privatschüler gefunden, und so hat es sich einfach entwickelt.«

Ethan stellte einen Fuß hinunter. Ihre Knie stießen wieder zusammen. Er tätschelte ihres kurz. Ein freundlicher Klaps, mit dem er sein Mitgefühl ausdrückte. Aber seine Hand verweilte ein winziges bisschen länger, als eigentlich erforderlich schien. »Und jetzt sind Sie ein Werbestar.«

Dee hob die Augen von ihrem Knie. »Müssen Sie mich daran erinnern?«

»Was ist denn verkehrt daran?«

»Eigentlich wohl gar nichts. Nur bin das eben nicht wirklich ich, verstehen Sie, mich so ins Rampenlicht zu stellen. Ich habe es nur des Geldes wegen getan. Das klingt schrecklich, nicht wahr?«

»Überhaupt nicht, das ist doch nicht verkehrt. Jeder muss schließlich essen.«

»Mhm, schon.«

»Und dieses Schuldenproblem. Wie schlimm ist es denn?«

Sie bemühte sich, unbeschwert zu klingen. »Oh, es ist nur die übliche nachweihnachtliche Geldkrise mit ein paar zusätzlichen Herausforderungen. Wie zum Beispiel Leons Wagen, erinnern Sie sich?« Ethan nickte. »Und außerdem ist er ausgezogen, nicht des Wagens, sondern Roberts wegen, und das ist toll für ihn, aber jetzt habe ich keine Möbel mehr.« Er zog fragend die Augenbrauen hoch. »Ja, das stimmt. Überhaupt keine. Als ich es bemerkt habe, war ich ziemlich überrascht. Deswegen habe ich ja den Werbespot gedreht, und jetzt brauche ich nicht mehr ganz so viel Geld wie vorher.«

»Und was werden Sie unternehmen?«

Sie winkte lässig ab. »Das Problem wird sich von selbst lösen. Ich werde einfach noch ein paar zusätzliche Kurse geben und eisern sparen. Und das Beste hoffen.«

»So kann man doch nicht leben.«

Jetzt geht das schon wieder los, dachte sie, und stieß ein kurzes Lachen aus. Jetzt will mir schon wieder jemand sagen, was ich mit meinem Leben anfangen soll. Gerade jetzt, wo sie fast schon geglaubt hatte, dass er netter war als der durchschnittliche Anzugträger. »Sie klingen wie meine Mutter.«

»Dann hätte Ihre Mutter Sie wohl lieber als Röntgenassistentin gesehen.«

»Alles, nur nicht Gymnastiklehrerin, wie sie das

nennt. Wenn man sie hört, sollte man meinen, ich wäre von Sklavenhändlern entführt und an eine Yogamatte gekettet worden.«

»Was sagt denn Ihr Vater dazu?«

Sie zögerte einen Augenblick vor ihrer Antwort. »Mein Vater ist gestorben, als ich elf war.«

Etwas zuckte über sein Gesicht, Wiedererkennen und ein Hauch von Schmerz. »Das tut mir leid.«

Sie erinnerte sich an das Foto von Ethan und Lucy auf der Titelseite des *Sydney Morning Herald,* das dort am Tag nach dem Tod ihres Vaters Lionel Roxburgh erschienen war. Er war in seinem Büro einem Herzanfall erlegen. Damals unterrichtete Dee die noch sehr gestresste und angespannte Lucy erst ein halbes Jahr. Es war mitten im Winter gewesen, und die beiden Roxburgh-Geschwister hatten warme Jacken getragen. Ethan hatte die Hand auf Lucys Schulter gelegt, und so waren sie aus dem Haus der Roxburghs herausgetreten, das Gesicht halb von der Kamera abgewandt. Lucy sah auf dem Foto erschöpft und so ungepflegt aus, wie Dee sie nie vorher gesehen hatte. Ethan stand hoch aufgerichtet und breitschultrig da wie ein Schild für seine Schwester. Mit zusammengepressten Lippen und stoischem Gesichtsausdruck. In den Zeitungen stand, seine Gefasstheit habe den Aktienbesitzern angesichts dieser unerwarteten Tragödie Vertrauen eingeflößt. Schließlich war Lionel als Chef des Unternehmens sehr geachtet gewesen, und nun sah man auf Ethan, der die Roxburgh Holdings in Zukunft leiten würde.

Als sie ihn jetzt so entspannt und selbstsicher sah, fragte Dee sich, wie es wohl wäre, vor den Augen der Öffentlichkeit um ein Elternteil zu trauern, wohl wissend, dass alle einen beobachteten und darauf achteten, wie man sich hielt.

»Wachen Sie manchmal nachts auf und sehnen sich nach Ihrem Dad?«, fragte sie.

Ethan erwiderte nichts, doch sein Mienenspiel war die reinste Diashow. Seine Augen weiteten sich, als dächte er: »Zum Teufel, was für eine Frage.« Dann schürzte er ganz leicht die Lippen, als wollte er sagen: »Wie können Sie es wagen, so persönlich zu werden.« Dem folgte ein wegwerfender Blick. Danach wurde es allerdings interessanter. Es war, als versänke er langsam in Nachdenken. Er hatte eine Weile gebraucht, um den Gedanken zuzulassen, doch nun, da er schon einmal da war, konnte er ihm auch seine Aufmerksamkeit schenken. Sein Blick glitt von ihr weg, und er starrte unbestimmt in die Ferne.

»Ja, das kommt vor«, sagte er endlich, ohne den Blick zu lösen.

»Bei mir auch.«

Schweigen senkte sich zwischen ihnen nieder. Das war in Ordnung so. Manche Gedanken mussten einem eine Weile durch den Kopf gehen und brauchten ihre Zeit, bevor man sie wieder wegpacken konnte. Dee schloss die Augen und dachte an die Seelenpein, die sie manchmal immer noch nachts weckte. »Als wenn sich eine Faust um das Herz legt.« Sie legte ihre Hände vor die Brust. »Inzwischen macht es mir nicht mehr so viel aus. Ich meine, ich kann mich nicht genau an den Klang seiner Stimme erinnern, und ich weiß auch nicht mehr, welchen Blauton seine Augen hatten oder wie lang seine Finger waren, aber wenn ich nachts manchmal so wach werde, erinnere ich mich, wie es war, in seiner Nähe zu sein. Als würden unsere Seelen einander noch kennen.«

Als sie die Lider aufschlug, beobachte Ethan sie mit seinen dunklen, espressobraunen Augen. Sie lächelte sanft. Er lächelte zurück. Eine kleine, vertrauliche Geste, die den kurzen Abstand zwischen ihnen überbrückte. Als wäre er neben sie auf die Bank gerutscht und hätte ihr gesagt, er verstehe genau, was sie meine. Diesem Lächeln entnahm sie, dass an Ethan Roxburgh weit mehr war als nur sein Selbstvertrauen als Geschäftsmann und der Anzug samt Krawatte. Und dass es vielleicht interessant wäre, etwas darüber herauszufinden.

Jetzt mal halblang, Dee. Wollte sie das denn überhaupt? Eher wohl nicht. Sie war noch immer von den Narben gezeichnet, die der letzte Anzugträger, auf den sie sich eingelassen hatte, ihr zugefügt hatte. Sie streckte die Hand aus dem Boot, schöpfte etwas Wasser, bespritzte ihn damit und durchbrach so die vertraute Stimmung.

Er duckte sich, grinste, griff ein Stück Tau und legte es zu einer ordentlichen Acht. »Was gefällt Ihnen daran, Yoga zu unterrichten?«

Bei diesem Thema war sie auf sicherem Terrain. Sie reckte die Arme über den Kopf und beobachtete das Spiel ihrer Muskeln. »Ich *liebe* Yoga einfach.« Das sagte sie plötzlich ganz leidenschaftlich. »Ich genieße die Übungen. Ich beobachte gerne andere Leute dabei, wie sie sie ausführen. Und ich sehe unheimlich gern, wie meine Schüler Fortschritte machen, besser werden und immer wieder neue Herausforderungen angehen. Wenn ich dann beobachten kann, wie sie körperlich und seelisch stärker und beweglicher werden, bin ich glücklich.« Sie holte tief Luft, hielt inne und verstummte. Sie genoss das Gespräch mit Ethan mehr, als sie erwartet hatte, und wenn sie sich jetzt in leidenschaftliche Erklärungen erging, was Yoga für sie bedeutete, würde sein Interesse vielleicht erlahmen.

»Dann sorgen Sie dafür, dass es sich für Sie lohnt.«

»Hm?«

»Es ist toll, dass Sie Ihr Steckenpferd zu Ihrem Beruf machen konnten, aber so wird es nicht bleiben, wenn Sie nicht davon leben können. Ein Unternehmen, das keinen Gewinn abwirft, geht unter.«

Leichter gesagt als getan. »Aber ich weiß nicht, wie ich es besser machen soll.«

Als wäre bei ihm ein Schalter umgelegt worden, war seine Nachdenklichkeit wie weggeblasen, und nun war er wieder ganz zielstrebiger Geschäftsmann. »Dee, es kommt nur selten vor, dass jemand, der ein vollkommen unbeschriebenes Blatt war, plötzlich landesweit bekannt wird, ohne sich eigentlich wirklich darum bemüht zu haben. Aber genau das ist Ihnen gerade passiert. Das wird Ihnen Türen öffnen, und Sie werden in Ihrem Leben Entscheidendes verändern können. Werbespots werden gut bezahlt, aber sie sind vor allem ein Sprungbrett – wenn Sie bereit sind zu springen. Doch Sie müssen die Gelegenheit beim Schopf greifen, denn sie wird sich Ihnen nicht ewig bieten.«

Sie legte die Hände so heftig auf die Knie, dass es klatschte. »Hören Sie, das klingt alles super, und ich will auch wirklich gerne selbstbewusst und zielstrebig zupacken, aber ich weiß einfach nicht, *wie* ich es anstellen muss.«

»Okay«, sagte er, als wäre er zufrieden, dass sie Fortschritte machte. »Dann müssen Sie sich entscheiden, was Sie wollen.«

Das hatte sie bereits getan – als sie in der Kriegerpose am Strand stand und beschlossen hatte, den Weg zu mehr Sicherheit einzuschlagen. »Na ja, offensichtlich Geld. Nicht in Unmengen, aber ein kleiner Notgroschen wäre nicht schlecht.« Wenn sie ein paar Ersparnisse vorzuweisen hatte, würde man ihr doch sicherlich glauben, dass sie ihr Leben im Griff hatte. »Und ich möchte weiter Yoga unterrichten.«

»Dann muss alles, was Sie tun, Ihre Fähigkeiten unterstreichen. Setzen Sie die ein.«

Sie lächelte beeindruckt. Er versuchte nicht einmal, ihr das mit dem Yoga auszureden. Und da dachte er, *sie* sei irgendwie anders. »Und wie soll ich das anstellen?«

»Fangen Sie einmal damit an, dass Sie sich die Visitenkarten genau ansehen, die Sie kürzlich bei der Dinnerparty bekommen haben. Versuchen Sie herauszufinden, ob sich da Chancen bieten. Offen gesagt wird einiges Mist sein, aber sehen Sie sie gründlich an, bevor Sie eine Gelegenheit ausschlagen.«

Wie er das sagte, klang es ganz einfach. »Woher soll ich denn wissen, ob etwas ein gutes Angebot ist?«

»Stabilität des Unternehmens, der Ruf seines Besitzers, Zusammensetzung der …« Er brach mitten im Satz ab, als er ihre Verwirrung bemerkte. Einen Augenblick lang biss er sich auf die Unterlippe, und dann kam er zu einer Entscheidung. »Wenn Sie wollen, unterstütze ich Sie ein bisschen. Ich kann mir Ihre Aktivitäten einmal ansehen, Ihnen ein wenig auf die Sprünge helfen und Sie beraten, wenn Sie Angebote erhalten.«

Wow. Wenn jemand für eine Überraschung gut war, dann Ethan Roxburgh. Und sie hatte geglaubt, dieser kleine Ausflug habe nichts mit ihrem Weg zu mehr Sicherheit zu tun.

Sie lächelte, bereit, selbstbewusst zuzupacken und sein Angebot anzunehmen, doch plötzlich bemerkte sie, dass er abgelenkt war. Sie drehte sich um, um zu sehen, was seine Aufmerksamkeit erregt hatte, doch da zerrte ein Windstoß an ihrem Haar und fuhr in die Segel. Plötzlich war er voll in Bewegung und dachte nicht mehr ans Geschäft. »Stehen Sie auf, Dee. Der Wind ist da.«

»Schau mal, was wir eingekauft haben, Dee.« Lucy und ihre Freundinnen packten ihre Shoppingtüten auf dem Esstisch aus. »Du hast einen tollen Tag verpasst. Wir haben fantastische Sachen gefunden.«

Sie waren eingetroffen, als Dee gerade aus der Dusche gestiegen war, noch immer ganz aufgedreht von der Rückfahrt im peitschenden Wind.

»Und das hier ist für dich.« Lucy hob eine riesige Kerze hoch. »Ist die nicht herrlich?« Sie war so groß wie ein Backstein, und das Wachs war mit getrockneten Blumen verziert. Sie kam Dee wie ein Freundschaftsring vor.

»Die ist umwerfend. Vielen Dank«, antwortete Dee.

»Ich habe mir auch eine gekauft. Auf dem Couchtisch oder auf einem Sideboard werden sie super aussehen, meinst du nicht?«

»Perfekt.« Jetzt brauchte Dee nur noch einen Couchtisch oder ein Sideboard.

»Was hast du denn heute getrieben?« Lucy packte Cremes, Fläschchen und Schmuck aus. Sie stapelte die Quittungen zu einem kleinen Papierberg, während die anderen Frauen gegenseitig ihre Neuerwerbungen bewunderten.

»Ich war mit Ethan segeln.«

Lucy hob überrascht den Kopf. »Kannst du denn segeln?«

»Nein, ich war der Ballast – allerdings habe ich mich eher wie Treibgut gefühlt.«

Lucy verzog ganz leicht den Mund und nahm Dee beiseite. »Das mit Ethan tut mir leid. Hat er sich benommen?«

Dee wusste nicht, wie sie diese Frage beantworten sollte. Er war netter gewesen als erwartet, ein bisschen unberechenbar, entspannter als sonst, und er hatte umwerfende braune Augen. »Was meinst du damit?«

»Ich habe ihm gesagt, dass er dieses Wochenende nur kommen darf, wenn er dich nicht triezt. Ist er sehr nervig?«

»Wenn man davon absieht, dass ich mich in einen Neoprenanzug zwängen musste und in einem Boot herumgekullert bin, nein. Ist er denn jemand, der Leute gerne triezt?«

»Nein, aber er ist manchmal ein bisschen pingelig, wenn es um das Wohl von Kunden geht. Jetzt, wo der Werbespot dermaßen eingeschlagen hat, will er auf Nummer sicher gehen. Sich vergewissern, dass du keine Mogelpackung bist.«

»Oh, ach so.« Dee runzelte die Stirn. »Du meinst, er fühlt mir auf den Zahn?«

»Ja, stimmt, aber sag Toni nicht, dass er deswegen hier ist. Sie hält sich selbst für die Attraktion.« Lucy blickte sich rasch nach der Frau mit den knackigen runden Brüsten um. »Mach dir mal seinetwegen keine Sorgen. Du hältst dich großartig. Sag ihm einfach, er soll Leine ziehen, wenn er dich nervt.« Sie schaute auf ihre

Armbanduhr. »Hättest du vor der nächsten Yogastunde gerne noch einen Kaffee?«

»Das wäre schön, danke.«

Als Lucy in die Küche verschwand, schaute Dee auf die Veranda hinaus, wo Ethan sich, lässig ans Geländer gelehnt, gerade mit Lucys Mann unterhielt.

Nun, diese Neuigkeit war ihr ein bisschen peinlich. Da mochte er neulich auf der Dinnerparty noch so freundlich beteuert haben, es habe bestimmt niemand an ihrem Alkoholpegel Anstoß genommen, er selbst hielt sie nun offenbar doch für eine unsichere Kantonistin. Und sie hatte gedacht, er interessiere sich für sie persönlich, so viel, wie er mit ihr über Yoga geredet hatte. Sie hatte sogar geglaubt, zwischen ihnen hätte es ein bisschen gefunkt – sie hatten sich ganz schön lange tief in die Augen geblickt. Sie spürte, wie ihr Gesicht rot anlief. Wie blöd bist du eigentlich, Dee? Er hatte sie einfach nur ausgehorcht, das aber raffiniert kaschiert. Zwischen Männern wie Ethan und Frauen, die »irgendwie anders« waren, funkte es nie. Und als er ihr seinen beruflichen Rat gegeben hatte – »Dann sorgen Sie dafür, dass es sich für Sie lohnt« –, hatte er nur die Interessen seines Kunden im Auge gehabt. Schließlich würde es sich nicht gut machen, wenn das Pin-up-Girl des Unternehmens sich die Versicherung selbst nicht leisten konnte.

KAPITEL 13

Dee ließ Lucys Gäste ihre Yogamatten in zwei Reihen vor dem riesigen Panoramafenster auslegen. Es war zwischen spätem Nachmittag und frühem Abend, und die sinkende Sonne warf lange, kühle Schatten auf die Veranda und tanzte weiter unten auf den sich sanft kräuselnden Wellen des Sees. »Fangen wir an.«

Jetzt, am Nachmittag, hatte sie neun Schüler. Toni trug ein tief ausgeschnittenes Top, das nicht so wirkte, als würde es, prall gefüllt, wie es war, die ganze Stunde unbeschadet überstehen. Glen, der zum Glück entweder ein großartiger Schauspieler war oder keinerlei Erinnerung an den versuchten Bettentausch der letzten Nacht hatte, machte diesmal ebenfalls mit, zusammen mit John und Rob. Ethan war der Einzige, der nicht aufgetaucht war.

»Legen Sie sich auf den Rücken, die Füße leicht auseinander. Strecken Sie die Arme mit den Handflächen nach oben neben dem Körper aus.« Während ihre Schüler sich auf die Matten legten, schätzte Dee kurz ein, wie viel sie konnten. Für Toni, Rob und Glen war es das erste Mal, Lucy war ein alter Hase, sie nahm seit drei Jahren drei Stunden wöchentlich, und die anderen befanden sich irgendwo dazwischen. Es würde schwierig sein, jedem gerecht zu werden.

»Verlangsamen Sie allmählich Ihren Atem. Spüren Sie,

wie Ihre Brust sich weitet, wenn Sie langsam einatmen.« Dee sprach so, dass sie Ruhe in den Raum brachte. Sie fasste einen Schüler nach dem anderen ins Auge und sah, dass sie begannen, sich zu konzentrieren. Während ihr Blick so die Matten entlangwanderte, bemerkte sie plötzlich einen Schatten in der Tür. Ethan – der ihr auch jetzt wieder auf den Zahn fühlte.

Er möchte also wissen, ob ich eine gute Yogalehrerin bin. Vielleicht wird es Zeit, dass er es herausfindet. Dee sprach weiter, während sie den Raum durchquerte: »Spüren Sie, wie Ihr Bauchnabel sich beim Ausatmen Richtung Wirbelsäule senkt«, forderte sie die Klasse auf. Sie blieb vor Ethan stehen und senkte die Stimme: »Machen Sie doch mit.«

»Nein, danke. Ich bin ganz zufrieden damit, einfach nur zuzuschauen.

»Durch Zuschauen lernt man nichts. Sie müssen schon bereit sein, sich auch einmal ins Tiefe zu wagen, meinen Sie nicht?« Als sie so seine Worte zitierte, zog sie ironisch die Augenbrauen hoch.

Er lächelte verlegen.

»Genau, Ethan«, mischte Lucy sich in das im Flüsterton geführte Gespräch. »Alle anderen probieren es ja auch.«

»Genau, Ethan«, echote Glen. »Wenn wir hier liegen müssen, darfst du dich auch nicht drücken. Schaff deinen Arsch hierher, und leg dich zu uns.«

Ethan fuhr sich mit der Hand durchs Haar und suchte eine Ausrede. »Ich habe keine Matte.«

»Unter der Treppe liegt noch eine«, rief Lucy.

Dee ging zum Schrank, holte die Matte heraus und hielt sie ihm lächelnd hin. Auf dem kreischend pinken

Material würde er sich ausgesprochen männlich fühlen. Nachdem nun ohnehin der komplette Kurs auf Ethan aufmerksam geworden war, verschob sie ein paar Matten und schaffte ihm in der vorderen Reihe Platz. Oho, gerade einmal die erste Stunde, und schon Lehrers Liebling. »Gut, fangen wir wieder an.«

Sie begann mit der Entspannungsübung, damit die Schüler sich körperlich und seelisch gelöst auf die Stellungen konzentrieren konnten. Die Schüler waren ein bisschen zappelig, man hörte, wie der eine oder andere herumrutschte und seine Haltung veränderte. »Konzentrieren Sie sich darauf, dass Ihr Körper vollkommen reglos ist und Ihre Muskeln sich entspannen«, mahnte sie sie zur Ruhe und leitete sie zu einer tiefen Yogaatmung an. Die Anfänger hatten Schwierigkeiten. »Lassen Sie sich darauf ein, dass alle Anspannung weicht und Ihr Körper ganz locker wird. Spüren Sie, wie Sie still daliegen.«

Toni war jetzt zur Ruhe gekommen – oh Mann, diese Brüste standen immer noch aufrecht. Glen hatte es auch fast geschafft, aber was war nur mit Ethan los? Er zappelte mit den Zehen, rieb die Finger aneinander, und sein Gesicht zuckte. Während sie weitersprach, ging sie durch den Raum zu ihm und betrachtete ihn. Mit dem einen Fuß schabte er am anderen vorbei, sein einer Zeigefinger krümmte und öffnete sich, seine Nasenflügel waren gebläht, und seine Augenlider flatterten. Der Mann konnte sich nicht entspannen.

Sie beugte sich über ihn und sagte leise: »Still daliegen bedeutet, dass man auch tatsächlich *still daliegen* muss.« Er machte die Augen auf. »Das war eine Bewegung.«

Er schloss sie wieder.

Dee lächelte. Diese Phase war für manche Schüler schwierig, aber es war interessant, sie dabei zu beobachten.

Zwanzig Minuten später atmeten die Schüler noch immer tief und kräftig, aber aus einem anderen Grund. Gleichgewichtsübungen waren anstrengender, als sie aussahen. Lucy genoss es, die Könnerin der Gruppe zu sein, und die Neulinge machten ihre Sache recht gut.

Ethans Gesicht glänzte vor Schweiß, und an seinem Hals pochte eine Ader. Er mühte sich mit der Baumstellung ab. Dabei stand man auf einem Bein, hatte den anderen Fuß aufs Knie gestellt und legte die Hände vor der Brust zusammen. Er schielte nach John, der die Arme in einer Stellung für Fortgeschrittene über dem Kopf ausstreckte. Ethans espressobraune Augen verdüsterten sich, und wild schwankend reckte er die Arme nach oben und krallte sich mit den Zehen am Boden fest. Er hielt den Atem an, bis es so aussah, als würde er gleich in Ohnmacht fallen, schaffte es aber, seinen grauenhaft wackligen Baum einen winzigen Moment länger zu halten als John.

Dee verdrehte im Geist die Augen. »Vergessen Sie nicht, dass Yoga kein Wettkampfsport ist. Tun Sie nur, was sich für *Sie selbst* gut anfühlt. Es ist besser, die Stellung in einer einfacheren Variante auszuführen, als sich zu verletzen.« Sie bemerkte den kampflustigen Blickwechsel zwischen Ethan und John und beschloss, dass es Zeit wurde, zu etwas überzugehen, bei dem man sich nicht mit anderen messen konnte.

Sie forderte alle auf, sich im Schneidersitz niederzulassen, und wartete, während die Hälfte der Gruppe damit kämpfte, ihre Beine unterzuschlagen. Erstaunlich, wie schwierig es für Erwachsene war, wie Kinder zu sitzen. Toni saß vorgebeugt da, und ihre knackigen runden Brüste sahen so aus, als wollten sie gleich aus dem Top purzeln. Glen und Rob gaben schon auf, als gerade einmal ihre Fußknöchel übereinanderlagen. Ethan warf einen verstohlenen Blick auf John und zerrte mit großer Mühe ein Schienbein unter das andere. Dee, die neben ihm stand, fragte sich, ob die Steifheit der Beine für seine Familie typisch war. Am liebsten hätte sie ihm den Kopf getätschelt wie einem Schuljungen, der sich eifrig bemüht. »Beim ersten Mal ist das nicht so einfach. Die nächste Stellung könnte Ihrer schlimmen Schulter guttun.«

Sein Kopf fuhr hoch. »Ich habe keine schlimme Schulter.«

»Wirklich nicht?« Interessant, dachte sie mit einem Blick auf seine leicht hochgezogene linke Seite und seine abwehrende Miene. Sie zeigte dem Kurs die Stellung und wandte sich dann wieder Ethan zu, der mit der Dehnung kämpfte. »Sie haben sich nicht irgendwann einmal beim Sport die Schulter verletzt?«

»In meiner Schulzeit war ich in einer Rudermannschaft, aber ich habe mir nie ernstlich wehgetan.«

»Viele Menschen spannen bei Stress die Schultern an. Vielleicht sind die Muskeln einfach nur sehr verkrampft.«

»Bei mir nicht. Ich habe kein Problem mit Stress. Meine Schultern sind in Ordnung.« Zum Beweis ließ er sie kreisen.

Vielleicht war ihm gar nicht bewusst, dass die linke Schulter viel kleinere Kreise beschrieb. Dee betrachtete ihn kurz. Es war nicht ihre Aufgabe, gleich in der ersten

Stunde die körperlichen Unzulänglichkeiten eines neuen Schülers aufzuzeigen. Doch da er hier war, um ihr auf den Zahn zu fühlen, war es vielleicht nicht verkehrt, ihn aufzuklären.

Sie legte die Fingerspitze auf die Stelle oberhalb seines Schulterblatts, wo sie den verkrampften Muskel vermutete. »Was passiert, wenn ich das hier mache?«, fragte sie und drückte leicht.

Er zuckte zusammen, als hätte sie ihm einen Stromstoß versetzt. »Was war denn das?«

Sie hob die Hand. »Tut mir leid. Es sah verkrampft aus, aber Sie sagten ja, dass es nicht wehtut. Da wollte ich wissen, ob das wirklich stimmt.«

Er rieb sich die Stelle. »Ich wusste nicht, dass da etwas im Argen liegt.«

»Vielleicht probieren Sie die Stellung einmal in dieser Form.« Dee zeigte ihm eine Variation und beobachtete dann, wie er sich zu eifrig ins Zeug legte und zu weit reckte. Seine Sehnen strafften sich, sein Bizeps schwoll an, und es zuckte ihr in den Fingern, ihn zurückzuziehen. Sie hätte gerne die Hand um das glatte, runde, feste Muskelpaket an seinem Oberarm gelegt.

Nun, das war ein überraschender Gedanke. Sie befolgte eisern die Regel, einen Schüler nie anzufassen, es sei denn, um eine Stellung zu korrigieren oder, wie eben bei Ethan, auf ein Problem aufmerksam zu machen. Wenn sie jemanden mit ihrer warmen Hand berührte, insbesondere auf der bloßen Haut, schlug das immer eine Bresche in ihre Schutzmauer aus professioneller Distanz. Als sie angefangen hatte, Yoga zu unterrichten, hatte sie das noch nicht gewusst und mehrere peinliche Situationen erlebt, denen sie sich nur mit Mühe entziehen konnte. Damals hatten Schüler geglaubt, wenn sie ihnen mit der Hand über das Bein, den Arm oder den Bauch strich, sei dies die Vorbereitung auf den Durchmarsch ins Schlafzimmer, um da noch ein bisschen mehr Tuchfühlung mit ihnen aufzunehmen. Inzwischen behielt sie ihre Hände bei sich, und die Schüler konzentrierten sich auf die Übungen. Vor dem heutigen Tag war sie nie in Versuchung gewesen, einen Schüler einfach aus Spaß an der Freude anzufassen. Dabei hätte es genug Gründe dafür geben können – sie unterrichtete geradezu umwerfend gut aussehende Models, charismatische Schauspieler und einen Hotelbediensteten, der vom Tragen fremder Koffer unglaublich starke Arme hatte. Sie erkannte durchaus, dass so etwas gut aussah, aber es zog sie nicht an. Für sie musste schon das Gesamtpaket begehrenswert sein. Natürlich bedeutete die Tatsache, dass sie gerne die Hand auf Ethans kräftigen Bizeps gelegt hätte, keineswegs, dass sie sich zu ihm *hingezogen* fühlte. Nein, ganz entschieden nicht. Sie war einfach nur besorgt, dass er sich etwas zerren könnte. Dann würde er sie für eine miserable Lehrerin halten.

»Vorsicht. Übertreiben Sie es nicht«, ermahnte sie ihn und sprach dann so laut, dass der ganze Kurs sie hörte. »Gehen Sie gut mit sich selbst um. Es sollte nicht wehtun. Falls es schmerzt, ein bisschen nachlassen. Sie müssen es nicht gleich beim ersten Mal schaffen.«

Sie beobachtete Ethan. »So ist es gut. Sie könnten noch ein bisschen Druck wegnehmen. Ja, so.« Ihr Blick wanderte über seine Schulter und seinen Hals zu seinen kaffeebraunen Augen, die direkt zurückschauten. »So ist es gut. Spüren Sie die Dehnung?«

»Ja.«

»Achten Sie darauf, dass Sie sich nichts zerren, Ethan.«
»Frau Yogalehrerin, ich bin ganz in Ihrer Hand.«
Nein, das war er heute bestimmt nicht.

Ethan ließ sich am Esstisch Dee gegenüber auf einen Stuhl fallen. Die Hälfte der Gäste war mit Stapeln schmutzigen Geschirrs und der Aussicht auf ein köstliches Dessert in der Küche verschwunden. Die anderen waren gebeten worden, sich an der Tafel umzusetzen, damit man beim nächsten Gang neue Gesprächspartner hatte.
»Wie geht es Ihren Schultern?«, fragte Dee.
Er zog sie prüfend hoch. »Gut. Wie nach einem Workout.«
»Sie tun doch hoffentlich nicht weh?«
»Überhaupt nicht.« Er schenkte ihr Wein nach. »Mir war gar nicht bewusst, dass da etwas nicht stimmte. Okay, eine gewisse Verspannung war schon da, aber ich hatte keine Ahnung, dass die Schulter dermaßen verkrampft war.«
»Die meisten Leute übergehen Muskelverspannungen so lange, bis es wirklich ernstlich wehtut. Treiben Sie viel Sport?«
»Nicht so viel wie früher. Ich jogge fast täglich, gehe drei- oder viermal wöchentlich schwimmen und spiele donnerstags Squash. Hin und wieder fahre ich auch Rad.«
»Das ist ja eine ganze Menge. Wann entspannen Sie sich denn?«
»Ich entspanne mich beim Sport.«
Dee dachte an sein zuckendes Gesicht vorhin – ja, in der Tat. »Ich hoffe, Sie vergessen nicht, Ihre Muskeln mit Stretching zu lockern.«

»Jetzt sagen Sie mir wahrscheinlich gleich, ich soll Yoga machen, damit meine Schulter besser wird.«

Dee legte den Kopf schief. »Ich würde niemals jemandem sagen, er *solle* irgendwas tun.«

»Ich dachte, Sie würden mir jetzt ein Loch in den Bauch reden, warum Yoga gut für mich wäre.«

»Falls Sie es mit Yoga versuchten, würde die Schulter sicherlich besser, aber Sie müssten es schon selbst wollen.« Dee zuckte mit den Achseln. »Ich habe nicht vor, Ihnen ein Wundermittel gegen Schulterschmerzen zu verkaufen. Darum geht es beim Yoga nicht.«

Da musste sie wohl wieder einmal etwas »irgendwie anders« gesagt haben, denn er warf ihr den inzwischen schon vertrauten Blick zu, mit gerunzelter Stirn und leicht verzogenem Mund. »Vielleicht würden Sie mit Yoga ja mehr Geld verdienen, wenn Sie versuchten, es ein bisschen besser an den Mann zu bringen.«

»Ich möchte niemanden dazu überreden, Yoga zu machen, und ich will auch keine Versammlung von Schülern, die darauf warten, dass irgendein bestimmtes, vorher versprochenes Ergebnis eintritt. Ich möchte niemanden damit locken, dass zum Beispiel seine Schulterschmerzen verschwinden oder dass er einen straffen Po und Bauch bekommt. Yoga wird schon seit Tausenden von Jahren praktiziert – nur hier im Westen will man, dass es einem schmackhaft gemacht wird. Nur hier glauben die Leute, sie müssten erst einmal eine Werberede hören, bevor sie es ausprobieren.«

Einen Augenblick maßen sie einander mit Blicken. Ethans Bemerkung hatte Dee mehr aus der Fassung gebracht, als sie erwartet hatte. Aber auf eine gute Art. Sie hatte nicht oft Gelegenheit, ihre Ziele als Yogalehrerin zu verteidigen – normalerweise verteidigte sie einfach nur ihr Recht, Yogalehrerin zu *sein*.

Aber eigenartig, wie aufmerksam er sie beobachtete. Nicht voll Verwunderung über eine sabbernde Außerirdische. Da waren nur seine dunklen Augen und sein ganz leicht taxierender Blick.

Aus dem Augenwinkel sah Dee nun Tonis Brüste auftauchen.

»He, Ethe. Wie wäre es mit Nachtisch?« Sie ließ sich auf den Stuhl neben ihm gleiten und stellte eine Portion Torte mit frischen Beeren vor ihn. »Ist das nicht geradezu kulinarischer Sex?«

Er wandte sich um und schaute Toni in den Ausschnitt. Gar nicht einmal mit einem lüsternen Blick – er konnte einfach nicht daran vorbeisehen, umso mehr, als sie vorgebeugt stand und ihm ihre Brüste praktisch vor die Nase hielt.

Dee beobachtete fasziniert, wie Toni seine Aufmerksamkeit fesselte. Kein Wunder, dass es zwischen Ethan und Frauen, die »irgendwie anders« waren, nie funkte. Was sollte man mit so jemandem, wenn man Toni haben konnte? Langes, glattes, blondes Haar, volle, kesse Lippen, eine Wolke verführerisch süßen Parfüms und diese unübersehbaren Möpse.

Dee blickte auf ihre eigenen Brüste hinunter – die waren sicherlich keck und in Anbetracht ihres zierlichen Körperbaus auch gar nicht so klein, aber es waren nun einmal die Brüste einer muskulösen Frau mit ungebändigtem Haar und – wenn man Dees Nichte glaubte – einem würzigen Duft. Sie war so attraktiv wie ein pubertierender Junge mit Hormonproblemen und einer Vorliebe für Curry.

»Weswegen lächeln Sie denn so?«, fragte John, der ein Tellerchen mit Torte vor sie stellte.

»Über dieses Dessert. Lecker. Reicht es für einen Nachschlag?«

Zur Yogastunde am Sonntagmorgen erschienen nur die Frauen. Es war Wind aufgekommen, und die Männer hatten beschlossen, dass sie lieber übers Wasser flitzen wollten. Sie kreuzten vor dem Haus, während die Frauen auf der Veranda meditierten. Dee schüttelte das unbestimmte Gefühl der Enttäuschung ab, dass die Männer nicht mitmachten. Okay, dass Ethan nicht mitmachte. Anscheinend war Yoga nicht so sein Ding.

Während die anderen danach ihre Sachen packten, trank Dee noch ihren Becher köstlichen Roxburgh-Ferienhaus-Kaffee aus und genoss zum letzten Mal den Blick auf den See.

Es war schön hier, entspannend. Sie hatte sich wohler gefühlt als erwartet. Lucy, deren überwältigendes Selbstbewusstsein und sprühende Begeisterung immer ein bisschen einschüchternd wirkten, hatte Dee im Handstreich integriert und sie in die Freundesgruppe aufgenommen. Sie hatte Dee überredet, beim Mal- und Ratespiel Pictionary mitzumachen, und Bump mit ihr getanzt, während sie zu den Klängen von Siebzigerjahresongs Geschirr abwuschen. Und Ethan hatte Dee überrascht. Er war ganz anders gewesen als der ernste und schwerreiche Geschäftsmann, als der er in den Zeitungen rüberkam. Er war witzig, geistreich und ein unwahrscheinlich gewiefter Pictionary-Spieler.

Sein Angebot, sie in Geschäftsdingen zu beraten, ging ihr nicht mehr aus dem Kopf, seit er sie im Boot damit verblüfft hatte. Die Tatsache, dass dieses Angebot nur seiner Sorge um seinen Kunden zu verdanken war, war zwar ernüchternd, aber zum Teufel, er war Ethan Roxburgh, der berühmte Unternehmer – wer war sie, so etwas auszuschlagen? Was er gesagt hatte, stimmte ja – das Interesse an ihr würde nicht ewig anhalten. Doch da er das Thema nicht mehr erwähnt hatte, würde sie wohl ihren inneren Krieger aktivieren und die Sache selbst ansprechen müssen.

Sie spülte gerade ihren Becher aus und stellte ihn in die Geschirrspülmaschine, als Ethan fragte: »Ist noch Kaffee da?«

Dee zwinkerte kräftig, um ihn nicht mit aufgerissenen Augen anzustarren. Mit nichts als einem großen Strandtuch um die Hüften hatte er sich auf der anderen Seite der Frühstückstheke einen Hocker herangezogen. Jedem Zentimeter seines Oberkörpers sah man an, dass er in seiner Freizeit Sport trieb. Bei diesem Anblick hätte ihr Herz fast eine Rippe zerschlagen.

»Ja, sicher.« Ihr Blick wanderte zu dem dunklen Haargekräusel zwischen seinen Brustmuskeln. »Wie mögen Sie es denn? Den Kaffee, meine ich.«

»Ohne und süß. Sind Sie dabei?« Er hob verführerisch die Augenbrauen. »Beim Kaffee, meine ich.«

Sie blickte mit ebenso hochgezogenen Augenbrauen zurück. »Vielleicht ein andermal. Ich muss packen. Ich gebe heute Nachmittag noch einen Kurs in Sydney.«

Sie beobachtete ihn beim Einschenken und sah, wie sein großartiger Bizeps sich beim Heben der Kaffeekanne wölbte. Sie schüttelte den Kopf. Konzentrier dich, Dee. Geh innerlich in die Kriegerstellung. »Also, Sie hatten mir ja Ihren Rat in Geschäftsdingen angeboten.«

»Ja, sicher. Wann sollen wir uns denn mal treffen?«

Das war ja einfach gewesen. Er musste sich wirklich Sorgen um seinen Kunden machen. »Ich weiß, dass es Ihnen dabei vor allem um die Reputation von Gesundheit und Leben geht, aber das Angebot ist trotzdem sehr nett. Sehr großzügig.«

Er runzelte die Stirn. »Was meinen Sie damit?«

»Lucy hat mir gesagt, Sie machten sich Sorgen, dass ich für Gesundheit und Leben zum PR-Problem werden könnte. Das hat mich, ehrlich gesagt, ein bisschen vor den Kopf gestoßen, aber wie Sie schon sagten, ich sollte die Möglichkeiten nutzen, die sich durch den Werbespot eröffnen.«

»Gesundheit und Leben hat nicht das Geringste damit zu tun.« Er stellte seinen Becher ab und sah ihr direkt in die Augen. »Ich habe Ihnen meinen Rat als Geschäftsmann angeboten, weil ich es nicht mit ansehen kann, wenn Chancen vertan werden. Ich glaube, dass Sie das Potenzial für richtigen Erfolg als Selbstständige haben. Als Geschäftsfrau stellen Sie sich derzeit nicht gerade klug an, aber Sie glauben an sich, Sie scheinen Ihre Arbeit gut zu machen, und Lucy, die so schwer zufriedenzustellen ist, ist ganz begeistert von Ihnen. Sie sind ehrlich – tatsächlich sogar entwaffnend ehrlich –, und Sie haben Mut. Nicht jede wäre mit dem Werbespot so gut klargekommen wie Sie. Oder mit dem Rest.«

»Oh.« Donnerwetter. Dees Selbstbewusstsein fühlte sich so an, als wäre es gerade gewaschen und gebügelt worden. Ethan Roxburgh, unternehmerisches Energiebündel und Experte in Geschäftsdingen, glaubte, dass sie Potenzial hatte. Und kein einziges Wort darüber, dass sie sich einen richtigen Job suchen sollte.

»Außerdem sind Sie eine der faszinierendsten Personen, die mir in letzter Zeit so über den Weg gelaufen sind, und es wäre schade, wenn Sie plötzlich nur noch mit Röntgenstrahlen arbeiten würden.«

Dees Herz hämmerte wie wild. Ethan Roxburgh, ein echter Mann von Welt, hält mich für faszinierend. »Also, ähm, ich weiß gar nicht, was ich sagen soll.«

»Sagen Sie gar nichts. Geben Sie mir einfach den Stift dort und das Papier.«

Sie nahm besagte Schreibutensilien vom Kühlschrank herunter und reichte sie ihm.

»Das hier ist meine Durchwahl. Rufen Sie mich morgen an, dann verabreden wir einen Termin.«

»Das mache ich. Vielen Dank.« Als er ihr den Zettel gab, kribbelte es in ihrem Bauch, als spielte dort eine komische, kleine Melodie.

KAPITEL 14

»Schau dir die hier mal an.« Es war der Montag nach dem Wochenende im Ferienhaus, und Lucy saß, noch in ihren Yogaleggings, am Schreibtisch. Sie drehte den Computerbildschirm so, dass Dee die Fotos von der Dinnerparty der Werbeagenturen sehen konnte. »Gut, dass wir uns für dieses Kleid entschieden haben. Du siehst fantastisch aus.«

Der Bildschirm zeigte ein Foto, auf dem Dee zwischen Lucy und Ethan stand. »Ich sehe aus wie meine Schwester Amanda.«

»Unterrichtet sie ebenfalls Yoga?«

»Nein, sie ist Wirtschaftsberaterin.«

»Oh.« Lucy warf ihr einen überraschten Blick zu und klickte dann zu einem Foto von Dee und Ethan. »Ich habe gehört, dass du Ethans neuestes Hobbyprojekt bist.«

»Hä?«

»Er erzählte mir, dass er dir seinen Rat in Geschäftsdingen angeboten hat, und fragte mich, ob das für mich in Ordnung ist. Das da ist nett«, unterbrach sie sich selbst. Auf dem Bildschirm war ein Foto von Lucy und John erschienen. »Ich habe Ethan gesagt, er kann tun, was er will, solange es nichts daran ändert, dass du dreimal die Woche hierherkommst.«

Dee quittierte Lucys unverhohlenes Kompliment mit einem Lächeln. »Was meinst du mit Hobbyprojekt?«

»Hin und wieder entdeckt er bei sich so einen Anflug von sozialer Ader. Dann bekommt er das Gefühl, er sollte auch andere Leute von seinem Businesstalent profitieren lassen und dem einfachen Volk etwas von seiner kapitalistischen Weisheit abgeben.« Sie klickte zum nächsten Foto weiter. »Tatsächlich hat er schon ein paar Leuten in den Sattel geholfen. Vor einigen Jahren hat er sich einer Gruppe von Computernerds angenommen, und die scheffeln jetzt massenhaft Geld. Letztes Jahr war es eine Schuhdesignerin, und sie hat in dieser Saison in Europa richtig gut Fuß gefasst. Er sucht sich jemanden mit Potenzial, nimmt ihn unter seine Fittiche, lenkt ihn in die richtige Richtung, stellt ihn den richtigen Leuten vor, so was eben. Nicht alle sind Millionäre geworden, aber es geht ihnen viel besser als vorher.«

Dee spürte einen Anflug von Nervosität. Erwartete Ethan, dass sie ein Yogaimperium aufbaute?

Lucy blickte zu Dee auf. »Wenn er dich zu seinem neuesten Projekt gemacht hat, solltest du die Chance nutzen. Er hat Talent, wenn es ums Geschäft geht.« Auf dem Bildschirm erschien ein Foto von Ethan und seiner Begleiterin auf der Dinnerparty. »Aber mit Frauen ist er flatterhaft. Hast du sein letztes Date gesehen?«

»Sie sieht toll aus. Ist sie ein Model?«

»Meine Güte, nein. Reisebüroangestellte oder so was. Er hat ihr schon den Laufpass gegeben.«

Dee betrachtete das Foto kurz. Es war dasselbe, das Pam ihr in der Sonntagszeitung gezeigt hatte. Die Frau stand schräg vor Ethan, und dadurch wirkte es so, als lehnte sie sich bei ihm an. Ihr Kopf war ihm zugeneigt, ihr Blick aber galt ganz der Kamera. Das Lächeln, das auf Ethans Lippen lag, hatte es nicht bis in seine Augen geschafft.

»Mir kam es so vor, als … wären sie sich nahe.«

»Ach was. Das war einfach nur wieder so ein Roxburgh-Girl. Den meisten genügt es schon, dass man sie einfach nur mit ihm zusammen sieht und sie dadurch eine gewisse Bekanntheit erlangen. Hast du vor ein paar Monaten dieses Playboyposter gesehen? Das Mädel da wurde als ehemaliges Roxburgh-Girl beschrieben, dabei ist sie nur ein einziges Mal mit ihm ausgegangen.« Sie kamen zum Ende der Diashow, und Lucy schloss den Ordner und stand auf.

»Und was ist mit Toni?« Dee erinnerte sich, dass sie am Wochenende unablässig mit ihm geflirtet hatte.

»Sie gibt sich noch immer alle Mühe.« Lucy zuckte mit den Schultern. »Mein Bruder hat die Qual der Wahl. Es gibt einen endlosen Vorrat an attraktiven Frauen, die scharf darauf sind, mit ihm auszugehen, und er hat lieber eine schöne Frau am Arm als keine.« Sie nahm ihre Handtasche aus einer Schreibtischschublade. »Das hat er von unserem Vater. Seine drei Frauen waren alle umwerfend schön. Meine Mutter ist das immer noch, mit ein bisschen Nachhilfe.« Sie verpasste sich pantomimisch eine Botoxspritze in die Stirn. »John und ich nennen Ethan den Date-König. Aber in Beziehungen ist er ein hoffnungsloser Fall. Er geht gerne mal mit einer Frau aus, verwendet seine Zeit aber ansonsten lieber fürs Geschäft. Das hat er ebenfalls von unserem Vater.«

Sie bezahlte Dee und begleitete sie zur Tür. »Übrigens, Ethan kann manchmal ein bisschen penetrant werden. Sag mir also Bescheid, wenn er nervt. Dann sorge ich dafür, dass er dir Luft lässt.«

Dee knüllte ein Blatt Papier zusammen und warf es auf den Boden, wo es sich zu einem kleinen Haufen ähnlicher Papierknäuel gesellte. Nun saß sie schon den dritten Abend in Folge in ihrem Schlafzimmer und kritzelte erfolglos Zahlen auf Papier.

»Pam! Stell doch bitte mal den Fernseher leiser! Ich kann mir so nicht beim Denken zuhören.«

Nicht, dass da viele Gedanken zu hören gewesen wären. Die Aussicht, zum Hobbyprojekt eines Wirtschaftskapitäns zu werden, hatte ihr so lange geschmeichelt, bis es Zeit wurde, ihren Teil der Abmachung einzuhalten. Als sie angerufen hatte, um einen Termin mit Ethan zu vereinbaren, war er ganz zielstrebiger Geschäftsmann gewesen und hatte sie gebeten, einen finanziellen Überblick über ihre Arbeit als Selbstständige zusammenzustellen – Geldzufluss und Abfluss, so was eben. Ihren Geschäftsplan, nannte er das. Angestrebte Einnahmen, Schätzung der Ausgaben, mögliche Schritte für einen Ausbau der Tätigkeit.

Ganz schön schwierig angesichts ihrer selbst auferlegten goldenen Regel, nie weiter als zwei Wochen im Voraus zu planen.

Das war ihre Interpretation der Yogaphilosophie, dass man im Hier und Jetzt leben sollte. Sie nahm jeden Tag, wie er kam, und widerstand der Versuchung, weiter nach vorn zu schauen. Es war, als hätte sie einen zwei Wochen umfassenden Zaun um ihr Leben gezogen. Besonders praktisch war das nicht, wie ihr jetzt klar wurde, aber es half ihr, die Angstgefühle unter Kontrolle zu halten.

Sie atmete tief durch und rief sich in Erinnerung, dass sie ihre Finanzen wirklich in den Griff kriegen musste, wenn sie dem Ruin entgehen und ihre Ruhe vor Val haben wollte. Und sich Rat von Ethan zu holen war die beste Methode, die ihr zur Verfügung stand. Selbst wenn das bedeutete, dass sie ein kleines Loch in den Zaun schneiden musste.

Sie nahm sich einen Stapel alter Werbezettel von der Yogaschule, deren Rückseite sie zum Schreiben benutzte, stieß ihn kurz mit der Kante auf das große Yogabuch auf ihrem Schoß, um die Blätter zurechtzurücken, und begann von vorn. *EINNAHMEN*, schrieb sie und unterstrich das Wort. Sie klickte ein paarmal mit dem Kuli, zeichnete oben in die Ecke ein Fußnotensternchen und noch einen dazu passenden Stern auf die andere Seite.

Natürlich war der Wunsch, im Hier und Jetzt zu leben, nicht der einzige Grund, warum sie nie an die Zukunft dachte. Sie malte noch ein Sternchen. Es sprach auch etwas sehr Praktisches gegen diese Blickrichtung. Warum sollte man für die Zukunft planen, wenn sie einem einfach genommen werden konnte? Gerade saß man noch im Auto, ein klares Ziel vor Augen, und im nächsten Augenblick hatte man jeden Halt verloren. Man war innerlich gebrochen, verängstigt, einsam und wusste nicht mehr weiter. Sie schüttelte den Kopf, malte Kringel um die Sternchen und schrieb: *STUNDENHONORARE*. Wenn man nicht für die Zukunft plant, tut es nicht weh, wenn sie einem plötzlich entrissen wird.

Sie dachte an ihren »Hochzeitstag«. Am geplanten Termin hatte sie während ihrer Physiotherapie ununterbrochen geweint und abends mit Val und Ken vor dem Fernseher gegessen statt an ihrer Hochzeitstafel. Wie gerne hätte sie Anthony angerufen, aber sie brachte es nicht über sich, nach dem Hörer zu greifen, weil sie fürchtete, dass seine neue Freundin abnehmen könnte.

Sie konzentrierte sich wieder auf das Papier vor ihr und sah, dass vor lauter Sternchen für etwas anderes kein Platz mehr blieb. Sie zerknüllte das Blatt und warf es weg.

»Pam! Stell jetzt doch bitte mal den Fernseher leiser!«

»He, schau dir die mal an.« Pam stand in der Tür und streckte ihr lange, purpurrot lackierte Fingernägel entgegen.

»Mhm«, brummte Dee geistesabwesend.

Pam kam rein und warf sich aufs Bett. »Den Lippenstift hier hab ich auch neu gekauft. Was hältst du davon?« Sie spitzte die rot glänzenden Lippen.

Dee zog ihre Yogawerbezettel unter Pams Hintern hervor. »Hast du keine Angst, dass die Fliegen dich mit einem Fliegenfänger verwechseln könnten?«

»Du bist ein Scherzkeks. Übrigens, dein Shampoo ist toll. Es duftet so würzig.«

»Du hast mein Shampoo genommen?«

»Ja, meins ist gestern ausgegangen. Bei dir ist übrigens auch nicht mehr viel drin.«

Dee biss die Zähne zusammen. Nach dem letzten Mal Haarewaschen war noch mindestens ein Drittel der Flasche übrig gewesen. Sie konnte sich diese Woche kein neues Shampoo leisten.

Wieder einmal war Dee in Versuchung, Pam zu sagen, sie solle ihr Shampoo in jemandes anderen Badezimmer parken, aber wohin würde sie das bringen? Dann wäre sie wieder ohne WG-Partner und müsste verzweifelt eine neue Untermieterin suchen. Und die wäre dann vielleicht sogar noch schlimmer.

»Was machst du da?« Pam nahm Dee die Werbezettel aus der Hand.

»Das ist nur was für die Yogaschule.« Dee schnappte sich die Zettel zurück und legte sie außer Reichweite.

Pam sah sich lang und ausführlich im Zimmer um. Plötzlich sprang sie vom Bett auf und nahm eines von Dees Buntglaskästchen in die Hand. »Das hier ist hübsch.« Sie klappte es auf und befummelte die Haarnadeln, die darin lagen.

Dee rappelte sich auf, packte das Kästchen und stellte es ins Regal zurück. »Ja, ich habe es in Indien gekauft. Wie wär's mit einer Tasse Tee?« Sie ging zur Tür, wartete mit der Hand am Türgriff und machte sie fest hinter sich zu, sobald Pam hindurch war.

»He, hat Leon dir erzählt, dass Breck und Chantal wieder zusammen sind?« Pam setzte sich auf die Küchenbank. »Gott sei Dank. Im Make-up-Raum herrscht immer supermiese Stimmung, wenn die beiden sich streiten.«

Dee, die mit dem Rücken zu Pam stand, verdrehte die Augen. Ihr Leben von Val dirigieren zu lassen wäre vielleicht immer noch besser, als sich weiter Storys über Breck und Chantal anzuhören. Sie machte die Dose auf. »Wo ist denn der Tee?«

»Oh, hab ich ganz vergessen. Ich hab heute Nachmittag den letzten Rest aufgebraucht. Na, egal. Ich war sowieso nicht so scharf auf eine Tasse.« Sie hüpfte von der Bank, marschierte ins Wohnzimmer zurück und stellte den Fernseher wieder an.

Shit!

Dee hatte einmal gehört, wenn man mit den Tränen kämpfe, helfe es, die Zunge fest gegen den Gaumen zu drücken. Und während Emily langsam meditativ durchatmete, presste Dee ihre Zunge so fest nach oben, dass sie glaubte, sie würde blaue Flecken davontragen.

Emily schien seit der letzten Sitzung geschrumpft zu sein. Auf dem weißen Hospizlaken wirkte ihr Gesicht grau, und ihr schütteres Haar hatte seinen kastanienbraunen Schimmer verloren.

»Werde dir deiner Umgebung bewusst. Fühle die Luft auf deinem Gesicht und die Kleidung auf deiner Haut.« Dee beobachtete, wie Emilys Augen sich unter den geschlossenen Lidern bewegten. »Wenn du fertig bist, krümme ganz vorsichtig Finger und Zehen.« Emily zuckte vor Schmerz zusammen, während sie die Hände zu schwachen Fäusten ballte. Dee drückte die Zunge fester nach oben und ermahnte sich, dass es in dieser Sitzung darum ging, was Emily brauchte, und nicht um Dees Trauer über die Schmerzen ihrer Schülerin.

Die letzten zwei Wochen hatte Dee ein Lehrbuch über Atemtechniken bei Schmerzen mit sich herumgeschleppt und jede freie Minute auf die Lektüre verwandt, um Emily besser helfen zu können. Sie lächelte ihre Schülerin an, als diese die Augen aufschlug.

»Danke, Dee«, sagte sie, die Stimme kaum mehr als ein Flüstern. »Kannst du mir etwas Wasser geben?«

Dee hielt ihr die Schnabeltasse an die Lippen, während sie trank. »War das in Ordnung? Habe ich dich nicht überfordert?«

Emilys Stimme war jetzt ein wenig kräftiger. »Nein. Es war gut.« Sie öffnete und schloss die auf dem Bett liegenden Finger ein wenig, ein Zeichen für Dee, sie zu ergreifen.

Sie legte die warme Hand auf Emilys kalte, knochige. Noch nie hatte sie jemanden unterrichtet, der so krank war. Während Emilys letztem Rückfall hatte sie ihr ebenfalls einige Yogastunden gegeben, auch damals im Hospiz, und sie hatte sich auch noch einer weiteren Schülerin nach deren Halsoperation gewidmet. Aber das hier war etwas anderes. All die üblichen Grenzen zwischen Lehrer und Schüler waren hier sinnlos. Berührung, etwas, das Dee normalerweise vermied, schien genau das zu sein, was Emily brauchte, als wäre die Tuchfühlung für sie ebenso wichtig wie die Atemübungen. Anfangs hatte es sich komisch angefühlt, als würde man eine Freundin versehentlich auf die Lippen küssen, aber während der letzten Unterrichtsstunden hatte Dee immer die Hand oder einige Finger auf Emily gelegt gehalten. Es war wie ein Kanal für einen Strom gesunder Energie.

»Vielen Dank, dass du gekommen bist. Es bedeutet mir viel.« Emilys Lächeln war schwach, aber ihre Augen sprachen von innerer Kraft. »Ich will jetzt schlafen. Kannst du Mike Bescheid geben?«

»Natürlich. Bis demnächst also. Schlaf gut.«

Dee quetschte ihre Zunge noch ein bisschen mehr, während sie leise die Tür schloss. Sie traf Mike mit seinen Töchtern im Familienraum an, wo Lauren Hausaufgaben machte und Kate Fernsehen schaute.

»Wie geht es ihr?«

»Sie schläft jetzt.«

Mike nahm seine Brieftasche heraus. »Sie sind eine halbe Stunde länger geblieben, da gebe ich Ihnen auch mehr Geld.«

Dee wehrte mit der Hand ab. »Ich will nichts für heute.«

»Ich weiß, dass Sie Kurse abgesagt haben, um herzukommen. Ich will nicht, dass Ihnen das Geld ausgeht.«

»Nein, Mike. Es gibt nicht viel, was ich für Emily tun kann, aber das hier wenigstens schon. Ich möchte es ihr schenken.« Neue Möbel konnten warten.

Seine Augen wurden feucht. »Danke, Dee.«

»Ich komme Donnerstag wieder, wenn Sie es möchten.«

Mike presste die Lippen zusammen und fuhr sich mit der Hand durchs Haar. »Ich weiß nicht, wie lange sie noch hier ist, aber das wäre wunderbar. Es hilft ihr sehr.«

»Das mache ich gerne. Sie glauben also, dass sie bald nach Hause kommt?«

»Nein, Dee. Emily wird nicht mehr lange bei uns sein. Sie hat nur noch wenige Tage.«

Dee stockte der Atem, und sie vergaß, die Zunge an den Gaumen zu pressen. Zwei dicke, fette Tränen rollten über ihre Wangen. »Ach Mike. Das wusste ich nicht. Ich dachte einfach, sie würde sich wieder erholen, so wie früher schon. Es tut mir schrecklich leid.«

Dee saß benommen in ihrem Wagen und versuchte, Mikes Worte zu begreifen. Das war einfach nicht fair. Emily hatte zwei reizende Kinder und einen Mann, der sie innig liebte. Sie fummelte ein Papiertaschentuch unter ihrem BH-Träger hervor, um sich die Augen zu wischen. Sie dachte an Lauren und Kate, die jetzt im Familienraum saßen. Früher hatten sie manchmal bei Emilys Yogastunden mitgemacht, und an den Wänden des Hospizzimmers hingen Kates süße Kinderbilder und Laurens talentierte Zeichnungen.

Hinter ihr sprang ein Motor an und rief sie in die Gegenwart zurück. Plötzlich wurde ihr bewusst, dass sie spät dran war. Verdammt spät. Sie schaltete ihr Handy ein und hoffte, dass Ethan noch nicht angerufen hatte. In fünf Minuten erwartete er sie in seinem Büro.

Das Wochenende am See lag inzwischen zwei Wochen zurück, und Ethans furchteinflößend strenger Sekretärin zufolge war dieser Dienstag von 14.45 Uhr bis 15.30 Uhr über Jahre hinaus die einzige Möglichkeit, sie noch irgendwo reinzuquetschen.

Nicht, dass sie im Moment besonders scharf auf eine Geschäftsbesprechung gewesen wäre. So nett Ethan auch war, sie wäre jetzt eigentlich am liebsten nach Hause gefahren und hätte sich ausgeheult. Sie ließ den Motor an und wählte seine Nummer, während sie sich eine Träne von den Wimpern tupfte.

»Ethan Roxburgh.« Es klang kurz angebunden.

Dee bemühte sich, gleichzeitig freundlich und gehetzt zu klingen. »Hallo, hier ist Dee. Tut mir leid, ich habe Verspätung.«

»In der Tat.«

Sie zuckte zusammen. Wahrscheinlich kam es nicht oft vor, dass jemand Ethan Roxburgh warten ließ. »Ich habe bei einer Schülerin länger gebraucht, aber ich bin unterwegs.«

Es folgte ein Moment Stille. »Wie lange brauchen Sie bis hierher?«

Sie sah auf die Uhr im Armaturenbrett. Wenn sie zu viel Zeit veranschlagte, würde er vielleicht beschließen, nicht auf sie zu warten. »Mindestens eine Viertelstunde, je nachdem, wie der Verkehr ist und ob ich gleich einen Parkplatz finde.«

Er stieß ungeduldig die Luft aus. »Um halb vier treffe

ich mich mit jemandem im Café im Untergeschoss. Ich erwarte Sie in einer Viertelstunde dort.«

Verdammt. Dee gab Gas.

Während sie sich durch den Nachmittagsverkehr schlängelte, warf sie einen nervösen Blick auf die grünen Zettel auf dem Beifahrersitz. Mit der Art von Angaben, wie Ethan sie ihrer Meinung nach haben wollte, hatte sie gerade einmal vier Rückseiten vollbekommen. Dafür hatte sie eine Ewigkeit gebraucht, und die zerknüllten Seiten entsprachen wahrscheinlich einem kleinen Wald. Diese Art mentaler Blockade hatte bestimmt einen Namen. Es war durchaus möglich, dass Ethan nach einem einzigen Blick auf die Zettel sagte, das mit ihrem Potenzial sei ein Irrtum gewesen. Mit dem Geld aus ihren Kursen würde sich noch nicht einmal ein Mönch im Hungerstreik ernähren können, und ihr bliebe allein die Hoffnung, eine vernünftig bezahlte Stelle zu finden. Diese Art Ratschlag brauchte sie nicht von Ethan Roxburgh. Dafür hatte sie ihre Mutter.

KAPITEL 15

Dee ließ sich Ethan gegenüber auf den Stuhl fallen und schob ihm schüchtern die umgewidmeten Werbezettel zu. »Entschuldigung für die Verspätung.«

Er blickte von einem Stapel Notizen auf, in dem er las. Seine dunklen Augen wirkten nicht so, als hätte sie ihn milder gestimmt. »Sie müssen sich nicht ständig entschuldigen, Dee.«

»Oh, Pardon. Ich meine nur, ähm …« Oh je, sie hatte Ethan Roxburgh verärgert.

Er schaute auf seine Armbanduhr. »Wir haben nicht viel Zeit, da können wir auch direkt anfangen.« Er verschränkte die Arme vor der Brust und beugte sich vor. »Eine der ersten Lektionen des Geschäftslebens lautet: Zeit ist Geld. Wenn Sie beim Zeitmanagement scheitern, werden Sie als Selbstständige nie Erfolg haben.«

Das hier war nicht der nette Ethan vom Wochenende am See, der ihr gesagt hatte, er finde sie faszinierend. Dies hier war ein Geschäftsmann durch und durch, und der stählerne Blick seiner Augen machte sie nervös. »Ich achte normalerweise darauf, meine Unterrichtszeiten einzuhalten, aber meine letzte Schülerin heute hat ein bisschen mehr gebraucht.«

»Haben Sie Ihr Honorar entsprechend erhöht?«

Dee schluckte kräftig. Nach der Stunde mit Emily ging ihr seine Haltung gegen den Strich. »Yogaunterricht kann man manchmal nicht stur im Stundentakt erteilen. Zu meiner Arbeit gehört es auch, die Bedürfnisse meiner Schüler zu verstehen, und manchmal bedeutet das nun mal, ihnen mehr Zeit zu geben.«

Er lächelte kurz. »Sie werden nicht lange im Geschäft bleiben, wenn Sie so denken. Das Geld ist genauso wichtig wie Ihre Schüler. Wenn Sie kein Geld verdienen, können Sie sich das Unterrichten nicht leisten.«

Plötzlich hatte Dee das Bild von Emilys schmerzlich verzogenem, bleichem Gesicht vor Augen, und aufwallender Zorn schnürte ihr die Brust zusammen. Auch wenn er Ethan Roxburgh war, das Businessgenie, wollte sie gerade jetzt solch einen Rat nicht hören. »Wenn eine meiner Schülerinnen den Rest ihres Lebens in Tagen zählt und eine zusätzliche halbe Stunde Meditation ihr diese Zeit ein wenig leichter machen kann, ist es mir eigentlich egal, wie viel Geld ich durch dieses falsche Zeitmanagement verliere.« Dee umklammerte die Tischkante. »Und um Ihnen die Wahrheit zu sagen, ich habe nicht nur nichts *zusätzlich* berechnet, ich habe ihr überhaupt nichts berechnet. Und wenn ich Donnerstag wieder dorthin gehe, oder an anderen Tagen, falls mir das überhaupt noch vergönnt ist, werde ich ihr ebenfalls nichts berechnen.« Ihr Atem stockte. Bald würde sie Emily wirklich nie mehr wiedersehen. »Und wenn Erfolg im Geschäft bedeutet, dass ich nichts mehr mit Menschen wie Emily zu tun haben werde, interessiert mich das einfach nicht.« Sie schluckte und stand kurz davor, in Tränen auszubrechen. Jetzt heul nicht vor ihm los. Sie presste die Zunge an den Gaumen. »Und wissen Sie was? Ich brauche jetzt wirklich einen Kaffee.« Sie stapfte zum Tresen.

Verdammt. Jetzt hatte sie also Ethan Roxburgh gesagt, er könne sich seinen Rat in den Hintern schieben. Sie blinzelte und wischte die Tränen weg, bevor sie ihr über die Wangen liefen. Am liebsten hätte sie vor Trauer laut herausgeschluchzt, aber hier war weder die richtige Zeit noch der richtige Ort dafür. Hätte sie ihre Handtasche nicht beim Tisch stehen lassen, wäre sie jetzt einfach davonmarschiert. Stattdessen bestellte sie nun einen starken Kaffee und tröstete sich mit einem großen Stück Schokokuchen.

»Tut mir leid. Ich hatte einen schwierigen Tag.« Sie setzte sich wieder, schaute ihn aber nicht richtig an.

»Vielleicht sollten wir dieses Thema erst einmal vertagen. Das mit Ihrer Schülerin tut mir leid. Alles in Ordnung mit Ihnen?«

Sie nickte und sah, dass sein Blick jetzt nicht mehr so stählern war. »Vielleicht ist das hier keine gute Idee. Sie haben nicht viel Zeit, und ich bin einigermaßen fix und fertig.« Und außerdem war sie sich nicht sicher, ob seine Ratschläge ihr gefallen würden.

»Jetzt sind Sie schon mal hier, und Sie brauchen ganz offensichtlich dringend eine Dosis Koffein. Wir können uns unterhalten, während Sie Ihren Kaffee trinken. Ist das hier Ihr Geschäftsplan?«

Er griff nach ihren Notizen, bevor sie sie wieder wegnehmen konnte, und faltete sie auf, wirkte aber durch die Werbebotschaft auf den Zetteln verwirrt.

»Ich habe auf die Rückseite geschrieben.« Sie drehte die Blätter um und lächelte nervös.

Er legte die vier Seiten aus wie Tarotkarten und ging sie methodisch durch. Mit klopfendem Herzen beobachtete Dee, wie er einen Stift aus der Innentasche seines

Jacketts nahm und ein paar Anmerkungen und Fragezeichen hinzusetzte. Er blickte zu ihr auf, sah wieder hinunter, stützte die Unterarme auf den Tisch und sagte: »Oka-ay.«

Ihr Gesicht brannte. Am liebsten hätte sie ihre Zettel genommen und wäre weggelaufen, aber nun kam die Kellnerin mit ihrer Bestellung. Als sie wieder weg war, sagte Dee: »Da steht nicht viel. Ich wusste nicht so recht, was Sie wollten. Viel gibt es ohnehin nicht. Nur meine Honorare, meine Ausgaben und, äh, so Sachen.« Was kam denn sonst noch in Frage?

»Oka-ay.«

Was hatte nun das zu bedeuten?

»Was nehmen Sie für den Unterricht?«

»Das steht da.« Sie zeigte auf den Betrag, den sie notiert hatte.

»Sind das halbstündige Kurse?«

»Nein. Das ist mein Stundenhonorar.«

»Sie könnten problemlos das Doppelte verlangen.«

»Das Doppelte? Ich kann doch meine Schüler nicht auffordern, für die gleiche Stunde das Doppelte zu zahlen.«

»Nein, aber Sie könnten Ihre Preise allmählich erhöhen.«

Dee wischte sich die Hände am Rock ab. »Aber was, wenn sie nicht mehr bezahlen wollen? Ich möchte schließlich keine Schüler *verlieren.*«

»Lucy zahlt für einen Friseurbesuch das Dreifache. Wenn Sie gut sind, wird es den Leuten das wert sein. Und andernfalls kommen eben neue Schüler. Verramschen Sie Ihr Produkt nicht.«

Mein Produkt?

»Und was sind das hier für Zahlen?« Er zeigte auf eine andere Seite.

»Das sind meine Ausgaben, Benzin, Kleidung und so.«

»Aha.« Er überflog die Beträge. »Wo haben Sie Ihr Geld liegen?«

»In einem Buch.«

»Sie meinen ein Sparbuch?«

»Na ja, gewissermaßen.«

Ethan hob den Blick von den Notizen, die er gerade machte.

Dee zuckte innerlich zusammen. »Na ja, vor ein paar Jahren hat mir eine Schülerin zu Weihnachten ein ganz tolles, schönes Yogabuch geschenkt. Sie wissen schon, einen von diesen prächtigen Bildbänden für den Couchtisch, und …«

Er nickte.

»Das Buch ist wirklich groß« – sie deutete mit den Händen die Maße an – »und es sind ganz viele, sehr schöne Fotos darin.« Er hatte offensichtlich keine Ahnung, worauf sie hinauswollte. Also sagte sie am besten einfach, wie es war. »Da die meisten meiner Schüler bar bezahlen, überlege ich mir jeden Abend, wie viel Geld ich für den Rest der Woche brauche, und lege das in eines der vorderen Kapitel. Alles, was dann noch übrig ist, lege ich als Ersparnis nach hinten.«

Seine Lippen öffneten sich einen winzigen Spalt.

»Ja, also, das klappt super, und wenn ich Geld brauche, blättere ich das Buch durch, schaue mir all die tollen Fotos an und lasse mich gleichzeitig ein bisschen inspirieren. Das letzte Kapitel handelt von meinem Yogaguru in Indien, und da reise ich immer hin, wenn ich genug Geld zusammengespart habe. Also weiß ich gleich, dass alles, was dort hinten im Buch liegt, mein Spargroschen ist.« Sie zuckte matt mit den Schultern.

Ethan betrachtete sie eine Weile mit leicht zusammengezogenen Augenbrauen.

Sie kicherte leise und verlegen. »Es ist erstaunlich, wie viel Geld in ein einziges Buch passt.«

Verdammt, Dee, du bist ein Volltrottel. Warum hast du dir nicht was ausgedacht? Warum hast du ihm nichts von den Kästchen erzählt? Du bewahrst doch auch Geld in Kästchen auf. Sie verpasste sich im Geist eine Ohrfeige. Das ist doch genauso blöd. Vielleicht sollte sie einfach still und leise weggehen und sich vor einen Bus werfen.

»Oka-ay.« Ethan nahm seinen Stift wieder zur Hand und drehte ihn langsam zwischen den Fingerspitzen. Um seine Mundwinkel zuckte es ganz leicht. »So kann man es natürlich auch machen.«

Was hatte sie sich eigentlich dabei gedacht? Mit nichts als ein paar Zetteln voll Notizen und ohne die geringste Ahnung zu einem Termin mit Ethan Roxburgh zu kommen!

»Ich, äh, es tut mir wirklich leid.« Sie schob die Zettel zu einem Stoß zusammen. »Ich glaube, dass ich Ihre Zeit verschwendet habe, und das ist mir peinlich. Darum gehe ich jetzt.«

»Ethan.« Ein äußerst attraktiver Rotschopf in einem schwarzen Hosenanzug stand plötzlich an ihrem Tisch.

Ethans Nasenflügel weiteten sich vor Überraschung, als wäre er bei etwas ertappt worden. Er schaute kurz auf seine Uhr und stand dann auf. »Shelby. Hi.« Er küsste sie auf die Wange, und sie lächelte ihn an, aber wirklich nur ihn. »Dee, das ist Shelby Dansen. Shelby, Dee Nichols.«

Die Frau streckte Dee die Hand hin, während sie ihr Top, ihre Leggings und den Rock, den sie vorhin schnell über ihre Yogasachen gezogen hatte, aufmerksam musterte. »Hallo, Dee. Himmel, ich wünschte, ich hätte Zeit, so früh am Tag ins Fitnessstudio zu gehen.«

»Ich habe Yoga unterrichtet«, stellte Dee klar.

»Sind Sie an der Uni oder so?«

»Nein, ich bin Yogalehrerin.«

»Dee ist der Star des neuen Werbespots von Gesundheit und Leben«, warf Ethan dazwischen.

»Oh, Sie sind Model.« Shelby tat sie mit einem verächtlichen Hochziehen ihrer gezupften Augenbrauen ab und wandte sich Ethan zu. »Hast du schon bestellt?«

Oho, dachte Dee. Gleich eine doppelte Wand von Vorurteilen. »Hier, nehmen Sie doch meinen Platz. Ich wollte sowieso gerade gehen.« Sie stand auf, schob Shelby ihren Stuhl hin und raffte ihre Notizen vom Tisch. Als sie sich umdrehte, ergriff Ethan die Hand, in der sie die Zettel hielt.

»Ich glaube, das war für mich«, sagte er.

Sie packte fester zu.

Er ließ nicht los. »Sie müssen mir *irgendwas* geben, womit ich arbeiten kann.«

»Aber ich dachte …«

Er schüttelte den Kopf und hielt ihren Blick fest. »Wir haben gerade erst angefangen, Dee.«

Sie stieß die Luft aus. Wie könnte sie dazu nein sagen? Sie lockerte ihren Griff, sodass er ihr die Seiten aus der Hand ziehen konnte.

»Hoffentlich muss ich niemals eine solche Stunde geben. Was war denn los?«, fragte Leon.

Dee blinzelte die Tränen weg und spielte mit ihrem Muffin, während Arianne und Leon sie mit einer Mischung aus Mitgefühl und Entsetzen betrachteten. Es war Sonntagnachmittag. Dee hatte gerade ihren Kurs beendet, und sie saßen an ihrem üblichen Tisch hinten in ihrem Stammcafé ganz in der Nähe der Yogaschule.

Sie zuckte mit den Schultern. »Ich habe ihnen berichtet, dass Mike mich gestern angerufen hat, um mir zu sagen, dass Emily nun gestorben ist. Alle in der Gruppe haben sich spontan umarmt, und wir haben geweint. Dann haben sie beschlossen, dass ich die Stunde trotzdem halten und wir Yoga machen sollten, obwohl wir so aufgewühlt waren. Schließlich hat Emily den Sonntagskurs immer geliebt, selbst als sie nicht mehr stark genug war, um wirklich mitzumachen. Wir sollten es im Gedenken an sie tun.«

»Das muss wirklich hart gewesen sein«, sagte Arianne.

»Ja, das stimmt. Ich habe es bei möglichst einfachen Übungen belassen und viel geredet, damit alle konzentriert blieben.« Dee presste kurz die Lippen zusammen. »Ständig kam es mir so vor, als würde ich Emily an ihrem Platz unter dem Fenster sehen. Dort hat sie immer auf dem Rücken gelegen und ihren Atem fließen lassen, während wir anderen Yogaübungen machten.« Sie gab den Kampf auf, und Tränen fielen auf ihre Handtasche, während sie nach einem Papiertaschentuch wühlte.

Arianne tätschelte Dee tröstend die Schulter. »Wie geht es Mike?«

Dee wischte sich die Augen trocken und putzte sich die Nase. »Er ist natürlich am Boden zerstört, aber er scheint doch seinen Frieden damit geschlossen zu haben. Die

Beerdigung ist Donnerstag.« Sie rührte in ihrem Kaffee, trank aber nichts. »Ich wünschte nur, ich hätte sie noch einmal gesehen. Hätte mich richtig von ihr verabschieden können.« Emily war am Donnerstagmorgen ins Koma gefallen, ein paar Stunden vor ihrer Stunde mit Dee.

»Wie geht es dir jetzt?« Leon ergriff über den Tisch hinweg ihre Hand.

»Ich bin einfach nur wahnsinnig traurig. Es wird schrecklich, wenn ich nächste Woche die Nachricht immer wieder in einem Kurs verkünden und darum kämpfen muss, meine Tränen zurückzuhalten. Und die Beerdigung …« Sie schüttelte den Kopf. Das Angsttier würde sich freuen.

»Schaffst du es, weiter meine Kurse zu übernehmen? Soll ich vielleicht jemand anderen dafür suchen?« Arianne hatte inzwischen mehr als die Hälfte ihrer Stunden abgegeben, und die meisten hatte Dee übernommen.

»Nein, es ist gut, wenn ich etwas zu tun habe.« Sie bemühte sich um ein überzeugendes Lächeln. Das zusätzliche Geld aus Ariannes Kursen war toll – sie würde ihr Auto in die Inspektion geben und auch noch etwas für ein neues Sofa beiseitelegen können –, aber sie war körperlich erschöpft und fühlte sich überlastet. Die Wäscheberge türmten sich, ihre Hälfte des Kühlschranks war leer, und sie hatte kein Shampoo mehr. Sie dehnte unter dem Tisch ihre Waden und hoffte, dass Arianne es nicht bemerkte.

»Was ist mit Donnerstag?«, fragte Arianne. »Soll ich jemanden suchen, der für dich einspringt, damit du zur Beerdigung gehen kannst?«

Dee schüttelte den Kopf. »Die ersten zwei Kurse unterrichte ich ganz normal. Den nächsten lasse ich dann ausfallen, und über die zwei Stunden am Nachmittag habe ich schon mit Howard gesprochen. Dann ist da noch der Kurs um halb sieben hier in der Schule. Ich kann mir nicht leisten, auf noch eine Stunde zu verzichten, also werde ich mich dafür zusammenreißen.«

Leon nickte. Arianne tätschelte noch einmal ihre Schulter. Dee rieb sich die Augen.

»Geht Hollywood-Jesus Tom auch zur Beerdigung?«, fragte Leon.

Dee lachte leise. Leon schaffte es doch immer, sie aufzumuntern. »Nein, er hat Emily nicht gekannt, und wir sind noch nicht über Kaffee hinausgekommen. Eine Beerdigung könnte in dieser Phase vielleicht ein bisschen zu emotional sein.«

»Ein Jesus könnte sich bei einer Beerdigung aber als ganz nützlich erweisen.« Er zog eine Augenbraue hoch. »Hat es inzwischen ein bisschen gefunkt?«

Kaffee – oder besser Kräutertee für Tom und ein doppelter Espresso für Dee – waren zu einer zweimal wöchentlichen Gewohnheit geworden. Tom war ein lieber Mensch, und er hatte die ernsthafte Art eines entschiedenen Veganers. Sie hatte ihm von der Dinnerparty der Werbeagenturen und von Ethans Angebot erzählt, und Tom hatte sie nachdenklich vor dem verderblichen Einfluss des Kapitalismus gewarnt. »Wir müssen uns erst noch besser kennenlernen.«

»Bis da mal irgendwas knistert, wirst du ihn längst satthaben«, sagte Leon.

»Bei Jesus sollte man wahrscheinlich auch nicht auf ein Knistern aus sein.« Arianne führte ihre Tasse an die Lippen, verzog angeekelt das Gesicht und stellte sie wieder weg.

»Geht es dir allmählich besser?«, fragte Dee.

»Ein bisschen, aber das Unterrichten fehlt mir sehr.« Arianne rieb sich über den schon leicht gewölbten Bauch.

»Immer noch so müde?«

»Ich wünschte, ich könnte die nächsten fünf Monate einfach verschlafen und erst wieder aufwachen, wenn ich das Baby schon im Kinderwagen schieben kann.« Sie sackte plötzlich auf ihrem Stuhl zusammen, als schaffte sie es nicht mehr, sich all dem positiv zu stellen. »Bei Lucia hat alles so einfach gewirkt. Die hat noch zwei Tage vor Zacs Geburt Yoga gegeben. Ich fühle mich wie ein Zombie, und dann lade ich meine Kurse auch noch allen anderen auf.« Sie seufzte tief. »Oh, verdammt. Gib mir mal eins von deinen Papiertaschentüchern, Dee.«

Dee und Leon wechselten einen hilflosen Blick, als nun auch noch Arianne ihre Augen trockenwischen musste.

»Okay«, sagte Leon. »Genug auf die Tränendrüsen gedrückt. Jetzt wollen wir auch mal lachen. Dee, gibt's einen neuen Gag mit Ethan Roxburgh?«

Seit Dee Ethan auf Lucys Party kennengelernt hatte, amüsierten ihre beiden Freunde sich köstlich über die Berichte von ihren demütigenden Missgeschicken in seiner Gegenwart. Sie warf einen Blick auf Ariannes gerötete Augen und beschloss, sich lieber noch mal ein bisschen auslachen zu lassen, als ihre Amazonen-Freundin weiter weinen zu sehen. »Was war denn das Letzte, was ihr gehört habt?«

»Café, peinlicher Empörungsanfall, Dame im Businesskostüm«, antwortete Leon.

»Okay, er hat also Freitag angerufen, um einen neuen Termin zu vereinbaren. Anscheinend hat er sich einen von Unternehmergeist sprühenden Plan ausgedacht, um mein katastrophales Geschäftsmodell zu retten. Jetzt muss ich wohl eine richtige Geschäftsfrau werden.«

Leon und Arianne schauten sie beide ungläubig an, was jedenfalls besser war als Tränen.

Sie winkte ab. »Ich weiß, für mich ist es auch ein komisches Gefühl. Aber Val setzt allmählich die Daumenschrauben an, weil ich mir unbedingt eine Eigentumswohnung suchen soll, und so muss ich mir jetzt wohl wirklich allmählich überlegen, wie ich mehr Geld verdienen kann. Außerdem hat er eine überzeugende Art und ist, ja, tatsächlich auch ziemlich nett. Er stellt mir Fragen und gibt mir nicht das Gefühl, blöd zu sein. Dafür sorge ich ganz allein selbst.«

Leon wies mit dem Finger auf sie. »Aha, du möchtest ein Roxburgh-Girl werden.«

»Ja, na klar doch. Als wenn das überhaupt möglich wäre.« Sie erinnerte sich an Ethans Gesichtsausdruck, als diese Shelby im Café aufgetaucht war. »Männer wie er haben keine Dates mit ihren Fürsorgefällen.«

»Und wann triffst du dich mit ihm? Ich lad dich hinterher zum Kaffee ein, um mir die Fortsetzung von Pleiten, Pech und Pannen anzuhören«, schlug Leon vor.

»Tausend Dank auch. Donnerstag um halb zwei.«

»Ist das nicht direkt nach der Beerdigung?«, fragte Arianne.

»Oh, stimmt ja. Ich muss seine schreckliche Sekretärin anrufen und absagen.« Sie schaute auf die Uhr und sprang auf. »Mist. Sheila wollte, dass ich heute etwas früher komme. Ich muss los.« Trauer hin oder her, sie musste nun mal Geld verdienen. Sie warf ein paar Münzen für den Kaffee auf den Tisch und eilte zur Tür hinaus. Ethan hatte sie schon wieder vergessen.

»Ich mag den Regen auch nicht, aber ich werde trotzdem nicht hier mitten auf der Straße stehen bleiben und darauf warten, dass er aufhört.« Dee verfluchte ihr Auto, als Wasser durchs Fenster hereinspritzte. Sie nahm sich noch eine Lage Papiertaschentücher und wischte erst ihr Gesicht und dann die beschlagene Scheibe trocken. Sie hätte ihr Geld dafür verwenden sollen, die Belüftung in Ordnung zu bringen, denn trotz neuer Reifen und des Ölwechsels war dieser Schrotthaufen bei Regen noch immer nicht zu gebrauchen.

Dieser Donnerstag würde ohnehin nicht angenehm verlaufen – der unvermeidliche emotionale Druck wegen Emilys Beerdigung verstärkte ihre Angstgefühle –, aber musste er wirklich so schlecht anfangen? Es hatte die ganze Nacht wie aus Kübeln gegossen, und ihr Wagen wollte sich, typisch für ihn, natürlich nicht an den Pfützen den Bauch nass machen, wenn er auch einfach stehen bleiben und Dee in den Wahnsinn treiben konnte. Als sie ihn endlich so weit hatte, dass er zum Leben erwachte, war es schon so spät, dass sie die Privatstunde um halb acht absagen musste.

Auf dem Weg zu ihrer nächsten Unterrichtsstunde blieb er zweimal stehen, und sie musste zwei Kreuzungen entfernt parken, damit sie ihn beim Losfahren notfalls einfach bergab rollen lassen konnte, um mit der Kupplung zu starten. Am Ende der Stunde war der Regen wie eine Wand. Das wäre faszinierend gewesen, wäre ihr Regenschirm nicht umgeklappt, so aber war sie bis auf die Unterwäsche durchnässt, als sie es schließlich zum Fahrersitz geschafft hatte.

Sie drehte den Zündschlüssel. Nichts geschah. Und dann noch einmal. *Gar nichts*. Plötzlich sah sie rot. Sie würgte das Lenkrad, brüllte den verdammten, eingebildeten Motor an, drehte wie wild am Zündschlüssel und rammte den Fuß aufs Gas. Wieder geschah gar nichts. Sie ballte die Hände zu Fäusten und spürte, wie die Haut sich dehnte, die Finger schmerzten und wie sie die Zähne zusammenpresste.

Beruhige dich, Dee. Atme tief durch. Atme ein paarmal tief durch… Na, na, jetzt hyperventilierst du. Sie schloss die Augen und versuchte, sich zu entspannen. Sie rief sich in Erinnerung, dass sie in dieser Situation noch vor wenigen Jahren eine schreckliche Panikattacke erlitten hätte. Ihr wäre jetzt schwindelig, und sie könnte nicht mehr richtig sehen, ihre Finger würden kribbeln, ihr Atem stocken, sie bekäme keine Luft mehr, wie… Okay, das reichte.

Sie versuchte erneut zu starten. Tief durchatmen, Dee.

Und noch ein Versuch.

Ja!

Ihr Herz hämmerte noch von der knapp vermiedenen Panikattacke, als sie sich in den Verkehr einfädelte. Bis zur Beerdigung war es noch eine Stunde, aber sie musste mit ihrem Wagen eine Menge Ampeln überstehen. Bitte, bring mich einfach nur bis dorthin, flehte sie das Auto an. Ihretwegen konnte der Motor danach in seine Einzelteile zerfallen, das wäre ihr egal – wenn sie es nur zur Beerdigung schaffte. Bei diesem Wetter würde sie niemals ein Taxi oder einen Pannenhelfer bekommen.

Sie stand gerade an einer Kreuzung und redete dem

undankbaren Schrotthaufen gut zu, als ihr Handy klingelte. Sie warf einen Blick aufs Display und zwang sich, zumindest minimal erfreut zu klingen. »Hallo, Mum.«

»Trudy, für heute Nachmittag habe ich einen Termin zur Besichtigung dieser reizenden Wohnung ausgemacht.«

Was? »Heute kann ich nicht.«

»Aber du sagtest doch, du könntest sie dir am Nachmittag ansehen.«

Dee schnaufte. Sie hätte niemals ihre Einwilligung zu irgendetwas geben sollen. »Ich habe gesagt, *irgendwann einmal* nachmittags. Ich arbeite nachmittags.«

»Na ja, wo arbeitest du denn heute? Wenn es in der Nähe ist, könntest du vorbeigehen und sie dir einmal ansehen.«

Beim Losfahren an der Ampel drehten ihre Reifen auf dem nassen Asphalt durch. »Am Wochenende ist eine meiner Schülerinnen gestorben, Mum, und heute Nachmittag ist die Beerdigung.«

»Oh, das ist aber schade. Um wie viel Uhr denn? Vielleicht könntest du ja danach vorbeikommen.«

Dee fuhr sich mit der Hand durchs Haar. »Nach der Beerdigung ist mir bestimmt nicht danach zumute, eine Wohnung zu besichtigen.«

»Ja, das kann ich irgendwie verstehen, aber wann *ist* dir denn danach zumute? Du sagst mir jetzt schon seit Wochen, dass du kommst. Ich kann den Makler nicht ewig vertrösten. Ich möchte, dass du mir jetzt einen Termin nennst.«

Plötzlich brachen Dees unterdrückte Emotionen heraus, und ihr Herz hämmerte in der Brust. »Das geht jetzt nicht, Mum.«

»Aber, Dee …«

»Nein!«, brüllte sie, brach das Gespräch ab und schleuderte das Handy auf den Beifahrersitz.

Na toll. Mitten im Gespräch aufgelegt, und das bei ihrer Mutter! Dee rammte den Gang rein und wartete ungeduldig darauf, dass die Ampel auf Grün umsprang. Warum musste Val auch immer einen solchen Druck machen. Tränen verschleierten ihre Augen, und sie wischte sie wütend mit den Fäusten weg und rammte den Fuß aufs Gaspedal. Oho. Das mochte der Motor aber gar nicht. Ein Zittern durchlief ihn, und er blieb stehen.

»Nein! Nicht jetzt!« Mitten im dichten Verkehr einer Kreuzung. Während der Himmel alle Schleusen geöffnet hatte. An einem albtraumhaften Tag. »Shit!«

Hinter ihr wurde gehupt, und sie drehte immer wieder den Schlüssel in der Zündung. Ein Mann tauchte auf und schob den Wagen an. Sie lenkte ihn zum Straßenrand. Der Mann winkte und verschwand.

Der Regen hämmerte aufs Dach und peitschte in dichten Wellen über die Windschutzscheibe. Ihre nassen Kleider klebten am Leib, die Fenster beschlugen, und die Tränen strömten ihr die Wangen hinunter. Wieder läutete ihr Handy. Dee schaute aufs Display und erwartete, dass Val erneut über sie herfallen wollte, aber als sie den Namen im Anzeigenfeld sah, wich ihr alles Blut aus dem Gesicht, und sie meinte, in Ohnmacht zu fallen.

KAPITEL 16

Der Termin. Sie hatte nicht angerufen, um abzusagen. Dee wischte sich die Tränen von den Wangen, schluckte kräftig und nahm erst dann ab. »Ethan!«

»Dee, hallo, mir kommt was dazwischen, und da hatte ich mich gefragt, ob wir uns vielleicht früher treffen könnten.«

»Ich, äh …« Sie hörte, dass ihre Stimme bebte.

Er musste es ebenfalls gehört haben. »Dee?«

»Ich, äh …« Ein Schluchzen schüttelte sie.

»Alles in Ordnung, Dee. Holen Sie mal tief Luft.«

Sie hörte, wie ihr Atem zitternd ein- und ausströmte. Reiß dich zusammen.

»So ist es gut. Also, was ist los?«

Seine besorgte Stimme brachte das emotionale Gebräu in ihrem Inneren erst so richtig zum Brodeln, und eine Flut von Tränen schoss ihr aus den Augen. »Ich, äh, es ist mein Auto, und äh, mein Gott, das tut mir schrecklich leid.«

»Nein, das braucht Ihnen nicht leidzutun«, beruhigte er sie. »Erzählen Sie mir, was los ist.«

Er war total verständnisvoll und nett, aber sie erinnerte sich, wie stahlhart seine Augen geblickt hatten, als sie das letzte Mal zu spät gekommen war. »Es gießt in Strömen, mein Auto hat den Geist aufgegeben, und ich habe vergessen, Sie anzurufen und Ihnen zu sagen, dass ich heute nicht kommen kann, weil ich zu einer Beerdigung muss, aber jetzt werde ich niemals dorthin kommen, weil man nie ein Taxi kriegt, wenn es so schüttet, und es tut mir schrecklich leid, dass ich Sie wieder verärgere, und …«

»Schon gut, Dee. Wo sind Sie?«

»In meinem Auto.«

»Ich meinte, wo steht Ihr Auto?«

»Oh?« Sie schaute sich um und nannte ihm die Namen der beiden Straßen, die sich kreuzten. »Aber das ist vollkommen egal, weil in den nächsten Stunden kein Taxi fahren wird.«

»Ich schicke Ihnen meinen Fahrer. Er ist in einer Viertelstunde bei Ihnen. Bleiben Sie einfach da, okay?«

Sie legte auf und wischte sich die Augen trocken. Seinen Fahrer?

Während sie sich das Wasser aus dem Haar schüttelte, den Saum ihrer Dreiviertelhose ausdrückte und ihre Füße mit einem Lappen abtrocknete, dachte sie über Ethan Roxburgh nach. Er hätte ihr seinen Fahrer nicht zu schicken brauchen – aber vielleicht war das eben etwas, was man tat, wenn man einen Fahrer hatte. Man wollte schließlich nicht, dass so jemand dann einfach nur rumsaß und Geld kostete.

Wieder hatte sie den Klang seiner Stimme im Ohr, und um ihre Lippen zuckte ein leises Lächeln. Er hätte ihr sagen können, sie solle sich zusammenreißen. Wenn sie einen anständigen Wagen hätte und eine ordentliche Stelle, würde ihr so was auch nicht passieren. Aber das hatte sie nun mal nicht. Eben hatte er sie im virtuellen Raum mit einem richtigen Schauer dieser Wohlfühlkräuter überschüttet, und deswegen war sie sich längst nicht so lächerlich dabei vorgekommen, ihm die Ohren vollzuheulen, wie jetzt, nachdem sie aufgelegt hatte.

Er war wirklich ein total netter Mensch. Der Anzug war allerdings ein Problem. Er war wie eine Uniform. Er könnte ebenso gut einen Overall tragen, auf dem hinten »Manager« prangte. Sie wollte ja nicht alle über einen Kamm scheren, aber es brachte auch nichts, einen Weg zu erkunden, der höchstwahrscheinlich in eine Sackgasse münden würde. Wenn sie schon suchte, dann doch bitte da, wo es auch sinnvoll war. Das hatte sie auf die harte Tour gelernt.

Dee wischte ein Guckloch in die beschlagene Windschutzscheibe und bemühte sich, nicht über Sackgassen nachzudenken. Sie stellte das Radio an, konnte es aber wegen des Regens nicht hören und schaltete es wieder aus. Ihr Herz hämmert immer noch, und das Blut rauschte in ihren Adern. Sie schloss die Augen und bemühte sich, an etwas Schönes zu denken. Doch sie landete nur bei der letzten Sackgasse, in die sie geraten war. Das war überhaupt kein schöner Gedanke, aber jetzt, da er einmal da war, war es schwer, ihn wieder zu vertreiben.

Es war nett gewesen mit Drew. Er arbeitete in einer großen Kanzlei, machte dort Karriere und sah in seinem Anzug und mit der Krawatte einfach umwerfend aus. Sie hatte damals etwas für diesen Typ Mann übrig gehabt. Auch Anthony hatte im Anzug fantastisch ausgesehen. So war er auch am Tag des Unfalls gekleidet gewesen. An dem Tag also, an dem er sie verlassen hatte. Sie hatte Drew ein Jahr nach ihrer Rückkehr aus Indien kennengelernt. Damals gab sie schon Yogastunden und flickte ihr Leben wieder zusammen. Aber ihr neuer Lebensstil passte nicht zu seiner Karrierestufe.

»Such dir doch endlich mal eine richtige Stelle«, sagte er gerne.

»Musst du wirklich mit diesen Hippieklamotten zur Cocktailparty mitkommen?«

»Wie wär's, wenn du mal die verdammte Yogamatte in die Ecke stellst und dich stattdessen eine Weile auf mich konzentrierst?«

Dee umklammerte das Lenkrad fester, als sie an seine Worte an jenem letzten Abend dachte, und daran, wie sich vor Wut ihr Bein schmerzhaft verkrampft hatte. Es sei ihm peinlich, mit ihr auszugehen, hatte er gesagt. Sie sei schlecht für sein Image. Seine Freunde rissen schon Witze über sie. Das Hippiemädchen. Das fleischgewordene Kamasutra. Wie sollte er, mit einer Weihrauch abbrennenden, albernen Singsang ausstoßenden Yogaspinnerin belastet, wohl im Beruf vorankommen?

Tränen brannten in ihren Augen. Heute war ein schlechter Tag für böse Erinnerungen. Sie war ohnehin schon fix und fertig.

Aber vielleicht sollte sie sich ihnen trotzdem stellen. Drew war nicht der einzige leitende Angestellte, mit dem sie eine Beziehung gehabt hatte, aber er war mit Sicherheit der letzte. Das hatte sie sich nach jenem Abend geschworen. Und außerdem hielt sie sich nun an eine konkretere Version der Yogatheorie, man solle im Augenblick leben – sie zog energisch die Zweiwochengrenze um ihr Dasein. Nie schaute sie weiter als zwei Wochen voraus. Und sie ließ sich nicht mehr auf leitende Angestellte ein.

Also, Dee, du willst dich *nicht* zu Ethan Roxburgh hingezogen fühlen. Er hatte eine Vorliebe für Roxburgh-Girls, er befand sich auf der obersten Sprosse einer sehr hohen Karriereleiter, und der einzige Grund, aus dem sie Zeit mit ihm verbrachte, war der, dass sie ihre verdammten Finanzen in den Griff kriegen wollte. Ja, er hatte wunderschöne Augen, aber er war einfach nur ein stinknormaler Manager, eine Sackgasse.

Eine lange, windschnittige silberfarbene Limousine hielt neben ihrer alten Karre und hupte. Das Fenster wurde elektrisch heruntergelassen. Sie wischte wieder ein Guckloch in die Scheibe und spähte durch den Regen … auf Ethan Roxburgh.

Okay, vielleicht war er doch nicht so stinknormal.

Dee schlug die Beifahrertür zu. »Das war aber nicht nötig. Mich abzuholen.« In ihrer Brust ballte sich ein verwirrender Gefühlscocktail – Freude, ihn zu sehen, Schuldgefühle, weil er ihretwegen in diesem Unwetter unterwegs war, Misstrauen gegenüber seiner Managerkluft und Verunsicherung, weil sie ihre Tränendrüsen derzeit absolut nicht unter Kontrolle hatte. Und Angst wegen alldem.

»Mein Fahrer war schon mit einem anderen Auftrag unterwegs, und so war es das Einfachste, Sie selbst abzuholen«, erklärte Ethan, während er sich in den Verkehr einfädelte.

»Ich bin froh, dass Sie auch heute wieder Ihre schimmernde Ritterrüstung tragen. Ich hoffe nur, dass sie bei diesem Regen nicht rostet.« Sie lächelte und versuchte, ihre Angst in den Käfig zurückzubugsieren.

»Das sollte kein Problem sein. Ich habe sie letzte Woche rostbeständig machen lassen. Wo findet die Beerdigung statt?«

Das einzig Gute an dem Drama mit ihrem Wagen war,

dass es sie eine Weile von Emily abgelenkt hatte. Aber als nun von der Beerdigung die Rede war, schossen die Gefühle wieder in ihr hoch und wollten wie eine Flutwelle aus ihr herausströmen. Sie nannte ihm die Adresse und presste um Fassung ringend die Lippen zusammen.

Ethan warf ihr einen kurzen Blick zu, bevor er sich beim Wechseln der Spur nach hinten umschaute. »Ist Ihre kranke Schülerin gestorben? Ist es deren Beerdigung?«

Sie nickte, wollte aber nichts sagen, um nicht vollends die Fassung zu verlieren.

»Das tut mir leid.«

Verdammt. Warum musste er nur so nett sein? Jetzt konnte sie sich nicht mehr beherrschen. Sie legte die Hände vors Gesicht und ließ die Tränen fließen.

Er legte ihr beim Fahren beruhigend die Hand auf die Schulter. Es fühlte sich warm und mitfühlend an, aber das Weinen wurde dadurch keineswegs besser. »Alles in Ordnung mit Ihnen?«

Sie kramte in ihrer Handtasche nach Papiertaschentüchern und schnäuzte sich. »Ja. Also, nein, nicht wirklich. Ich bin ziemlich durch den Wind. Ich hasse Beerdigungen, und jetzt weine ich schon, bevor ich überhaupt nur dort angekommen bin.«

»Keiner mag Beerdigungen. Weinen Sie sich ruhig aus.«

Sie lachte ein bisschen. »Danke.«

Er störte sie nicht, während sie durch das Seitenfenster auf den Verkehr schaute, und ihre Augen blieben meist trocken, bis sie die Kirche sah. Da stand der Leichenwagen, und gerade wurde der Sarg herausgehoben, während Mike und die Mädchen von der Kirchentür aus zuschauten. Dee aber fühlte sich plötzlich zu einer anderen Beerdigung zurückversetzt. Damals hatte sie mit ihrer Mutter und Amanda in der vordersten Kirchenbank gesessen, und während der Trauerrede des Priesters war ihr gewesen, als würde ihr gleich das Herz zerreißen.

»Oh nein«, sagte Dee, als ihr die Tränen wieder aus den Augen schossen. Sie wusste, dass dieser Strom erst versiegen würde, wenn sie total erschöpft war. »Sie können mich hier rauslassen.« Wahrscheinlich hatte er es eilig, dieser verrückten Heulsuse zu entkommen.

Er fuhr an der Kirche vorbei. »Nein, ich suche einen Parkplatz.« Eine Kreuzung weiter setzte er rückwärts auf einen Parkplatz unter einem großen Baum. Das Prasseln des Regens wich dem lauten Platschen großer, aufs Dach aufschlagender Wassertropfen. »Soll ich Sie begleiten?«

Oh ja – und einen ordentlichen Schnaps, trockene Kleider und Sonne am Strand hätte ich auch noch gerne. »Nein, es geht schon. Sie haben schon genug für mich getan.«

»Ich muss sowieso auf Sie warten.«

»Warum denn?«

»Wie sollen Sie denn sonst zu Ihrem Wagen zurückkommen? Wie Sie ganz richtig bemerkt haben, kann es Stunden dauern, bis Sie ein Taxi bekommen. Und Sie wollen nach der Beerdigung bestimmt nicht hier bei der Kirche warten. Vielleicht ist gleich noch eine Trauerfeier angesetzt, und dann müssen Sie wieder losheulen.«

Dee wusste nicht, ob sie ihn wegschicken oder vor Dankbarkeit flennen sollte.

Er wartete ihre Antwort gar nicht erst ab. »Bleiben Sie sitzen. Ich hole erst mal den Regenschirm.«

Sie sah zu, wie er im Regen um den Wagen herumrannte. Er war so nett, dass sie glatt hätte losheulen können.

Der Gottesdienst war unerträglich traurig. Eine junge Frau, die zu früh hinweggerafft worden war. Zwei Kinder ohne Mutter. Ein Ehemann, der nun ganz allein für seine kleine Familie verantwortlich war. Dee versuchte gar nicht erst, die Tränen zurückzuhalten, die ihr das Gesicht hinunterströmten.

Ethan stand neben ihr, beruhigend stabil, genau das, was eine junge Frau brauchte, wenn sie vollkommen aufgelöst war. Sie fragte sich, ob er sich wohl an die Beerdigung seines Vaters erinnerte. Ein paar Mal hob sie den Blick und stellte fest, dass er sie beobachtete – nicht mitfühlend und auch nicht missbilligend. Sondern so, als hätte er noch nie zuvor jemanden weinen sehen. Als ihr die Papiertaschentücher ausgingen, reichte er ihr eines aus Stoff.

Nach dem Gottesdienst blieb er bei ihr, während sie zu Mike trat, ihn umarmte und mit ihm weitere Tränen vergoss.

Als Mike sich aus Dees Umarmung löste, behielt er ihre Hand in der seinen. »Es war Emily sehr wichtig, dass ich Ihnen sage, wie sehr Ihre Besuche im Krankenhaus ihr geholfen haben. Ich möchte Ihnen dafür danken.«

»Es war mir eine Ehre. Ich habe viel von Emily gelernt. Sie wird mir fehlen.« Sie wandte sich zur Seite, um Ethan vorzustellen, und bemerkte, dass er sie mit einem Blick musterte, der, nun, tatsächlich fasziniert wirkte. »Mike, das ist Ethan. Er hat mich gefahren, sonst hätte ich es überhaupt nicht hergeschafft.«

Ethan achtete nicht auf die plötzlichen Anzeichen in

Mikes Gesicht, dass dieser ihn erkannt hatte. »Mein aufrichtiges Beileid.«

Dee spürte, dass jemand sie an der Bluse zupfte. Es war Mikes jüngere Tochter Kate. Als sie in die Augen der Achtjährigen blickte, meinte sie, ihre Nichte Amelia zu sehen, und nahm die Kleine in den Arm. »Ach, Kate. Der Tod deiner Mum tut mir schrecklich leid. Ich habe sie wirklich sehr gemocht.«

»Ich auch«, erwiderte Kate.

Als Dee sich wieder aufrichtete, stand Kates Schwester Lauren neben ihr. Sie war inzwischen größer als Dee und befand sich an der Schwelle zwischen Kindlichkeit und Fraulichkeit. Sie war kaum älter als Dee beim Tod ihres Vaters. Dee rief sich den dumpfen Schmerz in Erinnerung, den sie damals im Brustkorb gefühlt hatte, und drückte sie lange an sich. »Du siehst heute sehr schön aus. Deine Mutter wäre stolz auf dich.«

Lauren lächelte erfreut. »Kann ich trotzdem noch in deine Yogakurse kommen?«

»Natürlich. Das fände ich toll. Am besten schicke ich dir einen Stundenplan.«

»Das wäre super.«

Dee und Ethan wandten sich von den Trauernden ab und kehrten unter seinem Regenschirm zum Auto zurück. Aus dem Platzregen war inzwischen ein Nieseln geworden – selbst dem Himmel ging irgendwann einmal das Wasser aus. Während er zur Fahrertür ging, wartete sie im Auto, erleichtert, dass die emotionale Aufwallung sich nun schließlich doch gelegt hatte. Ein wenig überrascht war sie schon, wie friedlich ihre Angstgefühle irgendwann während des Gottesdienste in ihren Käfig zurückgeschlüpft waren.

Als er sich anschnallte, schenkte sie ihm ein tränennasses Lächeln. »Ich glaube, ich hab mich jetzt ausgeweint.«

»Sie sehen so aus, als könnten Sie einen Drink vertragen. Wie wär's mit einem doppelten Whisky? Ich lade Sie ein. Und dann noch was Beruhigendes zum Nachspülen?«

Als Dee antwortete, sie müsse später noch arbeiten, ersetzte er seine Einladung zu den beruhigenden Drinks durch eine zum Essen und einem Glas Wein. Er rief aus dem Auto seine Sekretärin an, erklärte, er werde eine Weile weg bleiben, und fuhr dann zu einem Restaurant am Strand.

Der Regen hatte aufgehört, und die Sonne bemühte sich wacker, eine Lücke in den verhangenen Himmel zu reißen. Während Ethan den Wein besorgte, nahm Dee draußen einen Tisch in Beschlag und ließ sich auf einen Stuhl sacken. Sie war fix und fertig. Ihr Gesicht war verquollen, und ihre patschnassen Haare fielen ihr wie ein wasserdurchtränktes Seil den Rücken hinunter. Sie war in Versuchung, den Kopf auf den Tisch zu legen und für einen Augenblick einzunicken, aber das war wohl nicht wirklich angebracht, wenn ein Ritter in schimmernder Rüstung einem zu Hilfe geeilt war.

Ethan stellte ein Glas Weißwein vor sie, setzte sich ihr gegenüber hin und betrachtete sie eine Weile, bevor er das Wort ergriff. »Lassen Sie sich auf alle Ihre Kunden so persönlich ein?«

Dee zwang sich zum Nachdenken. »Nicht auf alle. Das hängt von der Schülerin ab.« Sie trank einen Schluck kalten Alkohol und spürte, wie er sie von innen erwärmte. »Bei Privatstunden ist viel Vertrauen im Spiel. Die Schülerin oder der Schüler müssen sich sicher sein, dass die Übungen ihnen nicht schaden. Manche brauchen mehr persönliches Engagement von mir als andere, um sich wohlzufühlen.« Sie sah, wie ein Schatten über Ethans Gesicht huschte, und erriet seine Gedanken. »Jetzt werden Sie mir wahrscheinlich sagen, dass es nicht gut fürs Geschäft ist, sich emotional so sehr auf sie einzulassen.«

»Normalerweise rate ich davon ab, aber hier hätte ich wohl unrecht. Ich könnte mir vorstellen, dass ein bestimmter Prozentsatz Ihrer Schüler gerade deshalb bei Ihnen bleibt, weil Sie sich selbst so stark einbringen. Das hat durchaus einen Marketingwert.«

»Muss es denn immer ums Marketing gehen? Kann man nicht einfach das Richtige für einen Menschen tun, ohne dabei irgendwelche Hintergedanken zu haben?«

Er spitzte kurz die Lippen, und sie machte sich auf einen Vortrag über professionelles Geschäftsgebaren gefasst, aber er überraschte sie. »Einer meiner langjährigen Kunden ist letztes Jahr überraschend gestorben, und bei der Beerdigung bin ich zum ersten Mal seiner Frau begegnet. Ich habe ihr die Hand geschüttelt und ihr alles Gute gewünscht. Nach dem heutigen Tag kommt mir das nicht gerade aufbauend vor.«

Sie legte den Kopf schief. Das war keine Antwort, auf die er hätte stolz sein können – aber nachdem er sie heute so ritterlich gerettet hatte, nahm sie an, dass er auch noch andere Seiten hatte. Vielleicht hatte er nur noch keinen Zugang dazu. »Das Problem, wenn man so schrecklich heulen muss, ist, dass man Mühe hat, alles herauszubekommen, was man sagen will. Wenn bei mir erst mal die Tränen fließen, kriege ich das einfach nicht mehr hin.«

Ein Kellner servierte ihnen ihre Nudelgerichte. Nachdem er Pfeffer darüber gemahlen hatte und gegangen war, lächelte Ethan. »Weinen Sie oft? Das ist kein Problem, aber ich sollte mir dann merken, zu unserem nächsten Treffen eine Packung Kleenex mitzubringen. Allmählich gehen mir nämlich die Stofftaschentücher aus.«

Sie musste ihm wie ein emotionales Wrack vorkommen. »Normalerweise reichen drei Papiertaschentücher für meine Tränen aus, aber der Vorrat war heute einfach nicht groß genug für eine Beerdigung *plus* ausgegangenen Kaffee am frühen Morgen *plus* eine Autopanne *plus* meine Mutter, die mich bedrängt, mir ein Heim zu suchen.«

»Ein Heim? Weil Sie viel weinen?«

»Nicht die Art Heim. Sie hat etwas Geld geerbt und möchte meiner Schwester Amanda und mir einen Teil davon geben, was ja sehr nett von ihr ist. Aber sie ist überzeugt, dass ich absolut unfähig bin, mein Leben selbst in die Hand zu nehmen, und so bekomme ich das Geld nur, wenn ich es als Anzahlung auf eine Wohnung ihrer Wahl verwende. Unterdessen bekommt die verlässliche Amanda einen hübschen Scheck.«

Er zuckte mitfühlend zusammen. »Familie und Geld. Das ist ein schwieriges Thema. Was würden Sie denn mit dem Geld anfangen, wenn sie es Ihnen gäbe?«

»Darüber habe ich noch nicht allzu viel nachgedacht. Vor Jahren habe ich nach dem Autounfall eine Entschädigungssumme bekommen und bin damit durch Asien gereist, was meine Mutter sehr missbilligte. Diesmal sorgt sie dafür, dass es nach ihren Vorstellungen läuft.« Er spießte eine Nudel auf und kaute nachdenklich. »Okay, vergessen Sie die Erbschaft einmal kurz. Was würden Sie mit einem Haufen Geld anfangen?«

Dee zuckte mit den Schultern. »Über so was denke ich eigentlich nie wirklich nach.« Das erinnerte zu sehr an Zukunftspläne. »Vielleicht ein besseres Auto kaufen.«

»Und was, wenn es ein *großer* Haufen Geld wäre? Sagen wir ein paar Millionen?«

Sie wollte den Kopf schütteln, aber er hakte nach.

»Rein hypothetisch. Welche Anschaffung käme Ihnen da als Erstes in den Sinn?«

»Sie meinen Fantasiegeld in einer Fantasiewelt?«

»Ja, warum nicht?«

Warum nicht? Bei diesem Spiel konnte sie mitmachen. Es hatte ja nichts mit einer realen, ihr Leben betreffenden Zukunft zu tun.

»Mal sehen. Ein Auto, das ist ja klar. Nichts Großes und Auffälliges, einfach nur ein guter, verlässlicher fahrbarer Untersatz.«

Ethan zog die Augenbrauen hoch. »Und …«

Noch mehr? »Vielleicht eine eigene Wohnung – aber ohne Hypothekenlast und Druck von Mum.« Sie grinste und dachte kurz nach. »Ein sonniges, warmes, geräumiges und ruhiges Plätzchen. Ich müsste von da zum Strand spazieren und auf dem Rückweg einen leckeren Kaffee trinken können. So wie hier.« Mit einer Armbewegung umfasste sie den weiten Strand und die Häuserzeile am Straßenrand. »Vielleicht eine hübsche, kleine Wohnung hier in der Gegend.«

»Es ist rein hypothetisch. Was, wenn Sie sich noch mehr leisten könnten?«

»Könnte ich mir ein *Haus* am Strand leisten?«

»Warum nicht?«

»Okay, dann wäre ein Haus vielleicht schön. Mit einem Garten. Und einem großen Yogaraum. Mit Aussicht.«

»Sie würden also auch noch unterrichten, wenn Sie nicht auf das Geld angewiesen wären?«

»Ich muss nicht arbeiten?«

»Was, wenn Sie das nicht müssten?«

»Okay, gut, dann wollte ich trotzdem meinen Beitrag dazu leisten, dass der Strom des Yogawissens weiterfließt.« Dee ließ sich allmählich tiefer auf die Vorstellung von ihrem Fantasieleben ein. »Ich hätte im Erdgeschoss ein Studio. Dann könnten meine Privatschüler zu mir kommen, und ich müsste mir keine Tagesmutter für die Kinder suchen.«

»Kinder?«

»Ja, sicher. Es ist ja eine Fantasiewelt. Ich kann ein genauso großes Rad drehen wie jeder andere in der Stadt der Träume.«

»Und gibt es auch einen Fantasiepartner?«

»Ja, natürlich. Ich würde wollen, dass meine Kinder so lange wie möglich beide Eltern haben.«

Ethan zog eine Augenbraue hoch. »Und dieser Fantasiepartner wäre dann wohl hochgewachsen, gebräunt und gut aussehend?«

»Oh, ich weiß nicht. Das Äußere ist mir eigentlich ziemlich egal. Aber innerlich wäre er schön, stark und lebenszugewandt.« Es ist eine Fantasiewelt, Dee, träum nur drauflos. »Und er hätte keine Angst vor Schmerz, Furcht, Schuldgefühlen und emotionalen Narben. Er wäre ein fröhlicher Mensch, mit dem ich Spaß haben kann, und er würde mich dafür lieben, dass ich bin, wie ich bin.« Sie schnappte kurz nach Luft, überrascht, was da aus ihr herausbrach.

Ethan trank einen Schluck Wein, und über den Rand seines Glases hinweg traf sie ein neugieriger und sogar wehmütiger Blick. »Sie haben wirklich gründlich darüber nachgedacht, oder?«

»Nein, eigentlich nie, aber es ist ja nicht schwer, wenn es nur um ein Gedankenspiel geht und man sich nicht in den Wunsch verbeißen muss, dass das alles jetzt auch passieren soll.«

»Sie könnten es verwirklichen, wenn Sie ernsthaft darauf hinarbeiteten.«

Sie schüttelte energisch den Kopf. »Bloß nicht. Wenn man großartige Glückspläne schmiedet, wird man ja doch nur enttäuscht. Es ist viel leichter, das Leben einfach geschehen und sich überraschen zu lassen.« Ethan sah so aus, als hätte er gerne noch etwas gesagt, aber sie kam ihm zuvor, weil sie diesen Gedanken nicht mehr weiter ergründen wollte. »Und was ist mit Ihnen? Wie sieht es in Ihrer Fantasiewelt aus?«

»Eine Menge Leute würden sagen, dass ich bereits in einem Traum lebe.«

Dee betrachtete ihn kurz und registrierte die gestressten Furchen um seinen Mund, die steifen Schultern und die Andeutung von Sehnsucht in seinen dunklen Augen. »Ich denke, jemand, der jeden Monat eine neue Beziehung hat, sucht nach etwas. Wer ist also die Traumfrau in *Ihrem* Wünsch-dir-was-Spiel?«

Er zog die Augenbrauen hoch, überrascht und gleichzeitig auch leicht verärgert. »Sie nehmen an, dass es eine einzige, besondere Frau gibt. Aber vielleicht habe ich ja gerade die Wunschvorstellung, mein Leben an einem endlosen Fließband voll wunderschöner Frauen zu verbringen.«

Dee erinnerte sich an das Foto von der Dinnerparty, daran, wie sein Lächeln nicht in seinen Augen angekommen war – und sie dachte darüber nach, was für ein Mann jemand war, der eine ihm nur flüchtig bekannte Frau aus einem Gewitterregen rettete und ihr dann bei einer Beerdigung zur Seite stand. Das war mehr als eine ritterliche Geste. Es war eher, als hätte man einen verstohlenen Blick auf eine sanfte, mitfühlende Ader geworfen, die unter einer professionellen Fassade verborgen lag. »Dann ist es ja gut, dass das hier nur ein Gedankenspiel ist, denn es wäre eine Verschwendung einer interessanten emotionalen Begabung.«

Ethan fragte nicht, was sie damit meinte – er lächelte nur so, als hätte sie etwas sehr Nettes gesagt –, aber Dee bemerkte, wie sein Blick den Ihren festhielt und wie seine tiefbraunen Augen in ihre seegrünen spähten, als suchte er nach etwas, was tief im Gehirn dahinter verborgen lag. Dee schaute zurück und fragte sich, was wohl hinter dieser espressobraunen Iris vor sich ging.

Plötzlich räusperte er sich und aß weiter. »Also, zurück zu Ihrem Erbe, würden Sie wieder durch die Welt reisen, wenn Sie das Geld ohne irgendwelche Auflagen bekämen?«

Sie registrierte den Themenwechsel und sagte sich, dass er wohl auch nicht gerne über seine Fantasiewelt redete. »Nicht so wie damals. Ich fliege hin und wieder, wenn ich es mir leisten kann, nach Asien, um mich in Yoga fortzubilden, aber inzwischen bin ich hier glücklich und zufrieden. Das war ich damals nicht.«

»Ich nehme an, Ihr Partner wäre nicht begeistert, wenn Sie auf Weltreise gingen.«

Erkundigte er sich da gerade nach ihrem Beziehungsstatus? »Bei meiner letzten Reise hat mein Usambaraveilchen alle Blätter fallen lassen. Für das nächste Mal habe ich ihm einen Homesitter mit grünem Daumen versprochen. Mal sehen, ob es den gibt.«

Er schwieg eine ganze Weile, sein Blick wanderte von ihren Augen zu ihrem Mund und ihrem Hals – und ihre Nervenenden sprühten wie Wunderkerzen.

KAPITEL 17

»Sehen Sie sich die Zahlen mal an, Dee.« Ethan schob ihr ein Blatt Papier über den Tisch. »Wenn Sie sich an Ihren Kostenplan halten, haben Sie in fünf Jahren genug, um die Anzahlung für eine Eigentumswohnung zu leisten.«

Ihr Mund wurde trocken. Fünf Jahre. Da hatte sie aber über viel Zukunft nachzudenken.

»Sie müssen natürlich kein Eigentum erwerben, aber es ist doch immer eine gute langfristige Investition, und Sie sollten keine Probleme haben, die Rückzahlung der Hypothek über fünfundzwanzig Jahre zu stemmen.«

Fünfundzwanzig Jahre! Ihr Puls hämmerte in ihren Ohren. Ethan hatte kein Recht, ihre Zukunft zu planen. Die Hände zu Fäusten geballt, holte sie tief Luft und versuchte, die Angst und Wut in den Griff zu bekommen, die ihr den Magen zusammenzogen. Sie war sich sicher, dass sie gleich explodieren würde – es musste eine Grenze dafür geben, was ein Mensch an einem einzigen Tag verarbeiten konnte. Die Beerdigung und alles, was davor passiert war, hatten sie schon genug erschüttert, auch ohne die überraschend heftige Anziehung, die Ethan plötzlich auf sie ausübte. Dann, zehn Minuten später, war sie auf der emotionalen Achterbahn wieder nach unten geschossen und fühlte sich nun wie eine komplette Idiotin.

Da hatte sie also mit wild hämmerndem Herzen in

seine wunderschönen Augen geschaut, und er hatte gefragt: »Sind Sie so weit, dass wir übers Geschäftliche reden können?«

Vielleicht war sie in Beziehungsdingen so außer Übung, dass sie gar nicht mehr wusste, wie das lief. Sie hatte gemeint, zwischen ihnen würde es heftig knistern. Und als er sich vorgebeugt und tief und bedeutungsvoll Atem geholt hatte, war sie sich sicher gewesen, dass er etwas viel Aufregenderes fragen würde als: »Können Sie sich einmal diese großartige Bilanz anschauen?«

Was für ein Dummchen sie war! Hier hatte sie Ethan Roxburgh vor sich – den umschwärmten Junggesellen, Liebhaber schöner Frauen –, nicht irgendeinen Jungspund, der auf ein Date mit einer um finanzielle Sicherheit kämpfenden Yogalehrerin hoffte. Unglücklicherweise hatte diese Feststellung keinen Einfluss auf den Funkenflug, sondern machte es ihr noch schwerer, Ethan zuzuhören, während er ihre geschäftlichen Optionen mit ihr durchging.

Als Erstes nahm er sich die Angebote vor, die sie bei der Dinnerparty erhalten hatte: eine Modelagentur – das war einen Blick wert, falls sie Interesse hatte; ein Franchiseunternehmen, das Lizenzen für Fitnessstudios vergab – kam nicht in Frage; ein großer Bekleidungshersteller – das hatte Potenzial; ein Investitionsberater – sie hatte nichts zu investieren; und ein Verleger – das Verfassen von Yogabüchern könnte sich als interessantes neues Feld anbieten.

Dann machte er mit ihren Finanzen weiter: Schrittweises Anheben der Kursgebühren, Erstellen einer strukturierten Bilanz, Gewinnmargen. Dee brummte schon der Kopf von der krampfhaften Anstrengung, ihre geistige

Blockade zu überwinden. Als er einen neuen Wagen erwähnte, war sie allerdings ganz Ohr.

»Sie werden als Selbstständige scheitern, wenn Ihre Betriebsgüter unzuverlässig sind«, erklärte er. Als sie die Stirn runzelte, erläuterte er: »Es ist schlecht fürs Geschäft, wenn Sie andauernd mit dem Auto liegenbleiben. Wenn Sie Ihre Gebühren erhöhen, könnte die neue Preisstruktur eine konservative Aufwertung der Betriebsgüter tragen.«

»Hä?«

»Sie könnten sich den Kredit für ein neues Auto leisten. Oder zumindest für einen neuen Gebrauchtwagen.«

Das ließ ihr Gefühlsbarometer kurze Zeit nach oben schnellen. Aber bei seiner Idee von einer fünfundzwanzig Jahre laufenden Hypothek sauste es wieder in die Tiefe.

»Was ist denn los?«, fragte Ethan.

Ihre Hand lag geballt auf seinen Zahlenreihen und drückte das Blatt wie ein Briefbeschwerer nach unten. »Ich ... Sie ... Ich möchte über die nächsten fünfundzwanzig Jahre nicht Bescheid wissen. Oder auch nur über die nächsten fünf Jahre. Sie wissen doch gar nicht, was in dieser Zeit alles passiert. Ich *möchte* es nicht wissen. Ich möchte einfach nur meinen Lebensunterhalt verdienen.« Es klang ärgerlicher, als sie beabsichtigt hatte.

Auch er wirkte überrascht. »Oka-ay.« Er legte seinen Stift beiseite, lehnte sich zurück und betrachtete sie interessiert.

Plötzlich war sie befangen und sich nicht mehr sicher, ob sie wirklich weiterhin sein Hobbyprojekt bleiben wollte. »Können wir nicht einfach darüber reden, was ich tun muss, und über den Rest später nachdenken?« Oder nie.

Er nickte langsam, als versuchte er, in ihren Kopf hineinzusehen. »Wenn Sie meinen. Vielleicht verschieben wir das Ganze erst einmal. Wir sollten wahrscheinlich einen Pannendienst rufen.«

Vielleicht dachte er ebenfalls über die Option »nie« nach. »Ja, sicher.«

Ethan bezahlte das Essen, während Dee mit der Pannenhilfe telefonierte. Sie würden in anderthalb Stunden kommen. Auf der Rückfahrt durch die Stadt sprachen Ethan und sie kaum miteinander. Dee umklammerte das Blatt mit seinen Zahlenreihen auf dem Schoß. Er hielt vor ihrem Auto am Straßenrand und wandte sich ihr zu.

»Ich gehöre zu einer Gruppe von Unternehmern, die sich einmal im Monat treffen. Nächstes Mal in ein paar Wochen bei einem Dinner. Ich glaube, es könnte nützlich für Sie sein, wenn Sie als mein Gast mitkommen. Haben Sie Interesse?«

Er hatte sie also noch nicht aufgegeben. »Wird es so wie bei der Dinnerparty der Werbeunternehmen?«

Er schnaubte lachend. »Nein, es ist gar nicht förmlich. Wir reservieren einen Raum in einem Klub und essen zu Abend. Kein Tanz, keine PR. Sie können Sekt trinken, aber bei uns gibt es nur eine Kiste pro Gast, wir sind da ganz streng.«

Dee spürte, wie sie rot anlief. »Was meinen Sie mit nützlich?«

»Bei diesen Treffen kommt viel Sachverstand zusammen, und Sie könnten da ein paar interessante Leute kennenlernen, wenn Sie Ihre Pläne weiter durchziehen wollen.«

»Ich möchte kein Geschäftsimperium aufbauen, wissen Sie. Ich möchte einfach nur Yoga unterrichten.«

»Sicher, aber wenn Sie immer nur in Kursräumen bleiben, werden Sie niemals Gewinn aus Ihrem neu erworbenen Ruhm schlagen. Und außerdem, wenn Sie Rat in Geschäftsdingen suchen, können Sie ebenso gut zu den Experten gehen.«

Sie machte sich mit einem tiefen Atemzug Mut. »Es klingt beängstigend, aber okay.«

Er wirkte amüsiert. »Ich sage Cathy, dass sie Sie anrufen und Ihnen den Termin durchgeben soll.« Er schaute auf die Uhr. »In einer halben Stunde habe ich eine Besprechung. Ist es okay, wenn Sie alleine hier warten?«

»Oh, machen Sie sich um mich keine Sorgen. Ich habe massenhaft Lesestoff, mit dem ich mich beschäftigen kann.« Sie schwenkte seine Notizen und bemühte sich, begeistert auszusehen.

Er beobachtete sie einen Augenblick lang, wie schon den ganzen Tag, als hätte er jemanden wie sie noch nie erlebt. »Warten Sie.« Er griff ins hintere Fach seiner Aktentasche und brachte ein in braunes Papier eingewickeltes Päckchen zum Vorschein. »Ich habe hier ein Geschenk für Sie.«

Ethan hatte ein *Geschenk* für sie? Überraschung und Neugier brachten ihr Herz zum Klopfen. Es war ein Buch, ein dickes Buch. Sie packte es aus. *Buchhaltung für Dummies.* »Oh.«

»Stören Sie sich nicht an dem Titel, aber ich dachte, das wäre für Ihren Couchtisch ebenso gut wie ein prächtiger Bildband geeignet. Wenn Sie dann das Geld auf Ihre Weise anlegen, überkommt Sie ja vielleicht beim Abheben der Impuls, ein paar Seiten zu lesen.« Die Lichtflecken in seinen dunklen Augen funkelten.

Sie legte die Hand fest um das Buch. »Ich besitze keinen Couchtisch.«

»Da kann ich Ihnen wahrscheinlich helfen.«

»Jetzt ist es offiziell. Ich bin eine komplette Niete.« Dee hob ihr Weinglas und prostete sich selbst zu.

»Das ist doch schon seit Jahrzehnten bekannt. Was hast du denn diesmal vermasselt?«, fragte Leon und hielt Robert sein Glas zum Nachschenken hin. Sie saßen auf der Küchenbank und tranken vor dem Essen noch ein wenig Wein. Die wöchentliche Einladung war unausgesprochen zu einem Jour fixe geworden. Leon und Robert hatten niemals offiziell gesagt: »Komm einmal in der Woche zum Dinner«, aber nachdem sie an zwei Montagen hintereinander da gewesen war, hatten sie sie danach einfach erwartet.

»Ich habe mich ganz fürchterlich in Ethan Roxburgh verknallt.«

»Ha. Wusste ich doch, dass du ein Roxburgh-Girl werden wolltest«, bemerkte Leon.

»Nein. Will ich nicht. Ich würde einfach nur am liebsten den ganzen Tag lang mit ihm Kaffee trinken.« Seit der Beerdigung bekam sie ihn nicht mehr aus dem Kopf. Hätte er ihr nicht das Buch geschenkt, wäre sie vielleicht mit dem Gedanken weggegangen: »Na, das war ja nett – und jetzt zurück zur Realität«, aber das Buch hatte die Dynamik verändert. Nicht nur war er aufmerksam und großzügig, ein echter Ritter in schimmernder Rüstung, er hatte sich auch als das Gegenteil aller Vertreter des Big Business erwiesen, die sie kannte. Er hatte ihr nicht wegen ihrer ungewöhnlichen Geldanlagemethode die Ohren langgezogen, sondern ihr ein neues »Sparbuch« geschenkt.

»Aber was ist mit Hollywood-Tom?«, fragte Robert.

»Oh, der ist weiterhin nett, und es wäre viel vernünftiger, mich in ihn zu verknallen, aber …«

»Keine Schmetterlinge«, beendete Leon den Satz für sie. »Servier ihn ab, und nimm dir den sexy Geldprotz.«

»Es gibt nichts zum Abservieren. Bis jetzt sind wir über Kaffee nicht hinausgekommen. Und in Ethan Roxburgh verknallt zu sein ist peinlich, lächerlich und absolut sinnlos.« Sie wollte ihn nicht wollen.

»Hat er dich denn nicht zum Essen eingeladen?«, fragte Robert.

»Er hilft mir rein *geschäftlich*. Er lebt einfach seine soziale Ader an mir aus. Es käme ihm nie in den Sinn, irgendwelche, du weißt schon, romantischen Gefühle mit mir zu verbinden. Ich bin ja sozusagen das Anti-Roxburgh-Girl. Was wahrscheinlich ganz gut ist. Ich hätte keine Ahnung, wie ich mich in dieser Rolle zu verhalten hätte.«

»Das ist ganz einfach«, antwortete Leon. »Gib ein Vermögen für Kleider, Haar und Make-up aus, stürz dich auf ihn, bums ihn bei der erstbesten Gelegenheit, denn eine zweite wird es wahrscheinlich nicht geben, und mach dann ein stoisches und engelhaftes Gesicht, wenn er dich für die Nächste sitzen lässt.«

»Lucy glaubt, dass er nicht mit jeder von ihnen schläft«, meinte Dee.

»Wer würde das auch schaffen«, erwiderte Robert.

»Ich meine, sie glaubt, dass er eigentlich keine Beziehung mit ihnen hat, sondern sich nur gerne mit attraktiven Frauen sehen lässt.«

Leon und Robert wechselten einen Blick. »Schwul.«

»Nein, *so* habe ich das nicht gemeint«, erklärte sie ein wenig gereizt.

Leon lachte. »Dich hat's aber schlimm erwischt, Babe. Er ist mit Sicherheit ein sehr netter, heterosexueller Mann, der nur mit netten Frauen schläft, wenn es sich absolut nicht vermeiden lässt.«

»Ach, halt die Klappe.«

Es war Ende Februar, die Schlussphase eines heißen Sommers, der noch keinerlei Schwächeanzeichen erkennen ließ. Sie sprühten sich mit Mückenschutz ein und gingen zum Kochen in den geringfügig kühleren Garten.

Leon, der gerade marinierten Tofu auf der tragbaren Kochplatte wendete, sagte: »Val würde sich vor mütterlicher Begeisterung überschlagen, wenn du plötzlich ein Roxburgh-Girl wärst. Du musst mir versprechen, mich dann zur feierlichen Aufhängung der Zeitungsausschnitte mitzunehmen.«

Dee lachte laut heraus. »Ich bräuchte mir keine Sorgen zu machen, dann überall als Roxburgh-Girl dazustehen. Sie würde jede einzelne Zeitung aufkaufen, und keiner würde mich je zu Gesicht bekommen.« Val würde Ethan wahrscheinlich lieber mögen als mich, dachte sie. »Aber ein richtiges Date mit einer Frau wie mir käme für einen solchen Mann ohnehin nie in Frage, und außerdem würde das ganze Businessgerede mich wahnsinnig machen.«

Ein leichter Wind fuhr durch die Bäume im Garten. Dee schloss die Augen und wendete ihm das Gesicht zu. »Habt ihr je darüber nachgedacht, was ihr vielleicht einmal in fünfundzwanzig Jahren macht?«

»Dann bin ich schon in Rente«, antwortete Robert.

»Ach quatsch«, entgegnete Dee.

»In fünfundzwanzig Jahren bin ich einundsechzig, und ich will mit sechzig aufhören zu arbeiten.« Robert war Partner in einem Architekturbüro. »In fünfundzwanzig Jahren habe ich meinen Geschäftsanteil verkauft und reise schon seit einem Jahr mit Leon an die schönsten Orte der Welt, während ich gleichzeitig alle Romane nachlese, für die ich nie Zeit hatte.«

Dee warf Leon einen überraschten Blick zu. Das war das erste Mal, dass sie von einer auf Dauer angelegten Beziehung hörte. »Dann wissen wir wohl schon, was du dann tust, du ausgehaltener Mann, du.«

»Nicht ganz. Ein Teil der Flüge geht zu meinen wahnsinnig reichen Yogaschülern, die nur zu gerne mein Flugticket bezahlen, damit ich sie zweimal im Jahr lange und ausgiebig besuche.«

»Ja, klar«, sagte sie.

Leon schaufelte Tofu und Garnelen auf einen Servierteller, während Dee Wein nachschenkte. Diese Art von Zukunft war reine Fantasie. Selbst sie konnte sich ein tolles Bild mit reichen Schülern und Weltreisen ausmalen – wenn sie sich solche Gedanken gestattete. Das war wie Ethans Traumwelt. Diese Art Zukunft konnte nicht wehtun, wenn sie einem genommen wurde, nicht, wenn man erst gar nicht an sie glaubte.

»Und wie sieht es in fünf Jahren aus?«, fragte Dee. »Habt ihr schon mal darüber nachgedacht, was ihr dann macht?«

»Bis dahin arbeite ich Vollzeit als Yogalehrer«, antwortete Leon. »Ich möchte erst einmal so viel wie möglich unterrichten und mir dann vielleicht mit Yogatourismus ein zweites Standbein aufbauen.«

»Yoga was?«, fragte sie.

»Yogaurlaube organisieren, zum Beispiel in Indien«, erklärte Leon. »Ich organisiere die Reise, buche das Hotel, plane Tagesausflüge, so was eben. Es könnte unterschiedliche Pakete für Anfänger oder Fortgeschrittene geben. Und da sind dann noch die Incentive-Reisen, das wird allmählich immer beliebter.«

»Leon könnte sich darum kümmern und gleichzeitig auch unterrichten, er müsste sich dann nur für die Reisebegleitungen oder für so eine Firmen-Yogawoche freinehmen«, fügte Robert hinzu.

Dee blickte verblüfft vom einen zum anderen. Sie hatten wirklich darüber nachgedacht. »Habt ihr schon eine Vorstellung, wann ihr eure Pläne umsetzen wollt?«

Leon zuckte mit den Schultern. »Ich hoffe, dass ich bis nächstes Jahr mit den Soaps aufhören und Vollzeit unterrichten kann. Die erste Indienreise würde ich dann wohl in drei Jahren durchführen, und mit den Incentive-Wochen würde ich kurz danach anfangen.«

»Das ist ja alles schon ziemlich weit durchgeplant. Ich dachte, du wolltest einfach nur Yogalehrer sein.«

»Das stimmt auch. Ich möchte genau wie du sein. Du bist meine Inspiration, Babe. Aber ich weiß nicht, ob ich so viele Stunden wie du arbeiten oder so viele begeisterte Privatschüler finden kann. Mein Gott, deine Schüler liegen dir zu Füßen. Also denke ich mir, die einzige Möglichkeit, wieder regelmäßig nach Indien zu kommen, besteht darin, andere mitzunehmen und dabei Geld zu verdienen. Wir beide könnten das auch zusammen machen. Du wärest großartig.«

»Ich soll Reisen organisieren?«

»Das Organisieren meine ich nicht. Da wärst du eine

Katastrophe. Aber du könntest den Teilnehmern toll dabei helfen, den Kulturschock zu überwinden. Du weißt ja, dass die Neulinge beim ersten Mal immer am Rande des Nervenzusammenbruchs stehen, weil sie die Menschenmassen und die Hitze und all das nicht vertragen. Du warst schon so oft da, du wärst eine Art Yogaurlaubguru.«

Plötzlich stand Dee ein Bild der geschäftigen Straße vor Augen, in der sie bei ihren Aufenthalten in Südindien immer abstieg. Wie sie mit ihren ledernen Flipflops durch die Gassen ging, dabei Motorrädern und Straßenhändlern auswich, die Berge aus farbenfrohem Obst auf dem Markt begutachtete und in Teeläden unglaublich süßes Gebäck aß. Das könnte Spaß machen. Und sie könnte den Leuten die uralten Ruinen vor der Stadt zeigen.

»Aber vorläufig bin ich ohnehin nur im Planungsstadium. Ein paar Jahre lang passiert noch gar nichts. Bis jetzt ist es einfach nur eine Idee.«

Dee trat so heftig auf eine innere Bremse, dass sie im Kopf die Räder quietschen hörte. Denk nicht mehr daran, Dee. Setz deine Hoffnung nicht auf etwas, das vielleicht niemals wahr wird. Damit bereitest du nur eine Enttäuschung vor. »Ja, natürlich.«

»Wie steht es denn mit dir, Dee?«, fragte Robert. »Was machst du in fünf Jahren?«

»Ich habe nicht die leiseste Ahnung.«

»Dee glaubt, wenn sie einen Plan schmiedet, setzt das eine fatale Kettenreaktion in Gang, an deren Ende die Welt, wie wir sie kennen, futsch ist.«

»Genau.« Vielleicht sollte sie Ethan davor warnen, dass seine Geschäftsstrategie sich als Massenvernichtungswaffe erweisen könnte.

Es war eine gute Woche gewesen, entschied Dee, als sie auf dem Bett saß und ihr Geld zählte. Kein einziger Privatschüler hatte abgesagt, und sie hatte in der Yogaschule noch einen von Ariannes Kursen übernommen. Die arme, erschöpfte Arianne gab im Augenblick nur noch drei Anfängerstunden. Sie sah blass und kränklich aus, und ihr Amazonenkörper war, abgesehen vom Babybauch, inzwischen ganz mager und knochig. Dee machte sich Sorgen um sie – aber sie war jetzt gut bei Kasse. Sie hatte nur noch einen einzigen sauberen Slip, gerade noch eine Handvoll Kaffeebohnen, die Kniesehnen taten ihr weh, und ihr Rücken war steif – aber sie hatte so viel Geld wie lange nicht.

Sie zählte die Beträge für Essen, Miete, den Waschsalon und ihr Handy ab und legte noch ein paar Dollar für Strom und Gas beiseite. Ja, sie hatte genug für die Massage, die sie so dringend brauchte, und konnte auch noch den Sofafonds etwas auffüllen.

Die wenigen Male, die Dee sich in Möbelläden umgeschaut hatte, war sie von der Auswahl überwältigt gewesen. Sie mochte die Ästhetik der niedrigen Couchen, aber die mit den hohen Rücklehnen waren total bequem, und die, auf denen nur Kissen lagen, waren so gemütlich. Dann musste man noch Farbe, Stoff und Appretur auswählen. Es war verwirrend.

»Was genau brauchen Sie?«, hatte eine Verkäuferin gefragt, nachdem sie Dee jedes einzelne Sofa im Laden gezeigt hatte.

»Ich habe keine Ahnung«, hatte Dee geantwortet.

»Werden Sie Ihrer Wohnung in den nächsten Jahren treu bleiben, oder machen Sie sich bald auf die Suche nach etwas Größerem? Diese Couch hier« – die Frau zeigte auf einen breiten Zweisitzer – »wäre perfekt für eine kleine Wohnung geeignet, würde nach einem Umzug aber auch in ein Wohnzimmer oder ein großes Schlafzimmer passen.«

Dee sammelte das Geld vom Bett auf und steckte ihre Ersparnisse zwischen die hinteren Seiten ihres großen Yogabuchs. Sie hätte nicht gedacht, dass der Kauf eines bequemen Sitzmöbels einen Blick in die Zukunft erforderte. Vielleicht brauchte sie jetzt erst einmal gar kein Sofa. Vielleicht könnte sie sich einen Schreibtisch kaufen. Oder war das auch so schwierig?

Sie schlug eine Seite ganz vorne auf, um den Rest des Geldes dort hineinzulegen. Zufällig erwischte sie ein ganzseitiges Foto von Barney, einem amerikanischen Studenten, den sie vor ein paar Jahren in Indien kennengelernt hatte. Sie kannte das Foto gut – ein spektakulärer Handstand mit so weit gespreizten Beinen, dass der Körper ein perfektes T bildete. Eine Zeitlang hatte sie Barney wahnsinnig anziehend gefunden, aber als er damit anfing, dass sie in die USA kommen sollte, um dort eine Weile bei ihm zu verbringen, hatte sie beschlossen, dass er doch nicht so attraktiv war. Aber das Foto war toll. Er hatte unglaublich viel Kraft im Oberkörper, und für jemanden, der früher Leichtathletik betrieben hatte, war er erstaunlich gelenkig. Sie krabbelte vom Bett, kniete sich hin und stützte die Hände schulterbreit auf den Boden auf. Als sie ihre Kraft bündelte, um sich zum Handstand hochzustemmen, fiel ihr Blick auf ihr Regal – und Ethans Buch. Sie kniete sich wieder hin, musterte es und holte es dann herunter.

Beim Durchblättern sprangen ihr Wörter entgegen: Gewinn, Kosten, Betriebsvermögen oder Produkt. Seit ihrem letzten Blick ins Buch waren keine hübschen Farbfotos darin aufgetaucht. Aber Moment mal. Was war denn das? Nicht gerade ein Foto, aber immerhin viele Spalten in netten Farben.

»So sieht also eine Bilanz aus.«

Sie setzte sich in den Lotussitz und las die Seite durch. Und dann die nächste. Und noch ein paar. Dann suchte sie sich Stift und Papier und notierte sich, welche Posten in eine Bilanz gehörten. Als sie fertig war, nahm sie die Geldscheine, die sie für die Lebenshaltungskosten beiseitegelegt hatte, und verwendete sie als Lesezeichen für das nächste Kapitel.

»Hallo, Dee, ich bin wieder da!« Pams Stimme hallte durch die Wohnung.

Dee verdrehte die Augen, sammelte das restliche Geld vom Boden auf, steckte ein paar Scheine in ihr Spar-Kapitel und zählte schnell den Rest. Genug für einen Film.

»Bin gerade am Gehen. Bis später dann«, rief sie und marschierte zur Tür hinaus.

Dee beobachtete einen tiefgelegten, schwarzen Sportwagen, der direkt vor dem Kino in eine Parklücke setzte. Mensch, sie war dreimal um den Block gefahren, bevor sie ganz oben am Berg ein Plätzchen gefunden hatte. Bestimmt kam der Blödmann gerade zum ersten Mal vorbei, dachte sie, während sie seine verschwommene Gestalt beim Aussteigen beobachtete. Als der Kerl sich aufrichtete, schnappte Dee nach Luft. Der Blödmann war Ethan Roxburgh.

KAPITEL 18

Dee stand auf dem Bürgersteig, hin- und hergerissen zwischen Erregung, weil sie hier das Objekt ihrer lächerlichen Verknalltheit sah, und Verlegenheit aus demselben Grund. Außerdem war sie besorgt, dass die Art, wie sie ihm letzthin ständig über den Weg lief, vielleicht allmählich ein bisschen nach Stalking aussah. Doch bevor sie sich noch entschieden hatte, ob sie lieber unbeobachtet ins Kino schlüpfen oder doch ihm möglichst lässig zuwinken sollte, hatte sie schon den Mund aufgemacht. »Hallo, Ethan.«

Er blickte abgelenkt über das Wagendach, suchte einen Augenblick nach der Herkunft der Stimme, betrachtete dann ihre Hippieklamotten und lächelte. »Dee, der Fernsehstar.«

Bemüht, sich nicht anmerken zu lassen, wie entzückt sie war, ihn zu sehen, schlenderte sie hinüber. Er kam langsam ums Auto herum. Das Jackett hatte er abgelegt, aber die Krawatte saß immer noch an ihrem Platz.

»Haben Sie sich jemandes Auto geliehen?«

»Nein.«

»Ich dachte, das Auto, in dem Sie letztes Mal kamen, sei Ihres gewesen.«

»War es auch.«

»Ach so. Zwei Autos.« Sie nickte, als könnte man durchaus einmal darüber nachdenken, mehr als einen fahrbaren Untersatz zu besitzen. »Was machen Sie denn hier?«

»Ich kaufe auf dem Heimweg Milch.«

Sie schaute auf die Uhr. Halb neun. »Ziemlich spät, Ihr Feierabend.«

»So ist das meistens.«

»Wohnen Sie hier in der Nähe?«

»Ungefähr fünf Minuten in die Richtung.« Er deutete mit dem Daumen über die Schulter zurück.

Sie zeigte in die entgegengesetzte Richtung. »Bei mir sind es fünf Minuten dort hinüber.«

»Was machen denn *Sie* hier?«

»Ich gehe ins Kino.«

Er warf einen Blick auf das altmodische Filmtheater und die paar Leute, die davor warteten. »Treffen Sie sich mit jemandem?«

»Nein. Ich hatte einfach plötzlich Lust dazu.«

»Sie gehen allein ins Kino?«

»Ja. Ich habe wirklich viel gearbeitet, und zum Entspannen gibt es nichts Besseres, als sich zu einem Film einzuladen.«

»Sie haben also auch keinen Fernseher.«

Der Gedanke lag nahe, da er ja den Zustand ihrer Finanzen kannte. Er hatte wahrscheinlich zwei.

»Doch, eigentlich schon. Er gehört nicht wirklich mir, ist eher so eine Art Dauerleihgabe, aber Fernsehen ist sowieso nicht das Gleiche. Im Kino wird man durch nichts abgelenkt. Es ist still und dunkel, und das Bild ist so riesig, da hat man das Gefühl, mittendrin zu sein. Ich finde es toll.« Er wirkte skeptisch. »He, kommen Sie doch mit. Sie sehen so aus, als könnten Sie auch ein bisschen Entspannung vertragen.«

Sein Gesicht wurde ausdruckslos, als hätte ihre Einladung ihn vollkommen überrumpelt.

Dee zuckte innerlich zusammen. Er war ihr Berater in Geschäftsdingen und nicht einfach ein netter neuer Bekannter. »Ich meine kein Date oder so. Einfach nur Kino. Sie wissen schon, zwei Freunde oder besser gesagt, zwei *Leute*, die ins Kino gehen, nachdem sie sich zufällig getroffen haben, und die eben einfach zusammen reingehen, jeder zahlt seine Eintrittskarte selbst und so.«

Er lächelte wissend. »Ja, der Dating-Betrieb kann einen ganz schön schlauchen.«

Sie konnte sich nicht erinnern, wann sie zum letzten Mal ein Date gehabt hatte. »Da kenne ich mich nicht aus.«

»Sie halten sich also davon fern?«

Sie zuckte mit den Schultern. »Das liegt am Yoga.«

»Das schließt solche Aktivitäten aus?«

»So, wie ich es lebe, schon.«

Eine schmale Furche trat zwischen seine Augenbrauen. »Mir war nicht klar, dass Sie so… engagiert sind.«

»Jeder trifft in seinem Leben Entscheidungen.« Einige werden einem aufgezwungen. Manche geben einem die körperliche und seelische Kraft, im Leben weiterzumachen.

Er holte Luft und zögerte, als hätte er Mühe, diese Vorstellung zu verarbeiten. »Und wie passt dann der nicht ganz so hochgewachsene und nicht ganz so gebräunte und gut aussehende Vater Ihrer Kinder da rein?«

Daran erinnerte er sich? »Das war doch nur eine *Fantasiewelt*. In meiner *echten* Welt beansprucht Yoga die Hauptrolle, und das bedeutet, dass ich eben nicht alles haben kann.«

Etwas blitzte kurz in seinen Augen auf. Sie konnte es nicht deuten. Vielleicht Verwirrung, möglicherweise auch Enttäuschung. Das war okay. Eine Menge Menschen kapierten das nicht. Ihre eigene Familie eingeschlossen.

»Fehlt Ihnen nicht …« Er brach ab.

»Was?«

Er schien zu schwanken, ob er den Satz zu Ende bringen sollte. »Nichts. Ich …« Er schüttelte den Kopf und sah auf die Uhr. »Und welchen Film schauen Sie?«

»Den neuen Film mit Jackie Chan.«

Er lachte leise, als fände er das süß. »Wann fängt er an?«

»In fünf Minuten.«

Er schwieg etwa zehn Sekunden, als rechnete er etwas durch. Vielleicht hatte er bei der Arbeit Termindruck. »Okay. Warum nicht? Klingt so, als könnte es Spaß machen.«

In Dees Bauch gluckste ein merkwürdiges Gelächter. »Nur eins noch. Sie müssen Ihre Krawatte abnehmen. Mein Ruf ist ruiniert, wenn mich hier jemand mit einem Anzugträger sieht.« Sie lächelte. Es dauerte einen Augenblick, aber dann lächelte er zurück, zog die Krawatte über den Kopf und öffnete den obersten Hemdknopf. »Schon besser«, sagte sie. Viel besser. »Los, wir haben nicht viel Zeit.« Sie ging über den Bürgersteig davon, weg vom Kino.

»Wohin gehen wir denn?«

»Wir decken uns für den Film ein.« Sie führte ihn an ein paar Restaurants vorbei zu einem kleinen Lebensmittelladen um die Ecke.

Ethan blieb im Eingang stehen. »Oh Mann, Obst, was für ein Leckerbissen!«

»Kein Obst. Hier gibt es die besten Schokoriegel der Welt.« Dee nahm zwei daumengroße, in Goldfolie verpackte Riegel aus einer Schachtel auf der Theke. Einen für jeden.

»Moment mal«, sagte Ethan. »Da drüben liegen sie tütenweise. Am besten, ich kaufe eine, und dann teilen wir.«

Dee war entsetzt. »Ich möchte keine ganze *Tüte* davon. Dann würden sie doch gar nicht mehr schmecken. Ich kauf die nur, wenn ich ins Kino gehe. Und dann immer nur einen einzigen.« Sie konnte sich normalerweise auch nur einen einzigen leisten. »Sie sind fantastisch, so lecker und sahnig, und innen ist Karamellmasse mit kleinen Nougatstückchen, und wenn man ganz langsam isst, hat man ewig was davon. Es ist eine intensive Erfahrung, ehrlich. Aber eine ganze Tüte davon, ich weiß nicht, dann wären sie einfach wie irgendwelche Schokoriegel.«

Er hielt die Tüte in beiden Händen und betrachtete Dee mit … nun, mit Sehnsucht. Wenn sie ihm von einem Sonnenuntergang über dem Taj Mahal erzählt hätte, hätte sie das verstanden. Vielleicht lief ihm gerade einfach nur das Wasser im Munde zusammen.

»Sie können die ganze Tüte kaufen, wenn Sie wollen, lassen Sie sich nicht daran hindern«, sagte sie. »Aber ich bleibe bei meinem einen.«

Er legte die Tüte zurück. »Nein, dann also ein Riegel für jeden. Ich habe Lust auf eine intensive Erfahrung. Kung Fu und ein einziger Schokoriegel klingen sehr intensiv.« Er zog einen Schein aus seiner Brieftasche. »Nur die beiden, danke«, sagte er zu dem Mann hinter der Theke.

»Nein.« Sie schob ihn weg. »Wir haben kein Date, schon vergessen? Wir sind einfach nur zwei Leute, die gleichzeitig ins Kino gehen. Ich zahle meinen selbst.« Sie legte einen kleineren Geldschein auf die Theke.

»Natürlich, wenn es Ihnen so lieber ist. Also, ein Riegel für die Lady und einer für mich, danke.«

Als sie ihre Eintrittskarten gekauft hatten und die Tür zum Filmsaal öffneten, war das Licht schon aus, und die Vorschau lief. Im Dunkeln stieß sie gegen Ethans Rücken, und so nahm er sie am Arm und zog sie näher. Ein paar Sekunden lang tappten sie Schulter an Schulter die Treppe hinauf, und dabei atmete sie seine Körperwärme ein. Er murmelte: »Da«, und sie zeigte hin und flüsterte: »Da drüben.« Sie quetschten sich an den Beinen von vier Zuschauern vorbei zu ihren Plätzen in der Mitte der Reihe.

Sie rückte sich auf ihrem Platz zurecht, und dabei berührte ihr nackter Arm seinen Hemdärmel, und ihre Haut reagierte mit einem Kribbeln. Als sie schließlich ruhig dasaß, wehte sein sauberer Bürogeruch zu ihr herüber, als hätte er sich ganz sanft und mühelos in ihren persönlichen Raum geschoben. Sie schüttelte den Kopf. Film und Schokoriegel, Dee. Sie kramte in ihrer Jackentasche und tastete dann auf dem Sitz herum.

»Ich hab meinen Schokoriegel verloren«, flüsterte sie.

»Gerade eben?«

»Ja. Er muss auf dem Boden liegen.« Sie beugte sich im gleichen Augenblick vor wie Ethan, und ihre Köpfe stießen zusammen.

»Au.«

»Oh.«

»Entschuldigung«, sagten sie gleichzeitig und lachten

leise; Dee mit einer Hand an der Schläfe, während Ethan sich die Stirn massierte.

»Pssst!«, sagte die Frau hinter ihnen.

Ethan beugte sich zu Dee und strich mit der Hand über ihre Wange. »Alles in Ordnung?«

Oh Gott. *Jetzt* war es wirklich in Ordnung. Sein Atem roch nach Minze, und bei seiner Berührung überlief sie eine Gänsehaut. »Ich wollte immer schon mal ein blaues Auge haben. Ich dachte, damit würde ich geheimnisvoll wirken.«

Die Frau hinter ihnen stieß ein verärgertes Schnauben aus.

Ethan rückte näher und flüsterte Dee ins Ohr: »Geheimnisvoll sieht man wegen der großen Jackie-O-Sonnenbrille aus, hinter der man sich dann versteckt.«

Sie schloss die Augen, um sie nicht völlig zu verdrehen. Sein Atem war heiß, seine Bartstoppeln kratzten, und die Wärme, die sein Körper ausstrahlte, weckten in ihr den Impuls, sich an ihn zu pressen. Sie schluckte. »Wirklich schade. Mit Sonnenbrille kann ich den Film nicht erkennen.«

Die Frau beugte sich vor und zischte »Pssst!« in Dees Haar.

Dee fuhr zusammen. Ethan zog sich zurück.

»Bleiben Sie sitzen. Ich suche die Schokolade«, flüsterte er.

Er beugte sich vor und tastete mit der Hand auf dem Boden herum. Sie glitt zwischen ihre Fußknöchel, und Dees Herz hämmerte so heftig, als wäre sie gerade die Kinotreppe hochgerannt. »Ich hab ihn.« Sein Kopf kam hoch. »Ein Schokoriegel für die Dame.«

»Danke.«

»Ruhe, Herrgott noch mal!«, schimpfte die Frau.

Ethan wandte sich grinsend der Leinwand zu.

Das war viel besser als Fernsehen.

»Sind Sie jetzt entspannt?«, fragte Dee.

Ethan hatte darauf bestanden, sie zu ihrem Auto zu begleiten, und vom Meer wehte eine warme Brise heran, während sie durch die sanften Lichtkreise der Straßenlaternen schlenderten. »Ich war schon seit einer Ewigkeit nicht mehr im Kino, und ich erinnere mich gar nicht, wann ich den letzten Kung-Fu-Streifen gesehen habe. Es hat Spaß gemacht.«

»Eine Einladung ins Kino ist gut angelegtes Geld. Sie sollten es bei einem Ihrer vielen Dates mal damit probieren.«

»Sie meinen, das macht einen guten Eindruck?«

»Unbedingt. Welche Frau wäre nicht hingerissen von einem Kinobesuch mit Schokoriegel.«

»Und geistreiche Konversation müssten wir nur noch vorher und hinterher machen. Das ist viel effizienter.«

»Genau. Das einzige Problem wäre das Foto für die Promiseiten der Zeitungen. Vielleicht könnten Sie ja einem Kameramann Bescheid geben, damit er Sie beim Hinauskommen ablichtet. Oder nein, wahrscheinlich macht er das besser beim Reingehen, falls sie ihr Top mit dem Schokoriegel bekleckert. Sonst hätte das Roxburgh-Girl-Foto nachher noch einen hässlichen Fleck.«

Sie hatten beim Gehen fröhlich miteinander gescherzt, aber jetzt erlosch sein Lächeln, und er verlangsamte seinen Schritt. Oh je, war sie zu weit gegangen? Vielleicht war der Ruf, den er wegen der Roxburgh-Girls weghatte, bei ihm ein wunder Punkt.

»Sie bringen die Dinge auf den Punkt, oder?«

»Ich wollte nicht …«

»Dieser Roxburgh-Girl-Mist kotzt mich an.« Er steckte die Hände in die Hosentaschen. »Erst war es ja ganz lustig, aber inzwischen ist es ziemlich nervig, der Presse immer wieder Gelegenheit für Fotos geben zu müssen, damit sie sich nicht an meine Fersen heftet. Und Dates mit Frauen werden komplizierter, als sie es sein sollten, wenn da immer eine Zeitung fragt: ›Ist sie es jetzt?‹«

»So hatte ich das noch nicht betrachtet. Vielleicht sollten Sie ja an langweilige Orte gehen, das könnte Ihnen die Pressefritzen vom Hals schaffen. Oder vielleicht sollten Sie einfach richtig langweilig *sein*, dann würden sie schon das Interesse verlieren.«

Er lachte. »Dann würden sie einfach nur sagen, Ethan Roxburgh ist wirklich schrecklich langweilig, aber schau nur, mit wem er diesmal zusammen ist.«

»Ach ja, der Fluch von Geld und Prominenz. Es hat auch sein Gutes, wenn man langweilig und pleite ist.«

»Sie sind nicht im Geringsten langweilig, Dee.« Sein sanfter Tonfall ließ sie aufblicken.

Er hatte die Augen auf sie gerichtet, und im Licht der Straßenlaterne glänzten die honiggelben Flecken darin hell. »Pleite ja, aber bestimmt nicht langweilig.« Ein leises Lächeln zuckte um seine Mundwinkel. »Und was das Pleitesein betrifft, daran arbeiten wir ja, oder?«

Sie zwang sich zum Atmen. »Genau.«

Er nickte zu ihrem Wagen hinüber. »Haben Sie ihn reparieren lassen?«

Dee verarbeitete immer noch das ›bestimmt nicht langweilig‹. Anders und nicht langweilig. »Was? Das

Auto? Nein, das mag einfach nur keinen Regen. Ich bete um eine Dürre.«

»Ah, da fällt mir etwas ein. Gesundheit und Leben würde sich gerne mit Ihnen über ein neues Projekt unterhalten.«

»Etwas mit Autos?«

»Nein, aber wenn etwas daraus wird, kriegen Sie Ihren neuen Gebrauchtwagen vielleicht eine ganze Ecke früher. Sie wollen eine DVD machen, um den Erfolg des Werbespots fortzuführen.«

Es gab einen ganzen Haufen miserabler Yoga-DVDs, und Dee hatte nicht die Absicht, ihren Namen auf eine weitere zu setzen. »Was denn für eine DVD?«

»Keine Ahnung. Darüber müssen Sie ja eben mit ihnen reden.«

Im Geiste sah sie einen Konferenztisch voller willensstarker Manager vor sich, die sie bedrängten, einen Vertrag für eine DVD zu unterschreiben, in der sie mit Komik und Witz für Yoga werben sollte. »Ich wüsste doch gar nicht, was ich sagen sollte.«

»Ich kann mich nach weiteren Einzelheiten erkundigen, damit Sie erst einmal darüber nachdenken können. Sind Sie interessiert?«

Dee begab sich innerlich in die Kriegerstellung. Sei selbstbewusst und zupackend! Sei ein Krieger! Nimm dein Leben in die Hand! Sie ballte die Hand zur Faust und hob sie hoch. »Ja, bin ich.«

Er lachte leise. »Ganz entschieden niemals langweilig.«

Sie standen einen Moment lang da. Dee wippte auf den Füßen. Ethan hatte die Hände in die Hosentaschen gesteckt. Okay, auch wenn sie keine Erfahrung mit Dates hatte, die Körpersprache war eindeutig. Das war's.

»Schlüssel.« Sie kramte sie aus ihrer Handtasche und schloss das Auto auf. »Danke für Ihre Gesellschaft.«

»Nein, ich danke Ihnen. Ich hätte eigentlich noch etwas Arbeit erledigen sollen, aber das hier war viel netter.« Er hob die Hand und fuhr ihr sanft mit einem Daumen über die Wange. »Hoffentlich bekommen Sie keinen blauen Fleck. Geben Sie mir Bescheid, wenn Sie die Brille im Jackie-O-Stil brauchen.«

»Mach ich«, erwiderte sie atemlos.

»Und vergessen Sie das Dinner nächste Woche nicht.«

Niemals! »Steht in meinem Kalender.«

Er trat zurück, als sie sich hinters Steuer setzte. Vor dem Abbiegen hielt sie im Rückspiegel Ausschau nach ihm. Er stand immer noch am Straßenrand, die Hände in den Hosentaschen, und sah ihr nach.

Wenn sie ihm nächstes Mal über den Weg lief, würde sie darauf achten, dass er seine Krawatte umgebunden ließ. Diese Schwärmerei war einfach lächerlich.

KAPITEL 19

Dee riss die Augen auf. Sie keuchte entsetzt auf. *Besprechung mit Gesundheit und Leben. Heute.*

Sie zog die Knie an die Brust und atmete tief durch. Denk nicht darüber nach, Dee. Große Kreise mit dem rechten Bein, große Kreise mit dem linken Bein, die Kniesehne noch einmal extra dehnen. Katzenbuckel – oh Mann, was war ihr Rücken steif. Daran würde sie arbeiten müssen. Als sie mit dem Aufwärmen fertig war, streckte sie sich auf ihrer Yogamatte aus, ging ihre Rückenwirbel systematisch durch und verbannte alle Gedanken an das Treffen energisch aus dem Kopf, bis sie die Übung beendet hatte.

Patrick machte die Haustür schon auf, bevor sie auch nur anklopfen konnte. »Heute wird es heiß. Das schwüle Wetter ist Gift für meine Schuppenflechte.«

»Ja, das glaube ich. Wie geht es deinem Nacken?«

»Ganz okay. Mein Knie macht mir allerdings wieder zu schaffen.«

»Vielleicht sollten wir heute mal mit sanftem Stretching daran arbeiten.« Dee warf ihre Yogamatte auf den Boden und setzte sich darauf, bevor er seine Litanei von Leiden noch verlängern konnte. Ihr Gehirn war zu sehr von der bevorstehenden Besprechung in Beschlag genommen, um sich auf noch mehr von Patricks Gebrechen einlassen zu können.

Gesundheit und Leben hatte nur drei Tage gebraucht, um die Konferenz mehrerer Abteilungsleiter mit Dee anzuberaumen. Lucy sagte, daraus lasse sich die Begeisterung des Unternehmens für das DVD-Projekt erkennen, aber trotzdem hatte Dee genug Zeit, sich in ihre Angst vor der neuen Herausforderung hineinzusteigern.

Sie versuchte, ihre Nervosität in den Griff zu bekommen, indem sie Ratschläge für Geschäftsbesprechungen sammelte. Als sie zwecks Anziehberatung zu Amanda ging, kam sie mit abgelegten Businesskostümen, hochhackigen Pumps und der Anleitung zurück, sich normal (also nicht hippiemäßig) zu verhalten und so zu tun, als wüsste sie Bescheid. Da nicht genug Zeit für einen Schauspielkursus blieb, würde sie beim letzten Punkt improvisieren müssen.

Leon ermahnte sie, »präsent« zu sein. »Verabschiede dich nicht im Geist nach Indien, wenn es langweilig wird, sonst verpasst du was.« Als wenn sie so was tun würde. Sie wäre viel zu nervös, um an die indischen Märkte zu denken, oder an die Düfte der Imbissstände, von denen einem das Wasser im Munde zusammenlief, oder an die wunderschönen Saris in diesem Laden um die Ecke. Und ... Konzentrier dich, Dee.

Hollywood-Tom mahnte sie, Gesundheit und Leben suche nur den kommerziellen Erfolg, und sie solle sich vor Versuchen des Unternehmens hüten, das Yogaethos zu manipulieren. Hmm.

Arianne sagte, es sei wichtig, nachzudenken, bevor sie etwas sagte, deutlich zu sprechen und nicht zu kotzen.

»Was steht denn heute bei dir an?«, fragte Patrick, als Dee seine Meditationsphase beendete.

»Hm?«

»Du wirkst abgelenkt.«

Dee hatte plötzlich ein schlechtes Gewissen. »Tut mir leid. Ich hätte nicht zulassen dürfen, dass es meinen Unterricht beeinträchtigt. Aber ich gehe heute zu einer Geschäftsbesprechung mit lauter großen Tieren, und da bin ich, na ja, nervös.« Als sie ihm davon erzählte, blickte er beeindruckt drein, und das steigerte ihre Nervosität noch etwas. »Hast du vielleicht einen guten Rat?«

»Sag erst ja zu etwas, wenn du genau weißt, worauf du dich einlässt und wie viel Geld du dafür bekommst. Gerade bei diesem Stolperstein verlieren neue Player oft viel Zeit und Geld.«

»Das klingt vernünftig.« Tu so, als ob du Bescheid wüsstest, sei präsent, sprich deutlich, und sag nicht ohne Weiteres Ja. Und außerdem nicht kotzen.

Es war jetzt Stoßzeit, und sie fädelte sich in den dichten Verkehr ein, rollte Stoßstange an Stoßstange zu ihrer Privatstunde um 7.30 Uhr und dann weiter zum Anfängerkurs um 9.00 Uhr in der Yogaschule. Um halb elf hatte sie gerade nur Zeit zum Duschen und noch für einen schnellen Cappuccino im Café um die Ecke.

Dee hängte Amandas Jackett über die Stuhllehne, zupfte an ihrem streng geschnittenen, schwarzen Kostümrock, schob die etwas zu großen Schuhe von den Füßen und rührte in ihrer Tasse. Hoffentlich half ihr diese verdammte Besprechung wenigstens, ihre Finanzen in den Griff zu kriegen, denn erst einmal hatte sie dafür eine Privatstunde absagen müssen. Wenn es doch bald vorüber wäre. Sie verstand nichts von DVD-Produktion oder Krankenversicherungen oder Marketing. Sie fühlte sich wie ein Kind, das zu einer Erwachsenenparty geht –

als ob sie dort zwar die Worte verstehen würde, aber nicht ihren Sinn.

Sie griff nach ihrem läutenden Handy und lächelte, als sie das Display sah. »Hallo, Ethan.«

»Ich wollte fragen, ob Sie nach der Besprechung vielleicht kurz einen Kaffee trinken wollen. Dann könnten wir darüber reden, wie es gelaufen ist. Sie kommen ja ohnehin für Lucys Stunde. Vielleicht treffen wir uns davor?«

Er kannte ihren Unterrichtsplan? »Ja, gerne. Allerdings brauche ich dann vielleicht etwas Stärkeres als Kaffee.«

»Stimmt, Sie sind ja eine Konferenzjungfrau. Es ist ganz normal, dass Sie beim ersten Mal nervös sind, aber ich bin mir sicher, dass man sanft mit Ihnen umgehen wird.«

Sie musste kichern, wodurch ihre Anspannung ein wenig nachließ. »Ich habe schon massenhaft Ratschläge gehört. Möchten Sie vielleicht noch einen hinzufügen?«

»Ich denke, hier gilt dasselbe wie für alle Jungfrauen. Tun Sie nichts, was Sie nicht wollen, lassen Sie sich zu nichts nötigen, und vergessen Sie nicht, dass Nein wirklich Nein heißt.«

»Okay, das dürfte ich schaffen.«

»Haben Sie Schutzmaßnahmen ergriffen?«

»Die Kondome sind mir ausgegangen, aber ich habe ein Minzbonbon.«

»Frischer Atem hilft. Klingt so, als wären Sie parat. Viel Glück. Ich halte dann die berühmte Zigarette danach für Sie bereit.«

Wenn es doch schon so weit wäre.

»Dee! Unser Yogaguru bei Gesundheit und Leben.« Leonard Frost empfing sie an der Tür des Konferenzraums. »Wenn Sie unsere Pläne erst kennen, werden Sie von diesem Projekt bestimmt genauso begeistert sein wie ich.«

Sie lächelte erleichtert. Es fing gar nicht so schlimm an. Leonard war hier, um sie durch die Besprechung zu geleiten.

»Ich möchte Sie gerne unserem Team vorstellen.« Dee schüttelte Toby vom Marketing, Blair von der PR-Abteilung, Cameron von der Werbeabteilung und Grace vom Mitgliederservice die Hand und hätte den Regisseur Damon fast umarmt, weil er ein vertrautes Gesicht war. »So, jetzt kennen Sie sich, und ich kann gehen«, sagte Leonard.

Dee sah ihm entsetzt nach, als er sich verabschiedete und die Tür hinter sich zumachte. Jetzt war sie ganz auf sich gestellt.

»Na, Dee, wo ist denn Ihre Yogamatte? Wir dachten, Sie würden uns etwas vorführen.« Toby vom Marketing hatte sich mit den Händen in den Hüften vor den anderen aufgebaut und markierte sein Territorium als Leithammel.

Sie lächelte ihre bedeutenden neuen Freunde unsicher an. War das ein Konferenzraumscherz, oder erwarteten sie wirklich, dass sie hier an Ort und Stelle ein paar Rumpfbeugen und einen Handstand machte? Sie zupfte an ihrem Rock. »Ich bin nicht wirklich für Yoga gekleidet.«

»Dann vielleicht beim nächsten Mal, hm? Setzen Sie sich doch bitte, dann kommen wir zum Geschäftlichen.«

Sie setzte sich an die Längsseite des langen Tischs und

ging im Geist die Checkliste von Ratschlägen durch, die man ihr gegeben hatte.

»Nun, Dee, wie fanden Sie den Werbespot?«, fragte Cameron von der Werbeabteilung.

»Er war sehr gut.« Tu so, als wüsstest du Bescheid. »Und sehr schön gefilmt. Und anregend. Im Sinne der Gesundheitsvorsorge, meine ich. Und, na ja, eigentlich war es auch ein komisches Gefühl. Ich habe mich noch nie zuvor beim Yoga beobachtet, außer im Spiegel natürlich, und ich finde, dafür, dass es im weichen Sand war, habe ich meine Positionen immer gut gehalten. Allerdings habe ich beim umgekehrten Dreieck die Füße ein wenig zu weit nach außen gedreht.« Sie blickte sich am Tisch um, sah aber nur verständnislose Mienen. Okay, vielleicht war sie ein bisschen zu sehr ins Detail gegangen.

»Wie war denn die Reaktion in der Yogagemeinde?«, fragte Cameron.

»Nun, ich …« Dee spürte, wie ihre Miene ausdruckslos wurde. Die Yogagemeinde war eine große, heterogene Gruppe, und sie hatte keine Meinungsumfrage abgehalten. »Ich glaube, den meisten hat es gefallen.« Zumindest hatte sie niemanden sagen hören, dass sie riesigen Mist gebaut hatte.

»Dann sind die Leute also froh über unsere Unterstützung?«

Dee glaubte nicht, dass die Yogagemeinde auch nur einen Pfifferling darauf gab, ob sie nun von Gesundheit und Leben unterstützt wurde oder nicht. Und warum spielte das für Cameron von der Werbeabteilung überhaupt eine Rolle? Er hatte den Spot schließlich ohne Rücksprache mit der Yogagemeinde drehen lassen. Sie schaute Cameron an und bemerkte sein eifriges, ernstes Gesicht und den auf der linken Seite vielleicht etwas verspannten Hals. Bei ihr fiel der Groschen, und etwas von ihrer eigenen Anspannung legte sich. Er wollte keine Diskussion über die Unvereinbarkeit des kommerziellen Denkens mit der Philosophie des Ostens. Er wollte, dass man ihm auf die Schulter klopfte. Das war einfach.

»Ich finde es schön, dass der gesundheitliche Nutzen von Yoga erkannt wird.« Sie lächelte, und er schaute so, als wäre er in seiner Meinung bestärkt worden.

Toby räusperte sich und wartete dann einen Augenblick auf die allgemeine Aufmerksamkeit. »Wir haben Sie beim Yoga gesehen, und das ist zweifellos eindrucksvoll. Was machen Sie sonst noch, Dee?«

Sie bemühte sich, vernünftig und professionell rüberzukommen. »Ich *unterrichte* auch Yoga.«

Er wartete einen Augenblick. »Und das ist alles?«

»Es ist ein Vollzeitjob.«

»Nette Arbeit, wenn man sie kriegt.« Er stieß ein kurzes, scharfes Lachen aus. »Haben Sie sich je überlegt, Ihrem Repertoire noch etwas hinzuzufügen? Sie könnten Ihre Marktbasis erweitern, indem Sie Ihr Angebot ausbauen.« Er grinste. »Insbesondere nachdem unsere Mitglieder Sie auf der DVD begutachten konnten.«

Dee nahm an, dass es als Kompliment gemeint war, aber so, wie er es sagte, fühlte sie sich eher beschmutzt. »Ich habe mich dem Yoga verschrieben, und …«

»Sie könnten auch Pilates machen. Das läuft heutzutage super.«

»Also, eigentlich …«

»Oder Aerobic. Ich kann Sie mir bei diesem Rumgehüpfe wunderbar vorstellen.«

»Hier ist Kaffee«, unterbrach der Regisseur Damon ihn.

Keinen Augenblick zu früh. Sie nutzte die Gelegenheit, um sich von Toby abzuwenden und einmal durchzuatmen.

»In diesen klitzekleinen Fummeln würden Sie richtig scharf aussehen«, sagte Toby.

Dee sah ihn wieder an – großer Kerl, mächtige Brust, irgendein Problem mit dem Rücken. Sie nahm die Tasse von Damon entgegen und ging die Ratschläge durch, die sie bekommen hatte. »Benimm dich so, als wüsstest du über alles Bescheid«, hatte Amanda gesagt. Aber sie hatte keine Ahnung, was hier eigentlich lief. Dieser Typ war unverschämt und schmierig, aber außer ihr schien das keiner zu bemerken.

»He, Leute«, sagte Damon und tippte auf seine Armbanduhr. »Können wir mal zum Thema kommen? In einer Stunde habe ich die nächste Besprechung.«

Halleluja.

Grace vom Mitgliederservice stellte das Projekt kurz vor. Man wollte eine Reihe von DVDs produzieren, um die Mitglieder für einen gesunden Lebensstil zu begeistern und so zu zeigen, dass die Versicherung sich ihrem Wohlbefinden verpflichtet fühlte. Sie würden mit der Yoga-DVD anfangen, um an den Erfolg von Dees Werbespot anzuknüpfen, und dann mit Pilates, Tai Chi und Massage weitermachen.

»Geben Sie auch Massagen?«, fragte Toby laut über den Tisch hinweg. »Selbst ich würde es mit ein bisschen Yoga versuchen, wenn Sie eine Massage drauflegten.« Sein Mund verzog sich zu einem lüsternen Grinsen.

Dee war sich nicht sicher, ob sie wirklich Ariannes

Rat befolgen konnte, nicht zu kotzen. Sie blickte sich am Tisch um und sah, dass die anderen sich mit ihren Notizen und dem Kaffee beschäftigten. Sie lächelte unbehaglich und strich mit den Händen über den Rock. Sie registrierte Tobys feuchten Mund, seinen steifen Rücken und den Kragen seines Hemdes, der zu eng um den fleischigen Hals saß. Er war einfach nur ein abstoßender, rücksichtsloser Mensch. Ganz ähnlich wie ein früherer Schüler von ihr, der sich plötzlich ungeheuer viel auf seine körperliche Ausstattung eingebildet hatte. Sie hatte ihm ihr Yogawissen um den Kopf gehauen und ihn auf den Boden zurückgeholt, und drei Wochen später hatte er sich bei ihr abgemeldet.

Wenn sie es mit Toby genauso machte, würde sie sich vielleicht auf direktem Wege aus dem DVD-Projekt hinauskatapultieren, und sie war sich nicht sicher, ob sie das eigentlich wollte. Abgesehen davon, dass sie damit Geld verdienen konnte, klang es auch zunehmend reizvoll – ein qualitativ hochwertiger Film, kein billiges Machwerk, hatte Grace gesagt, und sie würden sie bei der Entwicklung von Inhalt und Drehbuch zurate ziehen. Sie sollte hier wohl besser keine Spielverderberin sein.

»Vielleicht könnte ich mich für die Massage anmelden und beim Yoga einfach nur zuschauen.« Toby zwinkerte ihr über den Tisch hinweg zu.

Ach, zum Henker. Sie ging ihre Checkliste durch und entschied sich für »sprich deutlich«. »Sie wissen das bestimmt schon, Toby, aber die Yogapraktik, wie die westliche Welt sie sieht, die Stellungen und die Meditation, bilden nur einen kleinen Teil der Philosophie. Es gehören auch Elemente wie Atemkontrolle, Summen und zeitweilige Abkehr von den Sinneswahrnehmungen dazu. Massage dagegen eindeutig nicht, und schon gar nicht die Art von Handanlegen, die Sie im Sinn zu haben scheinen. Wenn Sie also wollen, dass jemand die unübersehbaren Verspannungen in Ihrem Rücken massiert, empfehle ich Ihnen einen guten Chiropraktiker.« Sie lächelte. »Oder ein Callgirl.«

Unten am Tisch grinste der Regisseur Damon breit, und aus dem Augenwinkel sah Dee, dass Blair von der PR-Abteilung lautlos kicherte. Doch Toby straffte sich, machte die Schultern breit und warf ihr einen durchdringenden Blick aus zu Schlitzen verzogenen Augen zu.

Tja, das war's dann wohl.

Darauf wandte Toby sich den anderen zu. »Okay, Damon, kannst du deinen Teil des Projekts durchgehen?«

Während Damon über Drehbücher, Filmsets und Termine loslegte, klinkte Dee sich innerlich aus. Sie würde den Job nun nicht bekommen, aber wenigstens war es ihr gelungen, ihren Kaffee im Magen zu behalten. Sie lehnte sich gegen den hohen Rücken des weich gepolsterten Stuhls und ließ den Blick über die spektakuläre Aussicht auf den Hafen von Sydney schweifen. Wirklich ein hübsches Plätzchen für Konferenzen. Wie schafften die es nur, sich auf ihre Arbeit zu konzentrieren, wo man doch von hier aus direkt auf das Opernhaus hinunterschaute und auf all die kleinen Segelboote, die im Wasser kreuzten? Sie schlug die Beine übereinander und ließ Amandas Pumps vom Fuß baumeln. So also lief eine Konferenz ab? Schon eine ziemliche Strapaze. Viel Hickhack und Machtspielchen. Kein Wunder, dass alle hier Anzeichen von Stress zeigten. Verspannte Nacken und Schultern,

Damon, der ständig mit dem Kuli klickte, und Grace mit ihrem nervösen Lidschlag. Das musste einen doch kaputt machen. Die Getränke waren allerdings gut, und …

»Dee?«

Sie fuhr zusammen. Der Pumps rutschte ihr von der Fußspitze.

Sie blickte den Tisch entlang auf lauter Gesichter, die sie erwartungsvoll ansahen. »Hm?«

»Sind Sie dabei, Dee? Wir müssen schnellstmöglich mit dem Projekt anfangen«, sagte Toby.

Sie wollten sie noch immer? Was hatte sie verpasst? Wo war ihr Schuh? »Na ja, okay.«

»Super.« Toby wandte sich Blair zu. »Die PR-Frage wäre damit geklärt. Es sollte massenhaft Werbemöglichkeiten für Dee geben, meinst du nicht?«

»Unbedingt. Demoaufnahmen, natürlich, und würden Sie auch gerne vor Publikum reden?«

Dee öffnete vor Schreck den Mund. »Äh …«

Toby sah auf die Uhr. »Über die Einzelheiten könnt ihr später sprechen. Vorläufig genügt es mir erst einmal, dass Dee eine eindrucksvolle Botschafterin für Gesundheit und Leben abgeben wird. Willkommen an Bord.«

Sie lächelte zögernd und suchte mit dem Fuß unter dem Tisch nach ihrem Pumps.

Neben ihr stand Grace auf und raffte ihre Notizen zusammen. »Ich freue mich auf eine gute Zusammenarbeit.«

»Danke«, antwortete Dee. Unter dem Tisch ertastete sie den Schuh mit der Zehenspitze, stieß ihn aber aus Versehen noch weiter weg.

»Dee?«, fragte Toby.

Die anderen hatten sich an der Tür versammelt, um gemeinsam hinauszugehen. Vielleicht könnte sie ja so tun, als käme sie mit, dann in den Raum zurückkehren und den Schuh erst holen, wenn alle weg waren? Sie stand auf, aber mit nur einem von Amandas Skyscrapers sah sie aus wie Quasimodo ohne Buckel.

»Einen Augenblick bitte.« Sie ging auf alle viere hinunter und krabbelte zu der Stelle, wo der Stiletto am Mittelbein der riesigen Tischplatte lehnte. Dann legte sie den Rückwärtsgang ein, tauchte wieder auf und schwenkte den verirrten Schuh vor den verblüfften Gesichtern der versammelten Mannschaft. »Glauben Sie, ich könnte *ohne* diese Schuhe Botschafterin werden?«

Ethan lachte, als sie ihm von dem verlorenen Schuh erzählte. Sie hatte die peinliche Situation gar nicht erwähnen wollen, aber als sie in Amandas Armanikostüm in dem Café aufgetaucht war, hatte er die Augenbrauen hochgezogen und sie als »Dee, die Businesswoman« begrüßt. Dann erst hatte er die knallrosa Flipflops gesehen, die sie inzwischen statt der Stilettos trug.

»Was ist denn mit Ihren Schuhen los?«, hatte er gefragt, und sie konnte der Versuchung nicht widerstehen, es ihm zu erzählen.

»Wenigstens haben die jetzt was zu lachen. Die haben alle so ausgesehen, als könnten sie was gegen den Stress vertragen.«

»Das ist Ihre Stärke.«

»Was? Das Lachmuskeltraining oder die Anti-Stress-Kur?«

»Beides.« Er zog eine Augenbraue hoch, und ihr Herz hämmerte los. »Und womit haben Sie die versammelte Mannschaft sonst noch unterhalten?«

Dee berichtete ihm von den Gesprächen und endete

mit Toby vom Marketing. »Ich war überrascht, dass er eine Zusage von mir wollte. Nach meiner Bemerkung und seiner Reaktion darauf hatte ich gedacht, das wär's gewesen.«

»Toby findet gerne heraus, aus welchem Holz jemand geschnitzt ist. Ihre schlagfertige Reaktion hat ihm gezeigt, dass Sie sich nicht herumschubsen lassen.«

»Er hätte nicht so widerlich sein müssen.«

»Beim Business geht es nicht höflich zu. Geschäft ist Geschäft. Nehmen Sie es nicht persönlich.«

»Das ist ziemlich schwierig, wenn jemand einen im Geist in einen ›klitzekleinen Aerobicfummel‹ steckt.«

Um Ethans Mundwinkel zuckte es. »Vielleicht wären Sie besser in Ihren Yogasachen hingegangen. So ein Outfit kann einen Mann schon sprachlos machen.«

Was für ein Bild. Ethan Roxburgh, Bewunderer schöner Frauen, stumm vor Staunen angesichts einer verschwitzten Leggings und eines Trägertops.

»Und wie machen wir nun weiter?«, fragte er.

Sie wäre mit allem einverstanden.

»Dieser Vertrag mit Gesundheit und Leben ist ein großartiges Sprungbrett für die Vorhaben, über die wir geredet haben«, fuhr er fort. »Wenn Sie jetzt ein paar Dinge festzurren können, fahren Sie vielleicht nächsten Monat einen neuen Gebrauchtwagen.«

»So bald?«

»Sie müssen noch ein paar Sachen hinkriegen – höhere Stundenhonorare, solides Wirtschaften, einen Geschäftsplan und dazu noch ein wenig Networking. Apropos, heute habe ich die Gästeliste für dieses Dinner erhalten, und Sie haben Glück.«

Er holte ein Blatt aus seiner Aktentasche und legte

es vor sie. Es war eine Liste von Namen, neben denen rechts die jeweilige Partnerin oder der jeweilige Partner standen. »Graeme Paffe, der Kleiderfabrikant, mit dem Sie sich auf dem Ball unterhalten haben, kommt auch.« Er zeigte auf den unterstrichenen Namen des Mannes. »Letzthin habe ich gehört, dass er sein Sortiment um Sportbekleidung erweitern möchte, und nachdem nun die Sache mit der DVD von Gesundheit und Leben läuft, eröffnet ein weiteres Gespräch mit ihm Ihnen vielleicht Chancen.« Er lächelte, als er ihre nervöse Miene sah. »Ich stelle Sie vor und bringe das Gespräch in Gang. Sie müssen dann nur noch übernehmen.«

»Auftrag an mich selbst – vor Mittwochabend meinen Businessjargon aufpolieren.« Sie fuhr mit dem Finger die Liste hinunter und verharrte bei einem Namen unter »R«. *Roxburgh, Ethan, und Date (Dee Nichols).*

Ethan zog die Seite weg. »So was hält der Vorsitzende für einen gelungenen Scherz. Ein Geschäftsessen ist wohl kaum der Ort für ein romantisches Tête-à-Tête.«

»Natürlich nicht.«

Ethan schaute auf die Uhr. »Lucy wartet bestimmt schon. Ich bringe Sie noch zum Lift.«

In der Lobby des Roxburgh House wimmelte es von Leuten, die zum Essen gingen, und auf dem Weg zu den Aufzügen beugte Ethan sich zu ihr hinunter. »Übrigens, Ihre Schulterdehnübungen sind großartig. Ich habe sie die letzten Male immer vor dem Squash gemacht und meinen Gegner dann voll abserviert.«

»Ist das gut?«

»Unbedingt.«

Sie blieben im Gedränge der auf den Lift wartenden Angestellten stehen.

»Übrigens«, bemerkte nun Dee. »Ich habe in dem Buch, das Sie mir geschenkt haben, eine Vorlage für eine Bilanz gefunden und ausprobiert.« Ein Lift klingelte, die Tür glitt auf, und sie trat hinter einem Schwung weiterer Fahrgäste ein.

Als sie sich umdrehte, stand Ethan immer noch vor der Tür. »Und, war sie ausgeglichen?«

»Noch nicht.«

KAPITEL 20

Dee war nach Lucys Stunde richtig aufgeputscht. Es war ein aufregender Tag gewesen – eine erfolgreich bestandene Konferenz, die Aussicht auf sagenhaft viel Geld, und dann hatte sie noch Ethan und Lucy von allem berichtet. Außerdem hatte sie fünf Tassen Kaffee getrunken. So schnell konnte ihr nichts die gute Laune verderben. Gab es eine bessere Gelegenheit, ihre Mutter anzurufen?

Sie beschloss, die Sache mit der Wohnung von einer neuen Seite anzupacken. Nächste Woche hatte Val Geburtstag, und Dee hatte sich überlegt, dass sie sie einmal schick zum Tee ausführen könnte. Bei niedlichen Küchlein auf feinem Porzellan würde sie ihr erklären, dass sie wirklich keine Wohnung kaufen wollte. Ihre Mutter wäre inzwischen so entzückt von der Umgebung, der reizenden Einladung und der vernünftigen Art ihrer Tochter, ihre Geldangelegenheiten zu ordnen, dass sie Dee erlauben würde, selbst über das Geld von Großtante May zu entscheiden.

»Ist dir klar, was ein High Tea kostet?«, rief Val in den Hörer. »Das kannst du dir nicht leisten.«

Dee dehnte ihren plötzlich verspannten Nacken, während sie darauf wartete, dass die Ampel umsprang. »Du weißt doch gar nicht, was ich mir leisten kann, und ich möchte dich wirklich einladen. Du erzählst doch gerne, wie Omi dich und Tante Fee zum Geburtstag immer fein ausgeführt hat. Ich dachte, es würde dir gefallen.«

»Das ist wirklich eine liebe Idee, Dee, aber ich würde es vorziehen, wenn du dein Geld nicht für mich ausgibst.«

»Wir haben uns in letzter Zeit so selten gesehen. So hätten wir Gelegenheit, uns mal wieder in Ruhe zu unterhalten.« Seit Weihnachten hatten sie über nichts anderes als die Jagd nach Wohnungen gesprochen, und tatsächlich fehlten Dee die üblichen Kabbeleien mit ihrer Mutter.

»Ehrlich gesagt wäre es mir lieber, du würdest dein Geld behalten und stattdessen die Zeit nutzen, um ein paar Wohnungen mit mir zu besichtigen. Inzwischen habe ich die Auswahl auf drei oder vier begrenzt.«

»Aber es ist doch dein Geburtstag. Keiner will an seinem Geburtstag …«

»Es wäre das perfekte Geschenk für mich. Dann hätte ich das Gefühl, etwas erreicht zu haben.«

Dee nahm das Handy vom Ohr und schnitt ihm eine Fratze.

»Dee? Dee, bist du noch da?«

»Ja, Mum.« Sie saß noch immer in der Falle der mütterlichen Halsstarrigkeit. »Wir könnten ja beides kombinieren. Lass uns erst den Tee einnehmen und dann ein paar Wohnungen besichtigen.« Vielleicht könnte sie ihrer Mutter den zweiten Teil des Vorschlags ja wieder ausreden, wenn sie erst einmal nett bei den niedlichen Küchlein auf feinem Porzellan zusammensaßen.

»Ja, einverstanden. Aber zuerst die Wohnungen.«

Arianne und Howard unterbrachen ihr Gespräch, als Dee ins Wohnzimmer trat.

»Was trägst du da eigentlich?«, fragte Howard.

Dee hatte in der Wohnung der beiden über der Yogaschule geduscht, sich umgezogen und das Wenige an Kosmetik- und Frisiererfahrung, das sie besaß, auf ihr Gesicht und ihr Haar verwandt. »Das ist Amandas Kostüm. Meinst du, es ist zum Netzwerken geeignet?«

»Keine Ahnung«, antwortete Howard. »Kannst du in diesen Schuhen überhaupt laufen?«

Sie war wieder mal widerstrebend in Amandas Stilettos geschlüpft – selbst Dee sah ein, dass es mit Flipflops wirklich nicht ging. »Nein, aber ich glaube nicht, dass das ihre eigentliche Funktion ist.«

»Dein Haar sieht wirklich nett aus«, meinte Arianne, die von einem riesigen Kissen gestützt auf der Couch ruhte.

Dee hatte ihr dickes Haar zu einem losen Knoten geschlungen. »Danke, ich habe Stunden dafür gebraucht«, scherzte sie und verzog dann das Gesicht, weil es vor Aufregung in ihrem Bauch rumorte. »Ich würde lieber zwanzig Yogakurse ohne eine einzige Pause geben, als zu so was hinzugehen. Das Treffen findet in einem Privatklub statt, und ich komme nur rein, wenn Ethan ein geheimes Kennwort nennt oder so. Meint ihr, ich sollte den anderen Gästen die Hand schütteln oder knicksen?« Sie zupfte an ihrem Rock und steckte die Bluse noch tiefer in den Bund. »Ich warte jetzt lieber draußen auf der Straße. Ethan sollte jeden Augenblick da sein.«

Er hatte vorgeschlagen, sie abzuholen, damit es beim Eintritt in den Klub keine Probleme gab, und so ließ sie ihr Auto hinter der Yogaschule stehen und erwartete ihn auf der Straße, während sie tief durchatmete, um ihre Nerven zu beruhigen.

Seit Ethan ihr Berater war, hatte das nicht abzuschüttelnde Gefühl von Unruhe und Sorge, unter dem sie nach dem Unfall immer gelitten hatte, einen neuen Höhepunkt erreicht. In letzter Zeit zuckte sie bei unerwarteten Geräuschen zusammen, hatte Mühe, ihren morgendlichen Angstanfall zu überwinden, und träumte immer wieder, sie hätte keine Beine mehr. Sie schaffte es auch nicht mehr, die Verspannungen in ihrem Rücken zu lösen, wobei sie nicht wusste, ob das am Stress lag, an Amandas Absätzen oder daran, dass Stretching und Ausruhen das Nachsehen hatten, während sie zu Konferenzen ging, Arianne vertrat und ihre eigenen Privatschüler bei Laune hielt.

Und diese lächerliche Schwärmerei für Ethan Roxburgh nahm auch viel zu viel Raum in ihrem Kopf ein. Nach dem Unfall waren die Erinnerungen wie scharfe Scherben darin herumgeflogen, Trümmerteile aus Trauer und die Splitter zerborstener Träume. Sie hatte Ewigkeiten gebraucht, um ihr Leben neu zu ordnen. Jetzt aber schlichen sich da ständig reizvolle, witzige Gedanken an Ethan ein und beanspruchten wertvollen Raum. Am liebsten hätte sie sie verdrängt, aber dann sah sie Ethan und konnte sich auf nichts anderes mehr konzentrieren. Ihr wurde ganz schwindelig davon.

Als er am Straßenrand hielt, machte sie die Tür auf und schaute ihn an.

»Hallo, Dee«, sagte er lächelnd.

Schon wieder wurde ihr schwindelig.

»Haben Sie in eine neue Garderobe investiert?«, fragte er beim Losfahren.

Dee sah auf das Kostüm hinunter, das sie schon zur Konferenz bei Gesundheit und Leben getragen hatte; diesmal hatte sie es mit einer neuen Bluse von Amanda kombiniert. »Nein, ich habe einfach nur den Kleiderschrank meiner Schwester geplündert. Die hielt das für passender als meinen üblichen Kleiderstil.«

Ethan musterte sie, durchaus nicht so überzeugt wie Amanda.

»Sie wissen schon, professioneller und nicht so hippiemäßig.«

»Sie sind, wie Sie sind, Dee. Sie müssen nicht jemand anders sein.«

Das Urteil war eigentlich keine Kritik, sondern eher aufbauend gemeint, doch sie fühlte sich wie ein Luftballon, in den jemand mit einer Stecknadel gepikt hatte. Wenn er sie als Hippiemädchen betrachtete, würden noch so viele Yogaoutfits und geliehene Kleider sein Bild von ihr nicht ändern oder sie gar zu einer Frau machen, für die er sich interessierte. Ethan parkte in der Innenstadt, und sie gingen zu einer kleinen Tür zwischen einem Bistro und einem Herrenbekleidungsgeschäft. Er gab den Code ein. Es klickte, er schob die Tür auf und schloss sie hinter ihnen wieder zu.

»Das ist ja wie in einem Krimi«, flüsterte Dee, die ihm eine schmale Treppe hinauf folgte.

»Das ist nur, damit prominente Klubmitglieder nicht belästigt werden.«

»Wir müssen keine witzigen Hüte tragen oder Lieder schmettern?«

»Das können Sie machen, wenn Sie wollen, aber Sie wären dabei allein.« Er blieb auf einem kleinen Treppenabsatz stehen und drückte den Liftknopf. »Haben Sie eine Kopie Ihres Geschäftsplans und eine Aufstellung Ihrer Finanzen mitgebracht?«

»Oh, nein. Sollte ich das?«

»Das war nur ein Scherz. Entspannen Sie sich, und genießen Sie den Abend.«

Im Obergeschoss befanden sich eine Reihe von Räumen, die so aussahen, als wären sie einer englischen Fernsehserie entsprungen. Sie waren mit Ledersesseln ausgestattet, in denen man vollständig versank, auf den Tischen standen Kristallkaraffen, und die Wände schmückten elegante Lampen. Das Holz glänzte, und die Kellner trugen Uniformen. Sie sollte den Abend genießen? Dafür fürchtete sie viel zu sehr, auf dem gewachsten Boden auszurutschen und einem antiken Objekt den Garaus zu machen.

Ethan führte sie in einen Saal mit vornehm gedecktem Tisch, in dem schon Gäste versammelt waren. Die gedämpfte, förmliche Atmosphäre wich hier einem Geräuschpegel, der auf lebhafte Gespräche schließen ließ. Ethan ging von einer Gruppe zur anderen und stellte Dee je nachdem als Yogalehrerin, als den Werbespotstar von Gesundheit und Leben, als Selbstständige in der Fitnessbranche und als Unternehmerin in der alternativen Szene vor. Wer hätte gedacht, dass so viele Etiketten zu ihr passten?

Die Vorstellungsrunde ging weiter, nachdem sie sich zum Essen gesetzt hatten. Ihnen gegenüber saß Graeme Paffe zwischen einer Druckereibesitzerin und einem Zeitungsreporter. Nach einem Glas Wein und dem Essen genoss Dee den Abend tatsächlich. Graeme Paffe stürzte sich mit Eifer in die Unterhaltung, und Ian, der Reporter, war ein witziger Typ. Gastredner war der Leiter einer amerikanischen Umweltorganisation, und Dee nahm sich vor, mehr auf Recycling zu achten und Hollywood-Tom mit der grünen Ausrichtung des Klubs zu beeindrucken.

Das eigentliche Networking ging erst nach dem Essen los, als Ethan das Gespräch geschickt auf das entscheidende Thema lenkte. »Vielleicht könnten Sie Graeme von Ihrer neuen Werbekampagne für Gesundheit und Leben erzählen, Dee.«

Bis jetzt hatte sie das Reden Ethan überlassen und nur hin und wieder eine geistreiche Bemerkung eingestreut, wenn sicher war, dass sie sich damit nicht als Gimpel in Geschäftsdingen outete. Ansonsten hatte sie den Mund gehalten. Jetzt aber stellte Ethan sie ins Rampenlicht und wartete darauf, dass sie sich beherzt ihrer Leistungen rühmte. Oh je. Seit Jahren strich sie vor ihrer Familie heraus, dass ihr Rücken in Ordnung war, dass sie keineswegs in einer erbärmlichen Lage steckte, dass sie für sich selbst entscheiden konnte und das Leben führte, das sie wollte. Doch ihre Lieben glaubten ihr kein einziges Wort. Vielleicht stellte sie ihr Licht hier jetzt besser ein wenig unter den Scheffel – dann wäre es nicht so peinlich, wenn man sie mit einem Lachen abtat. »Gesundheit und Leben will bei den Mitgliedern für ein gesundes Leben werben und wird dafür unter anderem DVDs produzieren. In dem Film über Yoga trete ich auf.«

Ethan runzelte kurz die Stirn. »Sie spielt ihren Part herunter«, erklärte er den Zuhörern. »Sie hat nämlich nicht erwähnt, dass Gesundheit und Leben das Ganze um sie herum entworfen hat. Nach dem Interesse an der Werbekampagne und insbesondere an Dee selbst wollten sie sie noch mehr einbeziehen. Die DVD wird nächsten Monat aufgezeichnet, und bis die anderen Filme erscheinen, steht Dee im Zentrum der Kampagne. Sie schlägt damit eine vollkommen neue, aufregende Richtung ein.«

Beim Gedanken an eine »neue, aufregende Richtung« wurde Dee einen Augenblick lang unbehaglich zumute. Aber sie hatte keine Zeit, irgendetwas zurechtzurücken, denn jetzt bestürmten ein halbes Dutzend Leute, die von ihrem Erfolg überzeugt waren, sie mit Glückwünschen. Das an sich war schon eine »neue, aufregende Richtung«.

»Wir versuchen unsererseits auch, den Markt im Bereich Yoga zu erobern«, sagte Graeme. »Der Marktforschung zufolge schätzt die Zielgruppe die übliche Sportbekleidung nicht besonders, und so beschäftigen wir uns mit der Frage, was die Leute wirklich wollen.«

Dee spendete innerlich Beifall. »Es wird allmählich auch Zeit. Ich habe wirklich große Schwierigkeiten, bequeme Kleidung zum Unterrichten zu finden. Die Schule, an der ich arbeite, sucht schon seit einer Ewigkeit nach Tops, die sie den Schülern verkaufen kann, hat aber bis jetzt noch keines gefunden, das uns allen zusagt.«

»Ach, wirklich? Ich würde mich gerne mal mit Ihnen treffen und darüber unterhalten. Wir haben umfangreiche Studien durchgeführt, aber es wäre großartig, die Meinung einer Expertin zu hören. Würden Sie mir Ihre Visitenkarte geben? Darf ich Sie vielleicht einmal anrufen?«

Wow, jetzt war sie schon Expertin. »Ja gerne, aber ich habe keine Visitenkarten.« Das klang überhaupt nicht nach Expertin. »Dabei, meine ich.«

Er holte zwei Visitenkarten und einen Kuli aus seinem Jackett. »Schreiben Sie doch bitte Ihre Kontaktdaten hier auf die Rückseite, und behalten Sie die andere Karte.«

Während sie schrieb, flüsterte Ethan ihr ins Ohr: »Nur nicht tiefstapeln. Ein bisschen Reklame in eigener Sache ist nie ein Fehler.« Damit stand er auf und ging zu einem anderen Tisch.

Nach einer kurzen Unterhaltung über die Vorzüge und Nachteile von Lycra erhob Graeme sich ebenfalls, und der Reporter Ian setzte sich neben sie.

»Hoffentlich muss ich Graeme niemals in Lycra sehen«, sagte er.

Dee warf einen kurzen Blick auf Graemes schwerfällige Gestalt. »Das wäre wohl keine Augenweide. Er könnte sicher ein paar Fitnessübungen vertragen. Und Dehnen in den Kniekehlen.«

»Allerdings hätte er vielleicht Mühe, in die Hundestellung zu kommen.«

Dee zog die Augenbrauen hoch. »Sie kennen sich mit Yoga aus?«

»Ich habe mal ein paar Sonnengrüße gemacht, aber erzählen Sie das niemandem weiter. Die schmeißen einen aus dem Journalistenverband, wenn man zu gesund ist.«

Dee grinste und ließ zu, dass er ihr Wein nachschenkte.

»Und, fühlen Sie sich jetzt wie Atlas?«, fragte Ian. »Mit dem ganzen Gewicht der Werbekampagne von Gesundheit und Leben auf den Schultern?«

»Ja, seit gerade eben. So hatte ich das bisher noch nie betrachtet. Vielen Dank auch.«

»Gern geschehen. Gibt es sonst noch etwas, das ich für Sie in die richtige Perspektive rücken sollte?«

Er zwinkerte, und sie lachte.

»Wie ist es, für Gesundheit und Leben zu arbeiten?«, fragte er.

»Ich *arbeite* ja nicht wirklich für sie, aber alle, mit denen ich zu tun hatte, haben mich sehr unterstützt.«

»Leonard Frost ist ein interessanter Mann.«

»Er nennt mich sein Yogamädchen, was gleichzeitig nett und ziemlich merkwürdig ist.«

»Er ist ein guter Geschäftsmann.«

Dee zuckte mit den Schultern. »Damit kenn ich mich nicht aus, aber mir ist letztes Weihnachten in seiner Gegenwart etwas Peinliches passiert, und er hat es nie mehr erwähnt. Das finde ich sehr nett.«

»Erzählen Sie mal. Ich liebe Storys von Peinlichkeiten.«

Ian lachte schallend und stieß mit ihr an, als sie ihm berichtete, wie sie sich Torte aus dem Gesicht gewischt hatte. »Ich denke, das fällt ins Genre Catering-Komödie. Und was sagen Sie zu dem Gerücht, dass Gesundheit und Leben nächsten Monat die Beiträge erhöht?«

Sie zuckte wieder mit den Schultern. »Ich kann mir keine Krankenversicherung leisten, also ist es mir egal.«

»So, so«, sagte er. Er lehnte sich auf dem Stuhl zurück, ließ den Blick durch den Saal schweifen und heftete ihn schließlich auf Ethan am Tisch hinter ihnen. »Und wie steht es mit Ethan Roxburgh? Sind Sie beide ein Paar?«

Dee hatte gerade Wein im Mund und schluckte ihn rasch herunter, um ihn bei dieser absurden Frage nicht in den falschen Hals zu bekommen. »Ach was. Ich habe wohl kaum das Zeug zum Roxburgh-Girl.«

»Das stimmt. Sie haben tatsächlich Köpfchen.«

»Danke, das hoffe ich, aber das ist ein bisschen gemein.«

»Ja, vermutlich. Aber warum gehen diese reichen Typen immer nur mit Models oder Schauspielerinnen oder Sängerinnen aus? Ich wette, es gibt auch richtig süße Astrophysikerinnen. Warum schauen sie sich die nicht einmal an? Oder Lehrerinnen? Von denen habe ich zu meiner Zeit ein paar ganz schön heiße Vertreterinnen kennengelernt.«

Dee blickte zu Ethan hinüber, dessen Gesicht sachlich und konzentriert wirkte. »Ja, warum eigentlich nicht? Ich denke, sie laufen sich einfach nicht über den Weg. Ich meine, wann sind Sie denn zum letzten Mal einer Astrophysikerin begegnet?«

»Okay, was ist dann mit den Floristinnen? Oder Schriftstellerinnen oder … oder Physiotherapeutinnen?«

»Wer braucht eine Physiotherapeutin?«, fragte Ethan und ließ sich neben Dee nieder.

»Das war rein theoretisch«, erklärte sie. »Ian hatte sich gefragt …«

»Ob Roxburgh Holdings wirklich in die Industrieproduktion einsteigen möchte«, unterbrach Ian sie.

Ethans Lächeln war halb belustigt und halb genervt. »Dazu heißt es natürlich *kein Kommentar*, Ian.«

Die beiden Männer maßen sich einen Moment mit Blicken.

»Okay, Mr. Roxburgh«, sagte Ian plötzlich, »hat mich gefreut, Sie wiederzusehen.« Er stand unvermittelt auf, gab Ethan und Dee die Hand und verließ den Tisch.

Ethan sah ihm nach, beugte sich dann vor und fragte mit leiser Stimme: »Gab es Ärger mit ihm?«

»Nein, alles bestens.« Die Welt war wunderbar, solange er genau dort verharrte, die Stirn nur Zentimeter von der ihren entfernt. »Ich habe noch nie gehört, wie jemand ›kein Kommentar‹ sagt. Fühlt man sich dabei genauso selbstbewusst, wie es klingt?«

Er lächelte. »Ja man fühlt sich dabei sehr selbstbewusst.«

Auch die Art, wie seine Augen über ihr Gesicht wanderten, war selbstbewusst. So als versuchte er sich zu entscheiden, was daran ihm am besten gefiel – die sanft geschwungenen Augenwimpern, die Rundung der Wangenknochen oder die üppigen, vollen Lippen.

Dee sog den Atem ein. »Ich wette, als der intelligente Geschäftsmann, der Sie sind, können Sie andauernd selbstbewusste Sprüche loslassen.«

»Uns intelligenten Geschäftsleuten bieten sich viele interessante Möglichkeiten.« Sein Blick wanderte von ihrem Kinn zu ihrem Ohr hinauf und dann zu der Ader an ihrer Schläfe, deren Pochen sie spürte.

Wäre Dees Gehirn angesichts der Tatsache, dass dieses Gespräch sich gerade in einen Flirt verwandelte, nicht vor Bestürzung wie gelähmt gewesen, wäre ihr vielleicht eine schlagfertige und sexy Antwort eingefallen. Etwas, das eine Erwiderung seines Interesses signalisierte und nicht einfach nur völlig verdattertes Nicht-Glauben-Können. Aber die Muskeln in ihrem Gesicht versagten ihren Dienst, und sie suchte mit offenem Mund nach einer Antwort. »Das muss toll sein«, brachte sie schließlich heraus und hoffte, dass es nicht ganz so lahm klang, wie es ihr vorkam.

Leider anscheinend doch. Ethans Lächeln verblasste einen Augenblick. Dann sah er auf die Uhr. »Es ist schon spät. Ich sollte Sie zu Ihrem Auto bringen.« Er lehnte sich wieder zurück, und der Moment des Flirtens war vorbei.

Sie nahm ihre Handtasche vom Tisch und folgte ihm

durch den Klub, wobei sie noch immer innerlich um Fassung rang. Sie hatte nie die Möglichkeit in Erwägung gezogen, dass Ethan sich jemals zu ihr hingezogen fühlen könnte. Sie hatte sich gesagt, das Kribbeln sei allein ihrer Einbildung zuzuschreiben, und er schaue gewiss all seinen Schützlingen tief in die Augen. Aber diesen Augenblick sexueller Spannung hatte sie sich bestimmt nicht eingebildet.

Oder den Ruck, mit dem er in die Realität zurückgekehrt war, nachdem ihm offensichtlich wieder eingefallen war, dass sie überhaupt nicht zu der Sorte Frau gehörte, für die er sich interessierte.

Aber immerhin war er in Versuchung gewesen. Wer hätte das gedacht?

Als sie vorsichtig über den gewachsten Boden davongingen, dämmerte ihr, dass dieser kurze Flirt alles veränderte. Beim Warten auf den Lift warf sie einen verstohlenen Blick auf ihn. Sich in einen Mann zu verknallen, der einen nie wirklich ansehen würde, war lächerlich – aber es war auch ungefährlich. Sie konnte nach Herzenslust davon träumen, ihn zu küssen, zu streicheln und sich nackt mit ihm herumzuwälzen, ohne je den Komplikationen einer Zukunft entgegensehen zu müssen. Die Möglichkeit aber, dass das Kribbeln echt war, dass wirklich Funken flogen und alles entzünden konnten, war plötzlich mehr als nur ein bisschen angsteinflößend.

Die Lifttür ging auf, und als Ethan ihr den Vortritt ließ, dachte sie an Ians Kommentar über Models, Schauspielerinnen und Sängerinnen. Dass sie Ethans Rat in Geschäftsdingen vertraute, hieß noch lange nicht, dass sie auch der Glut in seinen Augen vertrauen konnte. Er hatte eine kurze Ehe hinter sich und war danach mit ein paar Tausend Roxburgh-Girls ausgegangen – Beziehungen waren offensichtlich nicht gerade seine Stärke. Die beste Option war zweifellos, es bei einer Schwärmerei aus sicherer Entfernung zu belassen.

Das Problem war nur, dass sie nicht wusste, ob sie *wirklich* Abstand wahren könnte, wenn er sich ihr noch einmal näherte. Schon jetzt, da sie einfach nur neben ihm stand, hämmerte ihr Herz, und als er ihr so nette Worte zugeflüstert hatte, hatte es regelrecht Purzelbäume geschlagen. Hätte sie die Kraft, ihn wegzustoßen, wenn er den Arm um sie legte? Sie küsste? Ihr vorschlug, nackt übereinander herzufallen?

Und dann? Vielleicht würde sie dann mehr wollen. Und mehr wollen war schon fast dasselbe, wie sich eine Zukunft zu wünschen. Nein, sie musste so viel Abstand halten, dass sie vor dem Geflüster süßer Nichtigkeiten sicher war.

Dee riss mit einem Ruck die Augen auf. Sie schnappte nach Luft. *Ethan.*

Sie atmete durch und schaute auf den Wecker.

Viertel nach fünf.

Mist, sie hatte verschlafen. Sie zog die Knie an die Brust. Große Kreise mit dem rechten Bein. Große Kreise mit dem linken. Zusammenzucken beim Dehnen der Kniesehnen, Stöhnen beim Katzenbuckel. Vergiss den Traum, Dee. Du möchtest nicht, dass Ethan dich beim Kaffee küsst. Sie legte sich auf die Yogamatte, übersprang die Zusatzübungen für den Rücken und kürzte die Meditation ab. Es reichte eigentlich nicht, aber es würde eben genügen müssen.

Sie hatte eine anstrengende Woche vor sich, und nun,

ohne die richtige Einstimmung, fing der Tag schon einmal schlecht an. Dee rammte frustriert die leere Kaffeedose auf die Küchentheke. Ohne Koffein war es noch schlimmer. Gestern Morgen war genug für zwei Tassen übrig gewesen. Die verdammte Pam!

Patrick war an der Tür, bevor sie überhaupt klopfen konnte. »Hi, Dee. Hattest du ein schönes Wochenende?«

Nicht genug Schlaf. »Wunderbar, danke. Wie geht es deinem Nacken heute?«

»Nicht schlecht, gar nicht schlecht. Ich habe da jetzt bei den Übungen ein Dehngefühl statt einfach nur einen scheußlichen, ziehenden Schmerz.«

»Das ist toll. Wie steht es mit deinem Knie?«

»Diese neuen Quadrizepsübungen, die du mir gezeigt hast, bewirken was.«

»Wunderbar. Das kannst du mir später vorführen.«

Dee war bei der Arbeit mit Patrick nur halb bei der Sache. Der Rest ihrer Aufmerksamkeit galt nicht mehr dem Hier und Jetzt, sondern war zu der anstehenden Woche vorausgeeilt. Dienstag ein Mittagessen mit Graeme Paffe. Mittwoch Vals Geburtstag, also ein halber Tag Wohnungsbesichtigungen und dann ein High Tea. Seitenweise Drehbuchentwürfe, die sie durchlesen musste, bevor sie sie an Gesundheit und Leben zurückgab. Donnerstag ein Dinner bei Arianne, Babyparty und Abschiedsessen zugleich, denn die Yogaschulleiterin hatte sich widerstrebend entschieden, mit dem Unterrichten zu pausieren, bis das Kind eine Weile auf der Welt war. Und Freitag fand in der Schule eine Yogavorführung statt. Zum Glück war es ihr gelungen, sich einem Auftritt zu entziehen, aber sie würde an der Kasse sitzen oder Getränke anbieten. All das bedeutete das komplizierte Verlegen von Privatstunden, Tauschen von Kursen, lange Tage, viel Herumfahrerei in der Stadt und insgesamt nervenzermürbende Anstrengung – zum Haareraufen.

Nach Patricks Stunde fädelte sie sich auf dem Weg zu ihrem nächsten Privatschüler in den lebhaften Stoßzeitverkehr ein und tröstete sich damit, dass Montag diesmal der leichteste Tag der Woche war. Sie hatte nichts weiter zu tun, als sechs Stunden zu geben, vier Mal quer durch die Stadt zu fahren, sich mit Leon zu treffen, um ein Geschenk für Arianne zu besorgen, eine Geburtstagskarte für Val zu kaufen, einen Tisch für den High Tea zu reservieren und möglichst Ersatzlehrer für zwei Kurse zu finden. Essen konnte ausfallen. Ein Klacks.

Mittwoch war Dee von Kaffee und Stress aufgeputscht. Das Essen mit Graeme Paffe war gut verlaufen, aber sie bezweifelte, dass es all den Organisationsaufwand wert gewesen war, nur um einmal ausgiebig über Yogahosen zu plaudern.

Sie schaffte es, vor ihrem Treffen mit Val noch eine Privatstunde reinzuquetschen, aber Sonya kam zu spät und laberte sie hinterher voll, sodass Dee jetzt der Zeit hinterherlief und sich fragte, warum sie sich überhaupt vor ihrem Sprint zum Auto die Mühe gemacht hatte zu duschen.

Ihre Mutter wartete vor einem mehrgeschossigen Bau aus dunklem Backstein, der mehr als sechzig Jahre auf dem Buckel hatte, anders als Val, die noch immer blond war und sich an neunundfünfzig festklammerte.

»Sind diese Art déco-Häuser nicht einfach reizend?«, fragte Val schon, als Dee noch drei Autolängen entfernt war.

»Alles Gute zum Geburtstag, Mum.« Sie gab ihrer Mutter ein Küsschen auf die Wange und verzog das Gesicht. »Es ist ziemlich alt.«

»Also, jetzt sag nicht schon nein, bevor du es dir überhaupt angesehen hast.«

Drinnen kam ihnen der Makler entgegen, und Dees erster Eindruck bestätigte sich – alt, klein, dunkel, und man sah direkt in die Fenster des Nachbarhauses. Das nächste Haus war genauso alt, aber nicht so dunkel, da es auf eine luftige, sechsspurige Schnellstraße hinausging. Die dritte Wohnung hatte nur ein Schlafzimmer, womit sie automatisch ausgeschlossen war, da Dee sie sich ohne Untermieter nicht leisten konnte.

Die vierte Wohnung versetzte Val in einen Verzückungstaumel. »Das ist wirklich genau das Richtige, findest du nicht?« Ihre ausgebreiteten Arme deuteten gleichzeitig auf die zerfetzte Tapete und den Wasserfleck auf dem Teppich.

Dee unterdrückte einen entnervten Aufschrei. »Sie ist grauenhaft.«

Vals Lächeln verlor nichts von seiner Strahlkraft. »Ein bisschen Arbeit müsste man wohl schon reinstecken, stimmt, aber gebrauch doch mal deine Fantasie, Trudy! Mit ein bisschen Farbe und einem schönen, neuen Teppich könnte das eine richtig schnuckelige Wohnung werden. Und da du ja keine feste Stelle hast, hast du massenhaft Zeit, um die Tapete abzuziehen und dich mit einem Malerpinsel anzufreunden.«

Bei Vals optimistischer Rede drehte Dee sich weg und kniff die Augen zusammen. Wieso zum Teufel verschwendete sie hier überhaupt ihre Zeit? Sie wollte ja noch nicht einmal eine Eigentumswohnung!

Nicht dass Val das eingesehen hätte. Sie war den ganzen Nachmittag äußerst vergnügt gewesen und hatte sich freudig in dem Glauben gewiegt, ihre Tochter hiermit vom Dahinvegetieren als Randexistenz zu erlösen und auf ein Leben der Hypothekenrückzahlungen vorzubereiten. Es wurde Zeit, dass Dee ihr klipp und klar sagte, was Sache war. Sie wollte all das nicht.

Als sie sich umdrehte, die Worte schon auf den Lippen, lächelte Val sie an, rückte ihre Handtasche zurecht – und Dees Blick fiel neben dem Schulterriemen auf den Geburtstagsanstecker, den sie an Vals Bluse gepinnt hatte.

Sie stieß hörbar die Luft aus. »Ich glaube, für heute habe ich genug Wohnungen besichtigt, Mum. Lass uns einen Tee trinken gehen.«

»Julia hat ausgesehen wie die meisten jungen Mütter bei ihrem ersten Kind, überglücklich und nervös, alles zugleich. Ich habe einen Kuchen ins Krankenhaus mitgebracht, und wir haben auf der Entbindungsstation ihren fünfunddreißigsten Geburtstag gefeiert.« Val trank einen Schluck Tee aus einer Porzellantasse und fuhr fort: »Ich kann es kaum glauben, dass deine Kusine schon fünfunddreißig ist. Vier Jahre älter als du, und bekommt jetzt ihr erstes Kind. Schön zu wissen, dass dir noch Zeit bleibt, nicht wahr, Liebes?«

Dee nahm ein mundgerechtes Küchlein von dem silbernen Etagentablett auf dem Tisch und steckte es in den Mund. Es wäre unhöflich, mit vollem Mund zu antworten.

»Und Naomi hat eine neue Stelle. Tante Fee sagt, die große Anwaltskanzlei hat heftig um sie geworben, und sie ist jetzt auf der Überholspur zur Partnerschaft. Dabei ist sie erst zweiunddreißig.«

Dee hätte sich am liebsten die Finger in die Ohren gesteckt. Seit einer Stunde wurde sie nun schon mit Geschichten von Sue und ihren vier Kindern, Joanne und ihrer Hochzeit, Kim und ihrem reizenden neuen Zuhause sowie Julia und Naomi traktiert. Vals Botschaft war unüberhörbar.

»Champagner für die Damen.« Ein Kellner stellte zwei Kristallflöten auf den Tisch.

Dee streckte abwehrend die Hand aus. »Entschuldigung. Sie müssen sich irren. Wir haben keinen Champagner bestellt.«

»Ein Gentleman an dem Tisch da drüben lädt Sie ein«, erklärte der Kellner.

Dee und Val drehten sich um. Der Raum war luxuriös eingerichtet, mit steif gestärkten, blendend weißen Tischtüchern, Kellnern in Uniform und gut gekleideten Gästen.

»Und er sendet Mrs. Nichols die besten Geburtstagswünsche.«

»Ach, wie nett.« Dees Mutter hieß zwar nicht mehr Nichols, da sie inzwischen mit Ken verheiratet war, aber das schien sie nicht weiter zu stören. »Wer ist es denn?«, fragte sie, während sie sich im Restaurant umsah. »Ich bin mir sicher, dass ich hier niemanden kenne.«

»An einem unserer Tische speist gerade Mr. Roxburgh.«

KAPITEL 21

Dee staunte mit offenem Mund. »Er hat mir dieses Restaurant für den High Tea empfohlen«, berichtete sie Val. »Ich habe nicht gewusst, dass er *da* sein würde.« Hatte er sich das Datum des Geburtstags ihrer Mutter gemerkt? Und da hatte nun *Dee* sich Sorgen gemacht, *sie* könne wie eine Stalkerin wirken.

»*Der* Ethan Roxburgh?« Val legte eine Hand an ihre Brust.

»Ja, Ma'am«, antwortete der Kellner.

Vals andere Hand schoss vor und packte den Kellner am Handgelenk. »Bitte sagen Sie ihm, dass das eine wirklich reizende Geste ist.« Der Mann richtete sich auf und wollte gehen, aber Val zog ihn wieder zurück. »Und sagen Sie Mr. Roxburgh, dass ich mich gerne persönlich bei ihm bedanken würde, wenn er Lust hat, sich kurz zu uns zu setzen.«

»Gewiss, Ma'am.«

»Woher kennst du denn Ethan Roxburgh?« Val hatte die Augen vor Entzücken weit aufgerissen.

»Ich habe ihn über Lucy Roxburgh kennengelernt. Ich hatte dir ja erzählt, dass sie eine Schülerin von mir ist.«

Dee beobachtete, wie Vals Lächeln breiter wurde, und stellte sich die Geschichte vor, die sie sich bereits zurechtlegte: »Meine Dee ist mit beiden Roxburghs eng befreundet. Oh ja, Ethan hat uns Champagner an den Tisch geschickt, als Dee mich zum Geburtstag fein ausgeführt hat. Er ist ein reizender Mensch.« Vielleicht schlug das sogar Naomi und ihre Überholspur zur Partnerschaft.

Dann weiteten sich Vals Augen noch mehr, und sie zischelte: »Er kommt rüber.« Sie saß in königlicher Haltung da und sah so aus, als wollte sie sich gleich verneigen.

Dee fuhr sich mit der Hand übers Haar und presste kurz die Lippen zusammen, bevor sie sich umdrehte. Im Anzug sah er wirklich umwerfend aus. Schwarzes Jackett, strahlend weißes Hemd und ein Wirbel blau-grüner Pastelltöne auf der Krawatte. Und seine wunderschönen dunklen Augen waren direkt auf sie gerichtet. Sie stand lächelnd auf.

»Hallo, Dee.« Er gab ihr ein Küsschen auf die Wange.

Einen Augenblick lang überschwemmte sein Geruch ihre Sinne: ein Hauch von Kaffee, eine Andeutung von Süße, und dann noch die köstlich weiche Berührung seiner Wange an ihrer. Sie spürte eine Hitzewoge und etwas Prickelndes in sich aufsteigen, als hätte sie bereits einen großen Schluck Champagner getrunken. Das zum Thema Abstand halten. »Hallo, Ethan.« Val wartete schon ungeduldig. »Das ist meine Mutter Val.«

Val ergriff seine Hand, schüttelte sie kräftig und stürzte sich in eine Dankesrede und eine Eloge auf seine Freundlichkeit, seine Großzügigkeit und seinen guten Geschmack in Restaurant- und Kleiderfragen.

»Okay, Mum, jetzt lass ihn sich erst mal setzen.«

Ethan ließ sich die Laune nicht verderben und bestellte sich selbst auch ein Glas Champagner, um mit Val anzustoßen. Das war ein großartiges Geburtstagsgeschenk.

»Sie machen doch bestimmt nicht ebenfalls Yoga«, sagte Val zu Ethan.

Er warf Dee einen fragenden Blick zu. »Nein, aber meine Schwester nimmt schon viele Jahre Unterricht bei Dee. Sie bewundert sie sehr.«

»Das kann ich mir denken. Wie ich höre, leitet sie ihre Agentur äußerst geschickt.«

»Ich meinte, dass Lucy Dee bewundert. Dee ist eine ausgezeichnete Lehrerin.«

Val war einen Augenblick lang überrascht. »Das ist aber nett von ihr, nicht wahr, Dee?«

Dee trank einen Schluck Champagner und sah ein leises Lächeln in Ethans Gesicht.

»Ich habe Dee letztes Jahr auf Lucys Weihnachtsparty kennengelernt«, erzählte er Val. »Seitdem haben wir ziemlich viel miteinander zu tun.«

Val tätschelte seine Hand. »Na, ich hoffe, etwas von Ihrer berühmten Geschäftstüchtigkeit färbt auf sie ab. Sie kann absolut nicht mit Geld umgehen.«

Dee trank mit zusammengebissenen Zähnen.

»Nach allem, was sie mir über ihr Geschäft erzählt hat, scheint es auf soliden Beinen zu stehen«, entgegnete Ethan. »Sie hat sich in einem speziellen Marktsegment eine Nische geschaffen, sie ist ein Naturtalent im Umgang mit ihren Kunden, und nach allem, was ich höre, macht sie ihre Sache ausgezeichnet. Derzeit bemüht sie sich noch, sich eine zuverlässigere finanzielle Basis zu schaffen, aber sie ist offen für neue Ideen und arbeitet extrem hart. Daher bin ich überzeugt, dass ihr das sehr bald gelingen wird.«

Eine sprachlose Val warf einen verwunderten Blick auf ihre widerspenstige Tochter.

Dee kämpfte gegen den heftigen Drang an, Ethan zu umarmen und ihn lange und intensiv zu küssen.

Ethan zwinkerte ihr kaum wahrnehmbar zu und hob sein Glas in Vals Richtung. »Nun meine Damen, das war jetzt wirklich sehr nett, aber auf mich wartet noch Arbeit.«

Dee stand mit ihm zusammen auf und trat dicht an ihn heran, als er sich zum Gehen wandte.

»Danke«, sagte sie leise. »Es ist durchaus möglich, dass diese Reklame mich für eine Weile zur Lieblingstochter aufsteigen lässt.«

Seine Hand verirrte sich kurz auf ihren Rücken. »Gern geschehen, aber es war keine Reklame. Ich habe das vollkommen ernst gemeint.«

Dann war er weg, und Val gluckste glücklich: »Er ist ein reizender Mann, nicht wahr?«

Ethan Roxburgh war viel mehr als das.

Nach Lucys Stunde am Donnerstagnachmittag verließ Dee das Roxburgh-Haus mit einem so breiten Lächeln, dass ihr Gesicht fast in zwei Teile zerfiel. Sie musste es jemandem erzählen. Es war zu aufregend, um es einfach für sich zu behalten. Leon? Nein, der war an einem Drehort und richtete ein Schiffswrack schauerlich her. Arianne? Besser nicht, die schlief vielleicht gerade. Vielleicht würde Howard abnehmen, aber der würde es nicht kapieren. Ethan allerdings schon. Der wäre begeistert.

Sie holte ihr Handy hervor. »*Ich hab es getan!*«, schrieb sie, löschte das aber gleich wieder. Nein, es musste professioneller klingen. *Habe erste Honorarerhöhung durchgesetzt. Umsetzung des Geschäftsplans ist eingeleitet. Bin beein-*

druckt von mir selbst. Sie drückte lächelnd auf *Senden* und setzte ihren Weg durch die Fußgängerzone fort. Eine Minute später klingelte ihr Handy. Sie schaute aufs Display und lächelte wieder.

»Hallo, Ethan.«

»Meinen Glückwunsch. Ein Schritt weiter auf der Siegerstraße. Gab es irgendein Problem?«

»Nein, es war Lucy, und sie hat natürlich Ihnen die Schuld gegeben.«

Sein Lachen jagte ihr einen wohligen Schauer über den Rücken.

»Ich bin froh, dass Sie sich gemeldet haben. Morgen Abend treffe ich mich mit ein paar auswärtigen Geschäftspartnern zum Dinner, und gerade habe ich entdeckt, dass sie ihre Frauen mitbringen. Ich hatte mich gefragt, ob Sie mir vielleicht Gesellschaft leisten würden.«

Dee blieb so unvermittelt stehen, dass eine Frau von hinten gegen sie stieß. »Oh, Entschuldigung, tut mir leid«, murmelte sie, während die Frau an ihr vorbei weiterging.

»Keine Sorge. Es ist kein Date. Wir bringen beim Essen nur ein paar geschäftliche Dinge unter Dach und Fach«, erklärte Ethan.

Natürlich. »Ja, gerne. Das klingt großartig. Oh, Moment mal. Morgen ist ja Freitag. Wir haben eine Vorführung in der Yogaschule, und ich bin erst um zwanzig Uhr fertig.«

»Kein Problem. Dann reserviere ich einfach später. Die Vorführung, bei der Sie mitmachen, ist die öffentlich?«

Dee fühlte, wie ihr bei dem Gedanken, Ethan könne ihr bei so einer Gelegenheit zuschauen, heiß wurde.

Diese Vorführungen sollten den Schülern demonstrieren, was sie mit Zeit und Mühe erreichen konnten, und es gab immer ein paar Anfänger, die von den extremeren Stellungen schockiert waren. Auch wenn sie sich keine Hoffnung auf ein Date mit Ethan zu machen brauchte, wollte sie doch nicht, dass er sie für eine Spinnerin hielt. »Ja, schon, aber ich trete nicht auf. Ich helfe nur beim Servieren.«

»Wie schade. Dann hole ich Sie um acht in der Schule ab, ja?«

»Die meisten Menschen sind sich ihrer Verantwortung für den Planeten nicht bewusst, wenn sie Kleidung kaufen«, erklärte Tom. »Aber dieses Hanfhemd ist *sowohl* umweltfreundlich *als auch* fair gehandelt.«

Dee lächelte zögernd. Sie hatte nur eine freundliche Bemerkung über sein Aussehen gemacht. Sie wartete, bis er sich angeschnallt hatte, und fädelte sich dann auf dem Weg zum Bondi Beach, wo Ariannes Abschiedsparty stattfand, in den Verkehr ein.

Auf seine Hollywood-Jesus-Art sah er tatsächlich nett aus: weißes Hemd und weiße Hose, schlichte Sandalen, schulterlanges blondes Haar und durchdringende blaue Augen. Nur dass sie eben, wenn sie ihn beim Essen über den Tisch hinweg ansah, andauernd an strahlend weiße Anzughemden und interessant gemusterte Krawatten dachte. Aber Tom war nett, rief sie sich in Erinnerung. Ein freundlicher, lieber Mensch. Und sein Umweltbewusstsein war doch etwas Gutes, oder?

Nachdem sie mit dem Essen fertig waren und Arianne alle zwanzig Lehrer und Schüler, die auf ihre Babypause angestoßen hatten, dankend umarmt hatte, setzten Dee und Leon sich zu ihr ans Kopfende des Tisches, um die Party aus etwas Distanz zu genießen.

»Für mein perfektes Date braucht es einen guten Film, Kerzenlicht und etwas Erdnussbutter«, sagte Leon, der an ein früheres Gespräch anknüpfte, mit einem anzüglichen Zucken der Augenbrauen.

Arianne gähnte heimlich hinter vorgehaltener Hand. »Ich habe genug gehört. Ich bin vollkommen erschöpft.«

Dee füllte ihre Wassergläser auf. »Es ist so lange her, seit ich ein richtiges Date hatte, dass ich mich gar nicht mehr erinnern kann, wie das ist. Du weißt schon, die Art von Date, wo der Mann dann tatsächlich auch zum Slip vorstoßen will.«

»Also, angenommen, du hättest diesen Kerl, was würdest du dir dann für den idealen Abend zu zweit erträumen?«, fragte Arianne.

»Eine Hose, die leicht runtergeht«, meinte Leon lachend.

»Oh, ha ha.« Dee dachte kurz darüber nach. »So überarbeitet, wie ich derzeit bin, brauche ich eigentlich nur einen lieben Mann, der am Ende eines langen Tages mal für mich zu Abend kocht. Alles, was dann noch käme, wäre ein Bonus.«

»Kocht Ethan denn?«, fragte Leon, schon wieder mit zuckenden Augenbrauen.

»Die Frage ist, ob er jemals für mich kochen würde, und die Antwort ist ein lautes, schallendes Nein«. Sie schob ihren Stuhl zurück, ging um Arianne herum und sagte mit zusammengebissenen Zähnen: »Ich *will* nicht in Ethan verknallt sein. Warum kann ich mich nicht in jemanden wie Tom verlieben?«

Als sie das sagte, hörte man Toms Stimme vom anderen Ende des Tisches: »... pro Woche habe ich nicht mehr als ein Marmeladenglas voll Abfall.«

Dee verdrehte die Augen und ließ sich wieder auf ihren Platz zurücksacken.

»Persönlich wäre ich ja ganz froh, wenn du Tom fallenließest«, sagte Leon. »Ich mache mir genauso viel Sorgen um die Umwelt wie alle, aber ich müsste dich leider umbringen, wenn du mir plötzlich mit den Schulden der Dritten Welt und dem CO_2-Emissionshandel in den Ohren lägest.«

Ariane reckte sich und machte sich diesmal gar nicht mehr die Mühe, ihr Gähnen zu verbergen. »Ich kapier es nicht. Was ist eigentlich so anziehend an einem Mann, der jeden Monat mit einer neuen Frau ausgeht?«

»Na ja ...«

»Das ist es ja gerade!« Leon zeigte anklagend mit dem Finger auf Dee. »Der Mann, der nie lange mit einer Frau zusammenbleibt, ist ja *gerade dadurch* anziehend. Es ist eine Freud'sche Fehlleistung nach Dees Geschmack. Über die Zukunft mit jemandem wie Ethan Roxburgh bräuchtest du dir nicht ins Hemd zu machen, denn eine komplette Beziehung mit ihm passt problemlos in den Zweiwochenrahmen, über den deine Pläne nicht hinausgehen dürfen. Gut aussehend, attraktiv, intelligent und nur für kurze Zeit bindungsfähig. Er ist der perfekte Typ für dich!«

Dee schnappte nach Luft. Leon hatte recht, und ihr ging ein solches Licht auf, als wäre gerade ein Stromstoß durch sie hindurchgejagt. Es war tatsächlich möglich, dass gerade Ethans Ruf, nur extrem kurze Beziehungen einzugehen, hier die Trumpfkarte darstellte. Okay, dass er gut aussah, intelligent und einfach nett war, schadete bestimmt nicht, aber die Angst vor einem weiteren kleinen Flirt war absolut unnötig. Sollte es noch einmal zum Austausch süßer Nichtigkeiten kommen, so konnte sie es ruhig genießen, denn die Gefahr, dass daraus eine Zukunft erwachsen würde, bestand nicht – dafür würde Ethan schon sorgen.

»Und falls er doch keine Lust hat, nach der Zwei-Wochen-Grenze schon wieder abzuziehen, ist sie auf und davon, sobald er sagt: ›Hey, lass uns doch mal in Urlaub fahren‹«, meinte Arianne.

»Oder: ›Komm, wollen wir uns nicht mal diese Wohnung anschauen‹«, fügte Leon hinzu.

Während Leon und Arianne kicherten, wand Dee sich innerlich. »Ja, das hab ich ja vielleicht schon mal gemacht …«

»Ein- oder zweimal«, brummte Leon.

»Aber das liegt nicht daran, dass ich keine langfristige Beziehung möchte. Ich habe einfach nur ein Problem damit, von der Anfangsphase zum nächsten Schritt überzugehen.«

»Weil nämlich der nächste Schritt die Zukunft ist«, sagte Leon.

Dee schaute über die Terrasse hinweg auf die bleiche Brandungslinie, die den dunklen Strand hinaufschwemmte. Sie wollte auch das, was Leon und Arianne hatten – ein Leben mit jemandem, den sie liebte –, aber der Gedanke, es dann wieder zu verlieren, machte ihr eine Höllenangst. Und hinderte sie daran, den nächsten Schritt zu gehen, selbst wenn sie das gerne getan hätte.

Leon ergriff ihre Hand. »Du weißt, dass die Anfangsphase vorbei ist, wenn jemand sagt: ›Wir haben so viel Spaß miteinander, da könnten wir es wahrscheinlich wagen, zwei Karten für diese Vorstellung in sechs Wochen zu reservieren.‹«

Sie holte tief Luft und stieß sie wieder aus. »Sechs Wochen sind eine lange Zeit. Da kann eine Menge passieren.«

Arianne nahm ihre andere Hand. »Wenn es nichts wird, kannst du immer noch deine Karte verschenken und zum Abendessen zu mir kommen.«

Dee wusste, dass Arianne immer für sie da sein würde, aber wenn jemand sie verletzte, würde es trotzdem wehtun. »Ich kann es mir nicht leisten, Eintrittskarten für teure Vorstellungen zu kaufen und die dann einfach zu verschenken. Ich hab bis jetzt ja noch nicht mal Möbel.«

»Okay, das Beispiel ist vielleicht nicht ideal. Aber die Sache ist doch die: Um bei einer Beziehung den nächsten Schritt zu tun, musst du dir vielleicht einen etwas weiteren Begriff von deiner Zukunft machen.«

Dee ging zum Geländer und lehnte sich dagegen. Über das Beispiel ließ sich einfacher reden. »Es tut weh, wenn man Eintrittskarten stornieren muss.«

In Ariannes mitfühlenden Augen spiegelte sich das sanfte Licht des Restaurants. »Das stimmt. Aber nicht jeder Mann wird dich mit den Eintrittskarten sitzenlassen. Nicht jeder Mann ist ein Anthony.«

Dee drehte ihr den Rücken zu. Woher sollte sie wissen, welche Männer sich als Anthonys entpuppen würden?

»Und denk mal an Lindall«, sagte Leon. »Ihr Freund hat sie in Los Angeles sitzenlassen, und dann hat sie dort als Yogalehrerin der Stars ein Vermögen verdient. Das hat sich doch verdammt noch mal gelohnt!«

Dee holte tief Luft, froh über die Gelegenheit, das Thema zu wechseln. Die Zukunft und all ihre Anthonys konnten ihr gestohlen bleiben. Lächelnd wandte sie sich den beiden zu. »Was ist eigentlich später mit dem Kerl passiert?«

»Der ist jetzt in der Anthony-*Hall-of-Fame* für Arschlöcher.« Leons breites Grinsen brachte Dee zum Lächeln. »Übrigens, Lindall macht morgen in Sydney Zwischenstation. Ich hole sie nach der Vorführung ab. Sie bleibt über Nacht und fliegt dann nach Neuseeland weiter. Du solltest vorbeischauen.«

»Das würde ich wirklich gerne tun, aber ich muss ja mit Ethan zu diesem Dinner.«

»Komm doch hinterher vorbei, falls du dich bis dahin nicht in ein Roxburgh-Girl verwandelt hast.«

»Als ob das jemals passiert.«

Dee riss mit einem Ruck die Augen auf. Sie schnappte nach Luft. *Erschöpfung.*

Da sie von Ariannes Abschiedsessen so spät nach Hause gekommen war, hatte sie den Wecker auf eine halbe Stunde später als üblich gestellt. Große Kreise mit dem rechten Bein. Große Kreise mit dem linken. Nur noch dieser einzige Tag, dann war die Woche vorbei.

Sie machte sich benommen Kaffee und hängte ein weiteres von Amandas Outfits an die Schlafzimmertür, um es später für das Dinner mit Ethan abzuholen.

Patrick war an der Tür, bevor sie noch klopfen konnte.

»Wie geht es deinem Nacken?«

»Heute nicht schlecht, aber sicher kann man es noch nicht sagen.«

Ihr Handy klingelte. »Entschuldigung, ich wollte es

gerade ausschalten.« Sie kramte in ihrer Handtasche, schaute aufs Display und runzelte die Stirn. »Arianne?«

»Dee, Gott sei Dank.« Arianne weinte. »Howard ist weg. Ich kann ihn am Handy nicht erreichen, und … und … oh Gott.«

»Was meinst du mit weg? Habt ihr euch gestritten?«

»Nein, es geht um das Baby. Ich *blute*.«

KAPITEL 22

Der Adrenalinstoß jagte Dee einen Schauer über den Rücken. Denk nach. Gut nachdenken. »Ein Krankenwagen. Arianne, hast du einen Krankenwagen gerufen?«

»Nein, ich, äh, es ist noch zu früh.« Jetzt lag Panik in Ariannes Stimme. »Es sind noch sechs Wochen, und ich habe das Kinderbettchen noch nicht fertig, und hier ist so viel Blut.«

»Okay, Liebes, liegst du im Augenblick? Gut, setz dich da, wo du jetzt stehst, hin, und roll dich auf dem Boden zusammen. Ich alarmiere die Sanitäter und komme sofort. Bleib einfach still liegen, atme langsam und rede mit mir.«

Dee gab Patrick die Adresse und bat ihn, den Krankenwagen zu rufen. Sie redete weiter mit Arianne, während sie zu ihrem Auto eilte. Sie hatte keine Ahnung, welchen Rat man einer Schwangeren mit Blutungen geben sollte, aber Hinlegen kam ihr nicht verkehrt vor. Ruhig bleiben war sicher ebenfalls hilfreich. Es würde wahrscheinlich auch Arianne helfen.

Als sie bei der Yogaschule ankam, stand kein Krankenwagen draußen, und so hielt sie die Türen mit einem Keil offen und rannte zum zweiten Stock hinauf.

»Arianne!«, rief sie in die Wohnung stürmend.

Dee folgte der zittrigen Stimme ihrer Freundin in die Küche und japste erschreckt auf. Arianne lag zusammengerollt in einem Nachthemd auf dem Boden, und in ihrem Schoß zeichnete sich ein leuchtend roter Fleck ab. Ihre Augen waren vor Angst aufgerissen. Schluchzend hielt sie eine blutbeschmierte Hand hoch.

Dee stürzte sich zu ihr, umarmte sie an den Schultern und versuchte, nicht an den Kupfergeruch zu denken, der ihr in die Nase drang. »Alles ist in Ordnung, der Krankenwagen ist schon unterwegs. Jetzt versuchen wir erst einmal, dahin zu kommen, dass du langsamer atmest. Du wirst dich besser fühlen, wenn dir das gelingt.« Sie unterdrückte ihre eigene Angst, senkte die Stimme zu einem beruhigenden meditativen Tonfall, ließ die Hand sanft über Ariannes bebenden Rücken kreisen und gab zählend den Takt langsamer Atemzüge vor.

Auf der Straße näherte sich die Sirene eines Krankenwagens. Dee riss das Fenster auf, um den Sanitätern den Weg nach oben zu weisen. Während sie sich um Arianne kümmerten, versuchte sie erfolglos, Howard zu erreichen. Wenn der arme Kerl endlich sein Handy einschaltete, erwartete ihn ein Haufen entsetzter Nachrichten von Arianne, und so bemühte Dee sich um einen gelassenen und zuversichtlichen Tonfall, als sie ihm sagte, dass sie ihn im Krankenhaus treffen würde.

Im Krankenwagen hielt sie Ariannes Hand und versuchte, ihre schlimmen Erinnerungen unter Kontrolle zu behalten. Seit ihrer Entlassung vor zehn Jahren war sie nicht mehr in einem Krankenhaus gewesen. Als sie jetzt neben Ariannes Tragbahre durch die Notaufnahme lief, musste sie von dem sterilen, antiseptischen Geruch, der ihr entgegenschlug, würgen. Es roch nach Verbänden, nach Ärzten und nach Angst und Schmerz. Sie drückte Ariannes Hand und schluckte ihre Tränen energisch herunter.

Erst eine lange Stunde später kam Howard, warf sich auf das Bett und nahm Arianne zärtlich in den Arm. Dee küsste beide, ging nach draußen, setzte sich auf eine Parkbank und weinte – wegen Arianne, Howard und dem Baby, und wegen all der Erinnerungen, die gerade wachgerufen worden waren.

»Lass uns eine Liste machen«, sagte Leon. Er hatte heute frei und hatte Dee vom Krankenhaus abgeholt. Sie waren in die Yogaschule gefahren, um Howards Schüler anzurufen. Im Augenblick war das die einzige Hilfe, die sie bieten konnten. Ariannes Zustand hatte sich stabilisiert, doch obgleich mit dem Baby im Moment alles in Ordnung war, war von einer vorzeitigen Entbindung die Rede, falls die Lage sich verschlechterte.

»Wir sollten wahrscheinlich seine Privatstunden am Wochenende absagen und seine Kurse in der kommenden Woche umplanen. Wer von der Yogaschule hat Zeit und könnte ihn vertreten?«

Dee starrte auf Howards Terminkalender, aber die Schrift verschwamm vor ihren Augen, und ihre Nerven bebten noch immer. Reiß dich zusammen, Dee, er braucht deine Hilfe. »Okay.« Sie schüttelte den Kopf. »Da sind Lucia, Penny, du und ich.«

»Was ist mit Pam?«

»Ich habe sie noch nie unterrichten sehen, aber wir werden sie brauchen, wenn Howard die ganze Woche fehlt.« Sie dachte an das Blut und hoffte, dass es nicht so schlimm war, wie es ausgesehen hatte.

Leon schrieb die Namen auf. »Und was ist mit heute Abend?«

Sie sah ihn verständnislos an. »Oh, die Vorführung.

Die können wir wohl nicht absagen. Er hat schon Eintrittskarten verkauft.«

»Howard hatte einen Soloauftritt geplant, bevor er und ich die Paarübungen vorführen wollten. Du wirst ihn vertreten müssen.«

Dee schloss die Augen. Auch wenn sie seit zwei Monaten über die Fernsehbildschirme flimmerte, verkrampften sich bei dem Gedanken, vor Publikum aufzutreten, ihre Muskeln vor Lampenfieber. Es war purer Stress gewesen, einfache Yogastellungen vor mehreren Kameras und einer Handvoll Zuschauer vorzuführen – hier aber war für die komplizierten und anspruchsvollen Posen äußerste Konzentration erforderlich, und das alles vor Publikum. Aber da sowohl Howard als auch Arianne ausfielen, war sie die einzige Lehrerin mit genug Erfahrung für die Aufgabe. »Shit.«

Sie teilten Howards Telefonliste unter sich auf und verabredeten sich für Proben zwischen den Kursen in der Yogaschule. Es würde ein langer Tag werden. Nur gut, dass sie bereits total unter Adrenalin stand.

Der halbe Kurs mit fortgeschrittenen Anfängern würde zur Vorführung kommen, ebenso ihre Freitags-Privatschülerin Fran sowie der komplette Fortgeschrittenenkurs. Dee hoffte, die Leute mit der Information abzuschrecken, dass sie für Howard einsprang, aber es schien die gegenteilige Wirkung zu haben. Als sie Arianne und Howard im Krankenhaus davon berichtete, nannte sie das eine wunderbare Geste der Unterstützung für die beiden. Das zog sie jedenfalls der Vorstellung vor, dass die Leute das Yogamodell von Gesundheit und Leben gerne einmal live begutachten wollten.

Der Rollenwechsel machte auch das Dinner mit Ethan kompliziert. Sie war keinesfalls um zwanzig Uhr aufbruchsbereit, und höchstwahrscheinlich war sie verschwitzt, hätte ein rotes Gesicht und bräuchte ein wenig Ruhe. Sie sollte absagen, aber es war schließlich Ethan! Angesichts der DVD und ihrer neuen Geschäftskontakte hätte sie vielleicht nicht mehr oft die Gelegenheit, abends mit ihm auszugehen. Sie hinterließ in seinem Büro eine Nachricht über Arianne, die Vorführung und das schlechte Timing und hoffte, dass er sie trotzdem abholen würde.

Als sie am Abend ins Studio kam, hätte sie beinahe kehrtgemacht. Im Saal drängten sich mindestens sechzig Leute; sie saßen auf dem Boden, standen an den Wänden und hockten auf Tischen. Eine Zerreißprobe für ihre Nerven.

Mit einer schwarzen Hose und einem Trägertop bekleidet, das Graeme Paffe ihr zum Ausprobieren geschenkt hatte, führte Dee, die sich mit dem Gedanken an Arianne und Howard stählte und ihre Angst verjagte, zwanzig Minuten lang eine Folge von Stellungen für Fortgeschrittene vor. Leon kam für eine synchrone Fortsetzung dazu, und dann gingen sie, klatschnass geschwitzt, zu den Paarposen über, bei denen einer den Körper des anderen als Stütze benutzte.

Als Dee sich aus einem Handstand herunterließ, hockte Leon sich neben sie und flüsterte: »Alles in Ordnung? Es kommt mir so vor, als würdest du müde.«

Sie blinzelte, so tief in die Yogaübungen versunken, dass sie sich zwingen musste, über ihre körperliche Verfassung nachzudenken. Es war eine lange Woche gewesen, und sie müsste sich eigentlich erst mal ausschlafen, noch einen Kaffee trinken und sich ordentlich satt essen. Außerdem taten ihre Arme weh, und ihre Bauchmuskeln schmerzten vom langen Anspannen. »Das stimmt, aber ich fühle mich gut.«

»Sieh jetzt nicht hin, aber gerade ist Ethan Roxburgh reingekommen.«

Ihre Bauchmuskulatur krampfte sich noch etwas mehr zusammen. »Das hättest du mir lieber nicht sagen sollen.«

Sie widerstand der Versuchung hinzusehen, stemmte sich zu einem weiteren Handstand hoch, spürte, wie sie wackelte, und ließ sich wieder in die Hocke zurücksinken. Okay, Dee, du wirst dir wehtun, wenn du dich nicht konzentrierst. Sie schloss die Augen, zählte drei tiefe Atemzüge und fühlte, wie sie in ihrem Yogaraum versank und nun an dem Ort war, wo die Welt verschwand, ihr Geist sich nach innen kehrte und ihr Körper das Regiment übernahm.

Als sie schließlich fertig waren, lagen Dee und Leon unter leichten Decken auf dem Rücken und warteten darauf, dass ihre Muskeln sich allmählich entspannten. Während Lucia die Fragen der Zuschauer beantwortete, überlegte Dee, was Ethan wohl machte und was er dachte. Warum nur konnte sie ihn nicht so leicht in den Hintergrund verbannen wie alles andere …?

In dem Durcheinander, das entstand, als sechzig Leute gleichzeitig den Saal verließen, dauerte es eine Weile, bis Dee Ethan entdeckte. Er lehnte an einer Fensterbank und beobachtete sie aus der Ferne. Bei seinem Anblick wurde ihr Mund trocken. Sie nahm einen großen Schluck aus einer Wasserflasche, bevor sie zu ihm trat.

»Das also ist meine richtige Arbeit. Wie finden Sie sie?«

Seine Augen wanderten kurz über ihre Schultern, ihre Arme, ihre Hüften und kehrten zu ihrem Gesicht zurück. »Ich staune über Ihren Körper.« Er tippte ihr ans Kinn und fing einen Schweißtropfen ein. Die Berührung fühlte sich an wie Feuer.

Sie trocknete ihr Gesicht mit einem Handtuch ab. »Keine Sorge. Ich dusche, bevor wir gehen.« Vielleicht am besten kalt.

»Es eilt nicht«, sagte er und sah ihr weiter zu, als wäre es das Faszinierendste, was er je gesehen hatte.

Sie nahm die Haarnadeln heraus, löste den Knoten und befreite die langen Strähnen. Ethan leckte sich über die Lippen und räusperte sich. »Wie geht es Arianne?«

»Nicht besonders. Die Ärzte wissen nicht, was die Blutung verursacht. Sie versuchen einfach nur, sie zu stoppen.«

Sie blieben kurz so stehen, und die Unterhaltung ging wortlos weiter. Sie beobachtete ihn, und er beobachtete sie. Es war ein eigenartiges, schönes und etwas irritierendes Gefühl. Sie wollte nicht damit aufhören und hätte diese stumme Zwiesprache am liebsten über Stunden fortgesetzt, aber ihr war klar, dass sie verschwitzt war und einen roten Kopf hatte. Wenn sie zum Dinner gingen, wollte sie lieber mehr Ähnlichkeit mit einem Roxburgh-Girl als mit einem stinkenden, alten Lumpen haben. Sie griff nach seinem Handgelenk und schaute auf seine Armbanduhr, selbst überrascht von der selbstverständlichen Vertraulichkeit dieser Geste.

»Nur fünf Minuten.«

»Kein Problem, ich warte.«

Dee, die sich im kleinen Duschraum neben dem Studio auszog, hätte erschöpft sein sollen – aber das war sie nicht. Sie fühlte sich wie im Rausch, und das kam nicht nur vom Applaus. Ethan war nicht schockiert, und er hielt sie nicht für eine Spinnerin. Er staunte über ihren Körper, und seine Augen sagten: »Was will ich mit Roxburgh-Girls?« Es gab eine Chance, eine winzige Chance, dass sie ihre Lippen auf seine pressen könnte, mit der Hand über seine Brust streichen, ihre Beine um ihn schlingen …

Jetzt aber mal halblang, Dee, bleib auf dem Boden. Du darfst dich nicht einer solchen Enttäuschung aussetzen.

Sie trat aus der Kabine und kramte in ihrem Korb herum. »Verdammt!« Sie hatte vergessen, Amandas Kostüm abzuholen. Das Durcheinander von Kleidung zum Wechseln, die sie wie üblich dabeihatte, hatte nicht das Geringste mit dem vernünftigen Schwarz zu tun, das ihre Schwester bei »Geschäftsessen und allem, was sonst noch kommen könnte« für angemessen hielt. Dee hatte ihr gesagt, das Szenario »Und alles, was sonst noch kommen könnte« könne sie selbst abdecken, aber darauf hatte Amanda verächtlich erwidert: »Nur, wenn du davon ausgehst, dass Ethan Roxburgh und seine Kumpels urplötzlich auf Hippiekram stehen.« Dee brachte einen roten Rock, ein Schultertuch mit Fransen und eine weite Bluse zum Vorschein. Die verdammte Amanda! Jetzt hatte Dee schon Angst vor ihrer eigenen Garderobe.

»Ich bin invertiert, nicht introvertiert«, sagte Leon gerade, als sie zurückkam. Er stand bei Ethan und ein paar Schülern vom harten Kern. Die Schüler lachten. Ethan schien immer noch auf die Pointe zu warten. Als Dee hinzutrat, musterte er ihre Kleidung und lächelte, als wäre sie amüsanter als Leon.

»Ich wollte heute Abend eigentlich ein anderes, äh,

konservativeres Outfit anziehen, aber heute war so viel los, und da habe ich vergessen, es aus meiner Wohnung zu holen.«

»In Ordnung«, sagte Ethan. »Es geht ziemlich formlos zu heute Abend.«

In Ordnung? Dee war enttäuscht. »Ich könnte mich im null Komma nichts umziehen, wenn Sie unterwegs kurz bei mir vorbeifahren.«

»Nicht nötig. Sie sehen großartig aus. So sind Sie wirklich Sie selbst.«

Er fand die wahre Dee großartig?

»Nur um Sie kurz ins Bild zu setzen«, sagte Ethan beim Fahren. »Die Gäste bei dem Dinner sind Bob Sheppard und Eli Lewis. Ihnen gehört ein kleiner Industriebetrieb an der South Coast, den Roxburgh Holdings demnächst kaufen wird. Wir haben zwei Tage lang intensiv konferiert, um alle Probleme des Vertrags zu lösen, und heute Nachmittag haben wir uns endlich geeinigt. Der heutige Abend ist also sozusagen der Handschlag, bevor der Vertrag nächste Woche unterschrieben wird. Irgendwelche Fragen?«

»Gibt es einen Test, bevor wir reindürfen?«, fragte Dee.

»Tut mir leid. Ich war die ganze Woche mit dieser Sache beschäftigt. Da habe ich den Geschäftsmann in mir wohl noch nicht abgeschaltet.« Plötzlich trat ein Lächeln in sein ernstes Gesicht. »Aber die Yogavorführung hat mich eine Weile sehr gut abgelenkt.«

»Ich helfe gerne. Was stellen sie denn her?«

»Sie sind Zulieferer im Bereich Chirurgietechnik.«

»Das ideale Thema beim Small Talk. Haben Sie irgendwelche Broschüren, die ich noch schnell verschlingen kann, bevor wir ankommen?«

Er lachte ein bisschen und entspannte sich noch etwas mehr. »Es geht nicht nur ums Geschäft. Ihre Frauen haben eine sehr ernsthafte Shoppingtherapie hinter sich.«

Dees Handy kündigte eine SMS an. »In Anbetracht meiner geringen Erfahrungen in der Chirurgietechnik und bei Shoppingtouren haben Sie mich wohl nicht für meine Expertise mitgenommen.« Sie holte ihr Handy aus der Handtasche.

Es war Leon. *er findet, dass du großartig aussiehst!!!! lindalls flug h verspätung. gähn. bis später.*

»Alles in Ordnung?«, fragte Ethan.

»Leon will, dass ich nachher noch mit ihm feiere, aber nach allem, was heute passiert ist, werde ich die Party wohl lieber ins Bett verlegen.«

»Ach ja?«

»Ich meine, ich würde lieber ins Bett gehen.«

»Ach ja?«

»Nicht um… nicht zum… Sie wissen schon… zum Schlafen.«

»Sind Sie sicher?«

»Mhm. Soll ich sonst noch irgendwas klarstellen?«

Ethans Gäste aus der Provinz schienen sich in dem schicken, teuren Restaurant nicht recht wohlzufühlen. Sie taten sich mit der komplizierten Speisekarte schwer, fragten sich laut, ob als Beilage wohl Fritten serviert wurden, und schossen mit ihren Handys Fotos von einem Seifenopernstarlett, das an einem Tisch in der Nähe speiste.

Beim Essen beugten Shelley und Rachael, die beiden Ehefrauen, sich über den Tisch und begannen ein Gespräch mit Dee. »Es muss schrecklich aufregend sein, in Sydney zu leben«, sagte Rachael.

»Falls man sich jemals an den Verkehr gewöhnen kann«, entgegnete Shelley. »Den Mietwagen da durchzusteuern hat mich wirklich fertiggemacht.«

»Und überall sind berühmte Leute.« Rachael reckte sich über Shelleys Schulter, um einen Schnappschuss vom hereinkommenden Gast einer Game Show zu machen, und setzte sich dann wieder zurück. »Anfangs hatte ich gedacht, es könnte ein bisschen schwierig werden, sich mit Ethan Roxburgh zu unterhalten, wo er doch so intelligent ist und eine Berühmtheit und so, aber er ist sehr nett, nicht wahr?«

»Viel netter, als man erwarten würde«, stimmte Dee zu.

Ethan blickte auf, als hätte er seinen Namen gehört, den Zusammenhang aber nicht verstanden. Er fing Dees Blick ein, und ein Lächeln spielte um seine Lippen.

»Ihre Verschwiegenheit macht uns Sorgen«, sagte Bob laut zu Ethan.

Shelley sah ihn aufgebracht an. »Ihr Jungs redet doch jetzt nicht immer noch übers Geschäft?«

»Wir sind beinahe fertig, Shell«, erwiderte Bob und sagte dann zu Ethan: »Ich weiß, dass das nicht zum Vertrag gehört, aber wir möchten gerne wissen, was Sie für Pläne haben.«

Eine Pause entstand, und Dee spürte, dass die Stimmung am Tisch plötzlich kippte.

»Wie schon gesagt, ich habe noch keine Entscheidungen getroffen«, antwortete Ethan schließlich und legte seine Serviette auf den Tisch, als wäre die Sache damit erledigt.

Bob schob seinen Teller weg. »Eli und ich haben diese Fabrik zwanzig Jahre lang aufgebaut, und wir haben dafür gesorgt, dass keine grundlegenden Veränderungen nötig sind.«

»Ich kann Ihnen nur sagen, dass es keine Pläne gibt.«

»Wir haben unseren hundertsechsundvierzig guten Arbeitern vor unserem Aufbruch am Mittwoch versichert, dass ihre Stellen sicher sind. Machen Sie uns nicht zu Lügnern.«

Dee beobachtete, wie die Muskeln in Ethans Kiefer arbeiteten, während er mehrmals kurz die Zähne zusammenbiss. »Unser Vertrag bezieht sich nicht auf Entscheidungen, die Roxburgh Holdings in der Zukunft fällen könnte. Wenn Sie Probleme mit unserer Vereinbarung haben, sollten Sie das jetzt sagen.«

Ein unbehagliches Schweigen senkte sich über den Tisch.

Dee blickte zwischen Ethan, Bob und Eli hin und her. Die drei hatten sich gerade eben noch so nett unterhalten, jetzt aber hatten sich die Krieger plötzlich hinter ihren Schilden verschanzt. Bob leerte sein Weinglas und wandte sich in einer Art stummem Zwiegespräch Eli zu. Ethan lehnte sich auf seinem Stuhl zurück und verschränkte die Arme vor der Brust. Würde ihre Übereinkunft gleich platzen, weil die drei auf Abwehr umgeschaltet hatten? Jungs, atmet mal tief durch, hätte sie am liebsten gesagt. Dann schob Bob seinen Stuhl nach hinten und sah aus, als ob er gleich aufbrechen würde.

Sie nahm eine Flasche Wein, schenkte ihm nach und hoffte, dass sie jetzt das Richtige tat. »Es muss schwer sein, Ihre Arbeiter in andere Hände zu geben, nachdem Sie so lange die Verantwortung für sie hatten.«

Keiner sagte etwas. Ethans Kiefermuskeln arbeiteten erneut. Vielleicht hatte sie es gerade noch schlimmer gemacht.

»Das stimmt«, antwortete Bob mit plötzlich sonorer Stimme. »Ein paar von diesen Leuten sind seit zwanzig Jahren bei uns. Sie sind langjährige, erfahrene und wertvolle Mitarbeiter. Sie verlassen sich darauf, dass wir ihre Familien nicht im Stich lassen.«

»Das muss sehr erfüllend sein«, sagte Dee.

»Wir sind wie eine große Familie«, antwortete er.

»Wir arbeiten alle hart, und jeder profitiert davon«, fügte Eli hinzu.

Dee sah Ethan an und zog die Augenbrauen hoch, als gäbe sie ihm seinen Einsatz. Er war dran.

Sein Blick wanderte von Bob zu Eli und wieder zu Dee. In seinem Gesicht dämmerte Verstehen. Er löste die verschränkten Arme. »Roxburgh Holdings ist ein großer Konzern, aber es gehören auch andere kleine Unternehmen wie das Ihre zu uns, und der Wert einer solchen über Jahre gewachsenen Loyalität ist uns bewusst. Ich denke, ich kann gefahrlos sagen, dass es in niemandes Interesse läge, dieses Vertrauen zu zerstören.«

Bob und Eli nickten langsam in gemeinsamer Zustimmung. Vorsichtig nahmen die Krieger ihre Schilde wieder herunter. Ein Fernsehmoderator kam ins Restaurant, und Shelley und Rachael zückten die Kameras ihrer Smartphones. Nach dieser Ablenkung bewegte sich ihr Gespräch auf sichererem Terrain.

Als sie eine Stunde später das Restaurant verließen, legte Bob den Arm um Dee. »Gestatten Sie mir altem Kerl einen Ratschlag, Ethan. Lassen Sie diese junge Frau nicht mehr von Ihrer Seite. Sie ist ein schlauer Fuchs, und so jemanden brauchen wir Männer neben uns, nicht wahr, Shell?«

»Stimmt, Bobby.«

»Das behalte ich im Sinn«, antwortete Ethan und hielt den Blick dabei auf Dee gerichtet.

KAPITEL 23

»Ich glaube, Bob ist ein kluger Mann«, sagte Dee, als Ethan den Wagen vom Parkplatz lenkte.

Er lachte. »Sie haben heute Abend im richtigen Augenblick eingegriffen. Ich war einfach nur sauer, weil es so aussah, als wollte er ganz zum Schluss das Fass noch mal aufmachen. Sie haben einen guten Instinkt.«

Dee spürte, wie sie bei diesem Lob vor Stolz anschwoll. »Danke.«

»Und, was meinen Sie, soll ich Sie wirklich nicht mehr von meiner Seite lassen?«

Sie sah durch den dunklen Wagen zu ihm hinüber, unsicher, was genau er meinte. Die Worte »nein, bitte nie wieder« lagen ihr auf der Zunge, aber Ethan Roxburgh, der millionenschwere Unternehmer und Frauenliebling, würde wohl kaum Hals über Kopf einen Ratschlag von Bobby und Shell befolgen. »Also, ich, äh …«

»Ich denke, *Sie* könnten *mich* unter Ihre Fittiche nehmen. Wir sollten eine Abmachung auf Gegenseitigkeit treffen – ich gebe Ihnen Rat in Geschäftsdingen, und Sie lehren mich, wie man Menschen liest.«

Ja, natürlich. Als ob er etwas anderes meinen könnte, du Trottel. Sie zwang sich zu einem Lachen und suchte ihr piependes Handy in der Handtasche. Es war wieder Leon: *lindall sagt hi. komm bald, sonst schampus alle :-x*

»Vermisst man Sie bei Leons Party?«, fragte Ethan.

»Ja. Klingt so, als sollte ich mich mal dort sehen lassen.« Das wäre jedenfalls besser, als nach Hause zu fahren und von etwas zu träumen, wozu es niemals kommen würde. *bin unterwegs :-x* antwortete sie. »Setzen Sie mich am besten einfach bei der Yogaschule ab. An einem Freitagabend kriegen Sie hier nie einen Parkplatz, und mein Auto steht direkt um die Ecke.«

Er fuhr trotzdem einmal um den Block und hielt dann in zweiter Reihe an der Ecke. »Sind Sie sich sicher, dass das so okay ist?«

»Natürlich«, log sie. Sie wünschte sich, dass er sie nicht weg ließ. Sie schnallte sich ab. »Danke für heute Abend. Es war schön. Ich hoffe, Sie bringen den Vertrag Montag unter Dach und Fach.«

Er wandte sich ihr zu. »Ich bin mir sicher, dass es klappt, und das habe ich Ihnen zu verdanken.«

Keiner von beiden bewegte sich. Dee roch den süßen Moschusduft seiner Haut und den Kaffee, den er nach dem Essen getrunken hatte. Seine Hand auf dem Lenkrad glühte rot von der Ampel hinter ihnen. Dann grün. Ein Auto hupte, bevor es Gas gab und vorbeifuhr, und sie sahen seinen Rückleuchten in der Dunkelheit nach.

Worauf wartete sie eigentlich? Darauf, dass die Wärme im Auto sie miteinander verschmolz? »Ich sollte jetzt gehen«, sagte sie. Ihre Lippen taten weh, und ihr Herz hämmerte. Sie zwang sich zu einer Bewegung und beugte sich zum Türgriff vor, schlug aber plötzlich einen Umweg ein und lehnte sich zur anderen Seite. Sie waren doch inzwischen über die Phase des Händeschüttelns hinaus, oder? Ein Gutenachtkuss war doch angemessen, nicht wahr? Sie beugte sich hinüber, berührte seine Wange mit den Lippen und ließ sie dort. Ihr stockte der

Atem wie von einem Stromstoß. Wie schade, dass mehr nicht passieren würde. Komm schon, Dee, wenn du dich jetzt nicht bald aufraffst, denkt er noch, du hättest dich mit Pattex an ihm festgeklebt. Während sie nachdachte, spürte sie seine Lippen an ihrem Mundwinkel, und bevor sie recht wusste, was sie tat, wendete sie den Kopf und drückte ihren Mund auf seinen.

Er zögerte einen Augenblick. So lange, dass sie sich beinahe zurückgezogen hätte. Dann gaben seine Lippen nach, öffneten sich und erwiderten ihren Kuss.

Sein Mund war weich, fest, sanft und beharrlich – und der Strudel von Gefühlen machte sie ganz benommen. Sie strich mit der Hand über sein Gesicht und fuhr durch sein Haar. Sein Arm legte sich um sie, und seine Hand brannte einen Pfad über ihren Rücken. Sein Atem auf ihrer Wange fühlte sich so an wie ihr eigener – hart und keuchend.

Jemand johlte höhnisch, und grelle Scheinwerfer zischten an ihnen vorbei und brachen den Bann. Sie zuckte erschreckt zurück.

Im Dunkeln bemerkte sie einen Ausdruck absoluten Erstaunens in Ethans Gesicht. Am besten ging sie jetzt schnell.

»Wissen Sie, ich hatte mich gefragt, wie sich das wohl anfühlen würde. Nacht.« Sie riss die Tür auf, sprang hinaus und schlug sie krachend hinter sich zu.

Du hast den Verstand verloren, schalt sie sich auf dem Weg zu ihrem Auto. Ihr Herz hämmerte, und ihre Lippen schmerzten vor Sehnsucht nach einer Fortsetzung des Kusses. Als sie hinter das Steuer schlüpfte, bemerkte sie, dass Ethans Auto noch immer an der Ecke stand und er zu ihr hinübersah. Sie kämpfte gegen den heftigen

Drang an, mit der Stirn gegen das Lenkrad zu schlagen. Als sie losfuhr, klingelte ihr Handy. Sie schaute auf das Display, zuckte zusammen und fuhr einen Block weiter, bevor sie den Lautsprecher einschaltete. »Ethan, ich, äh ...«

»Das ist nicht fair«, unterbrach er sie.

»Ich weiß, ich weiß. Sie sind mein Mentor, und es ist absolut unpassend, und ...«

»Es ist nicht fair, dass eine Frau, die sich nicht auf Dates einlässt, so küssen kann.«

Hä? »Dass ich keine Dates habe, heißt ja nicht, dass ich nicht küssen kann.«

»Passt das denn zusammen?«

»Na ja, eigentlich nicht. Es wäre besser, wenn ich gelegentlich mal mit jemandem ausgehen würde. Dann gäbe es mehr Gelegenheit zum Küssen. Oder für eine Wiederholung, wenn es beim letzten Mal gut war.«

Am anderen Handy herrschte so lange Schweigen, dass Dee schon glaubte, die Verbindung sei abgebrochen.

»Bieg mal nach rechts ab«, sagte er.

»Was?«

»Ich bin zwei Autos hinter dir. Bieg bei der nächsten Ampel rechts ab.«

Dee schaute in den Rückspiegel und erkannte sein Auto, das blinkte. Sie lenkte ihren Wagen auf die Abbiegespur, fuhr um die Ecke und beobachtete, wie er ihr folgte.

»Ich dachte, du gehst nicht mit Männern aus«, sagte Ethan, dessen Stimme dünn aus dem Lautsprecher kam.

»Würde ich schon, wenn jemand mich fragte. Aber jemand Nettes, nicht einfach nur irgendjemand. So verzweifelt sehne ich mich auch wieder nicht nach einem Kuss.«

Wieder entstand eine lange Pause. »Ich dachte, es hätte was mit dem Yoga zu tun.«

»Hat es ja auch. Ich arbeite so viel, dass ich nie Zeit habe, mal jemanden kennenzulernen. Na gut, es gibt da jemanden, aber der interessiert sich nur für Kräutertee. Und dann bist da du. Du bist der erste Mann seit Ewigkeiten, den ich tatsächlich anziehend finde – in den ich ehrlich gesagt ernsthaft verknallt bin –, aber du hast ja keinen Zweifel daran gelassen, dass unsere Treffen keine Dates sind. Wir sehen uns rein geschäftlich.«

Noch eine Pause – und war das ein Lachen? »Du sagtest, deine Entscheidung für Yoga hindert dich daran, mit Männern auszugehen. Ich dachte, das hätte einen religiösen Grund.«

Sie blickte das Handy stirnrunzelnd an. »Was? Als ob ich so eine Art Yoganonne wäre? Ich glaube nicht, dass es so etwas überhaupt gibt.«

Dee hörte, wie er leise fluchte und dann wieder lachte. »Fahr hier rechts, und nimm dann die nächste links.«

»Wohin geht es denn?«

»Keine Ahnung, aber nicht dahin, wohin ich ursprünglich dachte.«

»Ich kapiere nicht, was hier so komisch ist.«

»Der Witz ist, dass ich mir wochenlang gut zugeredet habe, dass es moralisch verwerflich und irgendwie krank wäre, eine Nonne zu verführen.«

Dee wäre beinahe auf ein parkendes Auto aufgefahren.

»Ich habe mir immer wieder gesagt, dass jemand, der im Zölibat lebt, absolut nicht sexy ist, aber jedes Mal, wenn ich dich gesehen habe, konnte ich nur noch daran denken, mit dir dein Gelübde zu brechen. Bieg hier ab.«

Sie schlängelten sich durch Vorstadtstraßen mit langen Mauern, hinter denen prächtige Einfamilienhäuser und Luxuswohnanlagen aufragten. Irgendwo in der Nähe des Hafens, vermutete Dee, aber es war ihr eigentlich egal. Sie könnte stundenlang so durch die Gegend fahren, wenn er nur weiter mit ihr redete.

»Fahr links ran, direkt hinter der Straßenlaterne.«

Sie hielt neben einer hüfthohen Sandsteinmauer, die bei einer Einfahrt endete. »Wo sind wir?«

»Bei mir zu Hause«, antwortete Ethan.

Lieber. Gott. Dee fühlte sich wie eine dieser Plastikschneekugeln, die jemand umgedreht und geschüttelt hat. Alle ihre Gedanken und Träume wirbelten herum und sammelten sich irgendwo. Sie machte die Tür auf. Ethan stand schon da, ergriff sie bei der Hand und zog sie nach draußen.

»Hallo, Dee.« Es war eine Frage, keine Begrüßung.

Sie fühlte sich, als hätte ihr jemand alle Luft aus der Lunge gepresst. »Hallo.«

Er schob sie rückwärts, bis sie am Wagen lehnte, und blickte dann mit dunklen, belustigten Augen auf sie herunter. »Du *sagst*, dass du gehen musst, aber du küsst, als hättest du noch ganz anderes im Sinn.«

Er umfing ihr Gesicht mit den Händen, presste sich an sie und bedeckte ihre Lippen mit seinen – worauf sich das Gedankenkarussell in ihrem Kopf noch schneller drehte. Mit den Händen fuhr sie über die harten Muskeln seiner Brust und seinen kräftigen Rücken. Wie viel besser war das als spektakulärer Anfang denn als peinliches Ende.

Ihr Handy, das einen einzelnen, schrillen Piepton von sich gab, beachtete sie gar nicht, weil Ethan gerade ihr Gesicht mit den Lippen nachfuhr. Er fand ihr Ohrläppchen und zog eine Spur heißer Küsse über ihren Hals. Er öffnete ihre Bluse, streifte ihren BH-Träger herunter und liebkoste ihre Schulter, während er gleichzeitig ihre runde Brust mit der Hand umschloss. Sein Daumen strich sanft über ihren Nippel, und sie stieß ein leises Stöhnen aus, das in ein erschrecktes Japsen mündete, als ein Auto mit heulendem Motor um die Ecke bog und zu dicht an ihnen vorbeifuhr.

Ethan hielt sie an sich gepresst, während sie dem entschwindenden Störenfried hinterhersahen. Als er wieder zu ihr hinunterschaute, waren seine Augen dunkel und eindringlich.

»Ich bin mir ziemlich sicher, dass das jetzt nichts mit unserer geschäftlichen Beziehung zu tun hat.«

»Aber eine ganz andere Beziehung hat mich seit einer Ewigkeit beschäftigt.« Er beugte sich zu einem Kuss über sie und war schon ganz nah, als auf der anderen Straßenseite ein Licht aufflammte und das Rasseln eines elektrischen Sicherheitstors durch die Nacht hallte. Sie lachten leise, und dabei spürten sie jeweils das leise Beben, das durch den Körper des anderen lief. Sein Mund schwebte noch über ihrem in der Luft, als er flüsterte: »Hier ist wohl nicht der richtige Ort, um über eine Fusion zu reden.«

»Wirklich nicht günstig.«

Er stieß sich von ihr ab, riss die Autotür weit auf und reichte ihr ihre Schlüssel, ihre Handtasche und ihren Korb heraus. »Brauchst du sonst noch was?«

Sie schüttelte den Kopf. War das hier wirklich wahr, oder träumte sie?

Er nahm sie bei der Hand und führte sie zu der Wohnanlage hinter der Sandsteinmauer. Ein winziges Stimmchen in ihrem Kopf fragte, ob sie das wirklich wollte, aber sie konnte es kaum hören und hatte sich ohnehin schon entschieden. Als sie auf den Lift warteten, verspürte sie eine ganz eigenartige, heftige Nervosität, wie ein Kind auf einer Party, das zu viele Lutscher gegessen hat – aufgedreht und gleichzeitig von leichter Übelkeit erfasst. Auf dem Weg nach oben piepte ihr Handy erneut.

»Ein Notfall?«, fragte Ethan.

»Nein, es ist Leon.«

»Ruf ihn an. Sag ihm, dass du dich verspätest.« Er zog sie an sich und flüsterte ihr ins Ohr: »Ungefähr um eine Woche.«

Sie gab Leons Nummer ein, war sich aber nicht sicher, ob er sie beim lauten Hämmern ihres Herzens überhaupt verstehen würde. »Hi, ich bin's.«

»Hast du meine letzte SMS gekriegt? Kannst du unterwegs noch was Gesöff besorgen? Lindall hat hier schon alles weggepichelt.«

Man hörte Gelächter, und Lindall rief laut: »Hi, Dee.«

»Es hat sich was Unerwartetes ergeben, und ich kann nicht kommen«, erklärte Dee Leon.

Seine Antwort ließ ganz kurz auf sich warten. »Oho. Du bist mit Ethan zusammen.«

Sie senkte die Stimme. »Ja.«

»Na, Babe, du bist die Einzige, die das für eine Überraschung hält. Wir haben alle gesehen, wie er dich heute Abend angeschaut hat.«

Dee fasste Ethan ins Auge. »Wirklich?«

»Warte nur, bis ich Lindall erzählt habe, dass du jetzt ein Roxburgh-Girl bist.«

Die Lifttür öffnete sich in eine Wohnung. Dee sperrte erstaunt den Mund auf. »Mein Gott, ist das riesig.«

»Okay, so genau will ich es gar nicht wissen«, sagte Leon. »Ruf mich später an.«

Dee trat drei Schritte in den Raum hinein und blieb stehen. Holz, schwarzes Leder und glänzende Oberflächen unterstrichen die klaren Linien, und die Aussicht konnte einem die Tränen in die Augen treiben. Jenseits der Panoramafenster wirkte Sydney Harbour wie ein dunkler Teppich, ausgebreitet zu Füßen des Opernhauses, das unter dem Brückenbogen der berühmten Harbour Bridge hindurch weiß schimmerte. Dee strich ihren Rock glatt, denn in dem minimalistischen Ambiente fühlte sie sich plötzlich schlampig und derb.

»Musst du nicht andauernd massenhaft Leute einladen, damit es dir hier nicht zu einsam wird?«, fragte sie.

Ethan stellte lächelnd ihren Korb neben die Tür. Der sah nun aus wie etwas, das die Putzfrau versehentlich nicht entsorgt hatte. »Ich bin nicht viel zu Hause, und wenn doch, habe ich meistens Arbeit dabei.«

»Meine komplette Wohnung würde in dieses Zimmer hier passen.« Mit der Hand über die feste Rücklehne einer Ledercouch streichend, ging Dee zum Fenster und fragte sich, ob sie nicht besser die Schuhe ausziehen sollte. »Frühstück auf der Dachterrasse muss toll sein.«

»Ich werde sehen, was ich tun kann.«

»Ich wollte nicht sagen, dass ich will, dass… Ich meine, für dich, es muss für dich toll sein… bei dieser Aussicht und so.«

Er lachte leise. »Ich führ dich nachher noch hier rum, aber erst einmal: Möchtest du gerne etwas trinken?« Er öffnete einen Schrank und holte zwei Kristalltumbler heraus.

Alkohol würde ihr guttun. Ihre Hände zitterten, und nachdem nun der Augenblick der Leidenschaft beim Auto vorbei war, geriet sie fast ein wenig in Panik. Es war lange her, seit irgendjemand sie anders als im Rahmen einer Yogaübung berührt hatte. Bei der Erinnerung an seine Hand auf ihrer Brust zog sich ihr Magen zusammen. Was erwartete er? Noch eine Yogavorführung? Eine ganz andere Art von Frau?

»Dee?«

Ihr Herz hämmerte in der Brust, und in ihrem Kopf herrschte ein einziges, beklemmendes Chaos. Für den Versuch, etwas Vernünftiges zu sagen, war die Zeit jetzt nicht gerade günstig, aber sie machte den Mund trotzdem auf. »Die Sache ist die, ich bin im Moment ziemlich nervös. Ich habe über all das nicht nachgedacht. Das heißt, doch, schon, und sogar ganz schön detailliert, aber ich habe nicht geglaubt, dass es wirklich *passieren* würde. Ich meine, sonst hätte ich wahrscheinlich etwas …« – sie ließ ihre Hände an ihrem Körper hinuntergleiten – »… Aufregenderes angezogen, du weißt schon, unten drunter, aber jetzt sind es einfach nur meine ganz normalen, alten Unterhosen.« Um Ethans Mundwinkel zuckte es ganz leicht. »Und ich mache mir Sorgen, dass du vielleicht einen falschen Eindruck bekommen hast. Vom Yoga. Es ist nicht so, dass ich das … dass ich so …« Oh Mann. »Ich unterrichte es einfach nur.« Sie schlug die Hand vors Gesicht.

»Dee.«

»Und es ist schon so lange her, seit ich … seit jemand … seit dem letzten Mal, dass ich …« Sie zuckte mit den Schultern, zu verlegen, um den Satz zu Ende zu bringen.

»Wie lange?«, fragte er.

»Achtzehn Monate.«

Er zog eine Augenbraue hoch. »Anderthalb Jahre, seit du …?«

»Na gut, okay, eher schon zwei Jahre.«

»Du bist wirklich eine Nonne.«

»Anscheinend.«

»Ich glaube, du brauchst *tatsächlich* einen Drink.«

Er lächelte, und bei diesem Anblick löste sich der Klumpen von Angst in ihrem Magen auf. Doch statt ihr einzuschenken, zog er sein Jackett aus, öffnete den obersten Kragenknopf und legte die Krawatte ab. Es waren ganz einfache Handlungen, wahrscheinlich etwas, das er jeden Abend beim Nachhausekommen machte, aber es reichte, damit Dee innerlich dahinschmolz. Mit offenem Hemdkragen und ohne die Krawatte war er einfach nur Ethan: ein hochgewachsener, großzügiger, zugänglicher Mann, der sie dazu rumkriegen wollte, ihr zölibatäres Leben aufzugeben. Nicht, dass dafür noch irgendwelche Überredungskünste nötig gewesen wären.

»Whisky?«, fragte er.

Sie trat näher zu ihm. »Ehrlich gesagt war heute ein ziemlich langer und verrückter Tag. Ich bin schon seit sechs Uhr früh total im Stress, und meine Reserven sind so ziemlich aufgebraucht. Wenn es dir recht ist, würde ich darum lieber die Fusionsverhandlungen beim Drink überspringen und den Vertrag gleich unterschreiben.«

In seiner Miene stand nichts als Begehren. Er küsste sie stürmisch. Sie umfing seinen Nacken und sog seinen Geruch ein. Er zog sie an sich. Sie verlor das Gleichgewicht, fuchtelte mit der Hand herum und schmiss einen Kristalltumbler um. Er führte sie vom Schrank weg und stieß gegen einen Ledersessel.

»Augenblick«, sagte sie heftig keuchend. »Wenn du mir erst mal die Wohnung zeigst, finden wir vielleicht ein Plätzchen mit weniger Hindernissen.«

Er deutete mit dem Daumen über die Schulter. »Küche.« Dann ergriff er ihre Hand und führte sie durch den Flur. »Bad, Fitnessraum, Arbeitszimmer.« Er deutete im Vorbeigehen mit dem Kopf auf die Türen und lenkte sie in den Raum am Ende des Ganges. »Schlafzimmer.« Es war groß genug, um dort Rad zu schlagen, und in der Mitte stand ein Kingsizebett. Das alles wieder vor einer großartigen Aussicht. »Hier gibt es nur ein einziges Hindernis, und darauf landet man weich. Was meinst du?«

»Perfekt.«

Perfekt waren auch sein Mund, seine Hände und sein Körper. Sie rissen sich die Kleider vom Leib und konnten sich gar nicht schnell genug nackt berühren. Über ihre schlichte, alte Unterwäsche hätte sie sich keine Gedanken zu machen brauchen – er sah sie nur so kurz, dass er sie gar nicht bemerkte. Und das Abnehmen der Krawatte vorhin war nichts gegen den Anblick, wie nun sein Hemd über der breiten, kräftigen Brust aufglitt und von den muskulösen Schultern rutschte. Als sich sein warmer Körper an sie schmiegte, stockte ihr der Atem, ihr wurde schwindelig, und sie sagte sich, dass es bestimmt mehr Spaß machen würde, wenn sie bei Bewusstsein blieb. Seine Hände erforschten die starken Muskelstränge an ihrem Rücken. Oh, Mann, er schien es genauso zu genießen wie sie. Sie legte den Kopf in den Nacken, um die Lippen wieder auf seine zu pressen, aber da sie jetzt ganz dicht bei ihm stand und keine Schuhe trug, war er zu groß. Sie kam nicht an ihn heran. Sie stellte sich auf die Zehenspitzen und umfasste ihn, um ihn zu sich herunterzuziehen. Er aber ging es andersherum an, umfing ihre Pobacken mit den Händen, hob sie hoch und hielt sie ohne Angst, sich den Rücken zu verrenken, so fest, leidenschaftlich die Lippen auf ihre gepresst.

Auf dem Bett landete sie dann tatsächlich weich. Und ebenfalls auf Ethan. Keinerlei Hindernis. Seit Ewigkeiten war Dee nicht mehr so von Empfindungen überwältigt gewesen, wenn sie ehrlich war, noch nie. Und nachdem sie sich jahrelang keine Intimität gestattet hatte, war sie überrascht von Ethans Talent, ihren inneren Krieger zu befreien. Hätte sie innegehalten, um darüber nachzudenken – was das bedeutete und wohin es führen mochte –, hätte es ihr vielleicht Angst eingejagt, aber Innehalten und Nachdenken, dafür war heute nicht der richtige Abend.

KAPITEL 24

Dee riss die Augen auf. Sie schnappte nach Luft und fuhr hoch. *Ethan.*

»Dee?«

Ruckartig drehte sie ihren Kopf. Da lag er – verschlafene Augen, zerzaustes Haar, der nackte Körper kaum mit einem Bettlaken bedeckt – und ihre Angst war weg. Sie stützte die Hände zu beiden Seiten seiner wunderbaren, breiten Schultern auf und kuschelte sich an seinen Hals.

»Alles in Ordnung?«, fragte er mit vom Schlaf noch rauer Stimme, und seine Hand wanderte ihren Rücken hinunter.

»Mhm.« Fantastisch. »Schlaf weiter.«

Der Wecker neben ihm zeigte 5.30 Uhr. Ihr erster Samstagmorgenunterricht begann in einer Stunde, und da sie sich ihre Übungen – große Kreise mit dem rechten Bein, große Kreise mit dem linken Bein – in seiner Gegenwart lieber verkniff, schlüpfte sie aus dem Bett, hob ihre Kleider vom Boden auf und ging steifbeinig zu einer Tür in der Wand. Ein geräumiger begehbarer Kleiderschrank. Die nächste Tür führte zum Badezimmer. Dort zog sie sich an und klatschte sich Wasser ins Gesicht. Bei einer kurzen Suche in der Küche entdeckte sie Kaffee und einen Wasserkocher, und während sie wartete, dass das Wasser kochte, legte sie die Füße abwechselnd auf die marmorne Arbeitsplatte, beugte sich mit dem Kopf bis zu den Knien, dehnte ihre Kniesehnen und entspannte ihren Rücken.

Hatte Ethan gestern Abend nicht etwas von einem Fitnessraum gesagt? Mit dem Kaffee in der Hand tappte sie leise durch den Flur und fand ihn ein Stück weiter vorn. Vom Hafen strömte Licht herein und bildete ein großes, sonniges Quadrat auf dem Parkett. Hinter einer Fitnessstation stand eine zusammengerollte Bodenturnmatte. Sie rollte sie auf, zog ihren Rock aus, legte sich hin und machte eine Bestandsaufnahme ihres Körpers. Er fühlte sich heute Morgen eigenartig an – gleichzeitig energiegeladen und erschöpft.

Sie arbeitete sich durch ihre Morgenstellungen und genoss die Wärme, die beim Beugen, Strecken, Atmen und Entspannen durchs Fenster auf ihr Gesicht und ihren Rücken strömte. Es fiel ihr leicht, im Augenblick zu bleiben. Genau wie schon die ganze Nacht. Es war ein sehr, sehr gutes Gefühl. Als sie fertig war, war ihr Körper entspannt, und sie fühlte sich gelenkiger als seit Wochen. Mit einem letzten, tiefen Atemzug schlug sie die Augen auf.

Ethan lehnte am Türrahmen.

»Ich dachte, du wärst schon weg«, sagte er und betrachtete ihre Unterhose und ihr trägerloses Unterhemd interessiert.

Dees Blick wanderte über seinen nackten Oberkörper und die Boxershorts. »Noch nicht.«

»Wir könnten auf der Dachterrasse frühstücken.« Er zog eine Augenbraue hoch. »Anschließend.«

Ihr Energielevel machte einen Sprung. »Verführerisch, aber in zwanzig Minuten muss ich bei meinem ersten Schüler sein.«

»Ich könnte das Frühstück warmhalten.«

Es war schön, wenn jemand einen bei sich haben wollte. »Sehr verführerisch, aber ich gebe den größten Teil des Tages Unterricht. Ich springe in der Schule für Howard ein, und dann möchte ich noch Arianne besuchen.«

»Schade.«

Dee zog ihren Rock an und sammelte ihre Sachen ein, sich sehr bewusst, dass Ethan sie noch immer beobachtete. Und ebenfalls bewusst war ihr, wie gerne sie noch geblieben wäre. Er folgte ihr zum Lift. »Macht es dir etwas aus, wenn wir das, was heute Nacht war, für uns behalten?«

Dee machte den Mund auf, wusste aber nicht, was sie sagen sollte. Wäre es ihm peinlich, wenn jemand erführe, dass er mit ihr geschlafen hatte?

»Augenblick mal. Das ist eben völlig falsch rausgekommen.« Er blickte zu Boden und dann wieder auf. »Die letzte Nacht war toll. Und der Morgen auch. Und ich hoffe, dass das nicht das Ende ist.« Er hakte einen Finger in ihren Rockbund und zog sie sanft zu sich. »Das hoffe ich wirklich. Ich möchte es eben nur vor den Medien geheim halten. Die können einem alles kaputt machen. Wenn wir also niemandem was sagen, bekommt auch niemand Wind davon.«

Dee atmete erleichtert auf. »Einverstanden. Ich bin nicht scharf auf den Roxburgh-Girl-Status. Ich meine, ich entspreche wohl kaum dem Anforderungsprofil.«

»Glaub mir, Dee, du bist kein Roxburgh-Girl.«

Oh. Und doch befand sie sich in seiner Wohnung und kam direkt aus seinem Bett. Was bedeutete das? Die Lifttür ging auf. Sie warf einen langen Blick auf seine muskulöse Brust und strich mit der Hand durch ihre weiche, lockige Behaarung, die in einem schmalen Streifen bis zu den tief sitzenden Shorts hinunterführte, unter denen sie verschwand. Roxburgh-Girl oder nicht, dieser Anblick war großartig. »Du hast einen super … Kaffee.«

Als sie in den Lift trat, sagte er: »Ich ruf dich an.«

Sie bewahrte ein aufgesetztes Lächeln, bis die Tür schloss, und ließ es dann krachend fallen. »Du bist kein Roxburgh-Girl«, gefolgt von dem uralten Spruch: »Ich ruf dich an.« Das konnte nur etwas Schlechtes bedeuten. Eine Art Kurzform für: »Also, es war toll, aber belassen wir es dabei.« Vielleicht war das schon alles. Ein paar spektakuläre Momente, und dann ein »Also, bis dann mal, Babe«. Sie hatte sich gesagt, dass er problemlos in ihre Zweiwochengrenze passen würde, aber jetzt hatte er schon nach einer einzigen Nacht genug. Vielleicht waren zwei Wochen »Zukunft« zu viel. Sie blieb immer noch verletzlich.

Ihr Handy klingelte, als sie aus dem Lift trat. Sie wühlte es eilig aus ihrer Handtasche und schaute aufs Display. »Hab ich was vergessen?«

»Nein«, antwortete Ethan. »Ich sagte doch, dass ich anrufe, und das tue ich jetzt.«

Sie machte einen kleinen Hüpfer im Gehen.

»Hast du heute Abend schon was vor?«, fragte er.

»Nein. Du?«

»Nachdem ich abgesagt habe, nicht mehr. Wie wär's mit Abendessen?«

»Klingt cool.«

»Hier?«

»Klingt sogar noch besser.«

»Rufst du mich an, wenn du im Krankenhaus fertig bist?«

Okay. Doch mehr als ein One-Night-Stand.

Als Dee zum dritten Mal am Eingang des Krankenhauses vorbeistapfte, um vor dem Reingehen noch mehr beruhigenden Sauerstoff in ihre Lunge zu pumpen, war es schon nach siebzehn Uhr. Sie wollte nicht dorthin und sich einem Hochschwappen ihrer Erinnerungen aussetzen. Beinahe hätte sie sich damit begnügt, Arianne nur anzurufen, um mit ihr ausgiebig aufmunternd am Telefon zu plaudern, aber dann dachte sie an eigene lange, einsame Tage auf der Station zurück und entschied, dass sie eine bessere Freundin sein musste.

Sie holte ein letztes Mal tief Luft und trat ein, ganz benommen von dem alles durchdringenden Geruch nach Desinfektionsmittel. Sie fand den Lift, änderte aber ihre Meinung und nahm die Treppe – wozu sollte sie herumstehen und nur darauf warten, dass die Erinnerungen hervorschossen und sie bei der Kehle packten?

Arianne las gerade in einer Zeitschrift, als Dee hereinstürmte und sich sofort mit dem Rücken gegen die Tür warf, um den Rest des Krankenhauses auszusperren.

»Dee? Alles in Ordnung?«

Sie schloss die Augen und kämpfte darum, ihr pochendes Herz zu beruhigen. »Das wollte ich eigentlich dich fragen.« Sie ging weiter ins Zimmer, nahm Arianne in den Arm und versuchte, wie eine ganz normale Krankenhausbesucherin zu lächeln. »Ich bin so froh, dass es *dir* gut geht. Ich hatte schreckliche Angst. Um dich, um das Baby und um Howard. Und um mich.«

Arianne erwiderte ihre Umarmung. »Du hast meinem Baby das Leben gerettet. Und mir. Ich hatte keine Ahnung, was ich tun sollte. Danke von uns allen drei.« Sie zog sich zurück und schaute Dee in die Augen. »Ich kann mir vorstellen, wie schrecklich schwer das für dich gewesen sein muss. *Ist* denn alles in Ordnung mit dir? Du siehst ein bisschen blass aus. Vielleicht solltest du dich setzen. Ich hab hier ein eigenes Bad, falls du …«

»Ich muss schon nicht kotzen – zumindest nicht jetzt gleich. Aber ich setz mich mal hin.« Sie zog einen Stuhl ans Bett und ließ sich mit ziemlich weichen Knien darauf nieder. »Was sagen die Ärzte?«

Arianne erzählte, dass sie im Dunkeln stocherten. Die Blutung hatte aufgehört, ohne dass sich herausfinden ließ, warum sie angefangen hatte. »Falls sich nichts verändert, kann ich morgen wieder nach Hause. Ich muss für den Rest der Schwangerschaft das Bett oder die Couch hüten, aber wenigstens bin ich dann wieder zu Hause.« Sie lächelte müde und schob sich auf dem Kopfkissen nach oben. »Ich hätte nie geglaubt, dass einfach nur liegen so unbequem sein kann.«

»Meinst du, eine Schultermassage gilt noch als Bettruhe?«, fragte Dee.

»Unbedingt.«

Dee half Arianne, sich so zu drehen, dass sie selbst sich hinter sie setzen und ihre Schultern durchkneten konnte.

»Und wie geht es Ethan?«, fragt Arianne.

Dee spürte, wie sie rot anlief, und war froh, dass Arianne sie nicht sehen konnte. »Was meinst du damit?«

»Als Leon mich vorhin angerufen hat, sagte er, du hättest Lindall verpasst.«

»Erstaunlich, dass er es so subtil ausgedrückt hat.«

»Hat er nicht«, gab Arianne zurück, und sie prusteten beide los.

Dee informierte sie über die letzte Ethan-Roxburgh-Episode, behielt aber die pikanteren Details, und die gab es reichlich, für sich.

»Das waren für dich sehr ereignisreiche anderthalb Tage«, sagte Arianne. »Du hast mit einem Mann geschlafen und warst im Krankenhaus. Beides ist dir nicht geheuer. Ist wirklich alles in Ordnung mit dir?«

Dee war erleichtert, dass sie es Arianne nicht zu erklären brauchte. »Ich weiß nicht recht. Ich bin irgendwie aufgedreht und ängstlich und von all dem auch ein bisschen überwältigt. Die Sache mit Ethan ist eben einfach so unheimlich schnell passiert.«

»Schnell? Du bist doch schon seit Wochen scharf auf ihn.«

»Vielleicht, aber das war einfach nur Fantasiesex. Ich hätte nie geglaubt, dass es wirklich passiert. Und jetzt hat er mich für heute Abend wieder zu sich nach Hause eingeladen, und ich bin mir ziemlich sicher, dass noch mehr Fantasiesex auf dem Programm steht.« Dee seufzte, als wäre das eine schlechte Nachricht.

»Aber das ist doch gut.«

»Findest du? Ich weiß nicht recht. Ich meine, natürlich bin ich aufgeregt, aber ich bin auch zu Tode erschreckt. So schlimm, dass mein Magen wie zugeschnürt ist und es mir den Atem verschlägt. Das ist bestimmt nichts Gutes.«

»Du bist einfach nur nervös. Du lässt nicht viele Leute an dich rankommen, und da hast du natürlich Angst. Aber es klingt so, als wäre Ethan wirklich nett. Wenn du schon jemandem Zutritt gewährst, dann doch am besten einem Menschen wie ihm.«

Während Dee mit dem Daumen einen Knoten in Ariannes Schulter ausstrich, dachte sie darüber nach, wie Ethan sie heute Morgen von der Tür des Arbeitszimmers aus beobachtet hatte, wie seine Augen ihren Anblick in sich aufgesogen hatten. »Das ist ja gerade das, was mir Angst macht. Ich möchte mich nicht an ihn hängen. Ich muss mir immer wieder in Erinnerung rufen, dass es hier nicht um die Zukunft geht, sondern einfach nur um großartigen Sex.« Wirklich umwerfenden Sex. »Und den hat doch jeder ab und zu mal verdient, oder?«

»Die meisten von uns haben mehr verdient. Die meisten haben eine Zukunft verdient.«

»Manche von uns wollen keine Zukunft.«

»Aber, Dee …«

»Nein. Und über diesen ganzen Kram brauche ich mir jetzt wirklich nicht den Kopf zu zerbrechen. Das Krankenhaus macht mich auch so schon ganz rappelig. Ich möchte keine Panikattacke erleiden, bevor ich Ethan sehe. So was braucht er wirklich nicht mitzubekommen.« Sie klopfte Arianne abschließend auf die Schulter. »Und, wie ist das Essen hier?«

Dee blieb eine Stunde. Inzwischen hatten der Geruch und die Schritte der Pflegekräfte im Gang dafür gesorgt, dass sich ihr Magen wie ein Schraubstock zusammenzog. Sie küsste Arianne zum Abschied, trat in den Korridor und erstarrte.

Eine Frau wurde von einem Pfleger in einem Bett durch den Gang geschoben. Dees Herz setzte aus. Es musste wohl tatsächlich still stehen, denn sie hatte eine außerkörperliche Erfahrung. Sie beobachtete sich selbst, wie sie, blass vor Schmerz, die Hände um das Bettgestell gekrallt, dünn und selbst unter der Decke frierend in einem Krankenhauskorridor lag. Ihr Blick begegnete dem der vorbeirollenden Frau. Deren Augen waren blassblau und die Wimpern blond. Ganz anderes als Dees grüne Iris, aber trotzdem war es wie ein Blick in den Spiegel. Sie erkannte die Angst und die Einsamkeit. Und sie spürte, wie ihre Erinnerungen sich auf sie stürzten.

Plötzlich war ihr schwindlig, und sie bekam keine Luft mehr. Sie keuchte, stützte sich an der Wand ab und schloss die Augen. Atmen, Dee. Einfach tief durchatmen.

Es funktionierte. Ihr Kopf wurde wieder klar, ihre Beine gehorchten, und sie machte, dass sie aus dem verdammten Krankenhaus rauskam.

Eine Stunde später saß Dee vor Ethans Wohnung im Auto und atmete schon wieder tief durch, denn sie kämpfte noch immer mit ihren Erinnerungen. Auf der ganzen Fahrt hatten sie sich immer wieder in ihre Gedanken gedrängt, ohne dass sie dagegen etwas unternehmen konnte. Zum Beispiel die Vorstellung von Anthonys Miene in dem Augenblick, bevor er sie verließ. Und davon bekam sie kalte Füße.

Der Gedanke an Ethan machte sie jetzt nervös. So nervös, wie sie kurz vor dem Abheben in einem Flugzeug war, wenn sie sich fragte, ob es sicher landen oder eher abstürzen und als Feuerball zerschellen würde.

Sie ging den Bürgersteig entlang und sah ihre Mutter vor sich, wie sie ihr Broschüren für modernste Rollstuhltechnologie unter die Nase hielt, und dann sich selbst, wie sie die in winzige Fetzen zerriss und in die grauenhafte Krankenhaussuppe streute.

Sie klingelte bei Ethan. Seine Stimme klang dünn und

verzerrt aus der Gegensprechanlage. »Hi, Dee. Wieso hast du denn so lange gebraucht?«

Sie hatte ihn beim Verlassen des Krankenhauses angerufen und dann auf der ganzen, langen Fahrt versucht, ihre Gedanken in den Griff zu bekommen. »Ich bin im Verkehr steckengeblieben.«

»Ich hätte dir den Hubschrauber schicken sollen. Das Krankenhaus hat einen Landeplatz.«

»Du hast einen Hubschrauber?«

»Komm hoch, dann zieh ich dich weiter auf.«

Sie trat in den Lift, und als sie auf den Schalter drückte, fiel ihr der Tag ein, an dem eine Krankenschwester an ihrem Bett die Notruftaste gedrückt hatte, worauf die Mediziner in ihr Zimmer gestürmt waren, weil Verdacht auf Herzinfarkt bestand. Wie sich herausstellte, war ihr Herz nur gebrochen.

Die Tür ging auf, und Ethan stand da, in T-Shirt und tief sitzender Hose, die Augen so dunkel, dass man darin verschwinden konnte. Sie schmiegte sich in seine Umarmung und hielt sich an ihm so fest, wie sie es damals vor vielen Jahren nötig gehabt hätte. Dann schob sie sich von ihm weg, da ihr einfiel, dass sie sich vorgenommen hatte, genau das nicht zu tun.

»Hi«, sagte sie und versuchte, unbeschwert zu klingen und ihre plötzliche Verzweiflung zu überspielen.

Er runzelte die Stirn. Irgendetwas zwischen Verwirrung und Sorge. »Alles in Ordnung?«

»Ja, sicher. Und wo ist dein eigener Landeplatz nun? Ich glaube nicht, dass ein Hubschrauber auf die Dachterrasse passen würde.« Sie ging in die Wohnung und schuf so Abstand zu ihm.

»Tatsächlich hat mein Nachbar drei Häuser weiter

einen unten beim Wasser.« Er machte das Fenster auf, führte sie zum Geländer und deutete auf ein Betonquadrat hinter Bäumen. »Der Premierminster ist dort kürzlich zum Mittagessen gelandet.«

»Das ist ein Scherz, oder?«

»Diesmal nicht. Es gab Rind Hunter Valley und Rotwein. Sehr kultiviert.«

Sie lachte. Ein gutes Gefühl. Er strich ihr eine Haarsträhne hinters Ohr zurück und küsste sie auf den Mund. Seine Lippen fühlten sich ebenfalls gut an. Weich, selbstbewusst und einladend. Sie rückte näher. Seine Hand fand die Ihre auf dem Geländer. Sie war groß, warm und stark. Sie erinnerte sich an das Gefühl der Schiene an ihrem gebrochenen kleinen Finger. Er war mit dem Ringfinger zusammengeklebt worden, nachdem man den Verlobungsring aufgesägt und entfernt hatte. Ein Omen.

Sie entzog sich ihm erneut. »Ich, äh, könnte ich vielleicht etwas zu trinken haben?«

Wieder runzelte er die Stirn. »Gerne. Mineralwasser oder lieber Sekt?«

»Am liebsten beides.«

In der Küche stürzte sie das Wasser herunter und befahl ihren Erinnerungen, Leine zu ziehen. Die dachten aber gar nicht daran. Während Ethan die Sektflasche öffnete, fiel ihr ein, wie sie mithilfe eines Strohhalms Kaffee getrunken hatte, weil sie sich nicht aufsetzen konnte. Er schenkte zwei Gläser ein und reichte ihr das eine. Sie hob das Glas auf ihn, lehnte sich gegen die marmorne Arbeitsplatte und schluckte mit trockenem Mund.

Er trank. »Ist irgendwas los?«

Ja. Nein. Alles war wunderbar. Sie fühlte sich nur nicht sicher. »Niedriger Blutzuckerspiegel. Ich werde ein bisschen kribbelig, wenn ich eine Weile nichts mehr im Magen hatte. Und geduscht habe ich auch noch nicht.«

»Oka-ay. Dann essen wir doch einen Happen.« Er nahm eine Käseplatte vom Kühlschrank und kehrte mit Dee auf die Dachterrasse zurück. »Bei drei geht's los.«

Sie aß hungrig. Der Hafen schimmerte im letzten, glühenden Licht der untergehenden Sonne. Wenn doch auch ihr Kopf für diese Nacht Schluss machen würde.

»Wie geht es Arianne?«, fragte Ethan.

Diese Worte schleuderten sie ins Trauma des Krankenhauses zurück. Die abgekapselten Erinnerungen platzten auf und hüpften herum wie Pingpongbälle. »Gut.« Ihr Herz dröhnte plötzlich, hämmerte gegen ihre Rippen. »Sie …«, Dee rang keuchend um Atem, »… darf nach Hause …« – oh Mann, war ihr schwindelig – »… morgen.« Sie presste die Augen zusammen.

»Dee?« Ethans Stimme schien von weither zu kommen.

Sie legte die Hand vors Gesicht. Heiße, feuchte Finger. »Das Krankenhaus … es war so … und ich …« Reiß dich zusammen, schimpfte sie mit sich selbst. Du willst jetzt keine Panikattacke erleiden.

Sie stand taumelnd auf und holte tief Luft. »Entschuldige mich kurz.« Damit rannte sie von der Terrasse in die Wohnung.

KAPITEL 25

Sie stolperte in den Flur und fand die Tür zum Fitnessraum. Die Matte lag noch von ihrer Morgengymnastik auf dem Boden. Sie ließ sich darauf fallen, ging in den Lotussitz, schloss die Augen und atmete. Einfach nur atmen. Langsam ein. Langsam aus. Bis die Luft tatsächlich ihre Lunge erreichte und sie spürte, wie ihr Herzschlag sich beruhigte. Schon besser. Sie hatte es fast geschafft. Sie verschränkte die Hände auf der Matte, setzte den Kopf dazwischen auf und hob ganz langsam die Füße vom Boden. Kopfstand erforderte enorme seelische und körperliche Kraft sowie Mut und absolute Konzentration, damit man nicht nach hinten umkippte und sich den Hals brach. Als Dee sich kerzengerade nach oben schob, spürte sie, wie ihre Bauchmuskeln sich strafften, wie sie sich innerlich sammelte und alles andere aus ihrem Kopf verschwand. Sie verharrte in dieser Stellung, bis ihre Arme zitterten, und ließ sich dann langsam herunter. Dazu knickte sie in den Hüften ein, bis ihre Zehen das Parkett berührten. Dann kauerte sie sich in der Kindstellung auf dem Boden zusammen, ließ ihren Körper und ihre Seele zur Ruhe kommen und ihre Muskeln sich entspannen.

»Dee?«

Beim Klang von Ethans Stimme fuhr sie zusammen. Er stand mit vor der Brust verschränkten Armen da, die Schulter an den Türrahmen gelehnt.

»Wie lange bist du schon da?«, fragte sie.

»Lang genug, um beeindruckt zu sein.«

Sie warf ihm ein entschuldigendes Lächeln zu. »Tut mir leid. Es wäre mir lieber, du hättest das nicht mitbekommen. Es ist schon seit einer Ewigkeit nicht mehr passiert.«

»Ist jetzt alles in Ordnung?«

Sie nickte. »Das Krankenhaus ist mir unter die Haut gegangen. Ich musste einfach nur … atmen.«

Er betrachtete sie eine Weile, seine Augen waren wie tiefe, dunkle Brunnen. Sie dachte daran, wie sie von der Dachterrasse gerannt war und dass er sie offensichtlich beim Kopfstand beobachtet hatte. Hoffentlich überlegte er jetzt nicht gerade, wie er diese Verrückte ohne eine Szene loswerden konnte.

Er kam herein, half ihr auf die Beine und schloss sie in die Arme. »Atmen ist gut«, flüsterte er. Als sein Mund ihren fand, war es eine sanfte Berührung. Die heiße Leidenschaft der vergangenen Nacht war nun Zärtlichkeit gewichen, und so kam es, dass sie sich an ihn schmiegte und die Panikattacke vergaß, die fast die Oberhand gewonnen hätte. Ihr Herz schlug heftig, aber auf eine wohltuende Art. Die Arme um ihn geschlungen, ließ sie zu, dass er sie hochhob, ins Nachbarzimmer trug und auf sein Bett legte.

Als sie sich aus seiner Umarmung löste, erinnerte sie der Geruch von getrocknetem Schweiß daran, dass sie heute vier Kurse gegeben hatte. »Ich sollte erst noch duschen.«

Er hielt sie unter sich fest. »Nein. Du riechst gut. Du riechst *echt.*« Er küsste ihren Hals, schob den Träger ihres Tops herunter und küsste sie die Schulter entlang.

»Du *schmeckst* echt.« Er zog ihr das Top über den Kopf, fuhr mit der Hand über ihren Bauch und streifte über die weiche Rundung ihrer Brüste. Er zeichnete ihre Wangen nach und verflocht die Finger in ihrem Haar. »Du bist echter als jede Frau, der ich bisher begegnet bin.«

Viel später trat Dee aus der Dusche und dachte über ihre eigenartige Empfindung nach, gleichzeitig voller Energie und vollkommen erschöpft zu sein. Und darüber, wie ihre Erinnerungen sich brav wieder zurückgezogen und eingekapselt hatten. Im Schlafzimmer betrachtete sie die auf dem Boden verstreuten Klamotten, hob ihr Top auf, roch daran und warf es wieder weg. So verstört, wie sie hier eingetroffen war, hatte sie vergessen, die Kleidung zum Wechseln mitzunehmen, die sie sich eigens ins Auto gelegt hatte. Ethans T-Shirt baumelte von einem Bettpfosten herab. Sie lächelte bei der Erinnerung daran, wie sie es ausgelassen dorthin geschleudert hatte, und nahm es herunter.

Sie fand Ethan in der Küche, wo er gerade prüfend in einen erhöht eingebauten Backofen schaute. »Nettes Shirt. So eins habe ich auch.«

Sie zupfte am Saum, der ihr bis zum Oberschenkel reichte. »Ich weiß, das ist ein Klischee, aber ich habe meine frischen Sachen im Auto vergessen.«

Er blickte auf ihre nackten Beine herunter. »Ich steh total auf Klischees.« Er klappte die Ofentür zu. »Da aus dem Frühstück auf der Dachterrasse ja nichts geworden ist, dachte ich, wir könnten dafür jetzt da draußen zu Abend essen.«

In ihrem Kopf hörte sie plötzlich ihre eigene Stimme, wie sie zwei Abende zuvor gesagt hatte: *Ich brauche eigentlich nur einen lieben Mann, der am Ende eines langen Tages mal für mich zu Abend kocht.* Ethan hier war der perfekte Datepartner, und ihr erster Impuls wäre fast ein kleines Freudentänzchen gewesen. Aber der Teil von ihr, der ihre Erinnerungen speicherte und verwaltete, war verletzt und misstrauisch. Du willst nichts Perfektes, mahnte er sie. Wenn der Abend zu perfekt ist, möchtest du sonst nur mehr davon.

Ethan stellte Teller und Besteck auf ein Tablett. »Meine Haushälterin hat einen kleinen Gesundheitsfimmel, und als ich sagte, dass ich etwas Vegetarisches möchte, hat sie sich richtig ins Zeug gelegt. Indisch magst du bestimmt, oder?«

»Du hast das also nicht selbst gekocht?«

»Ich muss dich leider enttäuschen. Das Einzige, was ich in der Küche kann, ist den Ofen anstellen.«

Also, wenn er es nicht selbst gekocht hatte, war es auch nicht *perfekt*. »Das ist sicher keine Schande.«

Draußen hing ein riesiger Mond über Sydney Harbour und zog einen langen Silberstreifen über das Wasser. Der Märzabend war mild und die Luft salzig. Sie stellten Schalen auf den Tisch und setzten sich über Eck, sodass sein Knie ihres berührte. Dee nahm ihr Haar und warf es über die Schulter zurück. Ethan schluckte hörbar.

»Was ist denn?«, fragte sie.

»Das, was du da mit deinem Haar machst.«

»Was ist damit?«

»Das ist sehr … sexy.«

Ihr Haar. Ganz langsam verzogen ihre Lippen sich zu einem Lächeln. »Du meinst wie jetzt?« Sie warf das Haar über die andere Schulter zurück.

»Genau das meine ich. Das ist fast so gut, wie wenn du es hochgesteckt hast und dann löst und aufschüttelst.« Er hielt den Blick auf ihr Gesicht gerichtet und schob sein Knie zwischen ihre. »Also, was ist im Krankenhaus passiert?«

Die Frage kam so unerwartet, dass sie ganz spontan antwortete. »Ich war da drinnen so einsam und verletzt und am Boden zerstört, und dagegen gibt es keine Medizin. Da muss man einfach durch.« Sie warf einen Blick auf sein Gesicht und begriff plötzlich, dass sie ihn falsch verstanden hatte. »Ach so, du meintest heute? Ja, also, Arianne geht es wieder gut, und morgen früh darf sie nach Hause.« Sie warf ihr Haar noch einmal nach hinten, um ihn möglichst von ihrer ersten Antwort abzulenken.

»Was ist denn *damals* im Krankenhaus passiert?«

Sie schaute weg. Wollte sie wirklich darüber reden? Nachdem sie gerade erst mit den Erinnerungen gekämpft hatte?

Seine Hand wanderte zu ihrem nackten Oberschenkel, glitt langsam daran hinauf und fand die Operationsnarbe, die von ihrem Beinbruch zurückgeblieben war. Langsam strich er mit dem Finger auf dem glänzenden Streifen hin und her. »War das nach dem Autounfall?«

Sein sanfter Tonfall ließ sie zu ihm aufsehen. Wenn sie ihre Erinnerungen ganz vorsichtig an die Oberfläche kommen ließ, konnte sie es vielleicht aushalten. Sie holte tief Luft. »An den Unfall selbst kann ich mich fast gar nicht erinnern, aber die drei Monate im Krankenhaus waren ein Albtraum.«

»Was ist passiert?«

»Alles hat wehgetan. Ich hatte überall Schnitte und Wunden und mehrere Frakturen.« Sie hob die Hand und winkte mit ihrem krummen kleinen Finger. »Finger, Rippen, mein Bein und mehrere Rückenwirbel waren gebrochen.« Sie drückte die Hand auf die Brust. »Aber wirklich kaputtgemacht hat mich mein gebrochenes Herz.«

»Dein gebrochenes Herz?«

Sie hatte nicht daran gedacht, dass sie diesen Teil der Geschichte ihm gegenüber nie erwähnt hatte. Das hatte sie eigentlich auch gar nicht vorgehabt. Nur, dass das gebrochene Herz eben dazugehörte, wenn sie ihre Verletzungen aufzählte. »Mein Verlobter …« Sie schüttelte den Kopf.

Ethan ergriff ihre Hand und umschloss sie mit einem warmen Fingerdruck. »Ach, Dee, das tut mir schrecklich leid. Ich wusste nicht, dass du bei dem Unfall jemanden verloren hast.«

»Oh, nein, er ist nicht gestorben. Ich bin mir sogar ziemlich sicher, dass das Arschloch äußerst lebendig ist und jetzt irgendeine andere Frau einwickelt. Nein, er hat mich verlassen.« Sie lächelte schmallippig. »Am Tag, nachdem man mir gesagt hatte, dass ich eine Rückenoperation bräuchte und dass es durchaus möglich wäre, dass ich nie wieder richtig laufen könnte. Tolles Timing, oder?«

»Was für ein Schwein.«

Sie sah, wie Ethans Kiefermuskel arbeitete, und fühlte sich durch seine Empörung ermutigt. »Ja, tja, ich bin psychisch richtiggehend auseinandergefallen. In unzählige kleine Stückchen. Wie ein riesiges Puzzle. Amanda und ich haben die als Kinder gerne gelegt. Einmal hatten wir eines mit dreitausend Teilen, und wir haben die ganzen Weihnachtsferien dafür gebraucht. Wir hatten ein System. Wir haben mit den Randteilen angefangen und daraus erst einmal einen Rahmen zusammengesetzt, und dann haben wir nach und nach das Innere ausgefüllt. Auf der Schachtel war immer ein Foto des Puzzles abgebildet, und wir haben eine Lupe benutzt, um die passenden Teilchen zu finden.« Sie stützte sich mit verschränkten Armen auf den Tisch. »Nachdem Anthony mich verlassen hatte, habe ich mich gefühlt wie ein Puzzle mit einer Million Teilen, aber ohne Bild, nach dem man sich richten konnte. Ich hatte keine Ahnung, wie mein Leben danach weitergehen sollte, und ich konnte nicht ein einziges verdammtes Randstück finden, das mir weitergeholfen hätte.« Sie wischte sich eine Träne von der Wange.

Ethan streckte eine Hand aus und strich ihr sanft über die andere Wange. »Ist die Operation gelungen?«

»Ich habe nicht eingewilligt, und das hat zu einem ganzen Bündel neuer Probleme geführt. Mum hat die Krise gekriegt und tagelang versucht, mich dazu zu überreden. Aber ich war ein psychisches Wrack, hab nur geheult und war auch irgendwie von den Medikamenten benommen. Ich wusste nur, dass ich nicht in der Verfassung war, eine Entscheidung über eine schwere Operation zu fällen, umso mehr, als es keine Garantie gab.«

In Erinnerungen versunken, fuhr sie sich mit einer Hand durchs Haar. »Mein Gott, es war so schlimm, mitansehen zu müssen, wie Mum mit meinem Zusammenbruch gerungen hat. Sie wollte unbedingt, dass ich ganz schnell wieder gesund werde. Vermutlich hat sie sich gesagt, je schneller das ginge, desto schneller könnte ich mit meinem Leben weitermachen und alles vergessen. Aber bei einem gebrochenen Herzen kann man nicht einfach auf die Schnellspultaste drücken. Man muss die Heilung eben abwarten. Ich hätte seelischen Beistand gebraucht, sonst nichts. Am Ende war ich gezwungen, innerlich dichtzumachen. Ich habe auf niemanden mehr gehört, habe all diese Puzzleteilchen sortiert und habe es auf meine Art hingekriegt. Ich weiß, dass ich Mum verletzt habe und dass sie mit dem, was aus mir geworden ist, nicht einverstanden ist, aber ich selbst bin jetzt damit zufrieden.«

Ethan legte ihr einen Finger unters Kinn und küsste sie sanft auf die Lippen. »Mir gefällt dein Puzzle genau so, wie du es zusammengesetzt hast.«

Sie wusste nicht, wie es kam oder was eigentlich passierte, aber als sie in seine dunklen Augen blickte, seufzte etwas in ihrem Inneren auf und löste sich. Sie erwiderte seinen Kuss, langsam und innig, und stieß ein leises »mhm« aus, als er die Hand unter ihr T-Shirt schob. Dieser Moment würde ihre ungeteilte Aufmerksamkeit erfordern. Sie neigte den Kopf, als Ethan mit den Lippen über ihren Hals streifte, und wischte die Warnung beiseite, die ein kleines Stimmchen in ihrem Kopf flüsterte. Das Stimmchen, das wissen wollte, wie dieser Moment wohl enden würde.

KAPITEL 26

Dee schlug die Augen auf. Sie spürte Ethans Arm um ihre Taille und lächelte.

Dann runzelte sie die Stirn. Irgendwas stimmte nicht. Nein, es stimmte schon alles. Aber etwas fehlte.

Sie hatte nicht vor Schreck nach Luft geschnappt. Zum ersten Mal seit zehn Jahren war sie nicht von einem Angstanfall gepeinigt aufgewacht. Wow, das fühlte sich gut an. Sie schlüpfte unter Ethans Arm hervor, ließ sich auf die Yogamatte neben ihrem Bett gleiten und genoss von Energie durchpulst und gleichzeitig erschöpft das Stretching im dämmrigen Frühmorgenlicht. Große Kreise mit dem rechten Bein. Große Kreise mit dem linken. Toller Sex förderte die Gelenkigkeit.

Ethan wälzte sich zur Bettkante und beugte sich mit einer nackten Schulter über den Rand. »Es wäre bestimmt netter, wenn du das hier drin machtest.«

Sie grinste. »Wie hat dir dein Ausflug ins Elendsquartier gefallen?«

Es war das erste Mal, dass er in ihrer Wohnung übernachtet hatte. Er hatte am Vorabend noch einen beruflichen Termin gehabt und gesagt, er werde sie am nächsten Tag sehen. Also war sie früh schlafen gegangen. Kurz nach elf war Pam ganz aufgeregt in ihr Zimmer gestürzt und hatte gesagt, Ethan Roxburgh stehe vor der Tür. *Der* Ethan Roxburgh. Dee war im Schlafanzug hinausgegangen, hatte ihn in ihr Zimmer geführt und die Tür vor der Nase ihrer verdatterten Mitbewohnerin zugemacht.

Ethan streckte die Hand aus und strich ihr mit dem Finger über den Arm. »Das Bett ist ein bisschen hart, aber die Gesellschaft ist perfekt.«

In den letzten zwölf Tagen hatten sie mehr Nächte gemeinsam als getrennt verbracht. Sie fühlte sich enorm belebt und gleichzeitig erschöpft, und sie hatte auch ein bisschen Angst. Sie hatte sich gedacht, nach zwei Wochen wäre die Sache erledigt – dann wäre die Schwärmerei abgeklungen, und sie hätte ihr altes Leben wieder aufgenommen. Wie Leon gesagt hatte: Das Ganze würde mühelos in ihre zweiwöchige »Zukunft« passen.

Das Problem war nur, dass die Anziehung keineswegs nachgelassen hatte. Tatsächlich war sie viel, viel größer geworden. Als hätten ihre Gefühle Anabolika geschluckt. Sie wollte, dass die Flammen dieses Liebesrauschs möglichst schnell niederbrannten, damit sie einfach weggehen konnte, sobald das nötig war. Denn irgendwann müsste sie gehen. Sie brauchte sich gar nicht erst einzureden, dass Ethan das nächste potenzielle Roxburgh-Girl keines Blickes würdigen würde, nur weil er ein paar heiße Nächte mit einem sexy Yogaguru verbracht hatte.

»Du willst bestimmt zu Hause duschen«, meinte sie. »Ich bin mir nicht sicher, ob dein verwöhnter Leib mit dem Wasserdruck hier zurechtkommt.« Sie sah ihm zu, wie er gemächlich aufstand, seine Boxershorts anzog und gähnend die breiten Schultern reckte. Am liebsten hätte sie ihn noch ein bisschen länger bei sich festgehalten.

Sie kochte gerade Kaffee, als er im Bad fertig wurde

und sich zum Aufbruch bereitmachte. »Soll ich dich heute Abend hier abholen oder lieber in der Yogaschule?«

Er nahm sie zur Eröffnung einer Kunstausstellung mit, ihre erste gemeinsame Unternehmung, seit er ihr Nonnenhabit verbrannt hatte. Sie würden in der Öffentlichkeit so tun, als handle es sich wieder nur um das Knüpfen geschäftlicher Beziehungen, damit die Medien außen vor blieben. Dann aber würde sie unauffällig mit ihm nach Hause fahren.

»In der Yogaschule«, antwortete sie.

»Übrigens, ich habe mir die Einladung angesehen, und es wird um Cocktailkleidung und Straßenanzug gebeten.«

»Ich muss Zeit finden, um Amandas Kleiderschrank zu plündern.« Noch während sie hin und her überlegte, wie sie eine Fahrt zu ihrer Schwester in ihren Stundenplan quetschen konnte, fragte ein Stimmchen in ihrem Hinterkopf, ob ihre eigenen Kleider in einem Meer von potenziellen Roxburgh-Girls Ethan nicht zum Unausweichlichen nötigen würden.

Ethan trat hinter sie, strich ihr Haar zur Seite und flüsterte ihr ins Ohr: »Fahr nicht zu Amanda. Geh so, wie du wirklich bist. Ich mag es, wie du wirklich bist.«

Ihr Magen zog sich vor Freude und Angst zusammen. Sie entwand sich ihm und schaute im Schrank nach Bechern. »Kaffee?«

»Nein danke. Ich muss los. Und wo wir gerade von Zeit sprechen, sag Graeme Paffe, wenn er weiter so viel von deiner beansprucht, soll er mal mit einem Beraterhonorar rausrücken.«

Sie traf sich am Nachmittag mit Graeme, um sich

die neuesten Entwürfe für seine Yogakollektion anzuschauen. Seine Gratismuster waren toll, und sie lernte eine Menge über die Bekleidungsindustrie, aber es kostete sie schrecklich viel Zeit. »Er ist noch in der Entwurfsphase.«

»Deine Zeit ist wertvoll, Dee, und im Moment bekommt er sie umsonst. Bei Geschäftsbeziehungen geht es ja gerade darum, dass sie sich auszahlen. Sag ihm, du hast einen engen Zeitplan, und er muss sich hinter deiner *bezahlten* Arbeit einreihen.«

Sie lächelte über die Art, wie er das sagte. Sehr gefragt zu sein machte irgendwie Spaß. Die Yoga-DVD sollte nächste Woche gedreht werden, der Drehbuchschreiber rief sie alle naselang an, und Regisseur Damon schleifte sie andauernd in der Gegend herum, um Drehorte anzuschauen – das war schmeichelhaft und aufregend, führte aber dazu, dass sie Privatstunden im letzten Augenblick umlegen und ihre Schüler beschwichtigen musste. Außerdem brauchte sie Ersatzlehrer, die bei ihren Kursen für sie einsprangen. Inzwischen war sie jedem, mit dem sie jemals zusammengearbeitet hatte, zu Dank verpflichtet.

Abgesehen von Arianne und Howard. Die arme Arianne war ins Bett verbannt und kam nur gelegentlich ganz vorsichtig in den Yogaraum hinunter, wo sie dann mit untergeschlagenen Beinen saß und einem Kurs zusah. Und Howard wirkte genauso gehetzt, wie Dee sich fühlte. Die Leitung der Schule und zusätzlich zu seinen eigenen Schülern auch noch die Hälfte von Ariannes zu übernehmen, während er sich gleichzeitig um seine Partnerin kümmern wollte, forderte seinen Tribut. Dee half, wo sie konnte, zählte die Einnahmen, brachte sie zur Bank und kaufte Milch, Gemüse, Tofu und alles ein, womit sie glaubte, Arianne aufmuntern zu können.

Und auch wenn sie ihre finanziellen Angelegenheiten noch nicht ganz im Griff hatte, konnte Dee doch behaupten, dass sie auf dem Weg dahin war. Sie hätte inzwischen genug Geld, um sich eine billige Couch zu kaufen – wenn sie sich nur entscheiden könnte.

Dee ging durch die Küche, stellte sich auf Zehenspitzen und küsste Ethan auf den Hals. »Von heute an wird Graeme sich hinten anstellen müssen. Während der Dreharbeiten für die DVD nächste Woche sage ich alle Termine ab.«

»Dann küss mich jetzt noch mal, bevor du keine Zeit mehr hast.« Vor seinem Aufbruch umschlang er sie in einer plötzlichen Aufwallung von Leidenschaft.

Nach der Stunde bei Patrick schaute Dee vor dem Kurs für fortgeschrittene Anfänger fünf Minuten bei Arianne herein, verzichtete auf einen Kaffee, weil sie noch die Einnahmen einzahlen wollte, fuhr zu ihrer Privatstunde um elf Uhr quer durch die Stadt, schlang zum Mittagessen etwas Obst herunter und ging dann für Arianne einkaufen.

Um eins traf sie bei Lucy im Büro ein, froh über die Unkenntnis der Roxburgh-Schwester, dass Dee mit ihrem Bruder schlief. Sie hatte keine Ahnung, wie Lucy dazu stehen würde, aber da es ihr schon so genug Mühe bereitete, damit zurechtzukommen, fand sie es unnötig, dass Lucy alles noch komplizierter machte.

Als Dee hereinkam, schlug Lucy gerade krachend den Hörer auf die Gabel. »Der verdammte Ethan! Könntest du ihn nicht manchmal erwürgen?«

»Doch, durchaus.«

»Er hat beschlossen, dass er es satthat, ein Sklave seines Berufs zu sein, und dass er keinen Termin mehr nach neunzehn Uhr legt. Das ist die Midlife-Crisis, das sage ich dir. Demnächst lässt er sich das Haar lang wachsen und kauft sich noch einen Sportwagen.«

Dee lächelte still in sich hinein, froh, dass Ethan mehr Freizeit haben wollte. War es ein Zeichen von Midlife-Crisis, wenn ein Mann wie er mit einer Frau schlief, die wie ein Hippie lebte? Und wie lange dauerte so eine Midlife-Crisis?

»Es ist normal, sich nach dem Sex gut zu fühlen«, sagte Arianne.

»Den Sex meine ich ja gar nicht«, erwiderte Dee. »Aber die ganze Zeit in Hochstimmung zu sein fühlt sich komisch an. Das macht mich nervös. Ich mache mir Sorgen, dass ich mich daran gewöhne. Meinst du, man kann sich daran gewöhnen, in Hochstimmung zu sein?«

Arianne betrachtete sie vom Bett aus. »Ich glaube, du denkst zu viel darüber nach. Genieße es einfach. Nimm es eben, wie es kommt.«

»Nee, nee. Ich muss vorsichtiger sein. Ich will nicht wieder wegen eines Mannes zusammenbrechen.« Dee schlang ihr Haar zu einem Knoten und steckte es fest, löste es dann aber wieder. »Was meinst du – hochgesteckt oder offen?«

»Offen. Hat Ethan dir nicht gesagt, dass es so sexy aussieht?«

»Aber ich möchte nicht, dass mir dort alle Männer zu Füßen liegen.« Sie lachten beide lauthals los, als wäre es eine Therapie.

»Ich weiß gar nicht, was ich ohne dich machen würde«,

sagte Arianne. »Und ich meine nicht einfach nur die Aufmunterung und das Essen. Danke für alles, was du in der Schule tust. Es ist so nervtötend, nicht helfen zu können.«

»Dann solltest du jetzt einmal deinen eigenen Rat beherzigen. Denk nicht zu viel darüber nach. Nimm es, wie es kommt.« Unten hörte man jemanden an der Tür rütteln. »Na, das waren meine fünf Minuten Freizeit diese Woche. Das ist sicher Ethan.« Dee griff nach ihrer Handtasche und gab Arianne einen Kuss auf die Stirn. »Bleib liegen. Ich finde schon selber raus.«

»Wenn das Baby erst mal auf der Welt ist, setze ich mich nie wieder hin«, rief Arianne Dee nach, als sie die Wohnungstür hinter sich schloss.

Die Party fand in einer kleinen Kunstgalerie in der Stadt statt, es war voll, und alle hatten sich aufgebretzelt – Roxburgh-Girl-Territorium. Die meisten Frauen und auch einige Männer sahen so aus, als würden sie sich genau für diese Rolle bewerben. Dee hatte Ethans Ratschlag beherzigt und war ihrem Stil treu geblieben. Es kam ihr so vor, als könnte sie vielleicht als Künstlertyp durchgehen. Allerdings waren ihr Zigeunerrock samt T-Shirt, Weste und flachen Sandalen dafür wohl wiederum nicht verrückt genug.

Mit einem Glas Champagner und einer großen Bruschetta in der Hand folgte Dee Ethan durch die Menge und stieß gegen ihn, als er stehen blieb, um eine Gruppe von Gästen zu begrüßen. Sie brachte irgendwie Glas und Häppchen in einer Hand unter, um die andere für einen Händedruck frei zu haben, kippte dabei aber einen Schwapp Sekt über ihr Kleid. Im Weitergehen steckte sie sich die Bruschetta in den Mund, um beim nächsten Mal nicht wieder so herumzuwursteln und sich vollzukleckern. Sie kaute noch, als Ethan wieder stehen blieb.

»Dee, das ist meine Tante Grace Roxburgh.«

Oh je, Bruschetta im Mund. Dee lächelte, versuchte zu schlucken, versuchte es noch einmal – und der Bissen blieb im Hals stecken.

Dee hielt die Hand vor den Mund und bemühte sich, würdevoll zu hüsteln. Es haute nicht hin, und wenige Sekunden später rang sie keuchend um Atem, und das Blut schoss ihr ins Gesicht. Ethan verpasste ihr einen kräftigen Schlag auf den Rücken und schleuderte sie damit zwei Schritte nach vorn, wo sie seiner Tante auf die teuren Schuhe trat. Die Bruschetta rutschte die Kehle hinunter, und sie schnappte verzweifelt japsend nach Luft.

Tante Grace ergriff hilfsbereit Dees Arm und steuerte sie dann von ihren Lacklederpumps herunter. »Bravo, meine Liebe. So eindrucksvoll hat sich mir schon seit Jahren niemand mehr vorgestellt.«

Dee sah in belustigte blaue Augen. »Danke, ich habe auch den ganzen Tag dafür geübt.«

Die ältere Dame lachte laut heraus. Sie beäugte Dee so kritisch wie ein neues Geschäftsangebot, musterte aufmerksam ihr Gesicht und reichte ihr dann die Hand. »Freut mich sehr, Sie kennenzulernen, Dee.«

Neben Ethan tauchte plötzlich ein Fotograf auf. »Mr. Roxburgh, darf ich ein Foto von Ihnen und Ihren Begleiterinnen schießen?«

Ethan warf Dee einen verstohlenen Blick zu und sah dann seine Tante mit hochgezogenen Augenbrauen an.

»Vielleicht könnte Dee mir ja hier Gesellschaft leisten, während du dir ein paar Leute suchst, mit denen du fotografiert werden möchtest?«, schlug Tante Grace vor, hakte Dee unter und steuerte sie zu den Kunstwerken. »Und was halten Sie von diesem Schrott?«

Dee hatte keine Ahnung von Kunst, winkte aber lässig ab. »Oh, es ist wirklich Mist. Absolut uninteressant«, antwortete sie und freute sich über das raue Lachen der anderen.

Tante Grace war die perfekte Gesellschaft bei einer Glamourparty. Sie war respektlos, eigenwillig und witzig. Sie schlenderten durch die Ausstellung, während Grace Dee mit schockierenden Storys über Künstler und Käufer unterhielt.

Als sie alle Bilder gesehen hatten, fragte Grace: »Und was machen Sie beruflich, Dee?«, hob aber sofort die Hand wie ein Stoppschild. »Nein, antworten Sie nicht. Ich hasse diese Frage. Ich will viel lieber wissen, was für ein Mensch jemand ist, als was er beruflich macht. Also, was für jemand sind Sie, Dee?«

Man hatte ihr in letzter Zeit ziemlich viele Namen gegeben – Guru, Model, Selbstständige, Beraterin, eine hoffnungslose Versagerin in Gelddingen –, und nichts davon schien sie auch nur annähernd richtig zu beschreiben. »Ich bin Yogalehrerin.«

Grace wirkte enttäuscht. »Sagen Sie mir nicht, dass Sie zu den Menschen gehören, die sich nur darüber definieren, wie sie Geld verdienen.«

»Nein, vielmehr ist mein Beruf dadurch definiert, was für ein Mensch ich bin. Ich *bin* eine Yogalehrerin. Außerdem habe ich das Glück, dass einige Leute mich dafür bezahlen, diese Arbeit zu tun.«

Grace musterte sie lange und nickte dann zustimmend. »Die Roxburghs haben sich immer über ihre Geschäftsinteressen definiert, aber die sagen nichts darüber aus, *was für ein Mensch* jemand ist. Selbst wenn man wie ich einheiratet, ist es eine Herausforderung, sich selbst zu definieren. Sie haben es alle unglaublich schwer, Menschen zu finden, die sie als die Person sehen können, die sie sind, statt sie auf ihre Arbeit zu reduzieren.«

Hinter Grace näherte sich ein rückwärts gehender Mann und wäre fast gegen sie gestoßen. Dee zog ihre Gesprächspartnerin zur Seite und sah zu, wie der Fotograf Leute zum Gruppenbild aufstellte: Ethan vorne in der Mitte, und zu beiden Seiten zwei identisch aussehende Roxburgh-Girls.

Grace schnaubte. »Diese Fotoreporter sind echte Quälgeister. Ethan glaubt, dass Publicity sich auszahlt, aber ich ziehe Zurückhaltung vor.« Sie ergriff Dee beim Arm und ging mit ihr ein Stück nach hinten. »Diese Frau, mit der er verheiratet war, wusste nicht einmal, was Zurückhaltung bedeutet.« Sie schnaubte erneut angewidert. »Die konnte sich gar nicht vorstellen, dass Ethan mehr ist als sein Beruf. Ich habe eine Flasche Champagner geöffnet, als diese Ehe zerbrochen ist.«

Dee warf einen kurzen Blick auf Ethan. Die Einzelheiten seiner Scheidung waren nie in die Medien gelangt. Sie dachte an all die Roxburgh-Girls, mit denen er fotografiert worden war, daran, wie er sich hinter seiner Maske des Geschäftsmanns versteckte, und fragte sich, ob er beschlossen hatte, dass die Ehe ein Ort war, den er nie mehr aufsuchen würde.

Schließlich trat er wieder zu ihnen und entschuldigte sich dafür, dass er so lange aufgehalten worden war. »Sicherheitshalber halte ich jetzt einen Notarzt bereit, aber offensichtlich hast du Dee ja von den Häppchen ferngehalten«, meinte er zu seiner Tante.

Grace legte die Hand auf Dees. »Ich habe unser Gespräch genossen. Das war weit erhellender als die Kunst.«

»Ja, unbedingt.«

Die Menge hatte sich gelichtet, und die Gäste standen in kleinen Gruppen beisammen. Ihr leises Geplauder bildete ein ständiges Summen im Hintergrund, das gelegentlich von Gelächter durchbrochen wurde.

»Ich hatte noch keine Gelegenheit, mich umzusehen«, sagte Ethan. »Macht es dir etwas aus, noch einmal mit mir hier durchzugehen?«

»Überhaupt nicht, aber ich muss dich warnen, die Kommentare deiner Tante lassen sich schwer toppen.«

Sie durchquerten langsam den Raum und standen Seite an Seite vor großen Leinwänden. Es handelte sich um moderne Kunst, ziemlich eigenartig, und Dee verstand kaum etwas von dem, was sie sah, aber mit Ethan zusammen zu sein war toll. Sich ihm gegenüber allerdings wie eine Geschäftsfreundin zu verhalten war, als versuchte man, Schokolade nicht zu essen, wenn man sie schon in den Mund gesteckt hat. Sie behielten ihre Hände bei sich und sahen sich nicht an, aber das hinderte sie nicht daran, ihm im Geist das Hemd auszuziehen und sich zum Beispiel diesen kleinen, runden Muskel unmittelbar unter dem Brustkorb vorzustellen, oder …

»Mr. Roxburgh.« Ein Fotoreporter steckte von hinten den Kopf zwischen sie. »Hätten Sie etwas dagegen, wenn ich schnell ein Foto von Ihnen und Ihrem Gast schieße?«

Plötzlich drehte sich eine Frau zu ihnen um. »Ethan, Lieber, wie geht es dir? Wir haben uns ja eine Ewigkeit nicht mehr gesehen.« Sie war mehrere Jahrzehnte zu alt, um ein Roxburgh-Girl zu sein, und gab ihm zwei Luftküsse auf die Wangen.

»Mrs. Reynolds, wollen Sie nicht vielleicht mit aufs Bild?«, fragte der Fotoreporter.

Ethan trat von Dee weg, kehrte ihr die Schulter zu und zog Mrs. Reynolds zu sich. »So gut?«

Der Fotograf zeigte auf Dee, die nun gar nicht mehr mit im Bild war. »Wie wäre es, wenn …«

»So ist es perfekt«, erklärte Ethan bestimmt. »Findest du nicht, Josie?«

»Ach, ganz wunderbar, mein Schatz.«

Als Josie Reynolds ihre Frisur zurechtzupfte und das Kinn senkte, überkam Dee das plötzliche Verlangen, die aufgeblasene, alte Hexe mit einem Tritt zur Seite zu befördern und selbst ins Bild zu springen.

Reiß dich zusammen, ermahnte sie sich. Sie musste schließlich kein Roxburgh-Girl sein, wo ihr Korb doch schon in Ethans Kofferraum stand.

»Will euer Vermieter das Haus schon wieder verkaufen?«, fragte Dee Arianne, während sie vor dem Freitagabendkurs ihre Leggings anzog. Sie hatte sich angewöhnt, zum Umziehen die Treppe hochzusprinten, um kurz nach Arianne zu schauen.

Ihre Freundin war heute müde und gelangweilt. »Nein, warum?«

»Jemand schießt Fotos von dem Gebäude. So habt ihr es doch letztes Mal herausgefunden, oder?«

Arianne wälzte sich vom Bett herunter und ging zum Fenster. »Hoffentlich nicht. Derzeit würde mich eine Neuverhandlung des Mietvertrags absolut überfordern.«

»Vielleicht würde der neue Besitzer es ja einfach beim bestehenden Vertrag belassen«, meinte Dee.

»Das ist in etwa so wahrscheinlich, wie dass ich demnächst wieder bis zu den Zehen runterkomme. Am besten rufe ich morgen mal den Hausverwalter an. Das kann ich ja zumindest vom Bett aus tun.«

Dee bereitete ihr eine Tasse Kräutertee zu, ging dann nach unten, schloss die Tür des Yogaraums auf, entzündete ein Räucherstäbchen, stellte den CD-Spieler an und zog gerade die Geldschublade auf, als der erste Schüler hereinkam. Sie brauchte einen Augenblick, um sein Gesicht mit einem Namen zu verbinden. »Moment mal, Sie sind doch Ian, oder? Der Reporter aus dem Klub.«

Er schüttelte ihr die Hand. »Ich hätte nicht erwartet, dass Sie sich an mich erinnern.«

»Wie hätte ich Sie vergessen können? Sie haben mich den ganzen Abend zum Lachen gebracht.«

»Und Sie haben mich daran erinnert, dass ich schon seit einer Ewigkeit keinen Yogakurs mehr besucht habe. Ich dachte, ich fang mal bei den Anfängern an und schaue, wie ich zurechtkomme.«

»Sehr schön. Danke, dass Sie sich für meinen Kurs entschieden haben.« Sie nahm die Gebühr entgegen, und da sonst noch niemand da war, zeigte sie ihm, wo die Matten im Lagerraum lagen.

»Als ich Sie zum letzten Mal gesehen habe, wollten Sie eine DVD für Gesundheit und Leben aufnehmen«, sagte er. »Wie ist es gelaufen?«

»Wir fangen Dienstag mit den Dreharbeiten an.«

»Ach ja. Wo wird denn gefilmt?«

»An ungefähr vier Drehorten im Umkreis der Stadt.

Einer davon ist ein Hubschrauberlandeplatz oben auf einem Bürokomplex. Ich weiß auch nicht, was das mit Yoga zu tun hat, aber ich denke, das Setting ist toll für Luftbildaufnahmen.«

»Dann ist es also eine aufwendige, teure Produktion?«

Sie zuckte mit den Schultern. »So was weiß ich nicht. Ich hoffe einfach nur, dass der Hubschrauber mich nicht vom Hochhaus runterwirbelt.«

Er stimmte in ihr Gelächter ein, und dann kamen auch schon die nächsten Schüler.

»Tut mir leid, ich muss anfangen. Wenn Sie während des Kurses Fragen haben, zögern Sie nicht.«

Reporter Ian war außer Übung, wusste aber offensichtlich, was er auf einer Yogamatte machen sollte. Dee behielt ihn im Auge, denn ihr war klar, dass man bei so einem Wiedereinstieg nach langer Zeit gerne Muskelkater bekam und dann vielleicht die Lust verlor.

Er wartete nach dem Kurs auf sie. »Die Meditation war wunderbar. Ich fühle mich, als hätte ich eine ganze Stunde geschlafen.«

»Dann hoffe ich, Sie wiederzusehen.«

Er blieb noch kurz, während sie zusammenpackte. »Haben Sie Zeit, noch einen Happen essen zu gehen?«

Sie blickte überrascht auf. »Oh, danke, aber zu Hause erwartet mich massenhaft Arbeit. Ich berate den Drehbuchschreiber der DVD, und ich habe die letzte Version noch nicht gelesen. Tut mir leid.«

»Kein Problem. Dann begleite ich Sie noch nach draußen.«

Als sie das Licht ausschaltete und sie zusammen die Treppe hinuntergingen, fragte er sie nach Graeme Paffe, riss noch einen Witz über dessen Lycraleggings und kam kurz auf einen anderen Teilnehmer des Abends zu sprechen, den sie nicht kannte.

»Na, haben Sie Ethan Roxburgh letzthin noch mal gesehen?«, fragte er.

Sie schloss die Haustür hinter sich und hoffte, dass er nicht auf ein noch längeres Gespräch aus war. Das mit dem Drehbuch war eine Lüge gewesen; sie wollte einfach nur früh Feierabend machen. »Ja, sicher. Er gibt mir noch immer kostenlos Rat in Geschäftsdingen.«

»Er wurde letzthin gar nicht mehr mit einem Roxburgh-Girl gesichtet. Vielleicht hat er doch eine Astrophysikerin gefunden.«

Dee erinnerte sich an seinen Scherz aus dem Klub – Models oder Schauspielerinnen oder Sängerinnen. »Oder eine Physiotherapeutin.«

»Oder eine Yogalehrerin.«

Sie zog den Schlüssel aus dem Schloss und schaute auf sein Spiegelbild in der Scheibe der Haustür. »Na, Sie sind mir aber ein Scherzkeks.«

»Meinen Sie?«

»Na ja, falls es so jemanden gibt, kenne ich sie jedenfalls nicht. So oder so muss ich jetzt los. Hoffentlich haben Sie morgen keinen Muskelkater. Tschüss.« Sie winkte ihm kurz zu und wandte sich zum Auto, plötzlich hatte sie es eilig, das Gespräch zu beenden.

Ethan rief sie auf der Heimfahrt an. »Ich habe mir gedacht, dass du heute bestimmt keine Zeit zum Einkaufen hast, deswegen steht hier ein Abendessen für dich bereit, falls du vorbeikommen möchtest.«

Sie wünschte, er wäre nicht ganz so nett. Er machte es ihr sehr schwer, ihn nicht festhalten zu wollen. »Bin in zehn Minuten da.« Die Durchsicht des Drehbuchs wäre bei ihm viel interessanter.

Am nächsten Vormittag verließ Dee das Haus ihres Privatschülers und bestellte sich in ihrem Lieblingscafé Frühstück. Dieses kleine Extra genehmigte sie sich jeden Samstag – sie musste erst in drei Stunden wieder unterrichten und hatte also mehr als genug Zeit zum Verdauen. Sie hatte sich gerade hingesetzt, als Ethan anrief.

»Hast du schon die Zeitungen gesehen?«

Etwas in seiner Stimme warnte sie. »Nein«, antwortete sie vorsichtig.

»Okay. Reg dich nicht auf, aber im *Telegraph* steht ein Artikel über uns.«

Nicht aufregen? »Was für ein Artikel denn?«

»Es ist ein Sensationsbericht, der unsere Beziehung schon ziemlich aufdeckt. Zusammen mit Fotos, die alles zu bestätigen scheinen.«

»Es gibt Fotos?« Dee hatte körnige Aufnahmen durch Schlafzimmerfenster vor Augen.

»Ja, aber für einen Enthüllungsbericht ist es nicht so schlimm.«

»Es ist also noch so eine Roxburgh-Girl-Story?«

Er zögerte kurz mit der Antwort. »Nicht wirklich. Sie lassen uns als Heimlichtuer dastehen. Und möglicherweise ist dir jemand gefolgt.«

Dee blickte sich misstrauisch im Café um. »Wer? Wann? Oh Gott. Gestern habe ich vor der Yogaschule einen Fotografen gesehen.« Sie holte tief Luft. »Und da war dieser Reporter aus dem Klub. Er hat gestern Abend an einem meiner Kurse teilgenommen und sich dann nach dir erkundigt.«

Es folgte ein kurzes Schweigen. »Was hast du gesagt?«

Sie gab das Gespräch vor der Yogaschule, so gut sie konnte, wieder. »Das mit der Astrophysikerin war ein Scherz, den er im Klub gemacht hatte. Zur Frage, warum du nie ein Date mit einer ganz normalen Frau hast.« Würde Ethan glauben, dass sie sich mit Ian zusammen über ihn lustig gemacht hatte? »Ich dachte, er flachst nur rum, bis er ›Yogalehrerin‹ sagte. Dann habe ich sofort Fersengeld gegeben. Das hat es verraten, oder?«

»Dee, du kannst nichts dafür. Du bräuchtest dir über so was gar keine Gedanken zu machen, wenn es dabei nicht um mich ginge. Früher oder später musste es ja passieren. Nimm es nur einfach nicht persönlich.«

»Was meinst du mit ›persönlich‹? Was steht denn in dem Artikel?«

»Lies ihn selbst. Am besten kommst du her, dann zeige ich ihn dir.«

»Nein, ich kaufe mir einfach eine Zeitung.«

»Vielleicht ist es besser, wenn du wartest, bis wir ihn zusammen lesen können.«

Das klang nicht gut. Ihr wurde fast ein bisschen schlecht.

Sobald sie aufgelegt hatte, klingelte ihr Handy erneut.

»Ihr seid aufgeflogen«, sagte Leon.

Eine Kellnerin kam mit ihrem Frühstück und warf im Weggehen einen verstohlenen Blick auf sie.

»Es ist schlimm, oder?«, flüsterte Dee in den Hörer.

»Sagen wir einfach nur, dass du auf den Fotos toll aussiehst.«

Sie schob ihren Teller weg. »Ich glaub, ich muss kotzen.«

»Pass auf, dass das niemand mitkriegt, sonst sagen sie auch noch, du hast Bulimie.«

»Was heißt *auch noch*?«

»Lass mal sehen.« Dee hörte, wie Seiten raschelten. »Hier steht, Ethan hätte sich ein Roxburgh-Girl mit neuem Look gesucht, dann werden im Vorbeigehen ein paar alte Roxburgh-Girls gestreift, und du erhältst ziemlich schlechte Noten für den R-G-Titel. Dann gehen sie näher auf dich ein. Ich zitiere: ›Nichols, das Yogagirl in der erfolgreichen Werbekampagne der Versicherung Gesundheit und Leben, ist für ihren alternativen Lebensstil bekannt. Sie trägt kaum jemals Make-up oder Schmuck, kleidet sich wie ein Hippie und geht gerne barfuß auf Partys. Wenn sie nicht in Werbespots auftritt, unterrichtet sie Yoga in einem privaten Aschram in den Eastern Suburbs und befolgt dessen strenge Meditationstechniken.‹«

»Du meine Güte.«

»Warte, da kommt noch mehr. Es geht um eine Ausstellungseröffnung, ihr sollt dort Händchen gehalten und vertraulich miteinander geredet haben, und du hättest ausgiebig mit seiner Tante Grace Roxburgh geplaudert … oh, hier geht's weiter, ich zitiere wieder: ›Nichols ist eine regelmäßige Besucherin in Roxburghs Penthouse, und es gibt Gerüchte, dass sie bereits bei ihm eingezogen ist. Einer unserer Quellen zufolge bezeichnet sie Roxburghs Wohnung als ihr Zuhause. ›Sie sagte mir, sie müsse nach Hause, um dort noch Arbeit zu erledigen, und rief mich dann aus Ethans Wohnung an‹, berichtete unsere Informantin.‹«

»Das stimmt doch alles nicht.«

»Gut so, ich wäre auch richtig sauer, wenn du mir nicht erzählt hättest, dass du zu ihm gezogen bist.«

»Der Artikel klingt so, als wäre ich eine Spinnerin.«

»Du bist auch eine Spinnerin, aber nicht aus den Gründen, die in der Zeitung stehen. Ich denke, der Artikel beweist, dass Ethan Roxburgh endlich zu Verstand gekommen ist und ein nettes, nonkonformistisches, Schuhe ablehnendes Mädel gefunden hat.«

Sie war froh, dass Leon da war, um dem Schrecken die Spitze zu nehmen. »Was soll ich denn jetzt machen?«

»Das Gleiche, was die Soapstars tun, wenn die Presse sich auf sie stürzt. An die Arbeit gehen und weiterleben.«

Nach den nächsten fünf Anrufen stellte sie ihr Handy aus. Der Versuch zu erklären, dass sie doch gar nicht ohne Schuhe bei Lucys Party *eingetroffen* war, ging ihr auf die Nerven. Und die Fragen nach Ethan – wie sollte sie die beantworten? Zwei Wochen lang hatte sie es vermieden, dem, was sie einander bedeuteten, einen Namen zu geben. Das Wort »Beziehung« trug die Vorstellung einer Zukunft in sich, und das war etwas, was sie nicht wollte. Sobald man sie ein Paar nannte, würde sie vielleicht Erwartungen hegen. Ihn ihren Partner zu nennen war vielleicht schon der erste Schritt zum Festklammern.

Sie wollte einfach nur seine Gesellschaft genießen und dann gehen, wenn es sein musste. Irgendwann war es mit Sicherheit so weit. Er war schließlich Ethan Roxburgh. Sein Interesse an ihr würde nur eine gewisse Zeit anhalten – das bestätigte auch die Zeitung.

Als sie später am Nachmittag das Handy wieder einschaltete, war ihre Mailbox voll. Ihre Mutter und Amanda hatten angerufen, und außerdem gab es zahllose SMS. Die meisten löschte sie, ohne sie zu lesen. Sie hatte einen Anruf von dem Reporterschwein Ian, von ein paar weiteren Journalisten und mehrere Anrufe von Ethan. Er klang beunruhigt.

»Ich dachte schon, du wirst von einem Paparazzirudel verfolgt«, sagte er, als sie ihn vor ihrem letzten Kurs aus dem Auto zurückrief.

»Himmel, nein. Das wäre grässlich. Ich hatte es einfach nur satt, andauernd Fragen zu beantworten.«

»Hast du den Artikel schon gelesen?«

Ihr Blick zuckte zu der Zeitung auf dem Beifahrersitz. »Ich konnte nicht anders.«

»Ist alles in Ordnung mit dir?«

»Sicher. Ich habe eine dieser strengen Meditationssitzungen hinter mir und fühle mich jetzt großartig.«

»Fahr heute Abend nicht nach Hause.«

»Welches Zuhause meinst du denn? Anscheinend habe ich zwei.«

»Das alles ist doch völliger Quatsch, Dee. Ich möchte dich gerne dafür entschädigen. Wir könnten zusammen zu Abend essen und die Zeitung dann Seite um Seite verbrennen. Das macht bestimmt Spaß.«

Sie lächelte. »Okay. Sollte ich in Verkleidung kommen?«

»Zieh einfach Schuhe an. Dann erkennt dich keiner.«

Vor Ethans Wohnung schaute Dee sich unwillkürlich vorsichtig um, bevor sie aus dem Wagen stieg. Bei dem Gedanken, dass sie vielleicht beobachtet wurde, wäre sie am liebsten zu der Wohnanlage gerannt. Dann aber überlegte sie, dass das superdämlich aussähe, wenn jemand Fotos schösse.

Ethan stand im Lift, als die Tür sich im Erdgeschoss öffnete. »Ich wollte nur sichergehen, dass du allein bist.«

»Wow, dir müssen sie aber früher schon übel mitgespielt haben. An mir werden sie bestimmt nicht so viel Interesse zeigen.«

Oben in seiner Wohnung zog er sie in die Arme und küsste sie. »Du sollst einfach nur wissen, dass es für mich keine Rolle spielt, was in der Zeitung steht. Ich möchte mit dir zusammen sein, mit oder ohne Schuhe.«

Seine Worte hätten sie beruhigen sollen, aber sie klangen zu sehr wie eine feierliche Erklärung. Das wollte sie nicht. Sie wollte einfach nur mit ihm zusammen sein – heute oder wann auch immer. Keine Versprechen. Keine Zukunft.

Während Ethan das Essen in den Ofen schob, saß Dee auf der marmornen Arbeitsplatte und ging den letzten Schwung Nachrichten auf ihrer Mailbox durch. Noch einmal das Reporterschwein Ian, noch einmal Val und Amanda und noch einmal Leon und Arianne. Wenigstens wurde die Liste von Anrufern kürzer, auch wenn die Zahl der Anrufe nicht abnahm. Als sie gerade die letzte Nachricht löschte, klingelte das Handy in ihrer Hand.

Dee verzog das Gesicht. »Es ist Mum.«

»Wird sie sich aufregen, weil in der Zeitung steht, dass du bei mir eingezogen bist?«

»Nein, sie wird entzückt sein. Hallo, Mum.«

»Ich versuche schon den ganzen Tag, dich zu erreichen. Du stehst in der Zeitung. Es ist schrecklich aufregend. Alle haben mich angerufen.«

Sie sonnte sich im Abglanz von Dees momentaner Berühmtheit. »Wo bist du denn?« Dee hörte Stimmen im Hintergrund.

»Heute ist unser Tennisabend. Schläfst du wirklich mit Ethan Roxburgh?«

»Die Frage ist ein bisschen indiskret.«

»Ich dachte, so sagt man das heutzutage. Dann also, triffst du dich häufig mit ihm?«

Dee war in Versuchung zu lügen, aber schließlich war Val ihre Mutter. Wenn die Story ohnehin im Umlauf war, hatte sie wohl das Recht, Bescheid zu wissen. »Ja, wir treffen uns seit ein paar Wochen.«

»Oh, das ist ja wundervoll, Dee. Er ist so ein netter Mensch.« Dann schrie sie: »Ja, sie schläft mit ihm!«, worauf ein Durcheinander schriller Pfiffe ertönte.

»Mum! Ich wollte dich gerade bitten, es niemandem zu sagen.«

»Mach dich doch nicht lächerlich, Dee. Du solltest stolz darauf sein, dass du dir endlich jemanden geangelt hast, und dann auch noch jemanden wie Ethan Roxburgh. Ich weiß ja, dass du zu tun hast, aber du musst wirklich versuchen, dir Zeit für eine Erneuerung deiner Garderobe zu nehmen. Diese Kleider, die du auf den Zeitungsfotos anhast, sehen so aus, als kämen sie vom Flohmarkt.«

»Tun sie auch.«

»Wir könnten shoppen gehen, wenn wir die neue Wohnung hier in der Straße besichtigt haben. Der Wohnblock ist jetzt fertig, und es gibt ein paar sehr schicke Läden in der Nähe. Wir könnten dir auch Make-up besorgen. Wie wäre es mit Dienstag?«

Zum Thema die Gunst der Stunde nutzen. »Nicht diesen Dienstag.« An überhaupt keinem Dienstag, wenn es nach ihr ging. »Ich nehme die DVD auf.«

»Ich würde es nicht zu lange schleifen lassen, wenn

du mit ihm zusammen bleiben möchtest, Dee. Männer wie er wollen eine Frau, die sie überallhin mitnehmen können.«

Ein Funke von Wut flammte in Dee auf, und sie blaffte: »Es ist schon Stress genug, wenn die Presse einen auseinandernimmt, da musst nicht auch noch *du* dich der Modepolizei anschließen.«

»Ich versuche nur, dir zu helfen. Hast du noch die Telefonnummer meiner Friseurin? Sie könnte dich bestimmt Montag noch einschieben, wenn ich ihr die Situation erkläre.«

»Bemüh dich nicht, Mum. Ich ruf dich später noch mal an.«

Sie schaltete das Handy aus und warf es auf die Küchentheke, wo es auf der Zeitung landete und die Schlagzeile auf Seite fünf zu unterstreichen schien: »Roxburgh-Girl in neuem Look.« Sie klatschte die Zeitung zu. Shit! Aber jetzt, wo nur noch die erste Seite übrig war, schien auch diese sie beleidigen zu wollen: »Gesundheit und Leben zockt Mitglieder ab: Bedeutende Beitragserhöhung.«

»Meine Mutter hat gerade ihrem Tennisklub mit dem Megaphon Einzelheiten über mein Sexleben verkündet.« Ethan legte den Arm um sie. »Tut mir leid«, fuhr sie fort. »Ich weiß, dass du das alles von der Presse fernhalten wolltest.«

»Dafür ist es jetzt zu spät. Wir können es ebenso gut offiziell machen.«

Dee erstarrte in seinen Armen. »Aber sie haben sich das alles doch nur ausgedacht. Es ist reine Spekulation.«

»Wenn man sich zu verstecken versucht, heizt das die Spekulationen nur noch an. Wenn wir es zugeben, gibt es keine Story mehr, und sie lassen uns in Ruhe.«

Ihr Magen zog sich vor Angst zusammen. »Was sollen wir zugeben? Wir haben ja noch nicht einmal über … uns gesprochen.« Und wollten es auch nicht.

»Ich denke, es ist ziemlich offensichtlich, was zwischen uns passiert.«

Ihr Herz hämmerte. »Ich, äh …«

Er strich ihr mit dem Daumen über die Wange und die Lippen. »Wenn du darüber reden möchtest, können wir das tun.« Er neigte den Kopf und küsste sie. »Oder wir können es einfach geschehen lassen.« Er fuhr mit dem Mund über ihren Hals.

Sie schob ihre Hände unter sein Hemd. »Wir brauchen nicht darüber zu reden. Deinen Mund kannst du auch viel besser einsetzen.«

Die Sonntage waren noch nie so schön gewesen, dachte Dee, die auf Ethans Herzschlag unter ihrer Wange lauschte und lächelte, als er eine ihrer Haarsträhnen durch seine Finger gleiten ließ. Den ersten Unterricht dieses Tages würde sie erst in drei Stunden geben. Sie hatten noch Zeit, es sich miteinander gut gehen zu lassen.

»Lass uns im Bett Kaffee trinken und Zeitung lesen«, sagte Ethan.

»Nackt?«

»Natürlich.«

Während Ethan durch die Wohnung ging, räkelte Dee sich unter der Bettdecke. Sie hatte kürzlich einen Korb mit sauberen Slips in seinen begehbaren Kleiderschrank gestellt, und in seinem Bad war eine zusätzliche Zahnbürste aufgetaucht. Das hatte überhaupt nichts zu bedeuten, sagte sie sich. Es war einfach nur praktisch.

Ethan tauchte mit Kaffee auf, und sie trank einen Schluck, während er die Sonntagszeitungen aus ihrer Verpackung nahm. Als er plötzlich etwas sagte, war es mehr ein Schnauben als ein Wort.

»Shit.«

KAPITEL 27

Ethan warf die Zeitung aufs Bett. Die Schlagzeile war riesig.

Erst blechen, dann entspannen: Beitragserhöhung von Gesundheit und Leben geht für Yoga drauf

»Oh Gott.« Dee riss die Zeitung an sich und entdeckte eine kleinere Schlagzeile:

Roxburgh-Girl mit Job versorgt

»Gott im Himmel.«

Ethan setzte sich hin, und sie lasen den Artikel gemeinsam. Es war fürchterlich. Das Reporterschwein Ian, dessen Name fett in der Verfasserzeile prangte, insinuierte, die Beitragserhöhung von Gesundheit und Leben werde für die Produktion und Distribution von Dees Yoga-CD verwendet. Er zitierte sie mit den Worten, selbst sie könne sich solche Beiträge nicht leisten, und die DVD sei eine aufwendige, teure Produktion. Schlimmer aber noch, der Artikel unterstellte, Dee habe das Engagement wegen ihrer Beziehung zu Ethan und seiner Position im Vorstand der Versicherungsgesellschaft bekommen.

Obwohl Mr. Roxburghs Verhältnis mit dem Model erst gestern öffentlich bekannt wurde, wurden die beiden schon im Februar dieses Jahres Arm in Arm gesichtet, kurz nach Ms. Nichols Auftritt in dem Werbespot von Gesundheit und Leben. Ende März fiel dann die Entscheidung der Versicherung, mit Ms. Nichols die Werbe-DVD zu drehen.

»Oh, Shit«, sagte Ethan.

Der Artikel war mit mehreren Fotos illustriert, darunter eines, auf dem Dee und Ethan bei der Dinnerparty der Werbegesellschaften dicht aneinandergedrängt abgelichtet waren. Das war damals gewesen, als Dee betrunken war und er ihren Busenblitzer kaschierte. *Schon im Februar konnten sie ihre Hände nicht voneinander lassen,* lautete die Bildunterschrift.

Dee wurde es schlecht. »Das ist doch ein unfassbarer Mist. Er hat mich nach der Beitragserhöhung gefragt und wollte wissen, was die DVD kostet. Meine Antwort war, dass ich keine Ahnung habe. Ich habe nichts von alldem gesagt.«

»Shit«, wiederholte Ethan und fuhr sich mit der Hand durchs Haar. »Okay, erzähl mir mal genau, was du ihm erzählt hast.«

Dee ging das Gespräch durch und hoffte, dass sie nichts gesagt hatte, was man ihr zum Vorwurf machen konnte. Ethans Blick wurde stahlhart, und sein Mund war nur noch ein verkniffener Strich. Als sie fertig war, sagte er lange Zeit gar nichts.

»Es stimmt nicht, oder? Ich habe das Engagement doch nicht deinetwegen bekommen, nicht wahr?«

»So was mach ich nicht«, antwortete er knapp, stand dann unvermittelt auf und ging zur Tür. »Ich muss mit ein paar Leuten telefonieren.«

Das war schlimm. Sehr schlimm sogar. Es ging nicht darum, dass mal eben ein Techtelmechtel vermutet wurde. Sondern jemand bewarf Ethan als Geschäftsmann moralisch mit Dreck. Dee hätte das Reporterschwein Ian am liebsten erwürgt, ihre Unschuld vor aller Ohren lauthals beteuert und richtig hart zugeschlagen. Stattdessen stellte sie sich lange unter die Dusche und ließ das warme Wasser über ihren Kopf prasseln – Dampf einatmen, Dampf ausatmen.

Als sie aus dem Bad kam, hörte sie auf der anderen Seite der Wohnung Stimmen. Es war noch jemand da. Sie ging zur Schlafzimmertür und streckte den Kopf in den Flur. Lucy. Und sie stritt sich mit Ethan.

»… Kampf gegen Windmühlenflügel.« Ihre Stimme war scharf.

»Meinst du, das weiß ich nicht?«, blaffte Ethan zurück.

»Wie konntest du sie nur auf die Medien loslassen?«

»Du warst es doch, die sie vor die Medien geschleift hat.«

»Ich wollte Bilder. Mehr nicht. Sie sollte doch nichts *sagen.*« Dee hörte das Klatschen von Papier, als hätte jemand die Zeitung zu Boden geworfen.

»Sie trifft keine Schuld«, sagte Ethan. »Du kennst dieses Arschloch doch. Er hat seine Karriere auf kreativen Zitaten aufgebaut.«

Es entstand eine Pause, und Dee hörte jemanden mit hohen Absätzen übers Parkett klacken. Dann redete Lucy wieder, aber diesmal so weit weg, dass Dee nichts verstehen konnte. Wollte sie es denn verstehen? Sie hatte einen trockenen Mund, und ihr Gesicht war rot angelaufen, aber sie trat trotzdem ein paar Schritte in den Flur hinaus.

»… wirft ein schlechtes Licht auf uns alle«, sagte Lucy, und Dee sah sie vor sich, wie sie dastand, wenn sie sauer war – mit in die Hüften gestemmten Armen. »Diese verdammte DVD habe schließlich ich vorgeschlagen.«

»Jetzt gerate mal nicht in Panik, Luce. Es ist aus den Fingern gesogener Mist.«

»Ich versteh nicht, wie du so ruhig bleiben kannst. Du bist doch der Mann, über dem sie die ganze Kacke auskippen. Was zum Teufel hast du dir eigentlich dabei gedacht, mit ihr durch die Stadt zu ziehen, als wäre sie irgend so ein Roxburgh-Girl?«

Ethan senkte die Stimme und knurrte: »Sie ist kein Roxburgh-Girl.«

»Nein, allerdings nicht. Freut mich, dass du klug genug bist, wenigstens das einzusehen. Und was wirst du jetzt unternehmen?«

Dee zog sich ins Schlafzimmer zurück und lehnte sich heftig gegen die Tür. Guter Gott. Sie wollte wirklich kein Roxburgh-Girl sein, aber bei den Worten der beiden fühlte sie sich wie eine Schmarotzerin. Ihr Herz schlug bis in den Hals hinauf, und ihr Gesicht brannte vor Verlegenheit und Scham. Sie wollte gar nicht wissen, welchen Plan Ethan verfolgte. Sie würde ihm gar nicht erst die Chance geben, irgendwas zu unternehmen. Sie warf ihre Sachen in ihren Korb und ging wieder in den Flur hinaus.

»Sprich nicht so laut«, sagte Ethan gerade, als Dee ins Wohnzimmer trat.

Sie wandten sich zu ihr um.

Lucy fiel die Kinnlade herunter. »Oh Gott.«

Ethan riss die Augen auf. »Dee, wie viel hast du …«

»Tschüss«, war alles, was Dee mit zusammengebissenen Zähnen herausbrachte. Sie drückte auf den Liftknopf und war erleichtert, als die Tür sofort aufging.

»Warte«, sagte Ethan.

Alles in ihr wollte bleiben und ihn anhören. Aber sie rief sich zur Ordnung. Sei ein Krieger und mach, dass du hier wegkommst. Sie trat in den Lift.

Ethan wollte ihr nach. Sie legte ihm die Hand auf die Brust und schob ihn über die Schwelle in die Wohnung zurück. »Nein!«

Dee wusste, dass es ihr wehtun würde, einfach wegzugehen – und so war es auch –, aber das war besser, als darauf zu warten, dass der andere ging.

Sie ging allerdings nicht. Sie rannte – aus dem Gebäude heraus und zu ihrem Auto. Dann fuhr sie los, durch Vorstädte, die sie nicht kannte, und weil sie es nicht ertrug, still zu stehen, schlängelte sie sich zwischen den Autos hindurch. Sie war vollkommen durcheinander. Ihre Füße schwitzten, ihre Handflächen kribbelten, und ihr Kopf dröhnte. Und wie auch immer sie die Ereignisse des Vormittags betrachtete, ihre Reaktion war stets dieselbe.

Sie fühlte sich durch die Zeitung beleidigt und fand es ungeheuerlich, dass das Reporterschwein Ian den Netten gespielt hatte, um sie an der Nase herumzuführen.

Immer wieder hatte sie Lucys Stimme im Ohr – voll Spott und Hohn. *Mit ihr durch die Stadt zu ziehen, als wäre sie irgend so ein Roxburgh-Girl.* Dee war sich bewusst, dass sie in Lucys Welt der Macht einfach nur die Yogalehrerin war, aber sie hatte geglaubt, dass Lucy sie wirklich mochte. Doch das galt womöglich nur, solange Dee wusste, wo sich ihr Platz befand.

Und Ethan – bei dem Gedanken an ihn empfand sie ein einziges, schmerzliches Kuddelmuddel. Sie war wütend und verlegen und fühlte sich dumm, naiv und betrogen. Sie war nie scharf auf den Titel Roxburgh-Girl gewesen, aber als sie hörte, wie er ihr den nur eine halbe Stunde, nachdem sie rittlings auf ihm gesessen hatte, rundweg absprach, fühlte sie sich wie irgendeine Frau, der es nur um eine Schlagzeile gegangen war.

Dabei war es mehr als das. Sie mochte ihn. Sehr sogar. Viel mehr, als sie hätte zulassen dürfen. Er hatte ihre Schutzhülle durchbrochen, hatte sich angehört, was sie quälte, hatte sie in die Arme genommen und war mit ihr ins Bett gegangen. Sie hatte sich auf ihn eingelassen, ohne es überhaupt zu merken, und obgleich ihr Kopf sie zum Gehen aufforderte, ihr Herz hatte etwas anderes gewollt – und jetzt war sie von tiefem Schmerz erfüllt.

Wenigstens war sie nicht der Versuchung erlegen, sich ihn in ihrer Zukunft vorzustellen. Aus diesem Buch brauchte sie keine Seiten herauszureißen, um sie mit einem Streichholz in Brand zu stecken und in Rauch aufgehen zu sehen. Sie war schon einmal fast an Rauchvergiftung gestorben. Das würde sie kein zweites Mal zulassen. Nein, sie würde ihrem Weg treu bleiben und einfach weitergehen.

»Shit!« Sie trat plötzlich auf die Bremse und zwang damit auch den Wagen hinter ihr, mit quietschenden Reifen zu halten. Sie musste heute unterrichten, was bedeutete, dass sie eine Versammlung Schüler vor sich haben würde, die die Wochenendzeitungen gelesen hatten. Außerdem musste sie Arianne und Howard gegenübertreten. Die Samstagszeitung bezeichnete die Yogaschule als »privaten Aschram in den Eastern Suburbs«, was unzutreffend war, aber nicht wirklich beleidigend. Die Sonntagsstory erwähnte sie in Verbindung mit einem Roxburgh-Girl, das mithilfe ihres Lovers bei einer instinktlosen Versicherungsgesellschaft ein überbezahltes Engagement ergattert hatte.

Dee wendete, voller Schuldgefühle bei dem Gedanken, dass die Schule wegen ihrer Naivität leiden würde. Sie parkte zwanzig Minuten vor Kursbeginn vor der Schule und klopfte an die Tür der Wohnung im Obergeschoss. Die Zeit reichte nicht für irgendeine Wiedergutmachung, aber doch für eine Entschuldigung.

Howard öffnete die Tür, und in seinem Lächeln stand Überraschung. »Ich dachte, du hättest meine SMS bestimmt nicht bekommen.«

»Habe ich auch nicht. Ich hab mein Handy gestern Abend ausgeschaltet. Es tut mir schrecklich leid.«

Als er sie hereinwinkte, schien er zu zögern. »Arianne hat mich gebeten, erst was zu sagen, wenn sie dabei ist. Sie liegt im Wohnzimmer.«

Dee folgte ihm durch den Flur und versuchte, sich ein paar Worte zurechtzulegen, die die Situation besser machen würden. Arianne lag, von zahllosen Kissen gestützt, auf dem Sofa. Dee warf sich in den Sessel ihr gegenüber. »Das mit diesem Blatt tut mir wirklich schrecklich leid. Ich hatte keine Ahnung, dass dieser Kerl so ein Zeug schreiben würde.«

Arianne und Howard runzelten beide verständnislos die Stirn.

»Ach, du meinst die Zeitung?«, fragte Howard. »Die lesen wir am Wochenende nicht. Zu viel negative Energie.«

Nun fiel Dee auf, dass Arianne irgendwie aufgeregt wirkte. Ihre Augen funkelten, und sie hatte ein glückliches Lächeln im Gesicht. »Also, was ist los?«

»Wir machen einen Ausflug!«, rief Arianne, als hätte sie Flugtickets nach Paris gebucht. »Ich bin so aufgeregt. Ich bin seit Wochen nicht mehr aus dem Haus gekommen. Deswegen wollten wir, dass du vor dem Kurs noch vorbeikommst.«

Howard, der sich auf den Boden gesetzt hatte, warf Arianne einen Blick zu. Sie nickte ihm zu und wandte sich dann mit ernster Miene an Dee. »Also, erstens, du musst heute noch gar nichts sagen oder tun. Aber du musst uns versprechen, nicht durchzudrehen.«

Das hier hatte offensichtlich nichts mit der Zeitung zu tun. Es ging hier um etwas anderes, das sie vielleicht zusätzlich aus der Fassung bringen würde. Die Angst sammelte sich wie ein Klumpen in Dees Magen. Sie war ohnehin schon überreizt. Zum Durchdrehen war es nicht mehr weit. »Ich kann nichts versprechen. Schon gar nicht, wenn du das Gespräch damit anfängst, dass ich nicht durchdrehen soll.«

»Tut mir leid, aber« – Arianne holte tief Luft – »ich habe beschlossen, nicht wieder mit dem Unterrichten anzufangen. Zumindest das nächste halbe Jahr nicht. Nach dem vielen Herumliegen bin ich bestimmt nicht mehr sonderlich fit, und ich möchte das Baby genießen, wenn es endlich da ist, und mich nicht dauernd damit abplagen, wieder in Form zu kommen. Darum fahren wir nach der Geburt zu Mum. Sie ist der reinste Guru für die erste Zeit mit dem Kind, und mit ihr werde ich ohne Stress in die neue Rolle finden.«

Ariannes Mutter war eine Yogalegende. Dee hatte in ihrer Schule an der South Coast Kurse besucht. Genau wie beinahe jeder andere Yogalehrer, den sie kannte. Es wäre der perfekte Ort, um sich von einer schwierigen Schwangerschaft zu erholen. Warum sollte Dee deswegen durchdrehen? »Das ist schön. Und Howard besucht dich dann an den Wochenenden?«

»Darüber wollten wir gerade mit dir sprechen«, sagte Arianne.

Dee sah zwischen den beiden hin und her. Der Schreck traf sie wie ein Schlag. Sie würden die Schule schließen. Verdammt. Die Hälfte ihres Einkommens kam von den Kursen hier. Falls ihre Befürchtung zutraf, wäre sie schneller pleite, als sie woanders ihre Yogamatte aufrollen konnte. Der Schweiß trat ihr auf die Oberlippe, und das Herz schlug ihr bis zum Hals hinauf. Nicht jetzt. Das hier und dann auch noch Ethan, das war einfach zu viel. »Wann schließt ihr die Schule?«

»Gar nicht, jetzt gerate mal nicht gleich in Panik.« Arianne hielt inne, und ein aufgeregtes Lächeln umspielte ihre Lippen. »Wir möchten, dass du in der Schule Partnerin wirst.«

Dees Gehirn war plötzlich ganz leer. »Was?«

»Eine gleichberechtigte Partnerin neben Arianne und mir«, fiel Howard ein. »Die letzten Wochen haben uns gezeigt, dass wir ohne dich aufgeschmissen wären. Und nachdem Arianne jetzt beschlossen hat, nicht wieder sofort mit dem Arbeiten anzufangen, brauche ich hier Hilfe, um alles am Laufen zu halten.«

»Ihr möchtet, dass ich die Schule führe?«

»Wir möchten, dass du genauso weitermachst wie bisher, aber von jetzt an mit einem Anteil am Geschäft. Arianne hat unsere Bücher überprüft, und fast die Hälfte unserer Schüler geht ausschließlich in deine Kurse. Wenn du weggingest und die Schüler dir folgten, würde hier alles zusammenkrachen.«

»Aber ich will doch gar nicht weggehen.«

»Und wir möchten dafür sorgen, dass es so bleibt.« Howard setzte sich in den Lotussitz, legte die Hände nach oben geöffnet auf die Beine und warb für seinen Vorschlag. »Du hast dich letzthin mit vielen Geschäftsideen beschäftigt, und wir begreifen, dass du eine gewisse Sicherheit möchtest. So war es bei uns auch. Deshalb haben wir die Schule gegründet. Du erzeugst hier eine Menge positive Energie, und wir finden, es wird Zeit, dass du selbst auch etwas davon hast.« Er nahm ein Blatt Papier vom Couchtisch neben sich. »Das bedeutet natürlich, dass du investieren müsstest, darum habe ich hier ein paar Zahlen notiert, über die du nachdenken kannst.«

Dee nahm die Seite entgegen, sah die große Summe ganz unten und spürte, wie sich ihre Muskeln vor Beklemmung verkrampften. »So viel Geld habe ich nicht. Ich habe gerade mal genug für ein Sofa gespart.«

»Du müsstest dir einen Geschäftskredit besorgen. Es gibt da einige Angebote mit guten Zinsen, gerade für einen Zeitraum wie zum Beispiel fünfzehn Jahre«, sagte Howard.

»Fünfzehn Jahre.« Ihr Herz hämmerte. Heftig. »Aber das ist ja schrecklich lange.«

Arianne berührte Howard an der Schulter. »Mach langsam. Gleich dreht sie wirklich durch.«

Er begann, seine Argumente an den Fingern abzuzählen. »Als Partnerin verdienst du selbst dann etwas, wenn du krank bist oder Urlaub machst, du bekommst mehr für das, was du jetzt ohnehin schon in der Schule leistest, und du baust dir etwas für die Zukunft auf. Überleg doch mal, in fünfzehn Jahren würde dir ein Drittel der Schule gehören, und hoffentlich auch ein Drittel dieses Gebäudes, falls wir es jemals kaufen können. Du hättest eine gesicherte Existenz. Das ist eine echte Zukunft, Dee. Etwas, worauf du dein Leben aufbauen kannst.«

Bis zu diesem Augenblick hatte eigentlich alles recht

gut geklungen. Aber eine komplette Zukunft – nicht einfach nur eine Woche oder ein Monat, sondern eine Zukunft, auf die sie ein ganzes *Leben* gründen konnte? Sie schnappte nach Luft und zuckte körperlich zurück. Nur gut, dass sie kein Versprechen gegeben hatte, nicht auszuflippen, denn hier war Endstation Panik, und es fuhr kein einziger Zug mehr. Ihre Freunde machten ihr einen unglaublich großzügigen, praktischen und potenziell gewinnträchtigen Vorschlag, ihr aber brach vor Angst der Schweiß aus.

»Ich, äh …« Sie hatte einen dicken Kloß im Hals.

Arianne legte die Hand auf ihren dicken Schwangerschaftsbauch. »Du musst nicht gleich antworten. Das Baby soll erst in einem Monat kommen. Entscheide dich erst, wenn du Zeit gehabt hast, darüber nachzudenken.«

Dann kapierte Dee es plötzlich. Hier ging es auch um Ariannes und Howards Zukunft. Eine Zukunft, die sie wollten. Und vielleicht auch brauchten. Sie waren abhängig von ihr.

Die Haustür schlug, und die ersten Schüler stapften die Treppe hinauf. Dee schaute auf die Uhr. »Ich sollte jetzt …« Sie zeigte mit dem Daumen auf die Tür und stand mit weichen Knien auf. »Ich bin, äh, einfach zu baff für Worte. So geschockt, wie ich bin, proben die gerade in meinem Kopf den Massenaufstand.« Sie streckte ihnen die Hände entgegen und blinzelte eine Träne weg. »Ich kann gar nicht ausdrücken … ich fühle mich so … ich möchte …«

Arianne lachte. »Hoffentlich verstehen deine Schüler gleich Zeichensprache.«

Dee umarmte erst sie und anschließend Howard und versuchte dann, während sie auf der Treppe tief durchatmete, sich so weit zu beruhigen, dass sie unterrichten konnte. Sie bemühte sich, Ethan, Lucy, Arianne und Howard aus ihrem Kopf zu verbannen. Vier Schüler erwarteten sie an der Tür.

»Hallo, Dee. Ian Fisher hat sich ja ziemlich an dir ausgetobt.«

»Kann man die Yoga-DVD dann hier kaufen?«

»Ich bin mit Ethan Roxburgh zur Schule gegangen.«

»Wie geht es Arianne?«

Kein einziger negativer Kommentar, kein unerwartetes Jobangebot. Am liebsten hätte Dee jeden Einzelnen von ihnen umarmt. Sie wollte ihnen danken, doch fand sie keine Worte – und dann hätte sie ihnen auch gesagt, sie sollten Ethan nicht mehr erwähnen, sonst müsste sie weinen.

Das Unterrichten war grauenhaft. Ihre Hände zitterten unaufhörlich, und sie erinnerte sich nicht einmal an die Namen der einfachsten Stellungen. Schließlich gab sie es auf, irgendetwas erklären zu wollen, und forderte sie stattdessen einfach zum Nachmachen auf. Während der besonders langen Meditation dachte sie über Ethan und Lucy sowie die neue Option der Partnerschaft nach und drehte noch ein bisschen mehr durch.

Sie war erschöpft, als sie die Tür hinter dem letzten Schüler schloss. Sie ließ die Jalousien herunter, und im Yogaraum wurde es ruhig und dunkel. An jedem anderen Sonntag liebte sie das sehr – in der Luft hing der Schweißgeruch der erhitzten Körper in dem stillen, von der Welt abgeschiedenen Raum. Heute aber spürte sie nur ihr hämmerndes Herz, und es kam ihr so vor, als könnte sie jeden psychischen Halt verlieren.

Sie war gerade im Lagerraum und verstaute Matten

im Regal, als die Studiotür aufging. Da hatte wohl ein Schüler etwas vergessen. »Hallo«, rief sie, kehrte in den Saal zurück und fühlte sich plötzlich, als wäre sie gegen eine Wand gerannt.

»Ich hab dich angerufen, aber dein Handy ist aus.« In der Tür stand Ethan in T-Shirt und Jeans, das Haar zerzaust – gut aussehend, lieb, erschöpft und besorgt. Warum nur trug er nicht Anzug und Krawatte und sein hartes Unternehmergesicht? »Wir müssen miteinander reden.«

KAPITEL 28

Sich auch nur normal zu unterhalten war schon schwer genug gewesen, bevor Ethan kam. »Nein, müssen wir nicht. Ist schon gut. Ich verstehe … das alles. Das ist nicht nötig.«

»Doch, wir müssen wirklich reden. Ich weiß nicht, wie viel du mitgehört hast, aber es ist nicht so, wie du denkst.« Er trat einen Schritt auf sie zu.

Sie roch den Moschusduft seiner Haut und erinnerte sich, wie die sich unter ihren Händen angefühlt hatte. Sie wischte sich die schweißfeuchten Handflächen an den Leggings ab und trat einen Schritt zurück. »Ich weiß, dass ich kein Roxburgh-Girl bin. Das wollte ich auch nie sein. Es war einfach nur ein Schock, euch beide so darüber reden zu hören. Aber es ist in Ordnung. Ich bin bereit, mit meinem Leben einfach weiterzumachen.«

»Genau meine Meinung.« Er zog sie in die Arme und küsste sie.

Sie ließ es ganz spontan zu, verschmolz mit seinem Körper, schlang die Arme um ihn – kam dann aber plötzlich wieder zu Verstand und stieß ihn weg. »Moment mal. Was? Ich dachte …«

»Ich weiß nicht, was du gedacht hast, aber ich denke das hier.« Er küsste sie erneut, ein einziges Mal, wie ein Punkt. Dann noch einmal, wie ein Komma. Darauf ließ er eine sanfte Liebkosung ihres Mundes folgen – innig und leidenschaftlich. Dees Kopf sagte ihr, dass sie sich doch schon verabschiedet hatte, aber ihre Lippen gehorchten ihr nicht. Als er sie endlich losließ, schaute sie ihn an, verwirrt und ängstlich.

»Ich will kein Roxburgh-Girl, Dee. Ich will dich.«

Es verschlug ihr fast den Atem. Willst du erst die gute Nachricht hören oder erst die schlechte? Die gute Nachricht ist, dass er dich will. Und die schlechte? Dass er dich will.

Sie zog sich wieder ein Stück zurück. Er hielt ihre Hände fest.

»Dee, ich wollte dich das eigentlich schon gestern Abend fragen, aber da sind wir abgelenkt worden. Ich reise im Juni für ein paar Wochen nach New York, und ich hätte dich furchtbar gerne dabei.«

Sie spürte, wie ihr das Blut aus dem Gesicht wich. »Im Juni? Das sind ja noch volle zwei Monate.«

»Ich dachte, dann hättest du genug Zeit, deine Kurse und Stunden umzudisponieren.«

Der abgedunkelte Raum schien sie von allen Seiten zu umzingeln. »Ich, äh … lieber Himmel … zwei *Monate*?«

Ethan hielt ihre Hände noch fester. »Wenn du dir wegen des Reisepasses Gedanken machst, reicht die Zeit auf jeden Fall, um einen zu beantragen. Aber ich dachte, du hast bestimmt schon einen.« Er umfing ihre Finger noch energischer.

Sie wusste, dass das beruhigend wirken sollte, aber es fühlte sich wie Zwang an. »Habe ich auch. Nur sind zwei Monate so … weit in der Zukunft, und wir wissen doch gar nicht, was bis dahin passiert. Ich meine, vielleicht sind wir bis dahin nicht …«

Seine Mundwinkel wanderten nach oben. »Was denn?

Nicht mehr zusammen? In zwei Monaten? Ich hatte gehofft, dass wir uns dann immer noch die Kleider vom Leib reißen.« Sein Lächeln wurde unsicher. »Was hast du denn gedacht?«

Dee entzog ihm ihre Hände und verschlang sie miteinander. »Ich… ich habe nicht so weit nach vorn geschaut. Ich wollte einfach abwarten und sehen, wie es läuft.«

Sein Lächeln verschwand. »Wie es läuft? Wie so ein verlängerter One-Night-Stand?«

»Also, nein, so nicht. Es ist nur…« Was konnte sie ihm sagen? Dass er das Beste war, das ihr in ihrem Leben je passiert war, dass sie aber unmöglich weiter als zwei Wochen vorausplanen konnte?

»Ich begreife es nicht, Dee. Ich dachte, zwischen uns hätte es richtig gefunkt. Und jetzt erklärst du mir, das ist für dich einfach nur ein *Spielchen*?«

»Nein. Es ist kein *Spielchen.*« Seit dem Unfall war ihr niemand mehr so nahegekommen. »Ich halte es einfach nur nicht für sinnvoll, fest mit einer dauerhaften Beziehung zu rechnen, obwohl es ja vielleicht ganz anders kommt.«

Ethans Kiefermuskeln arbeiteten. »Ich weiß, dass diese Roxburgh-Girl-Geschichte mich wie einen Playboy aussehen lässt, aber es dauert verdammt lange, bis ich mich auf eine Beziehung einlasse.« Mit schief gelegtem Kopf musterte er ihr Gesicht und ihre Augen. Dann trat er einen Schritt zurück, gerade außer Reichweite. »Ich dachte, darum ginge es hier. Ich dachte, dass du das auch willst. Aber wenn es dir einfach nur um ein bisschen Spaß geht, sag es mir einfach, Dee, denn ich investiere keine Gefühle in etwas, das nirgends hin führt. Das hab ich schon hinter mir, und ich habe nicht vor, es zu wiederholen.« Er verschränkte die Arme vor der Brust. »Also, wie sieht es aus, Dee?«

Er war in die Rolle des Geschäftsmanns geschlüpft, hatte die Optionen auf den Tisch gelegt und wartete nun eine Antwort ab – aber sein Blick war verletzt und misstrauisch.

Dee hätte diesen Ausdruck gerne weggeküsst, aber sie konnte nicht. Er bat sie um eine Zukunft.

»Ich … ich weiß es nicht. Ich *will* es nicht wissen. Ich, äh, …«

»Ich bitte dich ja nicht, mit mir zusammenzuziehen und einen Haufen Kinder zu kriegen, aber ich will mehr als nur heißen Sex und gelegentlich nett miteinander witzeln. Bist du dazu bereit?«

Bei dieser Frage wurde ihr Kopf knallheiß. War sie bereit? Über die Phase scherzhaften Geplänkels war sie längst hinaus. An dem Abend, als er ihr gesagt hatte, es gefalle ihm, wie sie sich wieder aus ihren Einzelteilen zusammengesetzt habe, hatte sie Anlauf genommen und war direkt im Feld »Investition« gelandet. Aber wollte sie wirklich immer weiter investieren, wo sie sich doch jederzeit für einen Abschied bereithalten musste?

Sie blickte in seine espressobraunen Augen, betrachtete seinen weichen Mund und die wie zu Schilden verschränkten Arme. Das Problem war ja gerade, dass sie nicht Abschied nehmen *wollte*, zumindest vorläufig nicht. Sie würde nur zu gerne ihr hart verdientes, emotionales Kapital investieren, wenn sie dann erleichtert spüren könnte, dass sie es für eine Weile sicher in starke Hände gab. Sie streckte die Hand nach seiner Brust aus und ertastete sie unter dem Shirt. Innige Worte, die sie nie wieder hatte aussprechen wollen, lagen ihr auf den Lippen. Sie hörte sie im Kopf und spürte ihr Gewicht im Mund.

Ethans Blick wurde weich. »Gibt es eine Zukunft für uns, Dee?«

Eine Zukunft?

Eine Woge der Angst schlug so unvermittelt über ihr zusammen, dass sie keine Zeit mehr hatte, Luft zu holen. Ihre Knie wurden weich, ihr Magen verkrampfte sich, und die Sicht verschwamm ihr vor den Augen. Sie taumelte von ihm zurück, schnappte nach Luft und versuchte, etwas zu sehen, obwohl ihr so komisch schwarz vor Augen wurde.

»Dee?«

Seine Stimme klang besorgt, doch durch das Klingeln in ihren Ohren drang sie kaum hindurch. Sie packte die Empfangstheke mit beiden Händen und lehnte sich dagegen, um nicht hinzufallen. Einfach nur atmen, Dee. Sie presste die Augen zusammen, sog Luft durch die Nase ein und stieß sie durch den Mund wieder aus. Ein und aus. Schnell und kräftig, bis sie allmählich wieder klar sah. Sie spürte Ethan hinter sich, spürte seinen Arm um ihre Schulter und merkte, dass ihr schon wieder schwindlig wurde.

»Nein. Nicht.« Sie schob ihn weg, ließ die Theke los, trat ein paar Schritte zurück und konzentrierte sich darauf, weiter tief zu atmen.

»Dee, was ist denn los? Lass mich dir helfen.« Er streckte die Hand nach ihr aus.

Ihr ganzer Körper schmerzte von dem widersprüchlichen Verlangen, sie gleichzeitig zu ergreifen und Abstand von ihm zu gewinnen. Sie trat noch einen Schritt zurück. »Frag mich bitte nicht nach einer Zukunft.«

Ethan bewegte sich eine ganze Weile nicht, sondern beobachtete sie hinter der Barriere hervor, die sie zwischen ihnen aufgerichtet hatte. »Du hast Angst«, sagte er schließlich. »Das ist in Ordnung. Ich habe auch Angst. Nur vergesse ich nicht zu atmen, wenn ich Angst habe.« Er lächelte freundlich.

Atmen, Dee.

Er senkte den Kopf, um ihr in die Augen zu sehen. »Es ist für uns beide ein großer Schritt, aber das ist kein Grund, ihn nicht zu tun. Ich möchte mit dir zusammen sein, Dee, und ich bin mir ziemlich sicher, dass du auch mit mir zusammen sein möchtest. Wir können uns der Zukunft gemeinsam stellen. Es wird dann *unsere* Zukunft sein.«

Die Panik kribbelte in ihren Zehen, schoss ihre Beine hinauf und sprang ihr in den Bauch. Sie biss die Zähne zusammen. Nein. Nicht schon wieder eine Angstattacke. Und keine neue Zukunft. Sie machte ihre Stimme energisch und laut. »Ich will keine Zukunft. Ich *glaube nicht* an die Zukunft.«

In seinem Gesicht standen Ärger und Verwirrung.

»Ich … ich kann das nicht. Nicht jetzt. Ich möchte … ich will …« Was denn? Alles? Nichts? »Ich will, dass du gehst.« Sie drehte sich um und floh in den Lagerraum.

Dee riss die Augen auf. Sie setzte sich so heftig keuchend hoch, dass sie fürchtete, gleich zu ersticken.

Ethan.

Verdammt. Sie ließ sich auf ihr Kopfkissen zurückfallen, mit verschwollenen Augen, hämmerndem Kopf und wehem Rücken. Großer Kreis mit dem rechten Bein. Aua. Lieber kein ganz so großer Kreis. Dasselbe galt für das linke. Ausruhen. Das musste reichen. Sie brauchte Zeit, um sich zu einer Kugel zusammenzurollen und noch eine Weile miserabel zu fühlen.

Obgleich der Sonntag aus einer Reihe voneinander unabhängiger Schocks bestanden hatte, verflochten die sich in ihrem Kopf zu einem einzigen, unentwirrbaren Knäuel. Die Zeitung ließ sie an Lucy, Ethan und die Schule denken. Das Partnerschaftsangebot weckte in ihr den Wunsch, mit Ethan zu reden, und dabei fielen ihr wieder Lucy und die Zeitung ein. Und bei jedem Gedanken an Ethan fühlte sich ihr Kopf wie die Lottotrommel mit all diesen Kugeln an, die darin herumrollten und von den Wänden herunterfielen.

Um halb sechs schleppte Dee sich aus dem Bett und fragte sich, wie sie die Kraft finden sollte, morgen auch nur eine einzige Yogastellung für die DVD zu machen. Sie machte an der Küchentheke ein paar Stretchingübungen, hörte aber sofort damit auf, als ihr einfiel, dass sie das auch immer bei Ethan getan hatte. Sie dachte an sein Gesicht zurück. Seine Miene, als er die Zeitung gesehen hatte, als sie ihn zum Gehen aufgefordert hatte und als sie zu ihm und Lucy ins Zimmer getreten war. Dann erinnerte sie sich an den Klang von Lucys Stimme: »Sie sollte doch nichts *sagen.*« Verdammt noch mal! Worauf hatte sie sich nur eingelassen! Sie schlug mit dem Kopf gegen den Kühlschrank. Ein viel besseres Gefühl als Stretching.

Patrick machte die Tür auf, bevor sie noch klopfen konnte.

»Ein schlimmes Wochenende?«, fragte er.

»Ja.«

»Ich hab schon immer gedacht, der Spruch *schlechte Werbung ist auch Werbung* ist einfach nur völliger Stuss.«

Sie lächelte, und zu ihrer Überraschung tat das nicht weh.

Drinnen sagte er dann: »Ich habe nur einen einzigen Rat für dich. Mach das, was du am besten kannst, weiter. Wenn der Sturm vorübergezogen ist, ist es vielleicht alles, was dir noch bleibt. Pass also gut darauf auf.«

Dee wünschte sich, er hätte ihr gesagt, sich ein halbes Jahr im Bett in Selbstmitleid zu suhlen, wäre die beste Art, wieder auf die Beine zu kommen, aber Patrick musste es wissen. Vor ein paar Jahren war sein Bankrott monatelang in allen Zeitungen durchgehechelt worden. Vielleicht sollte sie seinen Rat also befolgen.

»Nun, Patrick, was macht denn dein Knie heute Morgen?«

Die Leute aus dem fortgeschrittenen Anfängerkurs hatten die Köpfe zusammengesteckt, als sie kam, und schauten beim Auslegen der Matten andauernd heimlich nach ihr. Wenn sie während des Kurses so weitermachten, würden sie sich alle den Nacken verrenken. Besser, sie sprach das Thema offen an.

»Danke, dass ihr heute gekommen seid«, begann sie. »Ich dachte, nach der Zeitungslektüre würdet ihr euch vielleicht fürs Wegbleiben entscheiden.« Sie blickte in ihre fragenden Gesichter. Ja, sie war Ethan Roxburghs heimliche Geliebte; jawohl, er sah nackt genauso gut aus, wie man sich das vielleicht vorstellen mochte; und nein, sie wollte ihre Fragen nicht beantworten.

Nach dem Kurs verließ sie die Schule, ohne nach Arianne zu sehen. Das Angebot bereitete Dee noch immer Magenschmerzen, und sie wollte die Schwangere nicht mit ihrer Unentschiedenheit aufregen. Sie ging ins Café und beantwortete die Fragen des Personals – ja, es stimmte; nein, das hatte sie nicht gesagt; eigentlich war das alles äußerst peinlich – und setzte sich, um die immer länger werdende Liste der Nachrichten auf ihrem Handy durchzugehen. Sie wollte mit niemandem reden und niemandem etwas erklären, sie wollte sich nur vergewissern, dass sie nicht den Weltuntergang verpasst hatte.

Ethan hatte zweimal angerufen – einmal am Abend und einmal am Vormittag. Beide Male hatte er sie gebeten, einfach nur mit ihm zu reden. Das konnte sie nicht. Noch nicht. Erst musste sie herausfinden, was sie sagen wollte.

Leon hatte fünfmal angerufen, um zu hören, wie es ihr ging. Sie hatte gestern Abend mit ihm gesprochen. Genauer gesagt, ihm etwas vorgeschluchzt. Dabei hatte sie auch noch Schluckauf gehabt und sich ständig die Nase putzen müssen. Er hatte zugehört, beruhigende Laute von sich gegeben und versucht, sie wieder aufzubauen, aber als er auflegte, hatte sie sich immer noch genauso beschissen gefühlt.

Sie hatte SMS von Freunden, Schülern und Reportern erhalten, und ein Typ versuchte, ihr eine Krankenversicherung aufzuschwatzen. Manche SMS waren tröstend, andere fischten nach Informationen. Sie speicherte ein paar und löschte den Rest. Von ihrer Mutter und ihrer Schwester war sie richtiggehend eingedeckt worden. Val war verärgert, dass Dee ihr Ethan laut Zeitungsbericht seit Anfang Februar verheimlicht hatte. Amanda andererseits wollte helfen, den Schaden zu begrenzen. Sie kannte Leute und konnte für Rat in PR-Fragen sorgen. Ruf mich an, bat sie immer wieder.

Doch das tat Dee nicht. Sie wollte keinen Schaden begrenzen. Sie wollte sich einfach nur verkriechen.

Gerade als sie Amandas Nachricht löschte, klingelte das Handy. Es war Grace vom Mitgliederservice von Gesundheit und Leben.

»Hallo, Dee, schön, dass ich Sie erreiche. Sie haben bestimmt am Wochenende das Problem mit den Medien mitgekriegt.«

Und ob. »Ja.«

»Ja, natürlich.« Grace räusperte sich. »Es tut mir leid, Ihnen das so kurzfristig mitteilen zu müssen, aber der Vorstand ist heute Vormittag zusammengekommen und hat entschieden, die Yoga-DVD vorläufig aufzuschieben.«

Dee schloss die Augen.

»Die Vorstandsmitglieder halten das Projekt derzeit für zu umstritten, insbesondere angesichts Ihrer, äh, persönlichen Beziehung zu Mr. Roxburgh. Die Frage des Mitgliedervertrauens in unsere neue Gebührenstruktur wird als vorrangig betrachtet.«

Hinter Dees Lidern stiegen Tränen auf. »Wie lange sind die Dreharbeiten denn verschoben worden?«

»Vorläufig auf unbestimmte Zeit.« Sie senkte die Stimme zu einem vertraulichen Flüstern. »Tut mir leid, Dee. Ich bin ganz persönlich enttäuscht, aber so lautet nun einmal die Entscheidung des Vorstands.«

Der Vorstand – das schloss auch Ethan mit ein. Hatte er mit dafür gestimmt, das Projekt abzusetzen? Sie zwinkerte kräftig und zwang sich, nicht zu weinen. Bei ihrem Glück würde sonst prompt noch irgendein Fotoreporter sie in Tränen aufgelöst ablichten. *Roxburgh gibt hässlicher*

Heulsuse den Laufpass. Allerdings waren weitere Schlagzeilen im Augenblick ihre kleinste Sorge. Sie hatte für die nächsten anderthalb Wochen alle ihre Kurse an andere Lehrer gegeben, um Zeit für die DVD zu haben. Nun würde sie anderthalb Wochen Kursgebühren verlieren, ganz zu schweigen von dem unglaublichen Honorar, das sie für die DVD erhalten hätte – dicke Packen Geld zwischen den Seiten ihres »Sparbuchs«, mit denen sie sich einen Gebrauchtwagen hätte kaufen können. In zehn Tagen würde sie wieder ganz am Anfang stehen – pleite und allein. Nein, es wäre noch schlimmer als zuvor. Damals hatte sie sich nicht auch noch zurückgewiesen, unter Druck gesetzt und erschöpft gefühlt.

Dee schleppte sich durch zwei weitere Kurse, trank zu Mittag zwei Tassen starken Kaffee und stellte ihr Handy wieder an. Weitere Nachrichten von Ethan, Amanda und Leon. Und von Lucys persönlicher Assistentin Shona – als Dee das sah, lief ihr ein Schauer über den Rücken. Lucy rief Dee normalerweise immer selbst an.

Sie hörte, was Shona mit kühler, geschäftsmäßiger Stimme aufgesprochen hatte, und fühlte sich von Sekunde zu Sekunde schlechter. Lucy sei unerwartet verhindert und sage ihre Stunde ab. Lucy werde sich bei Dee melden, wenn sie neue Yogastunden wolle.

Dee begriff sehr gut, was da unausgesprochen blieb: Lucy hatte nicht einfach nur die Stunde abgesagt; sie hatte Dee aus ihrem Kalender gestrichen. Dee hätte sich ärgern sollen, aber sie fühlte sich einfach nur, als hätte man sie auf den Müll geworfen.

Sie streifte ziellos durch ein Einkaufszentrum und versuchte, nicht über Lucy nachzudenken – und gleichfalls Ethan, die Zeitung, Arianne und Howard aus ihrem Kopf zu streichen. Danach unterrichtete sie mehrere Kurse in rascher Folge, war aber mit ihren Gedanken nur halb bei der Sache. In ihr tobte eine wilde Schlacht über die Fragen der Geschäftspartnerschaft oder der Überflüssigkeit einer Zukunft. Keine Seite gewann – die Kontrahenten schlugen sich einfach nur gegenseitig zusammen und gelobten sich erneute Feindseligkeiten, sobald sie sich wieder etwas erholt hätten. Als Dee nach Hause kam, war sie fix und fertig.

Pam stand in der Schlafzimmertür und verfolgte, wie Dee sich bäuchlings aufs Bett warf. »Ich habe heute Nachmittag mit der Reporterin eines Radiosenders gesprochen. Ich sagte, du würdest sie heute Abend zurückrufen.«

»Da kann sie lange warten.«

»Bei der Arbeit haben heute alle über dich geredet.« Pam trat einfach ein und lungerte bei ihrem Bett herum. »Leon wollte alles unter der Decke halten, aber ich denke, die beste Methode, mit einer Medienenthüllung umzugehen, ist, die Dinge offen und ehrlich auszusprechen. Das hat Breck auch getan, als er sich von Saskia getrennt hat. Anschließend war er auf dem Cover des *Who Weekly*, und das hat ihn berühmt gemacht. Jetzt ist er ein richtiger Star.«

Dee hob den Kopf. »Was hast du ihnen erzählt?«

»Nur, dass du beinahe jede Nacht bei ihm zu Hause verbracht hast, seit ihr zusammen seid, und dann noch, wie er einmal richtig spät nachts hierhergekommen ist und wie er dir geschäftlich auf die Sprünge geholfen hat. Du weißt schon, das ganze delikate Zeugs.«

Was zum Teufel würden die Medien wohl daraus machen?

Dee riss die Augen auf. Sie setzte sich hoch und schnappte nach Luft. Sie fühlte sich beschissen.

Fünf Uhr früh. Na toll. Super. Dienstagmorgen, der Tag der abgesagten Dreharbeiten. Sie hatte keinen Wecker gestellt, aber sie war hellwach, hatte nichts als endlose, unterrichtsfreie Stunden vor sich, und ihre Gedanken würden unausgesetzt um Ethan, Lucy und ihre Zukunft kreisen.

Um 5.30 Uhr versuchte sie es mit ein paar großen Kreisen. Dann erneut um 5.56 Uhr. Um 6.20 Uhr gelang ihr ein paar Mal ein Katzenbuckel, und dann noch einmal ein weiterer um 7.02 Uhr. Um 7.45 Uhr zog sie die Knie an die Brust, aber um 8 Uhr gab sie ihre kläglichen Bemühungen schließlich auf und hinkte in die Küche, um sich einen Kaffee zu machen. Ihr Rücken war verspannt, und ihr Magen fühlte sich an, als hätte sie eine Kugelstoßkugel verschluckt.

Sie stellte Leons Fernseher an. Schaltete ihn wieder aus. An, aus, an, aus. Wie lange würde die Batterie der Fernbedienung das wohl durchhalten? Würde Dee schon vorher in einen erneuten Heulkrampf ausbrechen oder erst hinterher? Sie fuhr zusammen, als das Telefon klingelte, und nahm, ohne nachzudenken, ab.

»Trudy, irgendwie muss dein Handy kaputt sein. Seit Sonntagmorgen hinterlasse ich darauf eine Nachricht nach der anderen.« Vals Stimme klang gleichzeitig erleichtert und verärgert. »Hat Pam dir nicht gesagt, dass ich bei dir angerufen habe? Du solltest ihr klarmachen, dass sie Nachrichten für dich weitergeben muss.«

Dee ließ sich auf einen Sitzsack fallen. »Sie hat es mir gesagt. Ich hab mich nur einfach noch nicht bei dir gemeldet.«

»Du musst schrecklich viel zu tun haben, bei allem, was derzeit läuft. Aber ich habe heute Morgen in der Zeitung gelesen, dass die DVD, bei der du mitmachen solltest, gestrichen worden ist. Das sollte dir alles ein bisschen einfacher machen.«

»Das stand in der Zeitung?« Wenn sie schon jämmerlich scheiterte, musste das dann auch noch öffentlich breitgetreten werden?

»Es stand erst auf Seite sechs. Ich hätte es fast überblättert, aber Lesley Larkim – du erinnerst dich doch bestimmt vom Kartenspielen an sie, oder? – also, sie hat mich angerufen und mich darauf hingewiesen. Sie fand das schrecklich schade, aber ich habe ihr gesagt, das sei ganz im Gegenteil eine gute Nachricht, weil du jetzt Zeit hast, mit mir diese neuen Wohnungen zu besichtigen. Und dann könnten wir an der Kreuzung zu Mittag essen. Da unten gibt es ein paar sehr schicke Boutiquen.«

Typisch für Val, dass sie in Dees Katastrophe noch einen Lichtblick fand. Aber wenigstens stand hinter Vals Haltung die Sorge um ihre Tochter, und das war jedenfalls dem Zynismus und dem Hohn vorzuziehen, mit dem die Zeitung über sie hergezogen hatte. Aber hatte Dee die Kraft, sich heute mit Val abzugeben?

Sie wägte ihre Optionen ab. Sie konnte zu Hause rumhocken und die Batterie der Fernbedienung leerdrücken, während sie ihren Schlafanzug nassheulte. Oder sie konnte für ein paar Stunden den Gedanken an Ethan & Co entfliehen und sich stattdessen lieber über Vals Version mütterlicher Besorgtheit ärgern.

Dee traf Val zusammen mit einer Immobilienmaklerin vor einer Batterie von Briefkästen an.

»Wo sollen wir anfangen?«, fragte Donna, die Maklerin.

Dee schaute Val an. »Anfangen? Ich dachte, es ist nur eine einzige Wohnung.«

»Ein einziger Wohn*block*.«

Vielleicht hatte sie heute doch nicht die Kraft für so was.

»Die Wohnungen nach vorne hinaus haben einen anderen Grundriss als die, die nach hinten liegen«, erklärte Donna. »Und die Parterrewohnungen sind natürlich mit Garten.«

Dee spähte durch einen Zaun. »Die hier hat keinen Garten.«

»Es ist eher eine schicke Cityterrasse«, erklärte Donna.

»Reizend«, sagte Val.

»Wenn man bei der Hintertür stolpert, würde man sich die Nase am Gartentor blutig schlagen«, bemerkte Dee.

Sie wanderten durch eine Folge winziger Zwei- und Dreizimmerwohnungen, die alle in Beige gehalten und nicht voneinander zu unterscheiden waren.

»Der warme, cremige Farbton und der Teppich sorgen für eine wohltuende Atmosphäre, findest du nicht?« Val blieb im Treppenhaus stehen, wo es zum zweiten Stock hinaufging.

»Wie eine beige Höhle«, erwiderte Dee an ihr vorbeigehend.

»Beige ist so praktisch. Und es passt sogar zu deinen ungewöhnlichen orangefarbenen Kissen.«

Dee blickte zu ihrer Mutter hinunter und wollte gerade eine spitze Antwort geben, da bemerkte sie, dass Val heftig schnaufend stehen geblieben war und ihre Stirn schweißnass glänzte. »Alles in Ordnung, Mum?«

»Alles bestens, Liebling. Ich komme sicher wieder zu Atem, wenn wir erst im obersten Stock sind.«

Vielleicht würde Val es sich zweimal überlegen, einfach bei Dee vorbeizuschauen, wenn sie dazu zwei Stockwerke hochsteigen müsste, dachte Dee.

Donna wartete in der letzten Wohnung. »Die hier wird Ihnen bestimmt am besten gefallen.« Das Hauptschlafzimmer war winzig, kaum groß genug für ein Bett und eine Yogamatte, während das zweite Schlafzimmer, das Dee würde untervermieten müssen, um die Hypothek abzubezahlen, noch nicht einmal für ein kleines Kind ausreichen würde. Das Wohnzimmer mit Koch- und Waschmaschinenecke ging auf eine Dachterrasse hinaus, die gerade so groß war, dass eine einzelne Person die beeindruckende Aussicht auf einen Supermarktparkplatz genießen konnte.

»Das hier ist ein ausgezeichnetes Angebot«, sagte Donna, nachdem sie eine nach der anderen auf der Terrasse gestanden hatten. »Wir haben viele Interessenten, und ich sollte Ihnen das zwar nicht sagen, aber ich erwarte jeden Augenblick den Anruf eines Käufers.«

Val wandte sich ihrer Tochter mit einem triumphierenden Lächeln zu. »Die Wohnung ist doch perfekt, Liebling, oder?«

»Ich denke nicht …«

»Natürlich, Trudy, ich weiß, dass du dir wegen dem Geld Sorgen machst, aber das kriegen wir geregelt.«

»Nein, Mum, es ist die …«

»Ich habe mich ein bisschen mit unserem Steuerberater Bill Kennedy unterhalten.« Sie holte ein Blatt Papier aus ihrer Handtasche. »Er denkt, wenn du sparsam bist, solltest du dir die Raten zusammen mit Tante Mays Geld leisten können.« Sie hielt Dee das Blatt hin und spulte die Zahlen herunter, die er notiert hatte. »Deine Einnahmen musste er natürlich schätzen, da du mir ja nichts erzählst. Er ist von der niedrigsten Gehaltsstufe einer Röntgenassistentin ausgegangen. So viel wirst du ja wohl mindestens verdienen. Natürlich müsstest du ein paar Jahre lang auf deinen Urlaub in Indien verzichten, aber dafür hättest du dann diese reizende Wohnung.« Sie breitete weit die Arme aus und streifte dabei fast die beiden Seitenwände.

Dee knirschte mit den Zähnen. Glaubte Val denn wirklich, nachdem sie nun alles so schlau eingefädelt habe, werde Dee einfach einknicken und gehorchen? Innerlich vor Wut kochend stakste sie auf die Terrasse hinaus.

»Sie schaut sich einfach noch einmal die Aussicht an. Ich glaube, die findet sie wirklich toll«, hörte sie Val zu Donna sagen.

Dee schüttelte ungläubig den Kopf und sah zu, wie Autos auf den Supermarktparkplatz einbogen oder ihn wieder verließen. Es wäre verrückt, Tante Mays Geld für diese winzige Wohnung auszugeben. Plötzlich hob Dee den Kopf.

Tante Mays Geld.

Das Erbe entsprach fast der Summe, die Arianne und Howard für die Partnerschaft verlangten. Wenn sie dieses Geld hätte, würde sie kein über fünfzehn Jahre laufendes Geschäftsdarlehen benötigen. Dann wäre sie nicht in eine Zukunft eingesperrt, die sie nie gewollt hatte. Sie war sich nicht wirklich sicher, ob sie die Partnerschaft in der Yogaschule wollte, sie hatte noch nicht richtig darüber nachdenken können. Aber ohne einen

Riesenkredit war die Aussicht zweifellos attraktiver. Das Beste aber wäre, es wäre eine *Investition.* Etwas, womit ihre Mutter etwas anfangen konnte, eine Alternative zum Kauf einer Wohnung und eine Zuflucht vor der Hypothek, die Val ihr wie einen Mühlstein um den Hals hängen wollte. Wenn sie das Geld erst einmal hätte, könnte Dee immer noch entscheiden, ob sie wirklich Partnerin werden wollte.

Dee trat ins Zimmer zurück. »Tatsächlich habe ich vielleicht etwas anderes, wofür ich Tante Mays Geld verwenden könnte, Mum. Ich habe die Option erhalten, mich in ein Kleinunternehmen einzukaufen.«

Val lachte sofort lauthals los. »Mach dich doch nicht *lächerlich,* Trudy. Du könntest kein Unternehmen führen. Du schaffst es ja noch nicht mal, dein Handy regelmäßig aufzuladen.«

Ihre Worte trafen Dee wie eine Ohrfeige. »Und du hältst diese Wohnung für eine bessere Idee?«

»Sie ist perfekt für dich. Findest du sie nicht einfach reizend?«

»Nein, Mum, ich finde sie überhaupt nicht reizend. Sondern absolut grässlich. Sie ist einengend und ohne jeden Charme.«

»Trudy, ich weiß nicht …«

»Und es ist unglaublich arrogant von dir, einfach davon auszugehen, dass du die perfekte Wohnung für mich finden könntest. Insbesondere da du meine Lebensweise verabscheust.«

Val war einen Augenblick vollkommen erschüttert. »*Trudy!* Donna braucht nicht zu hören, wie du …«

»Donna, meine Mutter und ich müssen uns einmal kurz allein unterhalten.«

Donna verzog sich eilig nach draußen, und während sie darauf warteten, dass die Tür sich hinter ihr schloss, versuchte Val, ihre Tochter niederzustarren. Aber der Krieger in Dee war erwacht. Val war zu weit gegangen. Einfach alle waren zu weit gegangen. Ethan, Lucy und das Reporterschwein Ian. Aber vor ihr stand jetzt nun einmal Val, und Dee würde ihr gehörig die Meinung geigen.

»Also jetzt hör mir einmal zu, Trudy …«

»Nein, jetzt hörst du mir mal zu, Mum. Ich bin nicht mitgekommen, um mir deinen Rat in Finanz-, Lebens- und Geschäftsfragen anzuhören. Ich bin hier, damit du mich endlich in Ruhe lässt. Ich bin einunddreißig. Ich kann darauf verzichten, dass meine Mutter mir ein Zuhause aussucht oder mir sagt, wofür ich mein Geld ausgeben soll. Und ich kann verdammt noch mal absolut darauf verzichten, von dir zu hören, was für ein grauenhaft hoffnungsloser Fall ich bin.« Sie zeigte mit dem Finger auf Val. »Wenn es dir nicht passt, wie ich lebe, ist das dein Problem. Mach es nicht zu meinem.« Eine Haarsträhne fiel ihr ins Gesicht, und sie schob sie wütend zurück. »Und jetzt zu Tante Mays Geld – ganz ehrlich, das ist mir scheißegal. Gib es mir, oder gib es mir eben nicht, mir ist das wurscht. Aber benutze es nicht, um mich zu erpressen und in ein Leben zu drängen, das ich nicht führen will. Tut mir leid, dass ich dich enttäusche, glaub mir, ich wünschte mir, es wäre anders, aber es ist mein Leben und nicht deins. Finde dich damit ab.«

Als Dee an ihr vorbeistürmte, hatte Val den Mund aufgerissen, und ihr Gesicht war weiß vor Schreck.

Um Viertel nach sechs rief Amanda an. »Gott sei Dank hast du dein Handy an.« Ihre Stimme klang schrill und gepresst. »Es ist wegen Mum.«

»Was ist denn jetzt wieder?«

»Sie hatte einen Herzanfall.«

KAPITEL 29

Dee rannte in die Intensivstation, außer sich und atemlos vor Angst. Val sah in dem schmalen Krankenhausbett grau und zerbrechlich aus, als saugten die Schläuche, an denen sie hing, die Lebenskraft aus ihr heraus, statt sie ihr zu bewahren.

Für einen Herzinfarkt sei es ein eher milder Anfall gewesen, so der Arzt. Aber Infarkt ist Infarkt. Der Zustand ihrer Mutter musste stabilisiert und sie musste überwacht werden, und die Notwendigkeit einer Operation war zu prüfen.

Val war erschöpft, wachte aber während der langen Nacht immer wieder auf. Dee saß neben ihr auf dem Stuhl, unfähig, sich von ihrer Seite zu rühren, doch sie bekam mit, wie Ken und Amanda jeweils mit ihrer eigenen Angst umgingen.

Ken benahm sich wie ein Aufziehspielzeug und wanderte unaufhörlich zwischen der Wand und dem mit einem Vorhang abgeschirmten Bett hin und her. Er war dick und überhaupt nicht fit, und Dee fragte sich, warum nun ausgerechnet ihre tennisspielende und sich mit Powerwalking stählende Mutter im Bett lag.

Amanda verbrachte anfangs den größten Teil der Zeit im Gespräch mit Ärzten und Pflegern, telefonierte, holte Kaffee oder begab sich auf die Jagd nach Essen und Tassen mit Eiswürfeln. Später, in den frühen Morgenstunden, saß sie einfach nur da. Dee gegenüber. Die beiden waren wie Wächter, die die so wenig vertraut aussehende Gestalt im Bett beschirmten.

Gegen zwei Uhr morgens schlug Val die Augen auf. »Trudy«, flüsterte sie.

Dee hob den Kopf vom Bettlaken und sah die Angst in den Augen ihrer Mutter. Sie schloss die Finger um Vals Hand und hielt sie fest, als wäre sie selbst einer dieser Schläuche, die Val das Leben bewahrten. Sie ließ sie die ganze Nacht nicht mehr los. Sie wollte nicht, dass sie aufwachte und sich allein und ausgeliefert fühlte.

Als auf der Intensivstation schließlich Frühstückstabletts ausgegeben wurden, tat Dee die Hand weh. Sie war so steif, dass sie sich kaum noch bewegen konnte, doch das unterschied sich gar nicht sonderlich von der Verfassung, in der sie hier eingetroffen war. Gelähmt vor Schuldgefühlen, Angst, und dann noch ihr ganz eigenes Grauen.

Seit dem Augenblick, da Amanda sie angerufen hatte, sah Dee immer wieder vor sich, wie der Schock Vals Gesicht dort in der Wohnung gezeichnet hatte. Und wie sie davor schnaufend und schwitzend auf dem Treppenabsatz Halt gemacht hatte. Dee musste unwillkürlich immer wieder denken, wenn sie nur die Beherrschung nicht verloren hätte, würde ihre Mutter jetzt vielleicht friedlich bei sich zu Hause schlummern und am nächsten Morgen beim Hausarzt vorbeigehen, um mit ihm über ihre Atemlosigkeit zu reden.

Dee blickte auf, als Amanda sich durch den Vorhang schob und ihr Handy in die Handtasche steckte.

»Wie geht es Amelia und Ruby?«, fragte Dee leise.

»Ziemlich daneben. Ruby wollte sich nicht anziehen,

bis ich Reece gesagt habe, wie er ihr Haar frisieren muss. Er bringt sie nach der Schule hier vorbei.« Sie ließ sich auf ihrem Platz gegenüber Dee nieder. »Mach doch mal eine Pause. Du sitzt jetzt schon seit Stunden hier.«

Dee reckte die von Val gehaltene Hand. »Ist schon gut.«

Amanda schob die Finger unter Vals andere Hand. »Ich kann das mal eine Weile machen.«

»Aber …«

»Das geht schon. Ich lasse sie nicht allein.«

Sie tauschten ein düsteres Lächeln.

Dee stand langsam und vorsichtig auf und zuckte zusammen, da ihr Rücken sich über die Bewegung beschwerte. Sie küsste Val auf die Stirn und hinkte nach draußen. Sie marschierte eine Zeitlang durch die Korridore, um ihre Verspannungen zu lösen, stellte sich dann in einem kleinen Krankenhaushof in die Sonne und rief Leon an.

»Alles in Ordnung mit dir?«, fragte er, nachdem sie ihm von Val erzählt hatte.

»Nein. Ich kann da drinnen nicht atmen.«

»Was kann ich für dich tun?«

»Könntest du mir nach der Arbeit Kleider zum Wechseln bringen? Ich möchte hier nicht weg.«

»Brauchst du sonst noch was? Schokolade? Zeitschriften?«

Es gab etwas, das sie brauchte, aber das konnte er ihr nicht besorgen. »Dass du mich mal fest drückst, wenn du da bist.«

»Das versteht sich von selbst. Dann also bis heute Nachmittag.«

Dee setzte sich auf eine Bank und dachte darüber

nach, was ihr wirklich fehlte. Ethan. Ihn zu sehen und sich eine Weile an ihm festzuhalten. Das hatte sich die ganze Nacht durch ihre Gedanken gezogen. Es war das erste Mal seit Tagen gewesen, dass sie an ihn denken konnte, ohne dass eine Woge von Gefühlen über ihr zusammenbrach. Die Empfindung war unkompliziert, unverwechselbar und intensiv. Kein bisschen angsteinflößend. Aber sie würde ihn nicht anrufen. Sie konnte ihm nicht sagen, was er hören wollte.

Val blieb den größten Teil des Tages auf der Intensivstation und wartete auf Untersuchungen und Tests. Ken marschierte auf und ab. Amanda besorgte dies und jenes und telefonierte. Dee saß da, und ihre Nerven lagen blank wie lädierte elektrische Leitungen.

Irgendwann am Nachmittag schob eine Schwester den Vorhang auf. »Wer von Ihnen ist Dee?«

Sie hob die Hand.

»Jemand hat nach Ihnen gefragt.«

»Bestimmt Leon.« Sie machte mühsam den Rücken gerade und wäre am liebsten davongerannt. »Ich bin gleich wieder da, Mum.«

»Mir geht es gut, Liebling. Geh nur, und vertritt dir ein Weilchen die Beine.«

Sie trat in den langen Korridor, sah eine Gestalt beim Schwesternzimmer – und spürte, wie eine Gefühlswoge über ihr zusammenschlug.

Es war Ethan, so selbstsicher und stark, wie sie ihn nur je gebraucht hatte. Wie ein Magnet, der von einem Stahlband angezogen wird, ging sie direkt auf ihn zu, schlang ihm die Arme um die Taille und weinte los. Stoßweise schluchzend und dicke Tränen vergießend, die feuchte Flecken auf seinem Hemd hinterließen. Er hielt sie umarmt, bis sie sich ausgeweint hatte. Dann nahm er ihr Gesicht zwischen die Hände. »Erzähl mir alles.«

Und das tat sie – sie berichtete von Val, den Untersuchungen, den Ärzten und ihrer Angst, dass ihre Mutter beim Aufwachen ganz allein sein könnte.

»Woher wusstest du eigentlich, dass ich hier bin?«, fragte sie.

»Ich habe mir Sorgen gemacht, weil du zwei Tage lang dein Handy nicht abgenommen hast. Darum habe ich bei dir in der Wohnung angerufen, und Pam hat mir Leons Nummer gegeben.« Er schob ihr eine Haarsträhne aus dem Gesicht. »Er hat mir gesagt, du hättest gern Kleider zum Wechseln. Ich dachte, du brauchst vielleicht jemanden, der sich zu dir setzt.«

Tränen füllten ihre Augen und liefen ihr über die Wangen. Vor Wochen hatte sie ihm gesagt, alles, was sie damals gebraucht hätte, sei jemand gewesen, der sich zu ihr gesetzt hätte. Da hatte sie von einer anderen Zeit und einem anderen Krankenhaus gesprochen. Und jetzt war er da.

Es war nicht fair. Er wollte eine Zukunft, und dieses riesige Hindernis war nicht einfach dadurch verschwunden, dass er hier war und sich einen Stuhl schnappte. Und sie durfte ihn nicht in dem Glauben lassen, alles sei jetzt geklärt. Sie wischte sich die Tränen mit dem Handrücken von den Wangen. »Was ich über die Zukunft gesagt habe, dass ich nicht … dass ich …«

Er legte ihr einen Finger auf die Lippen. »Psst. Darüber sprechen wir ein andermal. Im Moment hast du erst einmal über wichtigere Dinge nachzudenken.«

Im Laufe des Nachmittags ließ Ethan ein paar Beziehungen spielen, organisierte ein Familienzimmer und bestellte ein Tablett mit Sandwiches. Vor seinem Tod sei sein Vater zwei Mal am Herzen operiert worden, erzählte er ihnen. Man brauche einen guten Arzt und ordentliches Essen, um so was durchzustehen.

Später erklärte ihnen ein Herzspezialist, Val brauche keinen Bypass, aber zwei verstopfte Arterien müssten wieder durchgängig gemacht werden. Sie erhielt einen Termin am nächsten Tag und wurde in die Herzabteilung verlegt.

Als der Arzt ihnen mitteilte, dass Val keineswegs im Sterben lag, beschloss Amanda, etwas Zeit bei ihrer Familie zu verbringen, während Ken nach Hause fuhr, um die Katze zu füttern. So erschöpft und gereizt Dee auch war, sie konnte sich nicht überwinden wegzugehen.

»Ich muss noch bei ihr bleiben«, erklärte sie Ethan. »Du solltest jetzt gehen. Mir geht es wieder gut.«

Sie sah mit ihrer Mutter fern, bis Val einschlief, und starrte dann noch geistesabwesend eine Stunde lang auf den Bildschirm. Dann kam Amanda vom Abendessen zurück. »Mach mal eine Pause, Dee, es wird eine lange Nacht.«

Gähnend ging Dee Richtung Wartezimmer zurück und hörte hinter sich noch die Erkennungsmelodie der Spätnachrichten durch die Glastür. Es muss wohl dreiundzwanzig Uhr sein, dachte sie und blieb plötzlich verblüfft im Durchgang stehen. Ethan saß im Wartezimmer und hob die Augen vom Laptop auf seinen Knien.

Sie fühlte sich wie berauscht, als hätte sie einen Zug aus Vals Sauerstoffmaske genommen. Sie ging zu ihm, setzte sich hin, legte ihren Kopf an seine Schulter und genoss seinen warmen, vertrauten Geruch. Wenn die Zukunft doch nur darin bestünde, sich nie mehr von hier wegbewegen zu müssen.

Dee saß am Bett, als Val früh am nächsten Morgen aufwachte. Ihre Mutter war hektisch und unruhig, unzufrieden mit der neuen Val – der Frau, die ein chirurgisches Verfahren brauchte, damit ihr Herz weiterschlug.

Dee und Amanda ließen sich eine Weile von ihr herumscheuchen, schüttelten Kopfkissen auf, fuhren das Bett hoch und runter, suchten zusätzliche Decken und besorgten eine weitere Zeitschrift. So hatten sie beim Warten etwas zu tun. Dee kam gerade aus dem Krankenhausshop zurück, als Amanda mit Tränen in den Augen aus Vals Zimmer stolperte.

»Oh Gott. Mum …? Was ist los?«

Amanda packte Dee am Arm, bevor diese ins Zimmer stürzte. »Alles in Ordnung mit ihr. Ich bin nur … oh Gott.« Ihr Gesicht verzog sich, und sie stieß ein langes, bebendes Schluchzen aus. »Sie glaubt, dass sie vielleicht stirbt. Sie wollte sich verabschieden, für alle Fälle. Sie möchte dich gerne sehen.«

Dee wandte sich mit vor Entsetzen offenem Mund zur Tür. Sie war noch nicht bereit, Abschied zu nehmen. Es gab zu viel, was noch nicht gesagt worden war. Sie schob die Tür zögernd auf und sah Erleichterung in Vals Augen, als hätte sie geglaubt, Dee werde nicht mehr rechtzeitig kommen.

»Das wird heute prima laufen, Mum. Das weißt du doch, oder?«

Val ergriff ihre Hand. »Ich möchte dir etwas sagen, bevor sie mich runterschieben.«

»Willst du dir das nicht lieber für nach deiner Rückkehr aufsparen? Die Schwester hat gesagt, heute Morgen sei dein Blutdruck ziemlich hoch gewesen. Du solltest versuchen, dich zu entspannen.«

»Ich bin bestimmt viel entspannter, wenn ich dir gesagt habe, was mir auf dem Herzen liegt. Tu einfach einer alten Dame mal kurz einen Gefallen.«

Dee hatte plötzlich einen Kloß im Hals. Val hatte sich noch nie selbst als alte Dame bezeichnet. »Okay.«

Val holte tief Luft und begann. »Mir ist klar, wie schwer du es nach dem Unfall hattest und wie sehr Anthony dich verletzt hat. Und ich möchte dir sagen, dass ich stolz darauf bin, wie du darum gekämpft hast, dein Leben wieder auf die Beine zu stellen. Sollte mir heute etwas passieren, würde ich nur eines bedauern: dass ich nicht mehr mitbekomme, wie dir das schlussendlich gelingt. Ich möchte dein Versprechen, dass du dich weiter darum bemühst, in dein altes Ich zurückzufinden, auch wenn ich nicht mehr da bin, um dir zu helfen.«

Dee presste die Lippen zusammen und versuchte, ihre widerstreitenden Gefühle in den Griff zu bekommen. Ein Teil von ihr hätte am liebsten jubelnd die Faust in die Luft gestoßen, weil Val ihren zehnjährigen Kampf endlich würdigte. Aber ihre Schultern sackten vor Enttäuschung zusammen, weil Val sich noch immer weigerte, das Erreichte anzuerkennen. Und am liebsten wäre sie aufgesprungen und wütend auf und ab marschiert, weil Val selbst jetzt, da sie meinte, vielleicht auf dem Sterbebett zu liegen, Dee nicht vergeben konnte, dass sie der Mensch geworden war, der sie inzwischen nun einmal war.

Doch sie tat nichts dergleichen. Sie ließ einfach ihre

Tränen die Wangen hinunterrollen. »Danke, Mum. Ich muss wissen, dass du mich verstehst.« Sie drückte Vals Finger leicht, statt ihre Mutter im Streit zum chirurgischen Eingriff hinunterzuschicken.

»Versprich mir, Dee, dass du etwas unternimmst, um dir selbst zu helfen. Lass dir das Haar machen, kauf dir bessere Kleider, gib Ethan einen Grund, bei dir zu bleiben.«

Dee entzog ihrer Mutter die Hand, legte sie sich vor den Mund und hielt die Worte zurück, die sie Val nicht zum Abschied mitgeben wollte.

»Versprich es mir.«

Das könnte sie tun, aber es wäre eine Lüge. Mit so was wollte sie Val nicht wegschicken. »Nein. Ich werde dir nichts versprechen, was ich nicht tun will. In ein paar Stunden bist du wieder hier und nagelst mich dann darauf fest.«

»Dee, ich …«

»Nein, Mum. Hier geht es nicht um meine Frisur oder meine Kleidung. Hier geht es darum, was nach dem Unfall mit *uns* passiert ist.« Sie ergriff wieder Vals Hand, um die Schärfe ihrer Worte zu mildern. »Du wolltest, dass ich mich nach deinen Vorstellungen richte, und warst nicht bereit zu sehen, dass ich meinen eigenen Weg finden musste. Falls dir heute tatsächlich etwas zustieße, würde ich vor allem bedauern, dass du diese Einstellung nie überwunden hast und nie den Menschen sehen konntest, der ich jetzt bin.«

»Ich möchte einfach nur, dass du glücklich bist, Liebling.«

»Ich bin glücklich.«

»Nicht so wie früher. Du warst immer so voller

Freude. Und du hast alle um dich herum damit angesteckt. Du hattest so eine herrliche Leichtigkeit und ein glockenhelles Lachen, und deine Augen haben immer so wunderschön lebendig geleuchtet. Dieses Leuchten habe ich seit dem Unfall nicht mehr darin gesehen, und ich vermisse es, Dee. Ich hatte gehofft, dass du es auch vermisst. Ich war immer überzeugt, wenn du mit deinem Leben nur wieder an den Punkt gelangst, an dem du vor dem Unfall warst, kommt auch das vielleicht zurück.«

Dee erwiderte lange nichts. Sie war bereit gewesen, ihre Lebensentscheidungen zu verteidigen, aber sie hatte nicht mit einem Gespräch über ein verlorenes Leuchten in ihren Augen gerechnet. Hatte es das gegeben? Sie nahm ein paar Papiertaschentücher aus einer Schachtel auf dem Nachttisch und reichte Val eines davon. Mit dem anderen wischte sie sich das Gesicht ab und dachte dabei an die berauschende Leichtigkeit ihres Lebens vor dem Unfall zurück. War das Glück gewesen – oder nur das Talmi einer Träumerin, der die Realität noch keine Ohrfeige verpasst hatte?

Dee presste die Faust an ihre Brust. »Mein altes Leben würde mich jetzt nicht mehr glücklich machen. Und ich möchte nicht mehr die Dee von damals sein, wenn ich dann leiden muss. Die Dee, die ich jetzt bin, ist durch harte Arbeit unter Schmerzen gewachsen. Ich bin stark, und ich bin zufrieden. Ich wünschte, du würdest diese Eigenschaften nicht weniger schätzen als das Leuchten in meinen Augen.«

Val war bleich, müde und angespannt, aber in dem Blick, mit dem sie Dees Gesicht nun aufmerksam betrachtete, lag etwas Neues. Als sie endlich etwas sagte, klang ihre Stimme sanft. »Es tut mir schrecklich leid,

Liebling. Ich habe deiner Dee wohl kaum eine Chance gegeben, oder?«

Das war ein riesiger Schritt für Val. »Sie ist ein bisschen ein Hippie, aber sie hat einige sehr gute Eigenschaften.«

»Ich würde sie gerne kennenlernen.«

»Das fände ich schön.« Dee beugte sich übers Bett und nahm ihre Mutter fest in den Arm, froh, dass der Abschied gleichzeitig eine Begrüßung war. »Diese Dee weiß auch eine ganze Menge über Entspannungstechniken. Ich würde bei dir gerne etwas ausprobieren.« Val nickte, und Dee spürte eine warme Flut von Hoffnung in sich aufsteigen. »Mach die Augen zu.« Sie wartete, bis Vals Lider geschlossen waren. »Versuche einmal zu spüren, wie die Luft in deiner Lunge ein- und ausströmt.«

Sie führte Val durch eine Meditation und beobachtete, wie ihr Atem allmählich tiefer wurde und ihr Gesicht sich entspannte. Als sie eingeschlafen war, ging Dee zu Amanda ins Wartezimmer.

»Sie hat mir gesagt, dass ich glücklich sein soll«, sagte Dee.

»Mir hat sie gesagt, dass ich mich entspannen soll«, erwiderte Amanda.

Der Vormittag war schon fortgeschritten, als Val in ihrem Bett weggerollt wurde. Amanda verschwand, um zu Hause anzurufen. Ken traf ein, und Dee hatte sich gerade mit ihm ins Wartezimmer gesetzt, als Ethan in der Tür auftauchte. Überrascht stand sie auf.

»Hast du Lust auf Gesellschaft?« Es war ein Werktag, aber er trug Freizeitkleidung, hatte Cappuccino und

Muffins mitgebracht und sah sie mit dem nettesten Lächeln der Menschheitsgeschichte an. Dee nahm ihm das Kaffeetablett ab und versuchte, nicht darüber nachzudenken, was er wollte.

Reece traf mit den Mädchen am frühen Nachmittag ein, kurz bevor sie die Nachricht bekamen, dass es Val gut ging und sie bald in ihr Zimmer zurückgebracht würde. Dee umarmte Amanda voll Erleichterung. Und dann Ken, Reece und die Mädchen. Und Ethan.

»Mummy, wieso dürfen Granma's Freundinnen und Freunde nicht zu Besuch kommen?«, fragte Ruby. Während der Wartezeit saß sie auf Amandas Schoß, mit den Füßen auf Dees Beinen.

»Weil es ihr gerade nicht so gut geht. Nur die Menschen, die sie am liebsten haben, dürfen sie jetzt besuchen. Damit sie nicht denkt, sie muss aufspringen und allen eine Tasse Tee kochen.«

»Ich mag keinen Tee, dann darf ich doch zu ihr, oder?«

»Natürlich, aber nur mal einen Kuss geben und kurz umarmen, damit sie weiß, dass du da bist.«

»Granma hat Amelia mal eine Tasse Tee gekocht. Darf die denn rein?«

Dee schaute durch den Raum zu Amelia, die mit Reece und Ethan Karten spielte.

Amanda wuschelte Ruby durchs Haar. »Natürlich darf sie das, sie hat Granma ja auch lieb.«

»Hat Granpa Granma lieb?«

»Ja.«

»Hat Daddy sie lieb?«

»Ja.«

»Hat Ethan sie lieb?«

»Nein. Der hat Tante Dee lieb.«

Dee blickte Amanda überrascht an. Und dann genauso Ethan.

»Hat Tante Dee Ethan lieb?«

Amanda lächelte Dee an. »Ich bin mir nicht sicher, Herzchen, aber ich denke, diese kleinen Sterne in ihren Augen könnten ein Hinweis sein.«

In ihren Augen schimmerten Sterne? War das so etwas wie ein Leuchten?

Ruby kletterte auf Dees Schoß und musterte sie so aufmerksam wie ein Augenarzt. »Tut es weh, wenn da drinnen etwas Glitzriges sitzt?«

»Ich hab nicht wirklich was im Auge. Deine Mummy macht nur Spaß. Nicht wahr?« Ein scharfer Blick forderte Amanda auf, ihre Worte zurückzunehmen.

»Wann hast du denn zum letzten Mal in den Spiegel geschaut, Dee?«, fragte Amanda. »Bei dir ist da zurzeit eine ganze Paillettenfabrik am Werk.«

»Nein. Überhaupt nicht.« Glanz in den Augen, ein Leuchten im Blick, das war etwas für Naive, die nicht wussten, wie man sich schützen muss. So ein Mensch war sie nicht mehr.

Sie sah wieder Ethan an und erinnerte sich an ihr Gefühl, als er heute Morgen ins Wartezimmer getreten war – und da wusste sie, was sie zu tun hatte.

»Sie können jetzt zu ihr rein. Aber nicht alle auf einmal«, sagte die Schwester vom Eingang her.

Dee stand auf und trat zu Ethan. »Wartest du auf mich?«

Sein Lächeln hätte ihr das Herz brechen können. »Solange du willst.«

KAPITEL 30

Val war erschöpft und blass, lächelte aber, als Dee sich über das Bett beugte.

»Ich bin immer noch da«, flüsterte Val.

»Damit habe ich auch fest gerechnet«, erwiderte Dee.

Val ergriff ihre Hand und drückte sie leicht. »Ich hab dich lieb, Dee.«

»Ich dich auch, Mum.«

Etwas später ließ Dee sie mit Amanda und den Mädchen zurück und ging zu Ethan ins Wartezimmer. »Lass uns rausgehen.«

Die Luft im Krankenhaushof war kühl. Dee verschränkte die Arme vor der Brust, um sich zu wärmen, und nahm sich energisch vor, nicht wieder eine Panikattacke zu erleiden. Sie hatte eine Entscheidung getroffen. Und nun musste sie die eben durchziehen. Sie wich ein bisschen zurück, als Ethan näher trat – sie würde das nicht schaffen, wenn er sie berührte. »Wir müssen dieses Gespräch jetzt führen.«

Er runzelte unsicher die Stirn und wartete darauf, dass sie begann.

Wie sollte sie es erklären. Ein Leuchten in ihren Augen, das war mehr, als sie ertragen konnte. Nein, so machte es einfach keinen Sinn. Sie musste sich klar und deutlich ausdrücken. »Ich … ich kann nicht länger mit dir zusammen sein.«

Er kniff verwirrt und verärgert die Augen zusammen.

So deutlich wie ein Kinnhaken. Sie schüttelte den Kopf. »Tut mir leid. Ich bin erschöpft und durcheinander, und ich kann nicht klar denken. Tatsächlich wäre ich ja jetzt vollkommen am Ende, wenn du mir in den letzten Tagen nicht beigestanden hättest. Du hast mir alles gegeben, was ich brauchte. Aber ich kann nicht dasselbe für dich tun.«

»Du brauchst nichts für mich zu tun.«

Wieder schüttelte sie den Kopf. »Du willst eine Zukunft und ich … nicht.«

»Du möchtest nicht verletzt werden. Das verstehe ich. Ich auch nicht.«

»Das habe ich nicht gemeint.«

»Du hast Angst vor der Zukunft.«

»Nein. Ich habe Angst vor dir.«

Sein Kinn fuhr hoch, als hätte sie ihn geschlagen. Der Hieb saß. »Was? Warum denn?«

»Weil du so unglaublich fantastisch bist. Weil ich niemals erwartet hätte, dass du so verdammt großartig sein würdest.« Tränen brannten in ihren Augen. »Und großzügig, geduldig und noch viel mehr. Ich dachte, wir hätten es eine Weile nett miteinander, und dann würdest du das Interesse verlieren, bevor ich mich an dich gewöhne. Aber so war es nicht, und jetzt will ich einfach nur mit dir zusammen sein. Aber das geht nicht, weil du eines Tages weggehen wirst, und dann wird es unerträglich wehtun. Ich will keinen Schmerz mehr.«

Er hielt sie mit ausgestreckter Hand auf, bevor sie sich wegdrehte. »Du weißt doch gar nicht, ob ich weggehen werde. Vielleicht bist du ja die Liebe meines Lebens, genau das Puzzlestückchen, das noch gefehlt hat.«

Ihr Herz setzte einen Schlag aus, und fast hätte sie es sich noch einmal überlegt. Aber sie war nicht mehr jung und naiv. Wie damals, als Anthony ihr seine Liebe geschworen hatte. Sie war jetzt älter, klüger, vorsichtiger und frei von Schmerz. Und so sollte es auch bleiben. »Sei doch realistisch, Ethan. Wir könnten nicht unterschiedlicher sein. Du bist gut aussehend, kultiviert und geistreich, und dich erwartet noch so viel. Ich könnte in deiner Welt nicht überleben, und du würdest dich in meiner langweilen. Die Zeitungen haben das meiste falsch dargestellt, aber in einem hatten sie recht – das zwischen uns wird nicht halten.«

»Nein!« Seine Stimme klang hart und entschlossen, aber sein Blick wirkte unsicher, als wisse er nicht recht, wie er hier verhandeln solle. »Unser Lebensstil unterscheidet sich, aber ich will dasselbe wie du. Alles, wovon du neulich nach diesem Begräbnis gesprochen hast, dass du dir ein Zuhause wünschst, eine Familie und jemanden, den du liebst. Das möchte ich auch.«

Die Stadt der Träume. »Das war doch nur ein Spiel. Ich habe nie zugelassen, dass ich das wirklich *will.*«

Er fuhr sich entnervt mit der Hand durchs Haar. »Warum denn nicht? Es gibt keinen Grund, warum du das nicht alles haben könntest. Du wünschst dir ja nicht, ein Mann und Weltrekordhalter im Hundertmeterlauf zu werden. Wir könnten miteinander unsere Träume verwirklichen.«

Ihr Herz fühlte sich an, als hätte es vergessen, wie Schlagen geht. »Mein Traum ist, sicher zu sein und ohne Schmerz zu leben. Das ist mit dir nicht möglich. Es tut mir schon weh genug, *jetzt* wegzugehen. Du redest davon, in eine Beziehung zu investieren. Nun, ich kann nicht in etwas investieren, was mir höchstwahrscheinlich irgendwann unerträglich wehtun wird. Ich habe im Leben genug Schmerzen erlitten. Ich muss mich schützen.«

Er streckte die Hand aus. Doch es gelang ihm nicht, sie zu berühren. »Ich liebe dich, Dee.«

Alle Luft wich aus ihrer Lunge. Sie schlug seine Finger weg, damit sie auf keinen Fall nach ihnen griff. »Ich wünschte, ich könnte irgendwas Grässliches sagen, damit du gehst. Aber das kann ich nicht, weil ein Teil von mir sich an dir festklammern möchte. Darum lass mich bitte, bitte weggehen.«

Er erwiderte nichts mehr. Er sah sie einfach nur an – und Zorn, Frustration, Enttäuschung und sogar Mitleid machten eine Maske aus seinem Gesicht.

Einen Augenblick lang meinte Dee, sich nicht bewegen zu können. Doch sie schaffte es. Sie drehte sich um und ging davon. Das musste sie. Sie musste einen Weg zurück in ihr Leben finden. Ihr Leben vor Ethan.

Dee riss die Augen auf. Sie setzte sich keuchend auf. *Ethan.*

Würde sie beim Aufwachen je wieder an etwas anderes denken? Sie atmete langsam und tief durch, begann mit den großen Kreisen des rechten und des linken Beins, dankbar, dass Momente der Besinnung wie dieser ihre Psyche bisher stabil gehalten hatten. Sie machte ihre Yogaübungen und spürte, wie sie ihre Morgenangst innerlich überwand und ihre Laune sich bei dem Gedanken, nun wieder zu unterrichten, hob. Die Pause hatte nur anderthalb Wochen gedauert, aber es kam ihr wie ein Jahr vor.

Die Absage der Dreharbeiten hatte sich letztlich als ein Segen erwiesen. So hatte sie sich in den Tagen, da Val im Krankenhaus lag, keine Sorgen wegen der Arbeit zu machen brauchen. Und nachdem sie sich dann von Ethan getrennt hatte, hatte sie Zeit gehabt, sich in eine Höhle aus Elend zu verkriechen und sich tagelang nicht aus dem Bett zu bewegen. Aber es wurde Zeit, dass ihr Leben wieder in die Spur kam, und das ging nur mit Unterrichten.

Sie parkte in Patricks Einfahrt, stellte ihr Handy aus und versuchte, nicht an die Nachrichten zu denken, die sie noch immer nicht beantwortet hatte. Wozu sollte sie zurückrufen, wenn sie sich nicht entscheiden konnte, was sie sagen sollte?

Patrick machte die Tür schon auf, bevor sie angeklopft hatte. »Willkommen zurück.«

»Danke. Wie geht es deinem Nacken?«

»Tut weh.«

»Und deinem Knie?«

»Das kann ich kaum beugen. Leon kennt sich mit Yoga aus, aber er versteht mich nicht so wie du. Wenn ich ein Zusatzhonorar bezahle, versprichst du mir dann, das nächste halbe Jahr nicht wegzugehen?«

Sie lachte. Und sagte ihm nicht, dass sie wahrscheinlich nicht mehr lange da sein würde. Allerdings konnte sie sich in diesem Punkt auch nicht entscheiden.

Eine Stunde später steckte sie gerade auf dem Weg zur Yogaschule im Stau, als Leon anrief. »Wie geht es dir nach deiner ersten Stunde?«

»Besser als gestern, und es war nett, Patrick wiederzusehen.«

»Du schaffst es, Babe. Du bist stark, und du hast mich.«

Dee lächelte und quetschte sich in dem dichten Verkehr zwischen zwei Autos. Ohne Leons Schulter zum Ausheulen wäre sie vielleicht gar nicht so weit gekommen.

»Und was wollte das Krankenhaus von dir?«, fragte er.

Sie hatte gestern ein Telefongespräch mit ihm abgebrochen, weil die Herzabteilung sie auf ihrem Handy angerufen hatte. Im ersten Augenblick hatte sie voll Schreck gedacht, es handle sich um Val. »Sie haben mich gefragt, ob ich Interesse habe, Meditationssitzungen mit Patienten zu machen. Offensichtlich hat es sie beeindruckt, wie stark Mums Blutdruck gesunken ist, nachdem ich sie in die Meditation geführt hatte. Sie bitten mich um ein Gespräch.«

»Das ist ja toll. Wann denn?«

»Ich habe gesagt, ich melde mich wieder.«

Leon schwieg einen Augenblick. »Und hast du diesen Bekleidungsfritzen zurückgerufen?«

»Graeme Paffe?« Er hatte vor fast einer Woche angerufen und ihr einen Vertrag als offizielle Designassistentin für seine neue Yogakollektion angeboten. »Noch nicht.«

»Und was ist mit dem Typ, den du über Lucy Roxburgh kennst?«

»Adam Velor.« Der wollte, dass sie sich für eine neue Werbekampagne bewarb. »Nein.«

»Na schön, und was ist mit Gesundheit und Leben? Wann fangen denn die an?«

Die DVD hatte wieder grünes Licht bekommen, und sie wollten sie zurückgewinnen. »Ich weiß es nicht. Ich hab nicht mit ihnen gesprochen.«

Vorne schaltete die Ampel auf Grün, aber der Verkehr steckte noch immer fest. Genau wie Dee.

Das Eigenartige an der Art, wie ihr Leben nach Vals Herzanfall zu einem absoluten Stillstand gekommen war, lag darin, dass die Chancen, die sie wie Flugzeuge in einer Warteschleife umkreist hatten, nun gelandet waren und sie nur noch einsteigen musste.

Es waren wunderbare Chancen, und das wusste sie auch, aber ihr Gehirn surrte im Leerlauf. Es hatte sie in dem Augenblick im Stich gelassen, in dem sie von Ethan weggegangen war, als hätte sie damit die Belastungsgrenze für inneren Aufruhr überschritten, und es hätte abgeschaltet. Selbst ihre Angst war lethargisch. Sie konnte sich nicht dazu zwingen, über all die Angebote nachzudenken, geschweige denn irgendeine Wahl zu treffen. Die einzige Entscheidung, die sie, wenn überhaupt, fällen konnte, war die, nach Indien zu flüchten, bis all diese Optionen Geschichte waren.

Vorläufig hatte sie allen gesagt, sie werde über ihr Angebot nachdenken.

»Nur gut, dass atmen automatisch geht«, bemerkte Leon, »sonst wärst du dazu auch noch nicht gekommen.« Er lachte, aber Dee hörte, dass es ein bisschen genervt klang. »Nun, während du den Kopf in den Sand gesteckt hast, habe ich mich entschieden, die Sache mit dem Yogatourismus anzukurbeln.«

»Oh! Jetzt schon?« Die Fernsehsoap, in der Leon und Pam aufgetreten waren, war letzte Woche abgesetzt worden, und nun standen beide ohne Job da.

»Entweder fix oder pleite, Babe. Es wird eine Weile dauern, bis ich vom Yogaunterrichten leben kann. Von zwei festen Schülern kann ich meine Mastercard nicht bezahlen, also ist jetzt genau der richtige Zeitpunkt, um eine Gruppe nach Indien zu führen. Ich denke an einen

Aschram, ein paar Ausflüge, einen Yogaintensivkurs und ein bisschen Bares. Was meinst du dazu?«

Dee versuchte, sich den Plan richtig vorzustellen, konnte sich aber nicht auf die Einzelheiten konzentrieren. »Klingt ... prima.«

»Heute Nachmittag treffe ich mich mit einer Reisebürobesitzerin, die gerne mit von der Partie wäre. Ich habe ihr gesagt, dass ich diese total coole Yogalehrerin kenne, die als zweite Reiseleiterin perfekt wäre. Nun ... es sieht so aus, als wäre der Trip im August. Bist du dabei?«

Noch so ein Angebot, das sie nicht verarbeiten konnte. Dee sagte das Erste, was ihr in den Sinn kam: »Das geht nicht. Ich will nicht wissen, was ich im August mache. Ich hab schon genug mit Mai zu kämpfen.«

Auf Leons Seite entstand eine lange Pause. »Okay. Wie du meinst. Ich muss jetzt los. Mach's besser. Und Dee? Vergiss nicht zu atmen.«

Er beendete das Gespräch, und Dee zuckte innerlich zusammen, unglücklich, weil sie ihn abgewiesen hatte. Wenn man nach seiner Vorgeschichte gehen konnte, würde die Tour ein Knüller werden, und er würde einen schönen Batzen Geld verdienen – aber er würde ohne sie auskommen müssen.

Die Willkommensrufe ihres fortgeschrittenen Anfängerkurses um acht Uhr zeigten ihr, dass ihre Schüler sich freuten, sie zurückzuhaben.

»Hat euch der Unterrichtet bei Pam gefallen?«, fragte Dee, als sie sich auf ihren Matten aufstellten.

»Sie war großartig.«

»Voller Energie.«

»So aufgedreht wie die Kinder, die ich gerade zur

Schule gefahren habe. Können wir mit einer Meditation anfangen?«

Dee lachte. Sie konnten mit allem anfangen, was die Schüler wollten. Wieder im Kursraum zu sein erfüllte sie mit Energie. Der Duft von Räucherstäbchen und Schweiß, die Geräusche der tiefen Yogaatmung, der Anblick von zwanzig Menschen, die sich gemeinsam bewegten und ihre Anspannung losließen, machten Dee plötzlich eines klar: Sollte sie jemals aus dem Leerlauf herausfinden und in den Vorwärtsgang schalten, dann hier. In einem Kursraum. In dem sie weitergab, was sie wusste und konnte.

»Nehmt die Kriegerpose vorne an der Matte ein.« Sie wartete ab, während die Schüler ihrer Aufforderung folgten. »Schaut geradeaus, streckt die Arme aus und beugt das vordere Knie.« Dee machte es vor und trat in einem großen Ausfallschritt nach vorn. Sie spürte, wie die Muskeln in ihrem Oberschenkel hervortraten, und schaute an ihrem Arm entlang in eine unbestimmte Ferne.

Sie hatte letzthin viel Zeit in der Kriegerpose verbracht. Die förderte Mut, Konzentration und Kraft – und all das brauchte sie. Insbesondere Mut – um mit ihrer Entscheidung zu leben, von Ethan wegzugehen. Sie sagte sich immer wieder, wenn es jetzt schon so schrecklich wehtat, wäre es einfach unerträglich geworden, wenn sie noch länger gewartet hätte. Das war allerdings kein großer Trost. Insbesondere, da ihrem Kopf die Trennung nicht so gut gelungen war wie dem Rest von ihr. Ethan war noch immer da und hielt sich zwischen ihren Gedanken verborgen.

Nach der Stunde ging sie auf Zehenspitzen zur Wohnung hoch und klopfte leise an, um das Baby nicht zu wecken. Die kleine Marlee war drei Wochen zu früh gekommen, und sie war in den letzten anderthalb Wochen neben Val das Einzige gewesen, was Dee aus ihrer Wohnung gelockt hatte. Dee war zweimal hingefahren, hatte das kleine Mädchen mit kosenden Lauten staunend auf den Arm genommen und war froh gewesen, dass Arianne und Howard keinen Druck wegen der Partnerschaft machten. Darüber hatte sie auch noch keine Entscheidung getroffen.

Arianne würde gegen Ende der Woche zur South Coast aufbrechen, aber heute brachte Dee sie und Marlee zum Picknick an den Strand. Nachdem Arianne einen Monat lang zu Hause eingesperrt gewesen war, ertrug sie es nicht mehr, drinnen zu sein. Sie setzten sich, von hungrigen Möwen umzingelt, an einen Tisch auf der Wiese oberhalb des Sands. Dee biss in ein Sushiröllchen, während Arianne Marlee aus dem Tragetuch befreite, ihre Bluse aufknöpfte und das Baby stillte. Es schien Arianne richtig gut zu gehen. Der gequälte Ausdruck einer Gefängnisinsassin war aus ihrem Gesicht verschwunden, und jetzt wirkte sie gesund und zufrieden. Wie zum Beweis blickte sie lächelnd auf.

»Schau mich an, Dee. Ich bin eine Mutter.«

Gott sei Dank, der Kelch war an ihr vorübergegangen, dachte Dee. Sie bezweifelte, dass sie jemals fähig wäre, diese Art von Zukunft ins Auge zu fassen. »Erschreckt dich das nicht?«

»Doch, es macht mir eine Heidenangst. Sie ist so winzig, dass ich immer denke, ich zerquetsche sie noch.«

Dee lächelte darüber, wie Marlee beinahe in Ariannes Hand passte. »Ich meine, erschreckt es dich nicht, nun

Mutter zu sein? Da kann man ja keinen Rückzieher mehr machen.«

Arianne runzelte die Stirn. »Ich will doch auch gar keinen Rückzieher machen. Egal was passiert, nichts könnte mich dazu bringen, dass ich nicht ihre Mutter sein möchte. Selbst wenn ich meine Sache wirklich schlecht mache und sie mich schließlich hasst, ist es das Ganze wert gewesen. Schon für diesen Augenblick, für dieses hier Sitzen und sie so auf dem Arm haben. Was auch immer geschieht, das hier kann mir keiner mehr nehmen.«

Bei diesen Worten stockte Dee der Atem. Sie wandte sich ab und sah auf die Brandung, die gegen den Strand krachte. »Ich habe Ethan verlassen, weil ich dachte, ein paar gute Augenblicke sind die Verletzungen nicht wert, die man bekommt.« Sie warf den zu ihren Füßen herumhüpfenden Möwen einen Happen zu. »Und es ist durchaus wahrscheinlich, dass ich all die fantastischen Angebote, die ich gerade bekomme, ablehne, weil ich Angst habe, dass es in der Zukunft schiefgeht.« Sie betrachtete die eifrig saugende Marlee. »Ich kann nicht Partnerin in der Yogaschule werden. Ich möchte mich nicht so weit in die Zukunft hinein festlegen.«

Arianne warf einen kurzen Blick auf sie, vielleicht war sie damit beschäftigt, die Nachricht zu verdauen. »Was hast du vor?«

»Ich überlege, nach Indien zu fliegen, dort Yoga zu machen und ein bisschen herumzureisen.«

Arianne nickte, als hätte sie das erwartet. Sie nahm Marlee von der Brust, legte sie an ihre Schulter und klopfte ihr rhythmisch auf den Rücken.

»Es tut mir schrecklich leid«, sagte Dee.

Arianne presste die Lippen zusammen, und in ihren Augen blitzte kurz Verärgerung auf. »Ich würde das durchaus akzeptieren, wenn ich der Meinung wäre, dass du tatsächlich eine Entscheidung getroffen hast. Aber du bist immer noch am Durchdrehen, und es ist einfacher wegzulaufen, als darüber nachzudenken.«

Dee war verblüfft – böse werden, das war so gar nicht Ariannes Art. Aber nun ja, Dees Entscheidung würde ihr und Howard das Leben wahrscheinlich schwerer machen, zumindest kurzfristig. »Ich würde mir wirklich wünschen, euch helfen zu können, aber ich kann einfach nicht.«

»*Ich* brauche dir nicht leidzutun. Du solltest Mitleid mit dir selbst haben.« Sie nahm Marlee von der Schulter und kuschelte sie in ihre Armbeuge. »Was zum Teufel machst du nur, Dee. Du hast Leons Vorschlag abgelehnt, als wäre es ein Teller kalte Suppe, und ich wette, du hast noch nicht einmal darüber nachgedacht, was du für unsere Schule bedeutest. Du bist ja verdammt noch mal nur die beste Lehrerin, die wir haben. Und der Rest? Dir bieten sich jetzt all diese großartigen Möglichkeiten, du aber lässt sie sausen, weil du den Kopf verlierst. Na gut, lass sie sausen, wenn das eine echte *Entscheidung* ist. Aber nicht einfach nur, weil du Angst hast.«

Was wusste denn Arianne verdammt noch mal vom Angsthaben? »Ich muss keine Entscheidung treffen. Ich will das, was man mir anbietet, nicht – eine fest umrissene, leuchtend bunte Zukunft, in die ich mich einbringen kann, bis sie mir wieder weggenommen wird.«

Arianne wiegte Marlee und betrachtete Dee enttäuscht. »Du hast keine Angst vor der Zukunft, Dee. Du hast Angst vor dem Leben selbst.«

»Nein, das stimmt nicht.«

»Doch, allerdings. Ich beobachte jetzt schon seit Jahren, wie du davor wegläufst. Wie damals, als dieser Amerikaner dich gebeten hat, zu ihm in die USA zu kommen. Oder als diese Frau in Queensland dir ihre Schule für einen Appel und ein Ei angeboten hat. Oder als der Aschram in Perth eine neue Leiterin suchte. Nach allem, was du durchgemacht hast, solltest du das Leben mit beiden Händen packen und gut festhalten.«

Dee schloss die Augen und dachte plötzlich an das Gefühl, mit dem sie Ethan festgehalten hatte. »Ich will nicht verletzt werden.«

»Du leidest doch schon, Dee. Du hast dich selbst verletzt, als du mit Ethan Schluss gemacht hast.«

Etwas Großes und Quälendes stieg in ihr auf und tat noch mehr weh.

Arianne griff über den Tisch hinweg nach ihrer Hand. »Es ist in Ordnung, hin und wieder einmal glücklich zu sein.«

Nein, ist es nicht. Tränen füllen Dees Augen und tropften auf ihre Wangen. »Ich habe Angst davor, glücklich zu sein. Je glücklicher ich bin, desto verletzlicher werde ich. Ich möchte einfach nur Sicherheit haben und ohne Schmerz leben.«

»Glück ist keine Vorbedingung, um verletzt zu werden. Du kannst von einem Lastwagen überfahren werden, wenn es dir gerade total beschissen geht. Aber wenn du glücklich bist, weißt du wenigstens, dass du irgendwann in deinem Leben einmal etwas Gutes und Lohnendes erfahren hast. Wer will sich schon auf dem Sterbebett sagen, dass er ein *sicheres* Leben hatte? Wenn du in siebzig oder so Jahren in die Erde gelegt wirst, möchte ich einen Grabstein bestellen, auf dem steht, dass du ein *erfülltes* Leben hattest. Dass darin viel Liebe und Schmerz, viel Glück und Verlust war, und dass du durch Yoga länger gelebt hast und deshalb noch mehr von allem hineinpacken konntest.«

Dee wischte sich die Augen trocken. Konnte sie noch mehr Schmerz ertragen? Konnte sie zulassen, dass sie glücklich war?

KAPITEL 31

Sie hatte den Kopf auf den Picknicktisch gelegt und beobachtete die Brandung. Arianne war mit Marlee im Kinderwagen zu Fuß nach Hause gegangen, aber Dee konnte sich nicht dazu aufraffen.

Hier liegt Dee, verwirrt und im Leerlauf.

Es war ihr klar, dass sie eine Art Depression durchmachte, aber sie wusste nicht, wie sie ihre Lähmung abschütteln sollte.

Wie war sie nur an diesen schmerzhaften Punkt gekommen, wo sie doch so hart daran gearbeitet hatte, genau das zu vermeiden? Es war diese verdammte Werbekampagne von Gesundheit und Leben gewesen, die hatte ihr das Gefühl gegeben, ihr altes Leben sei nicht gut genug. Ihr Leben war prima gewesen. Einfach großartig. Na ja, zumindest bis Leon ausgezogen war und sie entdeckt hatte, dass sie gar keine Möbel besaß. Eigentlich hatte es sich zum Schlechteren gewendet, als Val sie mit der Wohnung erpresst hatte. Nein, schon vorher, als sie eine Beule in Leons Wagen gefahren und kein Geld gehabt hatte, den Schaden zu bezahlen. Ehrlich gesagt hatte sie bis dahin auch nur von der Hand in den Mund gelebt.

Okay, ihr altes Leben war also doch nicht prima gewesen. Und die Werbekampagne von Gesundheit und Leben hatte sie gerettet. Seitdem war alles aufregend und begeisternd und voller … Ethan gewesen.

Hatte sie Angst vor einer Zukunft oder einfach nur Angst vor dem Leben?

So oder so, eigentlich spielte es keine Rolle – Angst ist Angst. Und deprimiert ist deprimiert. Allerdings fühlte es sich inzwischen anders an, im Leerlauf zu sein. Als würde der Motor auf Hochtouren laufen, aber sie müsste erst noch den Schaltknüppel finden, bevor sie irgendwohin fahren könnte.

Vor dem nächsten Kurs musste sie noch einiges an Zeit totschlagen, und es kam ihr produktiver vor, in Bewegung zu sein, als nur auf die Brandung zu starren. Also stemmte sie sich hoch und schlenderte zum Auto zurück. Ohne Lucys Stunde, derentwegen sie durch die ganze Stadt fahren musste, kam ihr der Nachmittag eigenartig leer vor. Es tat noch immer weh, dass Lucy sie nicht mehr angerufen hatte, aber derzeit war sie mit wichtigeren Themen konfrontiert. Bleiben oder gehen? Sicherheit oder Glück? Arianne hatte recht. Dee musste eine Entscheidung treffen und nicht einfach nur weglaufen. So viel war sie ihren Freunden schuldig. Und vielleicht auch sich selbst.

Sie fuhr ins Einkaufszentrum, schaute sich in einem Schaufenster Sofas an und loggte sich in einem Internetcafé ein. Seit Vals Eiltransport ins Krankenhaus war sie nicht mehr auf ihrem E-Mail-Konto gewesen, und sie hatte hunderttausend Nachrichten, die mindestens zur Hälfte von ihrer Mutter stammten. Dee nahm an, dass der Computer für den Austausch mit Freunden herhalten musste, solange Val sich zu Hause erholte. Sie löschte sie unbesehen und hätte dabei auch fast die einzige erwischt, die Val nicht an die komplette Mannschaft verschickt hatte.

Ich habe gerade Nachricht erhalten, dass Tante Mays Geld

nächste Woche auf mein Konto überwiesen wird. Ich fände es schön, wenn du dir eine Wohnung kauftest, aber ein Unternehmensanteil kann auch eine gute Investition sein. Das Geld gehört dir, wofür du es ausgibst, entscheidest du also selbst. Es könnte allerdings eine gute Idee sein, erst einmal Expertenrat einzuholen, bevor du dich engagierst. Bestimmt würde Ethan mit dir darüber reden. Ich freue mich, deine Entscheidung zu erfahren. Alles Liebe. Mum.

Nach dem Eingriff hatten weder Dee noch Val das Gespräch im Krankenhaus noch einmal erwähnt, aber die Haltung ihrer Mutter wirkte nun weicher. Sie nannte ihre Tochter jetzt Dee, und das wirkte wie eine substanzielle Veränderung. Dee las die E-Mail drei Mal. Das Geld setzte das Partnerschaftsangebot in ein neues Licht. Jetzt müsste sie keinen so großen Kredit mehr aufnehmen. Und könnte diesen vielleicht über fünf Jahre abbezahlen statt über fünfzehn. Wenn sie nur mit Ethan darüber reden könnte.

Sie scrollte nach unten und stieß auf eine Nachricht von Emilys Mann Mike.

Ich war nicht gleich fähig, all denen zu danken, die uns während Emilys Krankheit so sehr geholfen haben. Ich würde Ihnen gerne mehr schreiben, aber jetzt will ich einfach erst einmal danke sagen, Dee, dass Sie für uns da sind. Lauren möchte unbedingt mit Yoga anfangen, aber als sie in der Schule anrief, erfuhr sie, dass Sie eine Weile nicht unterrichten. Könnten Sie uns vielleicht Bescheid geben, wann Sie zurückkommen? Lauren tut sich derzeit ein bisschen schwer, und ich denke, Yoga bei Ihnen könnte ihr helfen. Mike

Dee dachte daran, wie sie sich nach dem Tod ihres Vaters gefühlt hatte: allein, traurig und irgendwie anders als ihre Freunde.

Mike, ich freue mich sehr, von Ihnen zu hören. Ab dieser Woche bin ich wieder in der Schule. Um 18.00 Uhr. Der Kurs am Dienstag könnte gut zu Lauren passen. Hoffentlich sehe ich Sie alle bald. Dee

Sie fuhr zur Schule, parkte davor und grüßte den Mann, der im Erdgeschoss Lagerraum vermietete. Nach einem kurzen Zögern streckte sie den Kopf durch seine Tür. Da drinnen waren vom Boden bis zur Decke Möbel gestapelt – asiatisch, dunkles Holz, mindestens ein Container voll. So vollgestellt, wie der Raum war, war seine Größe schwer zu erkennen, aber er musste eigentlich denselben Grundriss wie der Yogaraum oben haben. Mehr als ausreichend für den Unterricht. Vielleicht könnten sie ja zwei Kurse parallel geben.

Oben legte sie die Yogamatten aus, steckte ein Räucherstäbchen an und hörte ihr Handy läuten.

»Dee, ich habe gerade das mit deiner Mum gehört. Das tut mir schrecklich leid. Alles in Ordnung mit ihr?«

Es war Lucy, und beim Klang ihrer Stimme stieg Dee die Röte ins Gesicht.

»Es geht ihr schon viel besser, danke.« Sie hätte gerne mehr gesagt, wusste aber nicht, wie oder womit sie anfangen sollte.

»Ich bin erst heute Nachmittag gelandet, und ich bin immer noch damit beschäftigt, überall wieder aufs Laufende zu kommen. Wenn man mal zwei Wochen wegfliegt, ist es gleich so, als hätte man die Erde komplett verlassen.«

Dee runzelte die Stirn. »Wo warst du denn?«

»In den USA.« Sie sagte es so, als verstünde es sich von selbst, und stockte dann, als wäre sie überrascht und suchte nach Worten. »Ich dachte, du wüsstest Bescheid.

Johns Vater ging es plötzlich schlecht, und wir mussten sofort in die Staaten fliegen, um uns von ihm zu verabschieden. Es war schrecklich. Wir dachten schon, wir würden es nicht mehr rechtzeitig schaffen, aber nach ein paar Tagen hat er sich wieder aufgerappelt. Zur allgemeinen Überraschung. Vor drei Tagen durfte er nach Hause, und wir haben noch am selben Nachmittag einen Flug genommen.«

Lucy hatte Dee also doch nicht im Stich gelassen. »Ich freu mich sehr, dass alles in Ordnung ist.«

»Und ich muss dir unbedingt eine Neuigkeit erzählen.« Lucy senkte die Stimme. »Es ist derzeit noch streng geheim, und ich dachte erst, es wäre nur der Stress, aber vor drei Tagen habe ich einen Test gemacht, und ich bin schwanger.«

»Oh, Lucy, ich freu mich riesig für dich.« Dee war glücklich, dass sich Lucys Wunsch erfüllt hatte, und ebenfalls glücklich über Lucys Vertrauen. Glücklich sein fühlte sich gut an. Sie legte den Kopf in den Nacken, um die Empfindung richtig zu genießen, und dabei fiel ihr Blick auf die Wanduhr. Die Schüler würden in fünf Minuten kommen. Sie ging zum Fenster und ließ die Jalousien herunter. »Wie geht es dir?«

»Großartig. Ich musste mich noch kein Mal übergeben oder so. Aber ich brauche dringend ein paar Yogastunden. Auf dem Rückflug konnten wir nur Plätze in der Economyclass kriegen, und mein Rücken bringt mich um. Du hast doch hoffentlich meine Stunde nicht anderweitig vergeben.«

Dee dachte an die Lücke zwischen ihren Nachmittagsterminen und erinnerte sich, wie die dorthin gekommen war. »Nein, habe ich nicht, aber wegen ...«

»Hör mal, Dee«, unterbrach Lucy sie. »Das neulich bei Ethan. Ich wollte dich deswegen anrufen, aber dann mussten wir aufbrechen, und in dem ganzen Stress habe ich mich dann nicht mehr bei dir gemeldet. Ich bin einfach nur ein bisschen überbehütend.«

»Ethan gegenüber?« Der musste wohl kaum von seiner jüngeren Schwester beschützt werden.

»Nein, dir gegenüber. Ich wollte nicht, dass er dir übel mitspielt. Ich dachte, er versucht, dich in diese Roxburgh-Girl-Geschichte reinzuziehen, und ich war mir ziemlich sicher, dass das nicht dein Ding ist. Als ich dich dann bei ihm zu Hause gesehen habe, war ich vollkommen überrumpelt. Mir ist nie der Gedanke gekommen, dass *du* dich für *ihn* interessieren könntest.«

»Was meinst du denn mit Roxburgh-Girl-Geschichte?«

»Den Medien Zucker geben. Eigentlich ist es meine Schuld. Nach seiner Scheidung habe ich ein paar PR-Termine organisiert, um die Paparazzi im Griff zu behalten. Dann hat er sich überlegt, wenn er sich weiter immer mal wieder mit der einen oder anderen umwerfend schönen Frau sehen lässt, würden die Medien nicht tiefer nachbohren, und er könnte in Ruhe andere Beziehungen ausloten. Wenn die dann schieflaufen, wird er nicht wieder durch die Klatschkolumnen gezogen wie damals bei seiner Scheidung.«

Dee ging zum nächstgelegenen Fenster und schaute blinzelnd in die Nachmittagssonne hinaus. »Die Roxburgh-Girls sind eine PR-Finte?«

»Ich würde es eher einen Fototermin nennen.«

»Er geht gar nicht wirklich mit ihnen aus?«

»Ein paar von ihnen haben ihn kurzfristig interessiert. Die meisten erwarten das allerdings gar nicht. Sie tun es für ihr Image. Deswegen war ich ja so sauer, als man dir dieses Etikett aufgeklebt hat.«

»Weil ich nicht in die Roxburgh-Girl-Schablone passe?«

»Haargenau, und Gott sei Dank, kann ich nur sagen. Ich würde dich nicht so sehr mögen, wenn du zu diesem Typ gehörtest. Aber ich dachte, Ethan hätte dich in seiner Funktion als Mentor da reingeschubst. Ich hätte nie damit gerechnet, dass ihr beiden tatsächlich etwas füreinander empfinden könntet. Ihr beide seid so verschieden. Aber dann habe ich mich gefragt, warum ich es nicht gleich kapiert habe. Seiner grässlichen Exfrau war mehr an dem Namen Roxburgh als an Ethan selbst gelegen, und das hat ihm wehgetan. Du bist wahrscheinlich von allen Frauen, die er je kennengelernt hat, die einzige, für die er selbst wichtiger ist als sein Nachname.«

Dee lehnte sich gegen die kühle Wand, während in ihrem Inneren alle Erinnerungen an Ethan neu sortiert wurden. Sie hatte von Anfang so vieles missverstanden. Sie hatte ihn, die Roxburgh-Girls und den Grund, aus dem er sie selbst für anders gehalten hatte, falsch eingeschätzt. Kein Wunder, dass er auf eine Zukunft gedrängt hatte. Sie holte bebend Atem. »Ist mit ihm alles in Ordnung?«

Lucy schnaubte. »Na ja. Stinksauer, das ist mal sicher. Ich nahm an, er hätte sich voll danebenbenommen, und du hättest ihm heimgeleuchtet. Ich habe ihm gesagt, wenn er es vermasselt hat, hat er dich eben nicht verdient. Was immer los ist, heiz ihm auf jeden Fall ordentlich ein. Mein Bruder kann ein ziemlicher Mistkerl sein.«

»Nein, das ist er nicht. Ich weiß, wie die sind, und er ist ganz anders.« Genau wie Lucy. »Das mit dem Reporter tut mir wirklich leid. Mir war nicht klar, dass er hinter Informationen her war.«

»Vergiss es. Du bist eine tolle Yogalehrerin. Keiner erwartet von dir, dass du dich mit den Medien auskennst. Außerdem ist gar nichts Schlimmes passiert. Wie ich höre, will Gesundheit und Leben die DVD jetzt doch in Angriff nehmen. Du wirst deine Sache toll machen.«

Dee war sich nicht sicher, ob sie die DVD wirklich drehen wollte. Und auch sonst wusste sie nicht, was sie wollte. »Danke, Lucy. Alles, was du mir gesagt hast, war wirklich wichtig für mich.«

»Kein Problem. Hoffentlich geht es deiner Mum bald wieder gut. Ich muss jetzt. Heute Abend bin *ich* ein Roxburgh-Girl. Ethan schleppt mich zu einem Preisverleihungsdinner, bevor er zum Flughafen fährt. Ich habe einen solchen Jetlag, dass ich wahrscheinlich einschlafe und mit dem Kopf im Essen lande. Bis Montag also.«

Dee stieß sich von der Wand weg. »Moment noch. Wo fliegt er denn hin?«

»Nach New York. Ich dachte, das wüsstest du.«

»Aber er sagte doch im Juni.«

»Er hat es vorverlegt. Ein paar Wochen ist er dort und dann noch eine Woche in London. Oh, verflixt. Es ist schon schrecklich spät. Ich muss los.«

Die Decke schien sich zu drehen. Wahrscheinlich war das einfach nur Dees Kopf und die Art, wie sie ungewollt zu Boden geglitten war. Sie befand sich nicht länger im Leerlauf. Ihre seelischen Zahnräder drehten sich in alle Richtungen zugleich. Sie griffen nicht ineinander und fanden nicht in den Vorwärtsgang, sie drehten sich einfach nur wild im Kreis. Sie fühlte sich schwindlig, als würde sie Topfschlagen spielen, und man hätte sie vorher mit verbundenen Augen im Kreis gedreht. Nur dass sie ständig daneben geschlagen, einen Tisch umgestoßen, den Gästen einen Schreck eingejagt und die Party verdorben hatte.

Sie hatte so große Angst davor gehabt, vielleicht verletzt zu werden, dass sie ihrerseits die Menschen verletzt hatte, die ihr am meisten am Herz lagen. Sie hatte Leon die kalte Schulter gezeigt und Ariannes und Howards großzügiges Angebot einfach abgetan. Und Ethan … mein Gott, das hatte sie vermasselt. Sie war sich so sicher gewesen, nicht in die Schablone zu passen, dass ihr gar nicht der Gedanke gekommen war, er könnte wirklich sie meinen.

Sie saß noch immer am Boden, als die ersten Schüler im Erdgeschoss durch die Tür polterten. Mist. Wie sollte sie unterrichten, wenn in ihrem Inneren das Oberste zuunterst gekehrt war?

»He, Dee, fängst du schon ohne uns an?«, rief eine Schülerin.

Sie kam mühsam hoch und setzte ein künstliches Lächeln auf. »Nur eine Aufwärmübung.« Sie nahm das Honorar entgegen, zählte das Wechselgeld ab und kämpfte darum, trotz der herumwirbelnden Zahnräder aufrecht stehen zu bleiben.

Pam machte wie üblich beim Eintreffen ein großes Palaver. »Schön, dich wieder bei der Arbeit zu sehen.«

Dee ging zu ihr und umarmte sie. Schon seit Monaten hatte sie alles falsch verstanden. Pam war ihre beste Verbündete. Außerdem fühlte sich die Umarmung nach den Gemeinheiten, die Dee über sie gedacht hatte, wie eine Entschuldigung an.

Pam wirkte ein bisschen überrascht. »Alles in Ordnung?«

»Noch nicht, aber ich glaube, es könnte sich alles zum Guten wenden.«

Dee riss sich energisch zusammen und konzentrierte sich, führte die Gruppe durch die Aufwärmphase und machte dann mit ein paar Stretchingübungen auf dem Boden und einigen Gleichgewichtsübungen weiter. Als sie sich auf Trikonasana, die Dreieckshaltung, vorbereiteten, blickte sie sich im Saal um. Es war ihre Fortgeschrittenengruppe. Einige der Schüler kannte sie schon seit Jahren. Silvia da hinten war in ihren ersten Anfängerkurs gegangen, und Owen hatte mit ihr an dem Workshop in Byron Bay teilgenommen. Sue dort in der Mitte hatte sich letzten Monat nach Indien erkundigt – vielleicht würde sie sich für Leons Tour interessieren. Und Pam …

Dee betrachtete sie. Ihre Beine bildeten ein starkes, breites Dreieck, der Körper war zur Seite geneigt, die eine Hand berührte den Boden, die andere war zur Decke gestreckt. Ehemalige Tänzerinnen sahen bei den Stellungen immer großartig aus. Mit ihren blonden Locken und der fröhlichen Miene würde sie in einem Werbespot toll rüberkommen. Oder auf einer DVD.

Sie bereitete die Schüler auf die Kriegerstellung vor. »Holt tief Atem. Und macht beim Ausatmen einen großen Ausfallschritt.« Dee machte mit ausgestreckten Armen und nach vorn gerichtetem Blick mit. »Dies hier ist eine starke Pose. Sie schärft euer ganzes Körperbewusstsein.« Sie beugte sich weiter vor und verlagerte das Gewicht auf das vordere Bein, während sie mit dem hinteren das Gleichgewicht hielt. »Die Kriegerstellung fördert Mut und Selbstbewusstsein.«

Weil eine Kriegerin Mut und Selbstbewusstsein brauchte, um in den Kampf zu ziehen.

Um sich ihren Ängsten zu stellen.

Dee schloss die Augen.

Eine Zukunft oder ein Leben?

Das spielte keine Rolle. Sie musste sich beidem stellen, weil sie sonst nie einen Schritt weiterkommen würde. Sich niemals ein Sofa kaufen würde. Niemals ihr Glück finden würde. Niemals wirklich sicher sein würde.

Und Ethan niemals wiedersehen würde.

Und genau in diesem Augenblick geschah es. Als würde etwas einrasten. Als drehten alle ihre Zahnrädchen plötzlich synchron und fänden in den Vorwärtsgang. Sie richtete sich mit einem scharfen Einziehen der Luft auf, musterte die verdutzten Gesichter im Raum und war mit drei Schritten bei Pam.

»Kannst du den Kurs übernehmen?«, fragte sie leise. »Ich muss los.«

»Ja, natürlich. Ist dir schlecht?«

»Nein. Ich muss mich ein paar Dämonen stellen.«

Dee wühlte, die Treppe hinunterrennend, ihr Handy aus der Schultertasche und gab schon hastig Lucys Nummer ein, als die Haustür hinter ihr zufiel. Sie war noch nie zuvor mitten aus einem Kurs weggerannt, aber jetzt stand sie unter Strom, sie war nicht mehr aufzuhalten, wie ein Auto, das beim Start Gummi gibt.

»Lucy, hier ist Dee. Wo bist du gerade?«

»Ich stehe auf einer Veranda und hoffe, dass der Champagner mich wach hält. Warum?«

»Ich muss Ethan sehen? Bist du mit ihm zusammen?«

»Er steht neben mir. Ich gebe ihn dir.«

»Nein! Ich muss ihn *sehen.*«

»Wir gehen gleich zum Dinner rein. Das dauert mindestens ein paar Stunden.«

»Verdammt.« Der Vorwärtsgang schob sie nach vorn. Sie saß im Auto, der Motor lief, aber sie wusste nicht wohin. »Ich habe das mit ihm vermasselt, Lucy. Ich muss es wieder in Ordnung bringen.«

Auf Lucys Seite herrschte Schweigen, als musterte sie ihren Bruder und überlegte, wen von beiden sie unterstützen sollte. »Wir sind im Seaview, das ist das Hotel, das auf die Felsenbecken hinausschaut. Junge Unternehmer. Preisverleihungen.«

Es war wahrscheinlich ganz gut, dass Dees alter Gebrauchtwagen nicht über die Geschwindigkeitsbegrenzung hinauskam, denn sonst hätte sie sich nicht zurückhalten können. Was sie genau machen würde, wenn sie erst einmal da war, wusste sie nicht. Sie musste eben einfach Ethan sehen. Sie wusste, wenn sie sich diesem ganz speziellen Dämon nicht stellte, würde sie auch dem Rest niemals ins Auge sehen können. Sie würde es nie wieder schaffen, eine Entscheidung zu treffen.

Sie fand das Hotel und ergatterte einen Block weiter einen Parkplatz. Dort zog sie einen zerknüllten Rock über ihre Yogaleggings, wischte sich den Schweiß vom Gesicht, fuhr mit den Füßen in ihre Sandalen und betrachtete sich prüfend im Autofenster. Sie sah aus, als käme sie geradewegs aus einem Yogakurs. Na so was!

Vor dem Hotel drängte sich eine Menschenmenge. Diese Preisverleihung musste ja ganz schön bedeutend sein. Als sie näher kam, hörte sie eine Art Sprechgesang, und dann begriff sie, dass Demonstranten den Eingang versperrten. Sie ging ein bisschen langsamer. Auf einem Transparent stand: »Für die Region und gegen Kommerz.« Dasselbe skandierten die Leute auch.

Dee quetschte sich an ihnen vorbei und schlüpfte

durch die Automatiktür, worauf die Rufe plötzlich hinter dem dicken Glas verstummten.

»Leider können Sie nicht hereinkommen.« Ein Sicherheitsmann versperrte ihr den Weg. »Demonstranten müssen draußen bleiben.«

Dee blickte auf die Menschenmenge in der Einfahrt zurück. Die Leute sahen ebenfalls alle so aus, als wären sie gerade aus einem Yogakurs gekommen. »Ich gehöre nicht zu denen. Ich muss zur Feier zu Ehren der Jungunternehmer.« Der Wachmann sah sie zweifelnd an. »Ich treffe mich mit Lucy Roxburgh.« Sie nahm ihr Handy heraus. »Soll ich sie anrufen?«

»Nein, gehen Sie nur. Die Feier findet im ersten Stock statt.« Er gab ihr den Weg frei.

Wow, im Vorwärtsgang kam sie ganz schön selbstbewusst rüber. Sie fand den Lift und folgte einem mit einem Tablett voll Champagnerflöten beladenen Kellner. Die Türen waren geschlossen, aber sie hörte dahinter das Stimmengewirr und Geschirrgeklapper eines großen Dinners. Der Kellner schob sich durch die Tür. Dee folgte ihm.

Der Saal war riesig. Große, runde Tische standen vor einer Bühne. Es mussten wohl vier- bis fünfhundert Gäste anwesend sein. Keiner war so gekleidet, als käme er gerade vom Yoga. Keine Leggings oder Trägershirts, nur Smokings und schicke Cocktailkleider. Sie zupfte am Saum ihres Tops, entdeckte dann einen Saaldiener mit einem Namensschildchen und ging ihm nach.

»Ich suche Ethan Roxburgh.« Er warf einen misstrauischen Blick auf ihr Outfit. »Ich habe eine dringende Nachricht für ihn.«

Er schaute in den Saal und zeigte nach links. »Am vordersten Tisch.«

Natürlich. Sie ging an der Wand des Saals entlang und bog dann hinter der ersten Tischreihe ein. Sie erkannte Lucys Hinterkopf mit dem im schwachen Licht glänzenden, dunklen Haar. Dann entdeckte sie Ethan, der ein paar Stühle weiter am selben Tisch saß. Fliege, Anzug und elegante Handbewegungen. Er unterhielt sich mit von ihr abgewandtem Kopf. Dee schluckte kräftig, begab sich innerlich in die Kriegerstellung und ging weiter.

Als sie sich dem Tisch näherte, trat ein Mann auf sie zu. »Draußen demonstrieren, das reicht. Zeigen Sie ein wenig Respekt und verziehen Sie sich zu Ihren Kumpels.«

Überall drehte man sich nach ihnen um. Dees Gesicht brannte so heiß, als würde es gleich in Flammen aufgehen. Oh je, im Vorwärtsgang war sie ein bisschen tollkühn gewesen. Sie hätte erst mal nachdenken und sich umziehen sollen.

»Ich kümmere mich darum, Peter«, sagte Ethan und stand auf. Er ging um Peter herum und sah mit seinen wunderbaren espressobraunen Augen auf sie herunter, Verwirrung, Misstrauen und sogar Zorn im Blick. »Was machst du denn hier?« Seine Stimme war leise, fest und beinahe anklagend.

KAPITEL 32

Du bist eine Kriegerin, Dee. Durchatmen. Sie hob das Kinn. »Ich muss mit dir reden.«

Seine Kiefermuskeln arbeiteten. »Hier ist weder die richtige Zeit noch der richtige Ort dafür.«

Pech. Krieger warten nicht. »Ich muss *jetzt* mit dir reden. Bevor du nach New York fliegst.«

Er musterte sie kurz, sein Blick wanderte von ihrem Gesicht zu ihrer Kleidung und wieder zurück. »Worüber?«

Dee holte tief Luft und zögerte kurz. Im Vorwärtsgang hatte sie unter Strom gestanden, war selbstbewusst und ein bisschen tollkühn gewesen. Hoffentlich war sie in diesem Modus auch eloquent. »Es geht um dich … und, äh, mich, und, äh …« Okay, sie war also nicht eloquent. »Können wir irgendwo hingehen?«

»Es gibt kein Wir. Das hast du …«

Seine letzten Worte wurden von der Moderatorin oben auf der Bühne übertönt. »… und wir heißen unseren Schirmherrn Mr. Ethan Roxburgh willkommen.« Scheinwerferlicht fiel auf Ethans leeren Stuhl. »Mr. Roxburgh scheint … ah, da ist er ja.« Das Spotlight wanderte zu der Stelle, wo er mit Dee stand, und übergoss sie beide mit blendend hellem Licht. Ethan dankte mit erhobener Hand für den Applaus und lächelte schmallippig. »Mr. Roxburgh wird in einigen wenigen Minuten zur Verleihung der Preise zu mir auf die Bühne kommen.« Wieder Applaus und noch einmal ein schmallippiges Lächeln.

Shit. Hier stimmten wirklich weder Zeit noch Ort. Sie hatte es verpfuscht. Alles. Direkt nach der Veranstaltung würde er Sydney verlassen und wäre dann wochenlang weg. Es *gab* einfach keine andere Zeit und keinen anderen Ort. Sie hätte keine andere Gelegenheit, um mit ihm zu reden oder sich ihren verdammten Dämonen zu stellen. »Es gibt kein Wir«, hatte er gesagt. Vielleicht war es vollkommen sinnlos, wenn sie jetzt den Mund aufmachte. Sie spürte, wie ihr die Tränen kamen, aber sie hielt seinen Blick mit ihrem fest und hoffte, er würde heraushören, wie ehrlich sie es meinte. »Es tut mir leid, Ethan.«

»Hallo, Dee.« Lucy ergriff ihren Arm und glitt neben sie. »Ich bin so froh, dass du hier bist. Jetzt kann ich nach Hause und mich ausschlafen.« Lucy wollte gehen, doch Ethan hielt sie auf.

»Du kannst jetzt nicht einfach abhauen«, knurrte er.

Lucy forderte ihn mit einem Blick auf, sie doch daran zu hindern. »Dee bleibt statt meiner hier.«

Dee riss überrascht die Augen auf. Sie bemerkte, dass Ethan genauso reagierte und seine Schwester danach finster ansah. »Sie ist nicht …«

Lucy packte ihn beim Arm und drehte sich mit ihm zur Seite. »Entschuldige uns kurz, Dee.« Sie stand Auge in Auge mit ihrem Bruder da, einen Kopf kleiner, aber in einer genauso angespannten, brodelnden Feindseligkeit. Eine Minute oder länger stritten sie sich flüsternd, dann stieß Lucy ihn mit dem Finger in die Brust, starrte ihn noch einmal böse an und wandte sich dann lächelnd Dee zu. Sie sprach laut, um das Stimmengewirr zu übertönen. »Dee Nichols, keiner kriegt den Hippielook so gut hin wie du. Du musst einfach mal mit mir shoppen gehen. Ich ruf dich an.« Sie tat so, als telefonierte sie, zwinkerte ihr zu und ging.

Die Muskeln in Ethans Kiefer mahlten heftig, bevor er etwas sagte. »Sieht so aus, als wärst du zum Dinner hier.« Er ergriff sie beim Ellbogen und wandte sich an die anderen Tischgäste. »Bitte entschuldigen Sie die Unterbrechung. Meine Schwester fühlt sich nicht wohl. Stattdessen leistet uns nun Dee Nichols Gesellschaft. Sie kennt sich in der Geschäftswelt aus. Seit einigen Monaten stellt sie ihr eigenes Unternehmen auf die Beine.« Er lächelte die anderen freundlich an, während sie sich setzte, und warf ihr dann einen harten Blick zu.

Lucy hatte ihr also ein zweischneidiges Schwert gereicht. Sie hatte Gelegenheit, vor seinem Abflug mit Ethan zu reden, aber er war stinksauer und würde ihr wahrscheinlich nicht zuhören. Es war kein guter Anfang, aber doch verdammt viel besser, als als Demonstrantin rausgeschmissen zu werden.

Sie lächelte die Frau zu ihrer Linken kurz an und sah sich dann am Tisch um. Die anderen Gäste unterhielten sich untereinander und spähten hin und wieder heimlich nach der Person, die Ethan Roxburgh so unerwartet überfallen und seine Schwester vertrieben hatte. Wohl kaum eine günstige Umgebung, um ihr Innerstes zu öffnen. Sie musste Ethan von hier wegbekommen. Vielleicht mit ihm raus in den Korridor gehen. Er unterhielt sich auf der anderen Seite des Tischs mit einer Frau und ließ sich dann von ihr zur Bühne führen. Na gut, vielleicht nach der Preisverleihung.

Dee hörte höflich zu und applaudierte, als die Gewinner auf die Bühne kamen und Ethan die Hand schüttelten. Er sah gut aus da oben. Ehrlich interessiert. Während er sich mit den Preisträgern ablichten ließ, wandte sie sich ihrer Nachbarin zu. »Dann fängt jetzt nach der Verkündigung der Sieger wohl die Party an?«

»Aber nein. Es gibt noch vier weitere Preiskategorien.« Sie zeigte Dee die Stelle im Programm. »Ist es nicht wunderbar, dass Mr. Roxburgh wirklich alle Gewinner selbst vorstellt?«

»Fantastisch. Das dauert dann wohl etwa eine halbe Stunde?«

»Nein. Wir wollen die Leute nicht mit langen Reden langweilen. Es funktioniert viel besser, wenn es über den ganzen Abend verteilt wird.« Sie schaute aufs Programm. »Mr. Roxburgh möchte um zweiundzwanzig Uhr dreißig fertig sein. Ich glaube, er fliegt heute Abend noch in die Vereinigten Staaten. Es ist wirklich enorm großzügig von ihm, sich die Zeit zu nehmen, erst noch hierherzukommen.«

Ein Halleluja für seine Großzügigkeit, aber was jetzt? Sie konnte ihn wohl kaum zwischen zwei Preisverleihungen in den Korridor zerren und kurz einen Spruch loslassen: »Übrigens, ich glaube, das mit der Zukunft kann ich doch, und viel Glück bei der nächsten Siegerehrung.« Sie trank einen großen Schluck Wein und lächelte ihn verlegen an, als er zu seinem Platz zurückkehrte. Vielleicht schaffte sie es ja über den Tisch hinweg, irgendeine Variante von: »Das Essen ist wirklich köstlich, und ach ja, übrigens, ich brauche dich.« Sie nahm noch einen ordentlichen Schluck Wein.

»Woher kennen Sie Mr. Roxburgh eigentlich?« Die Frage kam von einer Frau, die mehrere Plätze entfernt saß.

Hab ihn um Rat gebeten, mit ihm geschlafen und es total vermasselt. Die Frau hatte offensichtlich letzthin keine einzige Zeitung gelesen. »Er hat mich in Geschäftsdingen beraten.« Die Gäste wandten sich ihr wie auf Kommando aufmerksam zu. Ethan zog eine Augenbraue hoch, als wollte er fragen: »Und das war's?«

Sie sah den harten Glanz seiner Augen und die Falten der Müdigkeit um seinen Mund und begriff plötzlich, wie sehr sie ihn verletzt hatte. Aber er hatte ihr ein Türchen geöffnet. Noch eine Gelegenheit würde sie vielleicht nicht bekommen. »Na ja, er hat mir geholfen, einige meiner Probleme zu identifizieren. Zum Beispiel, dass ich zu kurzfristig gedacht habe.« Sie hoffte, dass er die Doppeldeutigkeit verstand. Es war schwer zu sagen. Er hielt noch immer den Blick auf sie gerichtet, aber sein Gesicht war ausdruckslos.

Der Mann neben ihr übernahm das Gespräch. »Ethan ist sehr gewieft darin, kritische Punkte aufzuspüren.«

»Ja, das stimmt. Wie sich herausstellte, war mein Geschäftsplan sehr von vergangenen Problemen beeinflusst, da ich mir Sorgen machte, dass die mich wieder einholen würden.«

Ethan richtete seine Aufmerksamkeit auf seinen Teller. Oh nein, sie verlor ihn.

Der Mann zeigte mit dem Messer auf sie und wollte nun selbst wieder loslegen.

Sie war aber noch nicht fertig. »Außerdem habe ich die Nachfrageseite falsch eingeschätzt. Ich habe den Wert meines Produkts nicht begriffen.« Ethan führte sein Weinglas an die Lippen, und seine dunkle Iris war über den Rand hinweg auf sie gerichtet. »Und dann ist da noch die Frage der Verpackung. Die meine unterscheidet sich von der meiner, äh, Konkurrenten, und ich dachte, die Kunden würden ihre Natürlichkeit zwar erst anziehend finden, dann aber doch schnell das Interesse verlieren und zu den raffinierteren Marken zurückkehren. Ich habe lange gebraucht, um zu der Überzeugung zu kommen, dass mein Angebot gut genug ist.«

Ethan beobachtete sie über den Tisch hinweg, in der Hand hielt er sein Glas und drehte es langsam hin und her. Hatte er sie verstanden? So bald würde sie das nicht herausfinden. Die Frau war wieder da und geleitete ihn zur Bühne.

Ihr Tischnachbar zeigte wieder mit dem Messer auf sie. »Bei der Verpackung sind Umwelterwägungen heute ein großes Thema. Meine Firma hat den Verbrauch von Kartonagen um die Hälfte reduziert.«

Dee nickte lächelnd. Das war ihr vollkommen egal, denn ihre einzige Frage war, ob Ethan Roxburgh, der Mann des Traums, den sie nicht zu träumen wagte, ihr eine zweite Chance gab.

Die Vorspeiseteller wurden durch das Hauptgericht ersetzt, und als Ethan zurückkehrte, war erneut ein Gespräch im Gang. Der Mann mit dem Messer wollte einfach nicht den Mund halten, und bevor Dee es sich versah, stand Ethan wieder auf der Bühne und schüttelte mit ernster Miene weitere Hände.

Beim nächsten Mal unterhielt man sich am Tisch über Aktien. Dee hätte am liebsten geschrien: »Wen interessiert das denn?« Ihr lief die Zeit davon. Wenn es so weiterging, würde Ethan in dem Glauben nach Amerika fliegen, sie wäre in die Party hineingeplatzt, um ihm mitzuteilen, dass sie ihre beruflichen Probleme gelöst habe. Sei eine Kriegerin, Dee.

»Ja, richtig, Aktien«, mischte sie sich ein. »Die können sehr, äh, nützlich sein. Aber die Entwicklung des … eigenen Anlagevermögens ist noch wichtiger.« Sie lächelte hoffnungsvoll. Ethan runzelte die Stirn. Denk nach, Dee. »Ja, wirklich. Ethan redet viel über das Anlagevermögen. Und über Investitionen. Er hat da einige interessante Ansichten.«

Verdammt. Ihr ging allmählich das Businessvokabular aus. Und sinnvoll war das, was sie sagte, anscheinend auch nicht, nach den verwirrten Mienen am Tisch zu schließen. Gleich würde Messerkerl wieder mit seinem Gefasel loslegen.

»Es ist doch so«, kam sie ihm zuvor, fest entschlossen, ihr Anliegen loszuwerden. »Investieren kann einem ganz schön Angst einjagen. Ich meine, man könnte sehr viel verlieren, vielleicht sogar so viel, dass man sich nie wieder davon erholt. Aber manche Dinge sind den Einsatz wert, selbst wenn man Angst hat. Selbst wenn man sich mehr davor fürchtet als jemals vor irgendwas anderem. Manchmal wird einem eben erst klar, wie eindeutig der mögliche Gewinn das Risiko rechtfertigt, wenn man sieht, dass Nichtinvestieren schlimmer ist. Viel schlimmer. Verstehen Sie, was ich meine?«

Die Band legte mit einem Trommelwirbel los, und die Schläge klangen, als wollten sie den Abschluss eines missglückten Gags unterstreichen. Dee blickte sich nervös unter ihren Tischnachbarn um und sah nur genervte Gesichter, die zu bestätigen schienen, dass sie die Pointe versaut hatte. Bis sie zu Ethan kam. Sein Dessert hatte er nicht angerührt, seine Hand hielt wie erstarrt das Weinglas, und sein Blick bohrte sich in ihren.

»Was willst du damit sagen, Dee?« Seine Stimme

klang kühl, aber es lag auch ein Hauch von Verunsicherung darin.

»Ich glaube nicht, dass sie weiß, was sie sagt.« Messerkerl blickte auf, als hätte sie nicht mehr alle Tassen im Schrank. »Haben Sie überhaupt irgendwelche Kapitalanlagen?«

Dee antwortete nicht und war auch gar nicht dazu fähig. Sie beobachtete wie hypnotisiert, wie Ethan aufstand, um den Tisch herumging, ihre Hand ergriff und sie hochzog.

Hinter ihr faselte Messerkerl noch immer herum, als hätte er die ganze Nacht. Ethan warf ihm einen Blick zu. »Ein sehr guter Ratschlag, Mike, aber Dee muss jetzt tanzen.« Er führte sie auf die Tanzfläche und legte ihr die Hand an die Taille. »Okay, du kannst jetzt mit dem Businessgerede aufhören.«

»Gott sei Dank.« Sie seufzte erleichtert auf. »Ich wusste allmählich nicht mehr, was ich noch sagen sollte.«

»Du hast schon vor einer ganzen Weile dein letztes Wort gesprochen.« Er lächelte ganz schwach, aber sein Körper war angespannt. Sie befand sich in seinen Armen, aber ein *Wir* gab es immer noch nicht.

»Du wolltest einen Ort, an dem wir miteinander reden können. Besser als das hier geht es im Moment nicht, und du musst schnell machen, weil dir vor der nächsten Preisverleihung nur drei Minuten bleiben.«

Verdammt. Die Uhr lief, und sie hatte keine Ahnung, womit sie anfangen sollte. Sie hatte einfach nur ein brennendes Verlangen, alles bei ihm loszuwerden. »Ich fürchte mich schon seit zehn Jahren, Ethan …«

»Das weiß ich doch schon. Und ich will damit ehrlich gesagt nicht wieder von vorne anfangen, nur weil dir das, was passiert ist, leidtut. Es ist erledigt, und ich würde es vorziehen, es dabei zu belassen.«

Plötzlich bekam Dee keine Luft mehr. Auf ihrer Brust lag ein großer, schmerzhafter Brocken Angst. Auf eine merkwürdige, masochistische Art war das beruhigend. Es war ein Trost, dass die drohende Gefahr, ihn endgültig zu verlieren, schlimmer war als ihre Furcht vor einer Verletzung. Das war zum ersten Mal so. Ihr Kopf wurde davon frei, und es gab ihr Mut.

»Nein, du weißt gar nichts. Halt also den Mund und hör mir zu. Ich habe nämlich nicht viel Zeit.« Seine Augenbrauen zuckten ganz leicht, aber er erwiderte nichts. »Ich dachte, ich hätte Angst, verletzt zu werden, aber das habe ich mir all die Jahre nur eingeredet. In Wirklichkeit hatte ich Angst, glücklich zu sein. Ich habe mich hinter einen Panzer verkrochen, durch den kein Glück durchkam. Und als du dann den Panzer durchbohrt hast, habe ich einen Riesenschrecken bekommen und dich von mir gestoßen. Aber der Panzer ist jetzt kaputt. Ich kann ihn nicht mehr reparieren, und ich will das auch gar nicht.«

Ethans Miene blieb ausdruckslos, aber es kam ihr so vor, als hätte er sie ein kleines Stückchen näher zu sich herangezogen. Mein Gott, hoffentlich bildete sie sich das nicht nur ein. Das Parkett füllte sich inzwischen, und als er sie an ein paar anderen Paaren vorbeidrehte, sah sie die Moderatorin, die zu seinem Platz am Tisch marschierte, um ihn für die nächste Preisverleihung zu holen. Komm zur Sache, Dee.

»Also, es ist so, ich fürchte mich immer noch. Nicht davor, dass du mir wehtun wirst. Da habe ich falsch gelegen. Aber ich schrecke davor zurück, mir selbst etwas

Gutes zuzugestehen.« Die Frau stand bei seinem leeren Stuhl und spähte durch den Saal. »Ich wünschte, ich könnte dir sagen, was du hören willst, dass ich bereit bin, mich an ein *Wir* zu binden, wie auch immer das aussehen wird. Aber das kann ich nicht. So weit bin ich noch nicht.« Der Arm um ihre Taille löste sich und wollte weggleiten. Sie packte seine andere Hand fester. »Dich in mein Inneres einzulassen ist das Wichtigste, was mir überhaupt gelungen ist, seit ich wieder laufen gelernt habe.« Die Frau war jetzt auf der Tanzfläche und kam auf sie zu. Dee sprach schnell. »Und die Wahrheit ist, es ist mir eigentlich egal, was die Zukunft bringt. Wenn nur du dazugehörst.«

Die Frau klopfte ihm auf die Schulter. Sie hielten in der Bewegung inne und wirkten wie ein Schnappschuss ungelenker Tanzanfänger. Seine Augen waren dunkel, verunsichert und zögernd. Ihr Bauch war wie zusammengeschnürt, und sie konnte kaum atmen.

»Mr. Roxburgh?«, fragte die Frau ihn von hinten.

Er nickte, ließ die Hand von Dees Taille gleiten und wandte sich zum Gehen. Aber seine andere Hand lag noch immer in der ihren, und sie schloss die Finger fester darum, spannte die kräftigen Schultern an, zog ihn zurück und flüsterte ihm ins Ohr: »Ich liebe dich, Ethan.«

Dann ließ sie ihn los, dadurch gestärkt, dass sie es ihm gesagt hatte. Sie sah ihm nach, wie er der Moderatorin folgte, und bemerkte das leise Lächeln, mit dem er sich kurz nach ihr umblickte. Die Hoffnung war die reinste Beruhigung für ihren zugeschnürten Magen.

Auf dem Podium entstand eine kurze Unruhe, als Ethan auf seine Armbanduhr zeigend mit der Moderatorin sprach und dann das Mikrofon wieder übernahm.

Dee kehrte an ihren Platz zurück und trank großzügig aus ihrem Weinglas. Sie war nervös, voll Angst, aufgeregt und ein bisschen verzweifelt. Noch stand eine weitere Preisverleihungsrunde bevor. Noch mal eine halbe Stunde, bevor sie allein mit ihm reden und herausfinden konnte, was hinter seinen wunderschönen braunen Augen vor sich ging. Vielleicht könnte sie ihn vor dem letzten Preis in den Korridor zerren, an die Wand drängen und küssen, damit er ihr glaubte, dass sie ihn liebte.

Seine Stimme kam aus dem Mikrofon. »Leider muss ich heute Abend früh weg. Ich würde gerne noch bleiben, aber ich kann nun mal Quantas nicht überreden, einen ganzen Flug nur meinetwegen aufzuhalten. Daher verkünde ich die Sieger der letzten beiden Kategorien jetzt sofort.«

Dees Kopf fuhr hoch. Sie packte den Arm ihrer Nachbarin. »Wie spät ist es?«

»Viertel vor zehn.«

Sie warf einen Blick auf Ethan, der auf der Bühne die Nominierten vorstellte. Geplant war, dass er um halb elf aufbrach. Jetzt war er also eine Dreiviertelstunde zu früh dran. Verschaffte er sich Zeit, damit sie vor seinem Abflug noch miteinander reden konnten? Und vielleicht eine Gelegenheit fanden, sich lang und lustvoll zu küssen? Oder hatte er vor, über die Feuertreppe zu entfliehen, ohne sich von ihr zu verabschieden?

Sie sah zu, wie er den Gewinnern die Hände schüttelte, sich mit ihnen ablichten ließ, den Applaus mit einem dankbaren Lächeln entgegennahm und sich dann gekonnt durch das Meer der Glückwünschenden zum Tisch schlängelte. Im Geist ballte sie eine Siegesfaust. Ja! Der Saalausgang lag in der entgegengesetzten Richtung.

Als er näher kam, hatte er eine Augenbraue fragend hochgezogen, und ein leises Lächeln umspielte seinen Mund. Er zog ihren Stuhl zurück, ergriff, als sie aufstand, ihren Ellbogen und wandte sich dann dem gesamten Tisch zu. »Vielen Dank für Ihre Gesellschaft. Es war ein sehr erhellender Abend.«

Er lenkte Dee durch die Menge, und seine Hand lag stark, warm und verheißungsvoll auf ihrem Arm. Dee drängte ihn im Korridor nicht gegen eine Wand. Sie hatte zu viel damit zu tun, mit ihm Schritt zu halten – und mit den Bildern in ihrem Kopf. Ein leidenschaftlicher Kuss in seinem Auto. Eine intensive Umarmung an einem stillen Plätzchen auf dem Weg zum Flughafen. Ein tränenreicher Abschied. Eine glückliche Rückkehr. Sonnenuntergänge auf seiner Dachterrasse, Frühstück im Bett, Yoga auf dem sonnenbeschienenen Fleck, der Strand, Kunstgalerien, Segeln, fabelhafter Sex an jedem beliebigen Ort. Als sie im Foyer des Hotels ankamen, hatte sie tiefer in ihre Zukunft hineingeblickt als seit Jahren. Mindestens vier oder fünf Wochen. Vielleicht sogar sechs. Was war das befreiend! Wie ein Sprung ins Meer, nach dem man feststellt, dass man schwimmen kann!

Draußen war es dunkel, und im erleuchteten Eingangsbereich wimmelte es von Demonstranten, die darauf warteten, dass etwas geschah. Als sie durch die Automatiktür traten, legte Ethan beschützend den Arm um sie. Sobald die Demonstranten ihn erkannten, wurden sie lebendig, hoben ihre Transparente hoch und begannen mit einem Sprechgesang. Kurze Zeit steckten Dee und Ethan in der Zufahrt in der Falle, während sie darauf warteten, dass sein Wagen gebracht wurde. »Bleib lokal, scheiß auf global«, ertönte es von allen Seiten im Chor.

»Wie bist du hergekommen?«, fragte Ethan.

»Mit dem Auto.«

»Wo hast du geparkt?«

»Eine Straße weiter.«

»Sollten wir vielleicht deinen Wagen nehmen?«

Okay, also kein leidenschaftlicher Kuss bei seinem Auto. Kein Problem, sie konnten sich ja bei ihrem Wagen küssen. Sie packte ihn bei der Hand und zog ihn durch die Demonstrantenmenge. Sie hatten sie gerade hinter sich gelassen, als sie hörte, wie jemand ihren Namen rief. Sie drehte sich um und wäre fast hintenüber gekippt. Es war Tom der Hollywood-Jesus.

»Ich hätte dich zur Demo eingeladen, hätte ich gewusst, dass du derart engagiert bist«, rief er.

Ethan zog sie näher. »Beachte ihn nicht«, murmelte er.

»Ich bin vorhin nicht an den Sicherheitsleuten vorbeigekommen«, sagte Tom, während er zu ihnen trat. »Wie hast du es denn geschafft, ihn hier rauszubringen?« Ein paar von seinen Kumpels waren ihnen auf den Fersen und skandierten ihren Vers.

»Du meinst Ethan?« Sie warf einen kurzen Blick auf den Mann an ihrer Seite. »Ich habe ihm gesagt, dass er sich seine Investitionen noch einmal anschauen soll.«

»Gut gemacht. Und wie sieht der Plan jetzt aus?«

Dee blieb an der Fahrertür ihres Wagens stehen. Ethan trat zwischen sie und Tom, als befürchtete er, der Typ mit der Jutetasche und den Flugblättern würde gleich handgreiflich.

»Alles in Ordnung, ich kenne ihn«, sagte sie.

Ethan zögerte kurz und zog sich dann ein kleines Stück zurück, blieb aber für alle Fälle in ihrer Nähe.

»Du fährst, und ich rede mit ihm«, sagte Tom.

Ihr Blick wanderte zwischen den beiden hin und her. Tom und Ethan, Seite an Seite. Fürwahr eine filmreife Szene. Sie sah plötzlich ihr Spiegelbild im Autofenster, das offene Haar, das handgefärbte Top, das Wirbelmuster ihres Rocks… Sie war wie aus *Jesus Christ Superstar* herausgeschnitten, und sie lachte – über sich selbst, über diesen Augenblick, über diesen Scheideweg in ihrem Leben, der nicht im Geringsten beängstigend war. Sie schaute wieder auf Tom. »Ich schaffe es von hier aus allein.«

Er machte ein enttäuschtes Gesicht, reichte ihr aber seine Flugblätter. »Hier, nimm ihm Lektüre mit. Gib ihm was, worüber er nachdenken kann.«

»Genau, darum geht es ja.« Dee stieg ins Auto und beugte sich zur anderen Seite hinüber, um Ethans Tür zu entriegeln. Kein leidenschaftlicher Kuss bei irgendeinem Auto. Es war eine kleine Enttäuschung, aber sie hatten ja noch Zeit, um unter vier Augen miteinander zu reden – oder etwas anderes zu tun. Sie wartete, bis Ethan sich angeschnallt hatte. »Okay, wohin?«

»Ich muss zum Flughafen.«

KAPITEL 33

Es war die falsche Antwort. Dee wollte ihn nicht zum Flughafen bringen und einfach nur zum Abschied winken. »Aber du bist doch früher gegangen. Es eilt jetzt doch gar nicht.«

Er schaute auf die Uhr. »Es ist zehn.«

»Geplant war, dass du um halb elf aufbrichst.«

»Um halb zehn. Die Preisverleihung hat zu lange gedauert.«

Shit. Dee lag vollkommen falsch. Er brach nicht ihretwegen früher auf. Er brach einfach auf.

»Wie bekommst du denn deinen Wagen zurück?«, fragte sie mit einem letzten Funken Hoffnung.

»Mein Fahrer kann ihn morgen abholen.«

»Und das Gepäck?«

»Das habe ich schon heute Nachmittag aufgeben lassen.«

»Ja, natürlich.« Dee fühlte sich, als wäre sie gegen eine Glastür gelaufen. So eine aus Verbundglas, die selbst dann nicht brach, wenn beim Aufprall auch noch die volle Wucht einer aufregenden Zukunft dagegendonnerte. Es würde keinen leidenschaftlichen Kuss geben, keine innige Umarmung, keine Abende auf der Dachterrasse, weder Frühstück noch Yoga noch fantastischen Sex. Nichts als einen tränenreichen Abschied. Sie ließ den Motor an und lenkte den Wagen in den leichten, spätabendlichen Verkehr hinein, der durch ihre Tränen ganz verschwommen wirkte. Nur zehn Minuten hatte es gedauert. Gerade einmal zehn jämmerliche Minuten, und sie hatte ihre Vorbehalte in den Wind geschossen und ihre Zukunft in die Hände genommen. Jetzt aber war die einfach wieder verschwunden. Hatte sich wie bei einem Zaubertrick in Rauch aufgelöst. Verdammt noch mal!

Sie hielt vor einer Ampel und warf Ethan heimlich einen aufgebrachten Blick zu. Er saß abgewandt und schaute aus dem Fenster. Vor einer Woche hatte er gesagt, dass er sie liebte. Und sie hatte seine Liebe erwidert. Sie liebte ihn schon seit Monaten. Aber vor lauter Angst hatte sie Reißaus genommen. Verdammt, noch vor zwei Stunden war sie bereit gewesen, nach Indien zu fliehen. Das war nicht so weit weg wie New York, aber das Ergebnis wäre dasselbe.

Sie atmete scharf ein. Ethan flog nicht geschäftlich nach New York. New York war sein Indien. Er hatte den Termin um Wochen vorverlegt. Er lief weg. Die Ampel schaltete auf Grün, und sie fuhr quietschend los und brachte mit einem Kopfschütteln ihre Gedanken auf Vordermann. Okay. Die Lage war nicht so schlimm, wie es den Anschein hatte. Sie war eine Kriegerin, und Krieger gaben nicht kampflos auf.

»Na gut. Ich fahre dich zum Flughafen. Ich winke dir sogar am Gate nach, wenn du willst. Aber ich schweige dabei nicht. Hör mir also zu. Als du mich vorhin auf die Tanzfläche geführt hast, dachte ich plötzlich, wir hätten eine Zukunft. Und gerade eben habe ich geglaubt, du hättest sie mir wieder weggenommen und aus dem Fenster geworfen, aber weißt du was? Es war eine wirklich schöne Zukunft, und ich hatte so lange keine mehr. Da habe ich sie viel fester gepackt, als ich dachte.«

»Dee, ich …«

»Nein, jetzt rede ich.« Sie schaltete in den zweiten Gang zurück, um eine Steigung zu bewältigen. »Bei manchem habe ich mich in dir geirrt. Vor allem eben, als du erklärt hast, dass du aufbrichst. Aber ich weiß, du hättest niemals gesagt, dass du mich liebst, wenn das nicht auch so wäre. Und deine Liebe würde niemals innerhalb einer einzigen Woche erlöschen.«

Sie warf quer durchs Auto einen kurzen Blick auf ihn, konnte aber im Dunkeln kaum sein Gesicht erkennen. Sie ordnete sich links ein, bog auf die Schnellstraße Richtung Flughafen ab und gab Gas. »Als eine, die Erfahrung mit dem Weglaufen hat, könnte ich mir denken, dass es dir in New York weniger ums Geschäft geht als darum, der Situation hier zu entkommen. Aber glaub nur ja nicht, dass du dich mit einem amerikanischen Roxburgh-Girl besser fühlen wirst. Das haut nicht hin. Es gibt nur eine Person, mit der es dir wirklich besser gehen wird, und die bin *ich.*« Dee umklammerte das Lenkrad fest. »Ich bin nicht modisch verpackt und innen auch ziemlich ramponiert, aber ich bin nicht davon geblendet, dass dein Name Roxburgh lautet. Und ich liebe dich nicht deshalb, weil du ein toller Geschäftsmann bist. Ich liebe dich für dein Wesen. Deinen warmherzigen, weichen Kern, den Ort, wo du so großzügig und stark, sanft und humorvoll bist. Und dafür, dass du genau siehst, was in mir kaputt ist, und mir trotzdem sagst, dass du mich liebst.«

Sie holte tief Luft und redete sofort weiter: »Und ganz ehrlich, wenn du mich gleich beim Flughafen nicht wirklich lang und innig küsst und mir sagst, dass du für eine Fortsetzung zurückkommst, hast du es verdient, dass eine übertrieben selbstbewusste amerikanische Männerjägerin dir eins über den Schädel zieht.«

Ethan reagierte lange Zeit gar nicht. Er beobachtete sie einfach nur, das Gesicht während der Fahrt über die Schnellstraße mal in Licht, mal in Schatten getaucht. Wenn er nicht bald etwas sagte, würde sie auf den Standstreifen fahren und an seiner Stelle mit dem Küssen anfangen müssen.

»Komm mit mir nach New York.« Seine Stimme klang tief, sanft und ein bisschen unsicher.

Sie warf ihm einen Blick zu, schaute dann wieder auf die Straße und fragte sich, ob sie nun vielleicht doch den Standstreifen ansteuern musste, weil sie gleich in Ohnmacht fallen würde. »W… ich… was?«

»Ich möchte dich nicht lange und innig küssen und dann wegfliegen. Und glaub mir, ich möchte dich sehr lange und innig küssen.«

Ihr Herz hämmerte so heftig, als sollte davon gleich die Windschutzscheibe zerbersten.

Er nahm ihre Hand vom Lenkrad und presste seine Lippen in ihre Handfläche. »Du wirst New York lieben. Und dort kann ich mehr tun, als dich nur zu küssen.«

Oho. Ihre Zukunft machte kehrt und kam zurück. »Moment mal. Ich habe meinen Reisepass nicht dabei.«

»Ruf Pam an. Ich schicke ihr meinen Fahrer.«

»Und Kleider?«

»Wir können alles, was du brauchst, dort kaufen.«

Wow. New York war in ihrer Zukunft nicht vorgekommen. Tränenreichen Abschied und glückliche Rückkehr löschen. Stattdessen leidenschaftliche Umarmung auf dem Times Square, im Central Park oder oben auf dem Empire State Building einfügen. Zwei Wochen mit Ethan wären himmlisch. Sie könnte Yogaschulen besichtigen, während er arbeitete, und mit ihm reden, lachen und Liebe machen, wenn er frei hatte. Sie musste Arianne anrufen und ihr Bescheid sagen. Vielleicht könnte sie sich ja ein paar Ideen für die Schule abgucken.

Oh, verdammt, die Schule. Arianne und Howard warteten auf ihre endgültige Entscheidung über die Partnerschaft. Und selbst wenn die Antwort nein lauten sollte, könnte sie jetzt nicht einfach aus der Stadt verschwinden. Arianne würde demnächst wegfahren, und sie konnte Howard und die anderen nicht bitten, noch einmal für sie einzuspringen. Und dann waren da noch die Yoga-DVD und Graeme Paffes Vertragsangebot, die Patienten auf der Herzabteilung und Emilys Tochter Lauren.

Noch vor wenigen Stunden hatte sie vor all dem weglaufen wollen. Doch jetzt wollte sie auch diesen Dämon bannen. Sie hielt vor einer Ampel. Vorne lag der Flughafen, und die Schwanzflossen der Flugzeuge zogen langsam hinter seinen Hallen vorbei.

»Ich kann nicht mitfliegen«, sagte sie.

»Das ist in Ordnung, Dee. Ich möchte mit dir zusammen sein, aber ich verstehe das. Wir können die Zukunft einen Schritt nach dem anderen angehen, wenn du es so möchtest.«

Ein warmes, weiches Gefühl der Dankbarkeit ergriff sie. Er verstand sie. Begriff sie. Das war etwas Seltenes und wunderschön. »Eigentlich meine ich es gar nicht so. Ich habe beruflich einige Dinge zu erledigen. Und die können nicht warten.«

Die Ampel sprang auf Grün um.

»Dann wende jetzt«, sagte er.

»Hm?«

»Wenn du nicht nach New York mitfliegst, fliege ich auch nicht hin.«

Hinter ihnen wurde gehupt, während Dee noch schwankte, unsicher, ob sie wirklich richtig gehört hatte. »Was ist denn dann mit deinem Flug?«

»Ich kann umbuchen.«

»Und deine Termine?«

»Es gibt nichts, was ich nicht verschieben könnte. Komm schon, Dee. Reiß das Steuer herum. Schaff uns hier raus. Ich möchte dich lange und innig küssen. Und dafür gibt es bessere Orte als gerade den hier.«

Dee rammte den ersten Gang rein, wendete mit quietschenden Reifen auf die Gegenfahrbahn und brauste in die Richtung davon, aus der sie gekommen waren. Auf der Schnellstraße war nur noch wenig Verkehr, und der alte Wagen bretterte ohne ein Fahrzeug vor sich mit dröhnendem Motor über die langsamere Spur.

»Nur, damit du Bescheid weißt«, sagte Ethan. »Ich wollte gar nicht, dass du mir am Gate nachwinkst. Ich hatte vor, im Wartebereich der ersten Klasse einen Raum für uns zu reservieren und dich dort so lange zu küssen, bis du nicht mehr die Energie zum Winken gehabt hättest.«

»Da hättest du aber furchtbar viel küssen müssen. Ich bin sehr fit.«

Er lachte leise, glücklich. »Übrigens, deine Verpackung ist der jedes Roxburgh-Girls weit überlegen. Bei denen gibt es zwar glänzendes Papier und hübsche Schleifen, aber das alles zerreißt beim Auspacken. Und normalerweise ist dann irgendwas Nutzloses darin. Wie zum Beispiel ein Joghurtbereiter.«

»Ein Joghurtbereiter?«

»Ein vollkommen nutzloses Geschenk. Aber du bist in etwas Natürlichem und Exotischem verpackt, so was wie handbemalte Rohseide. Es ist schön, stark, langlebig und fühlt sich unglaublich sexy an.«

Sie lächelte. »Und was ist drinnen? Irgendwas Merkwürdiges, wie zum Beispiel eine Teekanne in Kuhform?«

»Nein, etwas Einzigartiges, etwas, das man nicht kaufen kann, etwas, das ich mein ganzes Leben lang gesucht habe.«

Sie wendete den Kopf. »Was denn?«

»Du bist es Dee. Du bist da drin.«

Ihr stockte der Atem. Nun musste sie schließlich doch auf dem Standstreifen anhalten. Sie fuhr an den Fahrbahnrand, hielt, öffnete ihren Sicherheitsgurt und warf sich in seine Arme. Und er küsste sie so, wie er es seit Ewigkeiten vorgehabt hatte. Vielleicht schon seit Monaten. Oder sogar Jahren. Wenn es doch nie aufhörte.

»Fahr mich nach Hause«, sagte er. »Damit ich dich auspacken kann.«

Dee lag an Ethan gekuschelt im Bett, als die ersten Strahlen der Morgensonne einen rosa Streifen an den Horizont malten. Sie schlug die Augen auf und lächelte über den angstfreien Moment des Aufwachens. Wenn man so lebte, war jede einzelne Sekunde erfüllend. Sie schlüpfte aus dem Bett, reckte sich und hatte wieder die schon vertraute Empfindung, gleichzeitig voller Energie und erschöpft zu sein. Sie nahm ein Sweatshirt aus seinem Kleiderschrank, ging in die Küche, um irgendwas zu essen, stellte den Wasserkocher an, knabberte an einem Stück Käse und nutzte die Marmortheke für ihr Stretching.

»Ich hoffe, du wärmst dich nicht auf, um gleich wieder loszulegen. Ich brauche eine Pause«, sagte Ethan. Er stellte sich hinter sie, legte ihr einen Arm um die Taille und presste sich an ihren Rücken.

»Dann lässt du das besser sein.« Sie drehte sich um und fuhr mit den Händen unter sein T-Shirt. »Ich dachte, wir könnten vielleicht auf der Dachterrasse frühstücken.« Sie hakte die Daumen in die Gesäßtaschen seiner Baumwollhose. »Oder so.«

»Dann brauchen wir Kaffee.«

Er holte Obst und Joghurt und suchte Geschirr und Besteck zusammen.

»Musst du heute Abend nach New York fliegen?«, fragte Dee. Seit ihrer Ankunft in Ethans Wohnung hatten sie noch nicht viel miteinander geredet. Allerdings mit Körpersprache kommuniziert.

»Nein, das hat Zeit.« Er steckte Brot in den Toaster. »Mit New York hattest du recht. Ich habe die Reise vorverlegt, um von hier zu entkommen. Ich konnte einfach nicht aufhören, an dich zu denken, immer in dem Wissen, dass du ganz in der Nähe, aber trotzdem unerreichbar warst. Ehrlich gesagt konnte ich nicht aufhören, an dich zu denken, seit ich gesehen habe, wie du deine Schuhe von Lucys Balkon geworfen hast.«

»Wirklich?« Dee setzte sich auf die Theke. »Lucys Party war eine eigenartige Nacht. Ich habe mich mit Amandas Kleidern schick gemacht, und alles hat sich verändert.«

»An dein Kleid kann ich mich nicht erinnern. Nur an

dein Verhalten. Und an dein Haar. Ich wollte mich darin verlieren.«

Sie warf ein paar dicke Strähnen über die Schulter vor. »Du hattest dich also in meine wilde Mähne verguckt, als du angeboten hast, mein Mentor zu werden?«

»Nein, ich konnte sehen, dass massenhaft Leute deine plötzliche Berühmtheit ausnutzen wollten. Das wäre sehr hässlich geworden.« Der Toaster warf das Brot aus. Er achtete nicht darauf, folgte mit dem Blick dem Schwung ihres Haars und ließ ihn dann zu ihren nackten Beinen hinunterwandern. »Und ich dachte, es würde mir Zeit verschaffen, mir klar darüber zu werden, warum ich so auf dich anspringe.«

»Bei mir springt auch so einiges an. Und ich bin mir ziemlich sicher, dass da bald wieder die Post abgeht.«

»Es wäre mir eine Freude.« Er küsste sie so, wie er sie die ganze Nacht geküsst hatte. Er ließ sich Zeit und machte es genau richtig. Als er fertig war, trat er einen Schritt zurück und verschränkte die Arme vor der Brust. »Jetzt erzähl mir aber erst einmal, was bei dir beruflich wichtiger war, als mit mir nach New York zu kommen.«

»Ich weiß, dass du mein Mentor bist und so, aber ich habe ein paar Entscheidungen ohne dich getroffen.«

»Dann war ich ein guter Lehrer.«

»Das hoffe ich. Es wird der Beginn einer Zukunft sein, über die nachzudenken ich mir vorher nie gestattet habe. Das alles ist ein bisschen beängstigend, aber Kriegerinnen wie ich lassen sich davon nicht aufhalten.«

»Du bist eine Kriegerin?«

»Du wusstest gar nicht, dass du gestern Nacht mit einer geschlafen hast?«

»Von viel Schlaf kann ja nicht die Rede sein.«

»Stimmt. Aber ich hätte dich warnen sollen. Kriegerinnen können sehr wild sein.« Sie schlang ihm die Beine um die Hüften und hielt ihn in einem Zangengriff fest. »Und außerdem unglaublich stark. Es könnte gefährlich werden.«

»Mit gefährlich komme ich klar.«

»Das wird mir helfen, wenn ich Angst kriege.« Sie zog ihn näher. »Nimmst du mich mit nach New York?«

»Wann immer du so weit bist.«

»Ich dachte, dein ursprünglicher Termin würde vielleicht hinhauen. Du weißt schon, im Juni.«

»Wenn das für dich nicht zu weit weg ist?«

»Ich denke, mit zwei Monaten komme ich zurecht. Wahrscheinlich sogar mit drei. Mhmm, und besonders, wenn du das da gleich noch mal machst.«

EPILOG

Roxburgh heiratet das Yogagirl

SYDNEY, Freitag – Millionär und Geschäftsmann Ethan Roxburgh hat gestern seinen Status als Sydneys begehrtester Junggeselle verloren und sich mit dem ehemaligen Model Dee Nichols vermählt. Die Hochzeit fand im engsten Kreise in einem tropischen Inselresort statt.

Das Paar gab sich nur wenige Meter von den blauen Wellen des Pazifischen Ozeans entfernt in einer ungewöhnlichen Strandzeremonie das Jawort. Braut und Bräutigam waren bei der Trauung barfuß, und die Gäste wurden gebeten, ihre Schuhe auszuziehen, während sie die Zeremonie unter einem Blätterdach von Palmen verfolgten.

Roxburgh und Nichols waren ganz in Weiß gekleidet. Nichols trug ein antikes, knöchellanges indisches Seidengewand und Blumen im langen, offenen Haar. Roxburgh hatte den üblichen Anzug abgelegt und stattdessen eine bequeme Leinenhose und ein Hemd mit offenem Kragen angezogen.

Die Hochzeit war bis vor drei Tagen, als sich die ersten Gerüchte über das bevorstehende Ereignis verbreiteten, eines der bestgehüteten Geheimnisse von Sydneys Society. Wie der Geschäftsführer des Resorts mitteilte, wurde die komplette Insel erst zwei Wochen vorher für die Hochzeit gebucht.

Die Gäste wurden in den zwei Tagen vor der Hochzeit von einer nahe gelegenen Insel eingeflogen. Allerdings soll Nichols selbst erst am Spätnachmittag des Vortags aus Indien eingetroffen sein, wo sie jüngst eine exklusive Rundreise durch Yogaaschrams leitete.

Die äußerst kurzfristige Vorbereitung der Hochzeit soll im Einklang mit Nichols strengen Yogaüberzeugungen stehen. Die Dreiunddreißigjährige ist in Sydney Mitbesitzerin eines privaten Aschrams und Anhängerin einer wenig bekannten östlichen Philosophie, die sich strengen täglichen Yogaübungen, dem Leben im Augenblick und dem Vermeiden langfristiger Pläne verschrieben hat.

Roxburgh, der Nichols vor zwei Jahren kennengelernt hat, nachdem sie als das »Yogagirl« im Fernsehwerbespot der Versicherung Gesundheit und Leben aufgetreten war, streitet ab, Mitglied der Sekte zu sein, soll aber die anstrengenden Yogaübungen praktizieren.

Für eine Promihochzeit war die Feier auf der kleinen Insel, die nur Platz für dreißig Gäste bietet, eher bescheiden. Eingeladen waren Mitglieder der Familie Roxburgh, darunter Ethans Mutter Lorraine, seine Schwester Lucy, deren Mann John Zertos, ihr zehn Monate altes Söhnchen Wade und die für ihre Philanthropie bekannte Tante Grace Roxburgh. Nichols Familienmitglieder trafen am Mittwoch ein, darunter ihre Mutter Valerie, ihr Stiefvater Kenneth, ihre Schwester Amanda und deren Mann Reece. Nichols Nichten, die zwölfjährige Amelia und die zehnjährige Ruby, streuten Blumen, zusammen mit der anderthalbjährigen Marlee van Helke, Tochter von Nichols Geschäftspartnern Arianne van Helke und Howard Smitten.

Es waren nur wenige Persönlichkeiten des Wirtschafts- oder Gesellschaftslebens anwesend, darunter Leonard Frost, Vorstandsvorsitzender der Versicherung Gesundheit und Leben, Pamela Finch, das neue »Yogagirl« von Gesundheit und Leben, und Sportbekleidungshersteller Graeme Paffe, dessen letzte Kollektion vor drei Monaten von Nichols lanciert wurde.

Nach einer einwöchigen Feier werden die Roxburghs in ihr frisch renoviertes Heim am Hafen von Sydney zurückkehren.

DANK

Mein großer Dank gilt Random House und meinem wunderbaren Verleger Bev Cousins, die *Mann oder Mantra?* ein Zuhause gegeben haben. Danke auch meiner Agentin Clare Forster für das Öffnen weiterer Türen.

Dir, meine liebe Schwester Nikki, vielen Dank, dass du immer an diese Geschichte und an mich geglaubt hast – und für deinen fabelhaften Yogaunterricht.

Dank gilt meinen Yogafreundinnen Tracy, Cath und Fee, die mich angefeuert und erste Entwürfe gelesen haben.

Den Frauen der Turramurra Women's Fiction Critique Group für ihre klugen Kommentare zum Schreiben.

Und meiner Familie – für jeden Augenblick der Ermutigung, Unterstützung und Liebe.